勾玉三部曲の二

白鸟异传
はく ちょう い でん

[日]荻原规子◎著 辛如意◎译

时代文藝出版社

图书在版编目（CIP）数据

白鸟异传/(日)荻原规子著；辛如意译.—长春：时代文艺出版社，2021.1
ISBN 978-7-5387-6031-6

Ⅰ.①白… Ⅱ.①荻… ②辛… Ⅲ.①长篇小说－日本－现代 Ⅳ.①I313.45

中国版本图书馆CIP数据核字（2019）第001240号

出品人	陈 琛
产品总监	邓淑杰
责任编辑	刘瑀婷
	闫松莹
装帧设计	孙 利
排版制作	隋淑凤

本书著作权、版式和装帧设计受国际版权公约和中华人民共和国著作权法保护
本书所有文字、图片和示意图等专有使用权为时代文艺出版社所有
未事先获得时代文艺出版社许可
本书的任何部分不得以图表、电子、影印、缩拍、录音和其他任何手段
进行复制和转载，违者必究

Hakuchô Iden
by Noriko Ogiwara
Copyright © 1991, 1996, 2010 by Noriko Ogiwara
First published in Japan in 1991，the new edition published in 1996 by Tokuma Shoten Publishing Co.,Ltd.
Simplified Chinese translation rights arranged with Tokuma Shoten Publishing Co., Ltd.
Through Japan Foreign-Rights Center/ Bardon - Chinese Media Agency
吉林省版权局著作权合同登记　图字：04-2018-0043号

白鸟异传

[日] 荻原规子 著　辛如意 译

出版发行/时代文艺出版社
地址/长春市福祉大路5788号　龙腾国际大厦A座15层　邮编/130118
总编办/0431-81629751　发行部/0431-81629755　北京开发部/010-63108163
官方微博/weibo.com/tlapress　天猫旗舰店/sdwycbsgf.tmall.com
印刷/三河市天润建兴印务有限公司
开本/710mm×1000mm　1/16　字数/382千字　印张/27.5
版次/2021年1月第1版　印次/2021年1月第1次印刷　定价/58.00元

图书如有印装错误　请寄回印厂调换

目 录 | コンテンツ

第一部　镜剑

第一章　约定 —— 003

第二章　御影人 —— 050

第三章　叛徒 —— 096

第四章　战祸 —— 137

第二部　玉之御统

第五章　菅流 —— *175*

第六章　赤子 —— *215*

第七章　盗贼 —— *259*

▼

第三部　白鸟的行踪

第八章　亡灵 —— *311*

第九章　重逢 —— *351*

第十章　最后的勾玉 —— *395*

▼

第一部　镜剑

玉女床畔，痛遗吾剑，嗟乎神剑，犹难再执。

——《古事记》

第一章　约定

1

　　提到远子的表情,可说是河豚发火的最佳写照,胀得气鼓鼓的双颊,小嘴直往下撇,丝毫没半点可爱之处。一年一度才穿的亮丽盛装,簇新朱衣系上翠草色腰带,彩线发饰绑作蝴蝶结样式,却配上这副臭脸,愈发显出她那凡事坚持到底的个性。
　　高兴时尽情欢笑,悲伤时纵声哭泣,这名少女原本就是这种性格,乳母多多女希望她别失了体面,但她根本就不当一回事。烦恼的多多女在无计可施后,说：
　　"再闹别扭也没用,小姐都已十二岁了,这点人情世故总该明白才对。我说了多少次,不行就是不行,小俱那是不准前往斋宫的喔。"
　　远子将下巴翘得老高,说："所以才用不着你念嘛。我说过要是不带小俱那去,从今年起我也不去斋宫了。"
　　"拜托你——"
　　房间前的走廊传来一阵轻响的脚步声,肩披绢布领巾的母亲真刀野出现了。

"哎，远子还在磨蹭什么？该出发了，宗家的亲戚都在等候呢。"

看到母亲，远子一瞬间不由得心虚，但仍倔强地绷着脸不肯让步。

"娘，为什么小俱那不能和我们一起去山上的斋宫？他是我们家的孩子吧？爹和娘都这么说，为什么只有他不能去见大巫女？这太没道理了，您不觉得奇怪吗？"

真刀野和多多女彼此难堪地对望一眼。

"我想跟小俱那一样，才不想只是嘴上将他当作我们家的一分子，所以今年我要留在家里。"

"远子，对我们橘氏一族来说，到守护氏族的大巫女那里迎新年，可是最重要的仪式喔。你既然生在三野国橘氏的里长家，就不能拒绝参加例会。"

"可是——"

"远子，给我在那里坐好。"

真刀野回房后自己也屈膝坐下，摆起准备训话的姿势。她暗想，这孩子已过了懵懂时期，因此必须对她说个清楚才行。

"小俱那不是我们的族人，这不算秘密了。他不是橘氏人，这点你应该心里明白吧。"

远子撇着的嘴唇微颤起来，"娘，可是，你们不是说——"

"爹和娘打从心里都认为小俱那是我们家的孩子啊。可是问题不在此，生在里长家的橘氏人必须要肩负守护三野国的重责大任，而他并不需要承担橘氏的义务。你和小俱那是不同的，而且又是女孩子，既然身为本族的一分子，就该继承大巫女的力量，你也快到该了解这些事的年纪了。"

"……什么是橘氏的义务？"

"在你成为女人时就会明白。"

真刀野如此说着，忽然叹了口气。她真希望女儿能尽量在天真无邪的幸福中更长久些……

"现在到斋宫参拜就是我们的义务,你可不能使性子喔,明白了就快穿上草鞋,爹已在外面等候了。"

母亲一旦疾言厉色起来可比父亲还强势,真不愧是大巫女的侄女。百般无奈的远子也不得不低头,终于说了声"好啦",便站起身,袖子翻飞着,啪哒啪哒一阵风似的跑出房间。

目送着女儿的背影,真刀野心想,她的话题总是三句不离小俱那,两人成天形影不离的模样在将来并不是件好事。

身为当事人的小俱那进退两难,他没踏进能听见争执的房间,也没走远避到别处,只在幽暗的回廊附近徘徊。除夕夜渐深,冷澈寒气中的篝火拨燃猛跳,在这儿,可听见在灯火通明的前庭里聚集队列的众人整理马具发出的声响,还有借着酒势高谈阔论的喧哗,这是每年年终惯有的情景。

小俱那并没有特意向远子要求随行,他的个性不喜与人争执,也无意一意孤行,他并不想在这个家中平添事端。然而,与他个性恰恰相反的远子就像台风眼,小俱那常觉得自己是她的累赘,因为远子显然有意维护他,如此反而每每引来风波。最不擅长处理纷争的少年望见远子从房间出来,顾不得她一脸失望,就松了口气跑过去。

"你不能去了。"无精打采的远子说道。

并肩而走的两个小孩,无论是身高、肩宽,抑或是头发长度都相差无几,仿佛是一对同款的雏人偶[①],唯有服装颜色不同而有男女孩之别。不过,两人的容貌相异,细看之下没人会将他们当成孪生子。远子有橘氏特有的两道凛眉和下巴轻小的圆润脸庞,这种特征任谁一看都知道她是橘氏族人;但却没有人在此地见过与小俱那脸孔相似的人。

---

① 日本于三月三日为庆祝女儿节而陈列的偶人。

小俱那望着远子说:"一定不行的嘛,本来全族也只有与宗家有血缘关系的亲属才能获准到斋宫参拜,而且我讨厌去见那位可怕的大巫女,还是留下来比较好。"

"别说傻话了。"远子猛然甩动起蝴蝶结发饰,"大人好贼喔,说什么都是自家孩子不该有亲疏之分,其实还不是出尔反尔,一时挂在嘴上罢了。一旦说出口就该守信才对啊,你觉得有没有道理?"

"如果隐瞒我是养子,才真的太狡猾了,因为我是捡来的孤儿,这就是事实。"

远子挑起眼,愤愤望着回答得十分干脆的少年,"你每次一到这天就光想这种事对吧?在我跟爹娘要去山里的日子,你就在想——我的亲娘在哪里呢?对不对呀?我就知道,人家最讨厌那样了。"

"没那回事喔。"小俱那如此说着,音量却减弱了。

"我在想,如果能晓得你是谁家孩子,你的心里大概会好过一些。大巫女会在新年举行占卜,像是占梦、占星啦……有时还会焚骨宣示神谕呢,如果去拜托大巫女,我想就能知道你的出身了,但他们却偏偏不让你去参拜,真气人!"

小俱那发出一阵短促笑声,"怎么可能去拜托呢?本来就只有同族的人才能参见大巫女,你说的根本就行不通嘛。"

"行不通又怎样?"气呼呼的远子迸出一句最像她会说出的话。

恢复快活的小俱那开朗地说:"不管怎么说,我的母亲就只有真刀野一人,我是这么认定的,并没有虚假,母亲就是哺育我的人。而且,反正我大概是鸟生下来的吧。"

这家族有个老掉牙的笑谈,据说小俱那是从河里漂流来的一颗大如鸟巢的蛋中孵出来的。于是,远子表情也缓和下来。

"这还差不多,你可别忘记刚才说的话喔。"

"你去斋宫参拜吧,我就像去年一样,先到国长府去等大家,那里现在正有来自都城的工人阻河建池,听说工程很浩大,我以前就想去看了。"

虽然现在充其量只是少年的单纯嗜好,不过小俱那对建筑相当感兴趣,无论哪里在建屋搭梁,他都必会亲自前往观看。

只要是小俱那的事都想凑一脚的远子立刻附和:"啊,我也想看,从山上回来后我们一起去吧。如果你先去看,我可要生气啰,懂了吗?"

"懂啦。"小俱那顺着她回道。能有这份默契,正是因为他们总是两小无猜地黏在一起。

"好了好了,我家公主要架势十足地出门啰。"

手举火炬的队伍已经整装待发,骑在马上的上里里长大根津彦看见远子出来,便大声道:

"你竟然打扮起来了?让爹瞧瞧,哦,变美人了。远子,要不要和爹一起骑这匹马?"

不太高兴的远子连父亲的说笑都懒得理睬,就径自走向自己的坐骑。对独生女宠爱有加的大根津彦最近被女儿灭了点威风,不过本人却浑然不觉。

"好冷淡的丫头,到底在闹什么脾气?"里长问着妻子。

"远子从刚才就一直坚持说小俱那若不能同行,她也不去参拜了。"

"小孩子难免有她的想法,还是赶快出发,不然让国长枯等实在失礼。"

大根津彦吩咐随从出发,一行人执缰在夜里前进。不见月色的除夕暗夜中,火炬前导的队伍一边发出低吟一边继续前进。

真刀野与丈夫并骑而行,对他道:"必须替小俱那的将来做打算才行,虽然时间还早,可是两个孩子都十二岁了。"

"十二岁?嗯,不过还是小孩子嘛。"

"现在年纪还小,可是孩子总是比父母想得更早熟。"

"是啊,小俱那……"

对里长而言,这少年实在不引人注目。虽然远子在惹出事端时,他总是如影随形,却从没单独一人闯祸闹事过。在里长的想法中,男孩子不应该太过温文。

"那小子太静了,大概不适合当武人吧。跟随贤者一起做学问或许比较妥当。"

真刀野回道"是啊",又由衷地说:"他是个好孩子,我疼他就像自己的亲生儿子一般。他从襁褓中就不用人家提醒要听话,也不曾惹过麻烦,仿佛早就领悟了自己的处境似的。还有那聪颖坚忍的眼神……正因如此,我才希望那孩子能得到幸福,不要一辈子屈居人下……我不想让他在这种乡里埋没,因此希望尽可能将他送往都城。"

"国长的乡里最近常常有都城的人往来,或许有门路,我去打听一下消息好了。"

真刀野心想,若让小俱那离乡背井,不知远子会多生气、会如何哭闹抗议?光想到这幅情景就让她心痛如绞,真刀野露出悲伤的微笑说:

"是啊,虽然拆散两个孩子实在于心不忍,不过为了他们的大好将来,也只有这么做了。现在两人像幼犬般高兴玩耍,过几年就不能这样了。远子如果知道身为橘氏女子的宿命就是无缘自由相恋……那时她若有了心上人,一定会痛苦到无法自拔。"

霎时住口的真刀野想了解丈夫对她说的意见如何,因为自觉触及了敏感话题。然而,大根津彦却早在细心推敲都城大王与三野国势力间的政治问题,只差没把她的话当耳边风,便给了一贯答复:

"没错,就像你说的……"

真刀野于是按捺住火气,心想,暂时还是别跟他开口才好。

橘氏乃是以守护本族大巫女为中心的女系氏族,是远自高光辉大御神的幺子成为当今大王的先祖，在丰苇原的真幻邦统治各国之前就存在的古老宗族。身为三野国长，在都城地籍册上留名的神骨彦，也是以入赘的方式获得地位，而他的女儿则成为继承人。至于三野国真正的支配者，则一直是在守山祭祀氏神的大巫女。

不过，大巫女从来不出深山里的斋宫，只有极少数人能与她接触，因为她总是与神同在，需要谛听神语，转达神谕。从除夕到新年期间的斋宫参拜，是大巫女在最多人面前现身的一项仪式，到时进行的占卜将成为这一年最重要的指向标。

来自上里的人马不久与国长一行人会合，形成更长的队伍向东北山道前进。今天不见飘雪，却是个皓空芒星也微带寒意的夜晚，羊肠小道上浮现点点赤红的炬焰，登山途中的众人气息在夜间化为白雾清晰可见。

火光照射下，黑黝黝覆盖而下的树影，以及众人如梦似幻的面容，在冷冽的寒气中不似寻常景象。远子心中暗念着斋宫怎么还没到，她觉得大巫女给人的印象总像是住在暗夜或隆冬极寒地带的人物。尽管远子只在每年除夕前去那里一趟而已，但她却感觉大巫女的生活异于常人，虽有肉体但非俗身，宛如白寒的霜灵。为何这么说呢？因为他们好不容易抵达的那座斋宫罕有火温，完全是一片清冷场所。

大巫女由年轻巫女（不过已届中年）随侍左右，照例坐在坛上。虽然身躯矮小，却披散着白亮生辉的长发，仿佛凝聚光线后才让身形显得略大。令远子联想到飘霜的那头皓发，从她有记忆以来就一直蒙着雪白，由此可知大巫女是个年长得令人惊骇的老妇。她念诵神言时发出的单调声音，犹如风贯穿木洞或岩屋时发出的声响，让人浑身发冷，远子因此忐忑不安起来。

如果此时身旁有小俱那在，就可以悄悄交谈几句，然而现在这里却没有可以让她安心的良伴。远子于是抬头张望专注聆听祷文的族人，只见宗家长公主明姬的面颊正映照于火影中，她垂着美丽的眼眸，丰润的乌发洒落在鲜红且浓淡有致的衣裳上，那丰姿在全族中无人可及。这位公主拥有的丽质，连不太留意容貌的远子都深受吸引。

她变得更美了……

新年后就十七岁的明姬，是有"三野第一"之称的美人，不仅如此，她的个性总是文静娴雅、温柔善良，因此远子非常喜欢她。明姬的秀慧是由心而生的，是不带锐利的清婉，犹似花卉的馨氛般诱人。那不经意流露的从容举止是远子学不来的，简直就无法想象她竟是自己的表姐。

远子瞧得入神，意识到自己被注视的明姬惊讶地抬起眼眸，不过在认出远子之后并没有责怪之色，明姬眼中浮现了理解的笑意，那眼神似乎在说"再忍一会儿，就快日出了"。远子心想，这就是她最喜欢明姬姐的原因，接着便俯下头掩住微笑。

期待中的黎明终于到来，头顶的云际仍暗，星光犹亮，东方山岭的远方已可见锦彩缤纷，仿佛遥不可及的彼方有个喜乐国，如果立在黑暗中就只能略窥神境而已。这种景象持续了好一会儿，不久在某个刹那过后，天空开始逐渐显白，旭日终于如朱红金灿的绣球拨云而出，像是常世国①的果实般如梦似幻。众人朝拜着金芒普照的日光，彼此心情愉悦地相视而笑。

远子去年也是一样，看完新年初一的日出就想打瞌睡，因为暖胃用的甜酒发挥了催眠的作用。接着，众人进入斋殿，恭候大巫女的占卜，远子迷迷糊糊地跟随大家走动又坐下，也不知过了多久，在她蓦然惊醒重新坐正时，国长的拜会已告结束，明姬上前去到坐在焚骨炉畔的大巫女身边。这是怎么回事呀？远子不可思议地纳闷着，瞄看身旁的双亲，只见他们也同样神情肃穆，正全神贯注，唯恐听漏了只言片语。

---

① 日本传说中长生不老的国度。

大巫女仍旧发出如风空响的声音，开口说："……那么再一件事，请说说你的梦境，最近可有梦到什么让你牵挂的事吗？"

明姬停顿片刻，然后点点头。

"有的。感觉很清楚，那真是一场难忘的梦。我梦到自己向西方注视着太阳，光芒中出现一只大鸟朝我飞来，那是一只粲然生辉的白鸟。那只鸟从空中盘旋而降，刚停在我的膝上梦就醒了……请问这个梦有何寓意呢？"

大巫女摆弄着手边的鹿骨，突然强而有力地说："这是命中注定，你接受了这个宿命。"

察觉到国长几乎吓得一惊起身，大巫女望向他继续说："真幻邦的大王期盼能迎娶这位少女为妃，再过不久恐怕就会派正式的使者前来。公主的宿命就是与辉神的末裔联姻，可别拖延此事，必须尽快处理才好，因为势在必行啊。"

橘氏族人之间起了一阵骚动，众人交头接耳起来。明姬的脸上顿时如桃花般羞红，却默默不语，反而是国长以十分狼狈的语气代她请命：

"小女身为长女，在三野的寒舍还肩负许多责无旁贷之事，如果预言属实，您认为这样妥当吗？更何况与大王联姻，就等于默许朝廷介入三野的统治。"

"我肩负的是比守护三野还更要紧的重责大任。"大巫女泰然自若地回道，"原本橘氏一族就是为了守护大王的子孙而存续下来，守住辉神末裔才是我族的最大任务。因为我们与遥远的先祖——与辉神幺子成亲的水少女一样，都属于暗族的一个支系。我们身负的任务也与水少女相同，就是镇伏辉神所延续的躁烈血脉。大王的血液中流的是得自天上的烈性，历经十几代至今还余威犹存，他们的灵魂并没有落叶归根。"

"您说没有落叶归根是什么意思？"国长惊讶地问道。

"只要观察他们的行径就能一目了然。"大巫女冷淡答道，"他们无法安居定所，建造都城后又加以毁坏，对新土地重燃的征服欲望永无休止，即使踏遍整个丰苇原，他们也无法自我反省为何永远无法获得安宁，这些都是辉族的血缘在作祟。若要让他们真正归属这片土地，只有历经数代长期血脉融合才会改善，因此才会有我们这一族存在。明姬，你能明白吗？你的任务比我这守护氏族的大巫女还重要呀。"

经过大巫女沉静的指示后，原本睁大眼眸凝神细听的明姬深深点着头。

继续进行了两三件有关今年收成的占卜后，众人就向大巫女表达祝贺、感激之意，而后纷纷从斋宫告退。每个人都对大巫女宣告明姬的宿命一事感到惊讶，却又装作若无其事地匆匆打道回府，好能快点在不用避讳他人的地方对此事大发一番议论。

远子也相当惊讶，虽然不太明白宣告的含意，不过还是了解大巫女所说的卜示远超过父辈们的想象。既然生在里长之家，平时也多少听过政治话题，其中都城大王的名字时有耳闻，有人说过他势如猛鹫，却从没人说过他像个乳臭未干的婴孩，需要仰赖他人守护。此外，她也从没听过什么叫"肩负的是比守护三野还更要紧的重责大任"。

远子率直地对大巫女感到佩服，她暗想：

橘氏的大巫女多了不起啊，她一定比拥有辉神先祖的大王还更伟大。真想讲给小俱那听……

这么一想，远子立刻涌起一股冲动，反身跑向与众人离去方向相反的殿内。老态龙钟的大巫女正缓缓站起身，在随侍巫女的搀扶下走往斋殿深处。

"巫女大人。"远子呼唤着。

大巫女回过头，只见一个身穿朱红衣裳、眼瞳和脸颊亮闪生辉的女孩子立在那里，大巫女眯起眼睛。

"你是真刀野的女儿……叫远子，对吧？仪式都结束了，还有什么事吗？"

这还是远子第一次与大巫女直接开口说话。尽管面对面，她仍觉得大巫女不像凡人。她鼓起勇气道：

"请您允许小俱那明年也来宫里，加入我们一族。"

"小男童[①]？是男孩子吧？"

"他是我的兄弟，从小一起长大，年龄也一样……啊，可是小俱那比我聪明一点点。"

"这么说，你几岁啦？"

"十二岁了。"

就在这时，真刀野气急败坏地赶来。

"远子，你真放肆。"真刀野将女孩推到自己身后，一个劲儿连声道歉，"小女不懂礼数，真是抱歉，不知是否说了冒犯您的话呢？"

然而大巫女并不以为忤，只缓缓道："你的女儿长这么大了，岁月真是催人老啊。不过，这孩子刚指的男童是谁？"

真刀野稍微脸红道："我从没向您提过我收留了一名养子吗？"

"老身没听说过。不过，这孩子是什么来历？橘氏还没缺男丁到要认领养子的地步吧。"

真刀野的脸上红意更深了，"其实我也不清楚他的来历，在产下远子不久，我和侍女一起在安野的河滩发现了一个在水中漂流的婴儿……"

"婴儿是从河里漂来的？"

"就放在用许多芦苇叶编成的小船里，好像被人从上游某处抛弃的，我实在觉得很可怜才——"

大巫女的语气颇不以为然，说："没想到你会这么莽撞，至少这件事该告诉我才对。为何擅自决定领养这种来历不明的小孩？想当养母的

[①] "小男童"的日语发音同小俱那。

话可领养的婴儿多得是呀。"

真刀野缄默片刻后，抬起头说："……我喂哺过他。就在那满月之夜，我在产后第一次外出到河滩采芒草，像幻听似的听到一阵细弱哭声，突然感到胀乳……在发现他饿得奄奄一息时，忍不住喂他吃了奶，一度哺乳过的孩子怎能忍心抛弃？况且敝舍又有乳母照应，就这样带他回去了。"

"真是好运的婴儿呀。"若有所思的大巫女说，"他是坐着芦苇小船而来……"

"虽然不知道他的家世，却是个很争气的小孩。不光是远子在说，他真的好聪明伶俐呢。"

远子轮流望着大巫女和母亲，兴冲冲地期待对话的结果。

终于，大巫女说："真刀野，我想见见你的养子，下次带他来好了。"

心中大喊万岁的远子于是对大巫女重新评价，觉得老妇人也不是那么不近人情。

来到殿外的远子大为得意，对母亲轻声说："娘，真是太好了，还好有向大巫女拜托看看。"

"受不了，真拿你没辙。"真刀野气恼地说道。

"怎么这么慢，你们在殿内磨蹭什么？"对母女迟迟未返感到诧异的大根津彦走近两人。

"远子这丫头呀，竟然向大巫女请求让小俱那明年也来参拜呢，害我挂不住面子。也真是的，明明说她不懂事，倒还胆量十足。"

"爹，大巫女说过明年也带小俱那一起来。"

"你可真行。"

真刀野叹息着说："大巫女才刚宣告宗家长公主的命运，现在没有比这件事更重要的了，你至少也给我听话些嘛，你到底有没有仔细听清楚大巫女的预言啊？"

"有啦。"一步一蹦的远子回道,"可是,小俱那的事也一样重要啊。"

"所以我才说你不懂事。如果明姬不继承宗家,也不接任大巫女的职位,那么这项使命就要落在你或二公主身上。或许大巫女会让你继承她的职务,不过不到那时也还是个未知数。"

目瞪口呆的远子不禁停下脚步,"是我吗?"

真刀野语调黯然地说:"你们将会在斋宫里修行,大巫女年事已高,因此必须从你们这辈中选出新任的大巫女。"

2

小俱那仰望着冬日林梢上悬挂的太阳,午后从云端显露的光轮在骨突的枝丫间泛着寒黄,他在国长府后方的杂木林中漫无目地徘徊着。

众多亲友聚集在府邸,炭火温暖焚起,他们彼此叙旧等待主人归来。不过在这群人中,有些家伙一见到小俱那就非动手欺负不可。他们总是在大人管不到的地方肆意恶整他,因此小俱那宁可独自离开避到府邸后方。

自己容易被欺侮的原因,小俱那心里十分清楚,因为自己是孤儿,而且面貌与当地人不同,个子长得小,性格太文静,还有远子经常袒护自己……各种因素让这群橘氏族中辈分最低,又没有他受宠的少年们感到不是滋味。不过小俱那并没有为此懊恼,只视作人生境遇中在所难免的事漠然接受。专门欺凌他的恶少就那几个,只要巧妙避开,就不会遇到太不愉快的麻烦。

然而,这群家伙中有特定几个人随着年龄成长,私底下胡闹的程度也变本加厉,小俱那因此再也不能一笑置之,至于他们为何对自己愈来愈嫌恶,实在是百思不解。他浑然不知正因为自己每年都更加显得与众不同,所以才惹起他们的不满。

前往斋宫的一行人下山在民家休息后，应该会于黄昏前抵达府邸。小俱那一直算着时间，心想此时大家该到外门列队迎接才对，于是朝着门口走去。然而还没走出树林，他一回头发现有人影，一个嘲弄的声音响起：

"好啊，胆小鬼原来躲在这里。喂！大伙儿全上，别让他给逃了。"

小俱那拔腿就跑，想尽快离开树林，却还是失败了，原来有家伙先绕到前方拦截他。他一咬唇，预料这次将会比在府邸闹出的乱子更大，因为此处没有人会出声呵叱他们。

这次又是平常那四个长青春痘的少年，一副活像猎鹿人的模样，兴奋地将小俱那团团围住。他们是族里的捣蛋分子，连国长都对他们大感头痛，今天必定从一大早就偷喝了新年祝酒，每个人都满脸通红、醉眼惺忪。

"喂！你逃个什么劲啊？怎么，叫你奉陪，倒嫌我们身份低瞧不起？孤儿有什么好转的。"

四面围攻让小俱那无路可逃，他起先只觉得麻烦，但对少年们像逮到猎物般戏弄自己，不觉渐渐恼火起来，尖声说道：

"你们以为这样会没事吗？去斋宫参拜的人就快回来了。"

"少废话！远子不在，这小子就没本事了。你要在人家袖子下躲到什么时候啊？简直分不清他们哪个是女的。"

"这个才是女的，错不了，小白脸嘛。"

刺耳的笑声回荡在宁静的林间。"既然是女人就要陪酒，来，娇滴滴说声请大爷喝酒。"

见到小俱那闷不吭声，一个少年就上前扯住他的衣襟，将他拖近身前。

"少把人看扁，敢反抗我们的没几个有好下场。"

小俱那丝毫不怕他们殴打，只说："要揍就揍吧。从元旦起就打人,别人会怎么想,我可不知道。"

"竟敢放肆胡扯!"

小俱那的沉着冷静点燃了少年们的怒火,他们对他拳打脚踢起来。

"胆小鬼要好好认清哪些话少说为妙。"

嘴唇破了还不算严重,不过,腹上被狠踢了几脚,让他一时站不起身,蹲在枯叶堆上直喘气。

"这家伙比女人还差劲。"其中一个最残忍、名字叫押熊的少年说道,就是他带头欺负小俱那。"大家瞧仔细了,我马上证明给你们看。"

押熊从腰间挂的袋中捉出一条细长的黑物,又抓住小俱那的头发,一揪让他仰起脸,将那东西伸向他面前。小俱那立刻发出尖叫,那是一条蛇,押熊为了吓唬他,特地去挖出正在冬眠的长虫。这条蛇并不算大,而且全身冻得硬邦邦,却足以让小俱那快要吓死。押熊挥舞着蛇打了他好几下,瞧着他抱住头的模样,笑得东倒西歪。

"看吧看吧,真好玩,就算女人家也没怕成这样,是不是啊?"

不知何故,小俱那对蛇怕到近乎异常,这是远从他没有记忆时就如此,实在恐惧到无可救药的地步,只要一看到蛇就发抖,摸到八成会晕倒,小时候就因为这样,甚至连多多女都误以为他有病。对小俱那而言,其实还有一样东西也让他怕得无法面对,那就是打雷。蛇和雷,由于恐惧这两种稀松平常的东西,因此即使在其他方面有胆识,他还是被称为胆小鬼。

现在也是如此,一遇上蛇,手足无措的小俱那连逞强好面子都管不了,只能啜泣着求饶说要怎么样都行,就是别拿蛇闹他了。

押熊好不容易才住手,乐不可支地歪嘴道:"好吧,既然你说什么都愿意,就一定要履行。那么,就替我……"

他说了一些不堪入耳的话,小俱那一瞬间脸色发青,血气上冲。就在这时,突然有个愤怒而尖锐的声音响彻林间。

"你们四个！长相跟名字我都记清楚了喔，我要一五一十去告诉伯父大人，竟然有人敢在新年里做坏事！"

远子正从高过树林的土堤上俯视他们，朱衣映衬在灰色林中显得鲜艳夺目，怒眉倒竖的她站在那里的模样及讲话的语气，实在不像十二岁少女该有的气魄。

少年们当场愣住。远子又说："快给我滚开，还是想要我去告状？那样可不会轻易就饶了你们哟。给我记清楚没？下次再敢作弄小俱那，就把你们从族里统统赶出去。"

几个少年低声咒骂几句，却没胆子对付远子。尽管少女态度蛮横，但所说的话还不可不信，因为她的母亲是大巫女的外甥女。

"笑死人了，姑娘跑来救情郎。"押熊吐了这句，将蛇扔在地上，四个少年带着狼狈离开了。

远子瞪着他们直到消失踪影后，才一口气飞奔下土堤，跑向小俱那身边。

"你站不起来吗？哪里受伤了？"

"……能不能帮我赶走那条蛇？"小俱那嘶哑着嗓音说道。

"真是的，不知从哪找来这个东西。"远子恶心兮兮地拈起蛇丢进小竹丛里，将手直往树干上抹着。

"谢谢，还好你过来。"看到蛇不见踪影的小俱那精神大振，爬起来开始拍拍手上和膝盖的泥土，他的转变总快得令人错愕。

"嘴角在流血喔。"

"不痛。"小俱那伸舌头一舔说道。

"还是冷敷比较好，否则等一下可能会肿起来。"

"好啊，不过，我们先去约好要看的水池工程吧。我刚还在想，如果远子赶在天黑前回来就太好了。"

"你这人也真是的！"远子不禁怒声说："为什么那么快就不当一回事呢？我还在生气哟，实在太气人、太令人火大了！如果我没来，你可想过事情会变得有多糟吗？"

　　小俱那微微耸肩，"……别太在意嘛，下次不会发生了。"

　　"怎么能不在意？那群家伙很卑劣，又说出好可恶的话。你难道不会不甘心？不应该随便这样就算了呀。"

　　"我是不甘心……"他不敢确定自己的想法，于是闪烁其词地说："可是怕蛇是我不对……"

　　远子急得直跺脚，"哎呀，真讨厌！所以我才担心留你一个人嘛。怎么办才好？我也不能总是……"

　　她话说一半突然顿住，小俱那眨着眼等她继续讲完，可是她仍旧闷不吭声。静悄悄的林间这时忽然传来府邸侍女呼唤远子的声音，原来她刚下马背，就忙着来找小俱那了。

　　远子猛地背过身不理睬侍女的呼唤，拉住小俱那的手跑起来。

　　"走，我们去看水池。现在我实在没心情在大家面前笑着问安。"

　　远子拉着小俱那的手，一直漫无目的地向前跑。小俱那猜不透是怎么回事，不过还是顺从地跟着她。然而，他留意到远子的脸颊不知何时湿润起来，忍不住打破沉默，因为这女孩从小就不曾如此默默哭泣过。

　　"你怎么了？今天很不寻常喔。"

　　远子并不回答，也没拭去淌下的泪水。

　　"你在生我的气？"

　　远子摇摇头，仿佛决堤般冲口说：

　　"……我们要是不会长大就好了，能一直像现在有多好。可是娘说过，小俱那是男生，以后会长得比我还高大，我有一天也会变成女人。好奇怪喔，说什么有一天会变，那我现在算什么？就是因为觉得自己是女生，在被训斥这个不能做、那个不能做时，才会样样忍下来，这样子我不是被骗了吗？到底还要再怎样变女人？你能懂我的意思吗？（小俱那老实回答不懂。）而且，还说我若变成女人就非住在山上的斋宫里不可，还必须要修行，所以能像现在这样生活的时日也不多了。今天娘就这么说……"

"你要成为巫女？"小俱那一脸难以置信的表情问，又小心翼翼地多加一句："——就是远子吗？"

"我才不想去斋宫那种又冷又寂寞的地方，而且我若不在，你又会老是被人欺负了。"

声泪俱下的远子逐渐抽噎起来，小俱那想安慰，却不知如何是好，因此一脸苦恼。

"远子，别哭喔。现在是新年，而且你瞧，走路不看前面很危险……"

远子险些迎面撞上一棵松树，被树根绊了一下才停住脚步。小俱那看她站定后望着自己，就对她说：

"我不觉得被人欺负得很惨，因为这世上到处都有恃强凌弱的家伙，只要别放在心上就好，那些家伙是拿他们没办法的。"

"我讨厌人家说你'懦弱'，当别人嘲弄你时，我会觉得自己也受欺负。我绝不会原谅嘲弄我的人，可是代你出面抗议，又会被人嘲笑说女生帮男生。"

小俱那含糊问道："你希望我向他们报复？"

"无论怎样都行，只希望你能更坚强，让他们不敢再作弄你，只要能让我放心就好了。"

"嗯……"陷入沉思的小俱那仿佛想起什么似的说，"如果让你那么担心，以后我会想办法变得更坚强。我觉得自己并不胆小，我不怕那群家伙，而且严格说来，也没什么好怕的东西——除了蛇和打雷。"

"可是蛇到处都有，天空也常会打雷呀。"

"……是啊。"

"唉……"远子发出叹息，像是死心般擤了擤鼻子。

稍微走了一会儿，可见树林尽头有粼粼波光，刚完工的宫池正水波盈漫。一见到这种景象，远子的心情就完全好转了，毕竟这个年纪还是无忧无虑的啊。这个令两人印象深刻、有小河流淌的谷地，现在变成一大片广阔水面，偏西的阳光照在深碧的水上形成金鳞般的小波，这样的转变让他们大开眼界。都城来的工人早已依照自己心中所想改造了这片风景。

"好壮观喔！"两人异口同声说着，在岸边开心地跑了起来。远子恢复往常的活泼，小俱那也自然跟着充满朝气。

"下游的水已经堵住，我们去看河堤吧。"

沿着河岸而行，可望见河堤工程借由树木或石材堵在河水外侧，完成一道坚固牢厚的土垒和水门，那缜密的建造结构让小俱那佩服透顶，他从没见过人工建筑可以如此卓越非凡。正月初一无人上工，两人趁着这个大好时机，神不知鬼不觉地爬上工人攀登的鹰架，大大满足了好奇心。

"如果渡过这里，就可以轻松走到对岸呢。"

突然动了顽皮念头的远子指着堵住水流的原木桩，这些木桩以每步相隔的距离逐一设置，并横跨到水坝对岸。

"要渡过这里？"小俱那不太起劲地问道。从水面露出的木桩感觉不是很高，但从高处俯瞰反觉得有相当高度，而且桩下的大石块凌乱散布。

"听说对面正在建造都城大王的行宫，三野以后会变成什么样子呢？你想不想去探险？"

"行宫？"小俱那的反应像只小狗，耳朵一下子竖了起来，再加上有远子一脸促狭的笑容在怂恿，让他不能打退堂鼓。

"害怕了？你不是除了蛇和打雷什么都不怕吗？"

"谁怕啊？我只是在想你会不会吓到。"

远子哈哈地笑出来，"我比你还天不怕地不怕呢，什么蛇呀雷啦，都吓不倒我。"

"口气真大。"

其实两人都想不顾后果先做做看,遇到不愉快的事,只要开怀大笑就能将烦恼抛到脑后。远子率先尝试,两人忍着笑开始横渡木桩。

对他们这些身形轻巧的顽皮小孩而言,顺着木桩走并不算危险,就连比这里更高更窄的地方他们都曾挑战过,只不过一直朝西走,穿透云间投射在脸上的阳光让人有点目眩。这时,频频眨眼的远子突然瞥到一只白色鸟影,她想展现自己走得很轻松,便对身后的小俱那说:

"你看,有只大鸟,那是不是天鹅啊?"

"真的是呢,很少看到天鹅独自在飞,是因为与鸟群失散了吗?"小俱那悠然答道。

"……我梦到自己向西方注视着太阳,光芒中出现一只大鸟朝我飞来,那是一只粲然生辉的白鸟……"

突然从记忆中唤起的声音让远子悚然一惊。那是什么?是明姬诉说的梦境。就在骇异麻木中,远子的心头袭上一抹不安。

怎么回事?这光景仿佛是明姬姐的梦境。我在她的梦里吗?不可能,可是……这种感觉……

她不知自己为何会有这种感应,也不明白实际上究竟看到了什么。然而,飞来的白鸟影姿让她有一种感觉贯穿全身而过,那就是"不祥"。

不祥的宿命——

脑海昏乱不清的远子眼前一黑,脚下跟着踉跄起来,但是她还没走完木桩。

"危险!"

小俱那发出尖叫,勉强拉回身体的远子正想着好险没掉在石头上,便一头栽进池子里,激得水花飞弹四溅。实际上跌到水里也好不到哪里,因为池水冷得几乎让她气绝。

远子发觉再也不能呼吸了，冰冷中蜷缩的身体完全不听使唤，原本擅长游泳的她直想不妙。这时却有人从旁抓住她的后颈，努力想将她拖往岸边，不用说那一定是小俱那。虽然远子对他愿意共患难感到高兴，可是究竟有谁能来拉两人上岸呢？光想到这点她就心情沮丧。

幸运的是，有人伸出援手了。那人仿佛对远子的重量视若无物，以强劲有力的手臂将她拎起，轻轻拉到岸上。就在她蹲着连声咳嗽时，只听见那人在河堤上不分青红皂白便一阵呵斥。

"竟然有你们这种无法无天的小鬼！把我们心血结晶的这座河堤当成游戏场。这里可不是谈情说爱的地方，要殉情选别地方去。你们啊，还早十年哩。小鬼头真混账透顶，活该溺水！"

他们立刻明白此人来自都城，因为他的口音也与当地人不同。远子在拢起纠缠的湿发时抬头一望，只见一位戴着奇特头巾的高大男子一边拉起小俱那，一边怒骂：

"你是傻瓜吗？怎么可以一起跳水？遇到这种时候，就该往水里丢些可以让她漂起来的东西，然后去叫人来救援。连这种事都不懂，蠢材！"

小俱那不知如何应对，牙齿猛然打战格格发响，连一句话也说不出来。戴头巾的男子见状咋舌道：

"你们两个若不想冻成冰棍，就快跟我来，不过我只能提供火让你们烤烤罢了。真是的，竟然有人爱在这种冷天里泡水，平常大新年的元旦是不会有人来这里巡视的，算你们走运。"

离水池不远的林荫下，搭着几间不起眼的临时工房，男子走入其中一间。那是一间屋檐低矮而朴素的泥地小屋，不过里面只放置必要用品，因此还算宽敞。屋内正中央辟着一方大坑炉，来自都城的男子毫不吝惜地将柴薪豪爽地抛进炉里。炉火熊熊燃烧、烟气弥漫，他让两人换下湿衣，在未干之前，取来自己的宽大衣服将两个小孩裹得活像蓑衣虫。虽然他嘴上嘀咕着只准烤火，到头来却还是端出一只锅子。远子望着他修长的腿迈进踏出的模样，暗想此人嘴上虽毒，心肠倒不坏。

除了男子发出声响外，周围静谧到似无人迹。暖意让远子心情一松，问道："这里只有你，没有别人了？"

"新年当然和妻儿一起过，大伙儿如今正在家乡大啖美食呢。"他答道。

"……那你呢？"

"我是单身汉。"男子说着，终于在两人身旁坐定，稍微烤暖身后，才仿佛刚刚想到似的摘下头巾。

初次显露的面容比他讲话的口吻显得更年轻，一副刚成年的模样。骂远子他们时虽然讲得头头是道，眼瞳中却带着也想加入搞怪的神情。然而让远子讶异的还不仅于此，她总觉得他似曾相识，于是转头望着小俱那，突然大嚷：

"原、原来啊！"

男子眉头一皱，看着远子，"这次又怎么了？你好像老静不下来，这样会嫁不出去喔。"

"可是，你和小俱那长得好像，我第一次看到这么像他的人。喂，小俱那快看，他跟你很像哟。"

"会像才怪呢。"仍蜷着身子的小俱那发出鼻音道。

但是远子十分笃定，两人的确是愈看愈像，无论前额发际、眉宇形状，还是下颌弧形，都大同小异。再过六七年，成为青年后的小俱那面貌可能就与这位来自都城的男子相差无几了。

"小俱那，说不定你本来是都城的人……"

"喂喂，你这么讲我很没面子，好像这种脸在都城多到满街跑一样。而且，把我的相貌和那个拖着鼻涕的小子相比，简直瞧不起人嘛。"

青年虽然嘴里辩着，却还是在意起来，细细窥望着小俱那，接着将少年拉覆到头顶的衣服拨开，继续目不转睛地看着他。

"很像吧？"

隔了好一会儿，男子才说："没错，我认了。"

他交抱起胳臂，声音中难掩惊奇地道："不知道见过我孩提时代的人看到他会怎么说，真想安排他们见个面。真是太不可思议了，我的兄弟不下十人，却没有一个跟我如此相像。你叫什么名字？"

"小俱那。"

"小男孩？名字就叫'男孩'吗？这未免取得太随便了，你是没爹娘疼吗？"

远子不快地插嘴道："拜托你别胡说八道好不好？他是我们家唯一的男孩，所以才取名小俱那，不可以吗？"

"我懂我懂，别那么火大。不过，你们看起来不像是同一个父母生的。小俱那，你知道自己的双亲是谁吗？"

小俱那只说一句："我是孤儿。"

"是吗？"青年哈哈一笑，"简单明了，我觉得你够意思，啰里啰唆的可就像婆娘了。不过我倒想听听看，跟我长得这么像的你，为什么会是孤儿？"

"我不知道，好像是躺在芦苇编的小船上顺水漂来的，是上里的里长家收养了我。"

来自都城的青年大感惊讶似的频频眨眼，"这么说，你们是橘氏一族的孩子？那些家伙……怪不得你们穿得不赖，刚才我是否太失礼了？"

他一边如此说着，一边感到有趣地面露笑意，压根儿也没想正经起来。远子心想，果然来自都城的人不同凡响，完全是一派自信洋溢、自视甚高的模样。男子这回又开始仔细打量远子，让她感觉有些不自在，只是因为他与小俱那外貌相似，才会产生难以言喻的心情。无论对方是谁，小俱那从来都没有这样厚脸皮地盯着人猛瞧。

"……我的脸怎么了？"

"没什么。"青年瞬间笑开来，"我听说橘氏的明姬是位绝世美女，因此在想她的亲戚或许貌似三分。"

"真可惜，半点儿也不像。"

"那就好，我还没幻灭。"

这句话立刻挑起一阵舌战。远子为此愤愤不平，倒是青年对调侃小鬼还蛮乐在其中。

"明姬姐是正牌美女喔，你没见过才随便乱讲，你若见到明姬姐的话，看你还敢不敢瞎说。"

"是啊，我也想见她，可惜异国人无缘接近深闺的公主。"

刚开始绷着脸的小俱那一直保持静默，后来渐渐被青年和远子你来我往的生动对话吸引，他对这个来自都城、又与自己五官相似的青年颇为在意，即使有些迟疑，还是主动询问起青年的出身和双亲等事。

"家父是都城人，家母不是，而我自幼生长在都城。"

"令尊也从事建造河堤的工作吗？"

"家父不止建造河堤，还指挥大规模的建筑施工。我是嫡长子，因此逐渐代替父职，其中一项就是担任这里的工程监督。"

"监督？好厉害喔。"小俱那不禁发出由衷的赞叹。

青年微笑道："你喜欢建筑？那是好事，这可是大有作为的事业喔。"

听了这番话，小俱那也弯起嘴角，远子发现两人露出笑颜时的神情最为相像。来自都城的人似乎也对少年倍感亲切，半开玩笑地说：

"你的气质与我的家系很类似，说不定你就是家父的私生子。假如果真如此，我也不会太惊讶，因为家父从年轻时就风流成性了。"

小俱那霎时浑身僵硬，舔着唇上的伤口。一旦全身气血活络，忘却的伤口又抽疼起来，"……我认为这种事不该乱说。"

"你很懂事啊。"青年爽快地倾过身子，托住小俱那的下巴仔细检查伤势,"既然这张脸像我,那么希望你能好好珍惜。我替你上药好了,正好有个有效的药方。"

就在男子帮小俱那涂上黏糊糊的伤药时,屋外传来马蹄声,三人不禁凝神细听,来访者似乎知道就是这里,直朝这栋小屋而来,猛力拉开了入口的大门。

"请恕属下来迟,在此是否有不便之处?好不容易才……"进屋后,那人话未说完就蓦然打住,他望着远子二人,惊讶得连动作都停顿一半。

"是你,七掬。"青年露出一抹苦笑。

"请问这两位是?"

"是刚从池里钓来的鱼儿,不,我开玩笑的,可不能亏待他们,因为都是橘氏的小辈啊。稍后我就送他们回国长府上,没什么大不了的。"

"属下惶恐,紧要时刻竟然还外出……"

名叫七掬的蓄胡男子是个魁梧大汉,与青年一样具有连头巾都显得渺小的宽阔胸膛,不过可能因为屋檐低矮的关系,他拱身的模样看似诚惶诚恐。

"这口锅子为何在此呢?"

"啊,我原本打算拿来烫酒,你来帮忙如何?"

"……平底锅是不能用来烫酒的。"

大汉拿起锅子离去。远子暗想这两人举止真怪,虽然不知工人之间怎样应对,不过这种场面绝对非比寻常。

稍后,大汉做了热饮端来给三人,他说粗酒里掺有姜末削片和糖。远子和小俱那打从出生以来头一遭喝下这种让身体滚烫起来的烈饮,肌肤热烘烘的,简直就快冒烟了。

青年说道:"那么,衣服也该干了,我送你们回去,家人一定很担心吧。"

来到屋外已是星光闪烁，青年牵出马让他们坐上，前往国长府。空气中泛冷袭人，但说也奇怪，马背上的两个小孩倒不觉寒意，只是瞧着池中的星影叽里咕噜讲个不停（事后回想原来是醉了）。远子尤其饶舌，讨论着第二天即将举行的赌弓①大会，因为青年提到自己十分擅长射箭。

"来自国内各地的弓箭高手都会全力参加这场盛会喔，所以一定热闹极了，每年观览席都挤得水泄不通，就算妇女也绝不会错过这场比赛。我是坐在国长家的女眷专用席看比赛，那里也好热闹，耳朵都快被加油声给震聋了。对了对了，优胜者除了可获得国长的各式奖赏以外，担任颁奖的就是明姬，因此出场的男选手都铆足劲一较高下呢。"

"原来如此，那么比赛赢得很值得。"握着马缰的青年静静浮现微笑。

回到府邸，虽然起了小骚动，但正值新年宴席盛开，大人们顾及宾客都还在座，只罚了远子和小俱那立刻上床就寝。因为府邸仆人还把膳食送去，所以就算被赶进被窝，他们俩也毫无怨言。不过，那位护送两人回府的青年后来在国长等人面前究竟说了些什么，远子他们还是十分在意的。

"那人有向爹提到自己的名字吗？先前说了许多，他却没告诉我们名字，你会不会觉得很怪？"

"也许是不想说吧。"小俱那没尝几口菜肴，就一副想打瞌睡的样子，将手支着头。

"我觉得也许那人就是你的兄长，你们俩实在像到没话说。不过，他好像不当一回事，来自都城的人很率性呢。"

"我在想……"小俱那犹豫片刻说，"那人好像不是工人。"

---

① 为赌注奖品而举行射箭比赛。

"那他是什么人？"

"不知道。"小俱那慢吞吞地道，"为什么我和他长得那么像？"

两人于是不再说话，彼此都预感一种难以言喻的变化即将发生，仿佛昨日以前的岁月永不复返，某扇门扉已从今日开始与新年同时敞开在面前，无法避免的事情即将发生，正逐渐逼近……

可是远子和小俱那不知道那是什么命运，只顾寻思着为何心里会忐忑不安。

3

两人才庆幸顺利逃过责罚，没想到翌日一早就尝到了苦果，原来真刀野命令他们在府内关一整天禁闭。

留在房里的远子满脸挂泪道："太过分了，今天有赌弓比赛耶，哪有人不去看的？一年一度的盛事，这样我不就错过最新的话题了嘛。"

"大家全走光了去看比赛，我想八成连仆人也不在。"小俱那一边说着，一边像往常他讲心虚事时一样，轻摸一下脸，"……也就是说，还会有人为了监视我们反省而留在这里吗？"

"当然没有。"远子回答后，睁大眼眸望着这位搭档，"哇，我真对你刮目相看。对呀，我们的确有反省，只不过稍微出去一下，谁都不会发现的。"

"如果能不惊动大人就好办了。"

一脸认真的远子大动起脑筋。

"我想从最近的地方试试……府内的门窗是行不通的，咱们从屋顶出去怎么样？姨母家的天窗很大，比我们家还容易进出喔。"

小俱那仰望着天井半晌。

"嗯，行喔。但是不能发生昨天那种事，你可别再发呆啰。"

"你说我不能再怎样？"整晚睡饱饱的远子已恢复精神。

"就是掉进池里嘛。奇怪,那时你在发什么愣呢?"

远子霎时蹙起眉心。一定发生过什么事,可是此刻她却满头雾水,一点也想不起来。

"我忘了。没事的,绝不会再发生的。"

在国长府设有可以居高临下观看赛场的高台,脸上沾着煤灰爬上屋顶的两人可以饱览张着布幕的赌弓会场。参赛者超过百名,纷纷穿着各里准备的鲜艳的上羽织服,手持爱用的弓,三五成群聚集一处。

绳索围绕的赛场外观览席上人群拥挤,赌弓比赛原本是橘氏在年初向神明祈求农作丰收的一种仪式,后来会举行射箭竞技的原因,则是由于这场重要活动规模一年比一年盛大,至今已成为全国瞩目的赛事,因此大会虽然依照古式开场,并进行挥举杨桐枝的肃穆仪式,但之后就由民众下赌注,哄闹喧嚣,成为一场不拘礼数的新年娱乐。

"啊,已经竖起第一回合的箭靶了。"远子倾出身子叫道,"青草色的上羽织服,那是上里的代表色呢。小俱那,快看!"

"可别太兴奋又掉下去了。"小俱那浇她冷水道。

"好啦,你看嘛,那个青年也在场喔。"远子声调变了,从这里看不清参赛者的面貌,不过那块奇异的头巾应该不可能错看,正是昨日那个来自都城的年轻人。将两人从池里拉起的青年不知何故竟穿着上里的上羽织服,泰然自若地站在那里,而且手握弓箭……

趴在屋顶上的两人凝视了半晌。

"没错,就是他。那人到底在想什么?"小俱那低声说,"一定是向爹要求的……以那件上羽织服交换,作为救我们的谢礼。"

"哎呀,那不是很有趣吗?他真的像自己夸口说的那么箭技高强吗?千万不能错过他的比赛。"

"的确不能错过,最好对他留心点才是,他好像有什么企图。"

远子略显困惑地望着小俱那。

"我看他不像坏人,而且跟你长得好像。"

"我不太信任自己的长相。"小俱那答道。

两人费了一点劲从屋顶爬到山毛榉树上,又从无人的空巷顺利溜出来。到会场后避开贵宾席,绕一大圈来到民众立席,此处已乌泱泱一片人海,小孩子根本无法探头瞧望。

"只好学他们了。"远子指着像小猴子般挂满树梢的村里孩童,小俱那却摇摇头。

"远子爬上树的话,比隆冬开的樱花还显眼呢。我们必须改扮一下才行。"

他们叫来村里的孩子交换过衣服,结果还得到一个比挂在树上更好的消息,那就是贵宾席底下。那里原本不准擅自进入,但从垂幕下方潜入不会被察觉,因此据说内行的孩子都晓得利用这个地点,远子为此感到啼笑皆非。

"结果还不是在同样的地方看,只是位置比较低罢了。"

场内的比赛进行正酣,来自都城的青年可说势如破竹,还不仅如此,可能因为头巾醒目,他成了全场注目的焦点。远子发现他每次箭中靶心时,群众席就格外欢声雷动。

"那家伙好厉害,应该会比到决赛吧。我还是头一遭看到有人随意瞄准都能射中靶心呢。"一个少年兴奋地轻声说道。

仔细观赛下来,远子也逐渐认清那名青年果然身手非凡。都城人比场内任何参赛者都显得镇定,而且看起来是泰然自若地在享受比赛的乐趣,只在搭箭拉弦的一瞬间,眼神才变得犀锐,远胜过烈冰韧钢,甚至让人觉得自己假如成为他的猎物,真不知会有多少战栗恐怖。他在命中靶心后又会露出坦率的微笑,理所当然地接受众人的喝彩。远子目不转睛地盯着青年,正如刚才那位少年所料的,赛场上只剩下最后两人了,她不禁揪紧小俱那的手臂。

"你在帮他加油?"小俱那问道。

"因为觉得好像是你在参加嘛。如果你变强了,不知道会不会也变得和他一样。"

　　另一人是去年的优胜者，也是颇有名气的好手，年龄比青年至少大上十岁，然而两人并立的靶场上，反而是青年的堂堂仪态占尽威风。此刻远子多少发觉青年具有某种慑人气魄，只见他完全无视满场紧张屏息的民众，仿佛在天地间唯他独尊般搭满弓，一箭决胜，席间发出如雷欢声。

　　"那才叫作强者，小俱那，总有一天你也会像他一样所向无敌呢。"远子一时忘情高声说着，没留意自己还在贵宾席下。不过，席间也发出欢呼喝彩，因此没人听见她的嚷声。

　　颁发优胜奖赏的时刻到了，成绩优秀的选手在罩着篷幕的贵宾席前成排而立，观席上的所有民众都鸦雀无声，心想即使惊鸿一瞥也好，非看到明姬亲自颁奖后才能安心回家。奖赏依序颁赠，最后轮到那名青年优胜者，此时他才取下头巾，上前准备领奖。岂料就在这时，从某处传出一个声音：

　　"那家伙没资格领奖，他不是三野国人！"

　　藏在席下的远子和小俱那都不禁呆住，全场议论纷纷，而且声音愈来愈大。

　　青年已走到明姬面前，他不慌不忙仰望在礼坛上的明姬，从容不迫地开口："我的确是异国人，因此这份优胜赏只能敬谢，毕竟能站在这里我就心满意足了。"

　　已将奖品捧在手中的明姬顿时感到为难，但却不失公主优雅风范地点着头，对青年温和说道："那么，你来自何处呢？能让三野好手尽拜下风，我相信你绝非泛泛之辈。不过现在看来，你和我熟悉的一位少年倒长得很相像。"

　　"那个少年我认识。"来自都城的人庄重地回答，"然而，公主，如此拜见后，我觉得在丰苇原中能与你容貌相似的人可说绝无仅有。虽然有意增广见闻，不过像公主这般天香国色，实在是我生平仅见。谣言总是夸大其词,只不过也有连传闻都无法描述的绝世佳人存在,就像花香或音乐无法言传一般。"

明姬的眸中染过一抹朦胧,她犹疑着,眼神含羞地望向青年说:"你的口才过人,我很明白,请问是否来自都城呢?"

青年微笑起来,以更热切的眼神凝视着她。

"公主知道得很多呢,我的确来自都城,为了能与你相见,千里迢迢来到贵地。我名为大碓,是奉真幻邦大王之命前来三野的大皇子。父王命我不得透露身份,必须私下瞻仰橘氏明姬的丰姿,评量公主人品。然而,在看到公主的确无与伦比,是胜任大王之妃最佳人选后,我终于能安心卸去伪装,表明使者身份。"

"……大碓皇子?"明姬轻声呢喃着。其他人哪里还能发出声响,简直当场呆若木鸡。

"我郑重向公主提出请求,盼你能以王妃身份前往真幻邦的父王宫殿,你正是我们长年梦寐以求的不二人选。"

明姬垂下清丽的长睫,轻声说:"真是大胆的皇子,单独来三野,就是为了在此说这些?大王一族都像你这么大胆吗?"

"视情况才会如此。"大碓皇子答道,又补充一句,"——还有依相遇的人而定。"

众人在经过最初的冲击后,上下一片喧哗骚动,这也在所难免。在席下进退两难的小俱那和远子只好一直蹲在原地,仍在震惊的余韵中尚未回神。

"好险没在席上,不然大家都会猛盯着我的脸瞧。"小俱那庆幸道。

"你竟然像这样一个大有来头的人物呢。"

"不过,这样就能放心了,我们只是凑巧相像罢了,都城里的大王应该没来过三野吧。"

"是啊……说到大王……"远子将下巴搁在膝上，感到十分无趣道，"我真有点失望，那个都城大王竟然是个有这么大皇子的大叔，年纪应该超过爹了吧，却还让明姬姐嫁过去——只因为大巫女说是命中注定，我觉得生在橘氏家族的女性真吃亏。"

"用不着特地建一座岛啊。"明姬说道。
"我不只要让水池实用，还想美化它。"大碓皇子说道。
"这真是造福民生，幸好有水池，将来不知能灌溉多少三野的田地。"
"而且在新建的大殿里，可以看见水中月影的美景喔。"

两人将马和随从留在池边，一起沿着池畔漫步，大碓皇子想让明姬观赏行宫的预定地。阳光明灿，新爽的春息在周围渐浓，黄莺巧啭的清音穿过林梢，如澄澈水晶般滚落，软土中青嫩的款冬花茎展露翠颜。皇子此时正结着高贵的双垂髻，腰间佩有长剑；明姬身穿薄红绢裳，裙摆轻拂着岸边草叶。

年轻秀美的青年男女，行姿仿佛画景中调和的一点，而他们多少也意识到这份美感，在回眸相视之间领会着两情相悦。

"这里的小草很快就转绿了呢，紫堇也开花了。"
"没错，这是早开的花啊。"
"不行不行，请别摘下它。"急忙制止的明姬发觉自己轻按着皇子的手，感到一阵怦然心跳。
"你不喜欢有人送花？"
"是的，那么尽情舒绽的花儿，就不该随意摘取。"
"这花宛如公主般娇美。"大碓皇子微笑道，"还是别摘好了，回到都城时，或许我该对父王说：'橘氏的公主跟传言差太多，其实是个丑八怪'。"

明姬仰起脸道："请别这么说，我命该如此。"

"纳妃的事，你的毅然决然真让我佩服呢。"皇子说着，环顾四周景象，又郑重地道："你看，这里是建筑行宫的预定地，在你成为王妃荣归故里后，就会有与你相称的安身宫殿喔，而且我还打算建造临池水阁，父王也会驾临行幸的——"

明姬稍带调侃般微露浅笑，"真是规划齐全，不过即使得到我，想借此轻易掌控三野也会失算哟。"

"这下可糟了。"皇子将惊讶袒露无遗，"连国长都不敢明言的事，倒让你这可爱的小嘴讲出来，原来公主比令尊还有胆识啊。这么说来，我耳闻橘氏的公主拥有不可思议的力量，是真有这回事吗？据说取名为常世国果实——馨香之橘的公主，像传说一样，受赐有不死的力量。"

"你从哪听来这些话的？我可没有获得不死的力量喔。"明姬倩然笑着，让柔裳的裙摆飘曳起来，翩舞般转身一圈。"我只是平凡女子，是个乡下姑娘呢。"

"你适合阳光和清风、湛水，只有身在那里，才能让你更添明媚，不应为父王——攀折。"

"请别这么说。"明姬忽然眼露严肃道，"我很清楚你是为大王来提出纳妃的请求，因此从一开始我就有觉悟了。"

两人凝目相望片刻后，皇子抛开原先的话题，说："对了，要不要到岛上走走？现在有临时搭建的渡桥，可以试着过看看。"

由土堆建成小山的人工岛还没有种植草木，凹凸的岩石随处可见。脚边土地尚未整平，因此皇子护着明姬，牵起她的手。

"现在景致还不算美，我想不久要在这里增加四季分明的花彩枫红，将此处打造成宫苑里的一处盛景。你喜欢春天还是秋天呢？"

明姬没有回答，只感叹地说："你将风景全照自己的意思做安排，难道不会害怕吗？"

"怕什么？"

"就是大地上有神明的存在。"

大碓皇子不可思议地望着她，"是吗？至少我还没遇过。"

"可怜人，你没受过大地女神的眷顾吗？"明姬如此说时，忽然不慎踏在摇晃的石头上，石块一滚动，让她脚下踩空几乎失衡，皇子瞬间抱住她。

"如果你是女神，我会懂的。"大碓皇子轻声说，吻住臂弯中的少女。多么短如炽焰的亲吻，明姬瞬间推开皇子，叫道：

"你竟然做出这种事！你——难道忘了自己的使命吗？"

"我不会去向父王复命的，大王想在哪里拈花惹草是他的自由，我绝不会将你交给任何人。公主，从第一眼见到你，我就相信你是举世无双，而且这份心意让我渐渐无法自拔。请听我说，我会在这座池畔为你建造家宅，就在这里双栖双宿吧——再也不离开三野了。"

明姬珠泪盈眶，扑簌扑簌淌落的泪水点湿了粉颊和绢裳，然而就在皇子进前一步时，她却摇头向后退。

"假如真能实现，那该有多好，皇子，我也不知会多喜悦啊。然而，如此做是无法获得宽恕的，因为我必须面对宿命，大王才是我镇魂的对象。你是非常善解人意的皇子，即使没有我，也会蒙受女神深厚的庇佑，一定会得到幸福的。因此，求求你不要试探我，请别考验我的这份坚定。"

明姬一转身，独自步履摇晃地走过桥，头也不回就朝岸边跑去。皇子本想阻止那乌发长曳的背影，却在心情大受打击下无法紧追而去。

坐在岩石凸角上，大碓皇子双手蒙住脸，半晌僵坐不动，鸟声啁啾也传不进耳鼓。然而，他还是察觉到小岛上有些动静，他将手按在长剑上，突然大喝道：

"躲在那里的家伙，给我滚出来！"

沮丧的小俱那在他眼前现身了，"我不是有意的……"

"原来是你。"大碓皇子将剑收回鞘，微露出啼笑皆非的表情道，

"你又来了？好像很喜欢我造的水池嘛。你的搭档远子呢？"

小俱那摇摇头，"今天是一个人来，我受托出来办事，正要回家……"

"好家伙，这是半路摸鱼了？"皇子半开玩笑说着，"好了，你听到的事可别向人说起喔，我也不会告诉别人你偷溜的事。"

小俱那点着头，十分懊悔逗留在这里。

皇子露出百般无奈的表情，拍拍膝头站起来。

"对了，我还是跟你一起回去吧，其实上里的里长好几次邀请我去你们家……暂时留在那里让头脑冷静些也好。"

"那位随从呢？"

"不要紧，我外出行动，他会明白的。"

没发觉皇子正贸然行事的小俱那有点高兴起来，他完全没想到还能与大碓皇子同行，而且皇子在身份暴露后态度依然没变，仍如先前一般豁达爽朗。他们并肩走向通往上里的谷道。

除了远子，平时小俱那对其他人多半沉默寡言，这天是巧遇皇子才打开话匣子，青年也因此成为他的听众。小俱那说到赌弓大会那日与远子换穿村里小孩的衣服，才能混进座席底下看比赛的事，这让原本闷不吭声的皇子好几次开怀大笑起来。

"你们真懂得如何让日子过得精彩，远子也是个了不起的女孩。明姬小时候大概不会这么调皮吧……还是其实也一样？"

"明姬总是很优雅喔。"小俱那说着，又附带一句，"至少外表看起来是。"

"嗯，她看似弱不禁风，却是个很坚强的女子。"皇子自语般说着，又看向小俱那，"不过，尽管我当时那么说，其实我觉得远子的五官很像明姬，她现在虽然是个直肠子的女孩，也许有一天会女大十八变呢。"

"远子会变美人？"小俱那一个劲儿偏着头。

"没想到你们两个连殉情戏都演过了,还这么没情调。"

"远子很崇拜你,还说从没见过这样的高手,现在三野多半的女孩都这么认为呢。"

"也没错啊。"大碓皇子并不否认,直接答道。

"因此我在想,要怎么样才能变强。"

"你也想变强?"

"是的,远子说不放心留我一个人。"

"那可真难为情。"

"我不是不想变强……只要别出现蛇或打雷就好。"

皇子不觉笑出来,"……啊,对不起,没想到你这家伙这么有意思,和你在一起让我心情畅快多了。"

"我还是不能变强吗?"

"这该怎么说呢,所谓很强的根本之意不是靠蛮力……不过如果怕打雷的确有点麻烦。强是指不受动摇的心志,无论面临任何事都能方寸不乱,在做出最好对策时,你就能变强。这与练武的道理相同,武术正是将对决时的心慌意乱压到最低限度的方法。"

说完后,大碓皇子沉默了片刻,接着从胸前若无其事地取出一把怀剑,交给小俱那。

"拿着吧。你用过这玩意儿吗?"

"我顶多会用小刀削木头。"

"这是防身武器,如果遇上危险,只能靠这把短剑守护自己时,就将剑刃直接向外,冷静地观看对方行动,要配合袭击对手的身形移动,然后向前刺出,可别闭着眼乱刺喔。"

"你说什么?"突然被指点剑法的小俱那犹豫地握着剑柄,皇子见状又低声说:

"你马上就能小试一番,我们遇到一点麻烦了,要小心流箭,耳朵拉长点。"

在天然形成的山路上苍松和橡树成荫，两人来到一处状似隧道的地点，这里微暗且不闻鸟鸣，不过真如皇子所言，的确有某种不像沉寂树林发出的气息，一种动荡不安的气氛……

"那到底是什么?。"小俱那悄声问道。

"就连三野此地，也有看我不顺眼的家伙出没。"

"岂有此理！国长绝不会原谅他们的。"

大碓皇子轻轻一笑，"是吗？我要把公主带走，他还会袒护我？"

危机四伏的气氛愈来愈烈，屏气凝神得快让人窒息。虽然小俱那内心半信半疑，游走于皮肤的感觉却印证了大碓皇子的判断正确，何况这是他生平第一次的经验，对皇子而言却不算新鲜。突然皇子二话不说就猛力按他伏下，这时，几支箭破空掠过。望着插在地面微颤的白箭，小俱那瞪大了双眼。

"藏在那里吗？"大碓皇子抬头望着山崖，高声说，"可别净做躲起来偷袭人的卑鄙事，三野人这么没种吗？如果知道我是大王的皇子才干这种勾当，就给我出来把理由说清楚！"

于是从树荫下出现几个人，他们利用当地人才知道的下坡道，转眼间就来到这里。人数约有六七名，全用黑纱或白布遮面，仅露出一对眼睛，手持刀和棍棒。然而皇子拔出长剑时，他们并不立刻攻击，只将两人逼向岩壁围在半圆之内。

站在正前方的男子沉声含混地说："从山那头来的大王之子，就让我回答你的问题吧。我们是土地神的使者，要替天行道，惩罚你这个大摇大摆来三野的狂妄小子。我们不会把明姬交给外人，抬着空轿滚回你的真幻邦吧！"

"作为神的使者，你们还不够格。"皇子歪起嘴角说，"再说，就凭你们几只三脚猫也要替天行道，未免太瞧不起人了吧？"

那几人听到这番话有点畏缩，只能愤怒地叫嚣。

"你敢再说试试看！"

皇子与攻来的第一人一个照面，就轻易将他砍倒在地，接着向小俱那叫道："快跑！"

小俱那拔腿狂奔起来，对方过来一人想阻止他，立刻就被皇子砍倒在地，不过仍有一人执拗地紧追在男孩身后。那人的脚程很快，挥着柴刀直赶上来。小俱那心想，绝不能让自己的背脊被对方有机可乘，于是拼命地向旁一跃避过挥下的柴刀，然后他手握怀剑，与那位敌人对峙。

"哼，胆小鬼！你省省吧。"蒙面的袭击者说道，再次高高挥起闪过钝光的凶器。

就照皇子所说的，看准对手的身形移动就好。

小俱那思考后跃向对方胸前，还未擦身而过，他就感觉自己的手臂到前胸有某种腥热东西四散飞溅。

"呜哇——"对方发出野兽般的惨叫。

小俱那望着他痛苦的模样，简直不敢相信是自己刺中的，完全愣住了，因此来不及招架对方如负伤的熊一般再次挥举的柴刀。

完了。

他刚想到这下子该换自己惨叫时，一支箭发出钝响，正中袭击者的前胸。小俱那一惊回头，只见七掬手中握弓，两腿紧夹马腹疾驰而来。马从小俱那身边奔过赶去救援皇子，在马蹄震响间，气绝的袭击者正缓缓伏倒。小俱那瘫坐在地，发觉自己抖着肩膀不停喘气，他一边注视着不再动弹的对手，即使没揭开面罩，打从一开始他就知道那人是押熊，为了灭口不惜想除掉自己。小俱那仿佛想甩脱眼前景象般移开视线，这回凝视起沾血的剑刃和自己的手。

"喂，七掬，你竟然知道我们在这里啊。"

七掬下马时，大碓皇子已独自站在那儿，看到大汉就活力充沛地招呼着。皇子身旁倒卧三人，余党听到马蹄作响，都纷纷落荒而逃。

"属下看见明姬独自回府，因此觉得纳闷。您没有大碍吧？"

"没事，几个小喽啰罢了，连埋伏也不成样子，不过是一群混混而已。"

"请别让属下像嗅主人足迹的狗那样到处寻找，您身边已经够危险了。"

"我懂我懂，倒是小俱那没事吗？"

"是的，属下已一箭解决他的敌手。"

大碓皇子望着他手中紧握的怀剑说道："你这一剑可让对方吃不消啊，明明只削过木头，身手却不错嘛。"

倘若不是七掬抓起他的手帮忙扳开五指，小俱那实在无法甩脱怀剑。

"我知道这个人，我认识他。"情绪一旦高昂或许真会哭出来，因此少年压低声道。

"是吗？"皇子怜悯地拨拨他的头发，"可是，任何人在快被杀时都会保护自己，因为挂掉就没戏唱了。你是个好孩子，卷进我的是非里险些送命，还真是万幸。"

"属下必须向都城禀报才行，竟然有家伙想取皇子性命，绝对不能轻饶他们。"七掬愤愤说道。

"没有必要，我不想破坏与三野稳定进展中的关系，而且狂热分子也只是极少数吧，过阵子就会销声匿迹的。"

"可是——"

大碓皇子果决地说："别提了，七掬。我喜欢这个国家和这里的人民，不要使用武力，而是让民心自然归顺，我在此很受欢迎，再怎么说都是赌弓比赛的优胜者。"

"……树大招风啊。"

"随他们去，用不着为那些别扭家伙烦心。"皇子再次摸摸小俱那的头，说，"你也放开怀吧，我说你做得很好，所以别在意了。如果想变强，有些事是不能太过拘泥的。"

然而小俱那还是一脸惶恐，因此大碓皇子蹲下身注视着他的眼睛，突然下决心道:"再过不久我将护送明姬返回都城,你愿意一起来吗?在我身边,可以让你学到与我相同的事物,无论是建筑还是武艺,你能获得的知识和技能都是首屈一指的。其实我看得出来你的资质良好,再过四五年,不光是脸孔相像而已,你绝对能成为一流的御影人。"

"……御影人?"

"就是成为我的影子、暗中担任替身为主效命的亲信,你将是我私下的秘密王牌。这项任务很不赖喔,因为我迟早会继承父王大位的。"

4

大碓皇子与小俱那一起来到上里的里长府邸,并派人将伤员和遗体也搬运来此。偷袭者既然捡回小命,就没出息地将其他党羽名字也全数供出,里长家立刻派出勇猛部属前往追缉,如此直到当日黄昏时,大惊失色的国长也火速赶来参与审问落网的嫌犯。垂头丧气的犯人仅仅供出是由他们几人谋划,因此也不清楚是否有幕后主使存在。

皇子并没有执意追根究底——反而认为多事无益,国长对皇子的气度深表钦佩,便吩咐众人不得张扬,不过事情早就一传百里了。

远子起初见到小俱那衣衫沾血地回来,不禁吓得脸色发青,后来得知他没什么大碍,就一个劲地追问个不停。然而小俱那并不想多提,因此她怄气起来,懊悔少年在自己不知情之下,竟然和皇子等人去冒险——更何况自己在这段时间做的事,只有被逼着去参加烦人的练舞而已。远子喜欢独舞,讨厌跟着许多人动作一致地排练。

"不讲就不讲!就只有你跟皇子去闯荡,不能告诉我。就只有你跟皇子要好,把我当外人。如果那样,我也不在乎,再也不跟你说话了。"

一旦宣告绝交,伤脑筋的反而是远子,小俱那没来道歉,一副孤零零的模样,看他无精打采,远子感到很担心,虽然心烦意乱,却拉不下脸来言和。到了就寝时间远子还打算僵持下去，躺在床上竖起耳朵，却没有一点小俱那回来的动静，她终于按捺不住了。

笨小子，怎么害人家这么担心嘛。

小俱那一定是单独到外面去了，他很少会做出这种举动。远子起身披上外衣，取下扇门上的锁就偷偷溜了出去。

寒意渐缓，胧月悬空，南侧主房因招待宾客而灯火通明，担任侍卫守护的当地青年正严阵以待，因此远子直接绕往北侧，四处张望着屋檐低连的仓库。小俱那就在最边缘小仓的茅草屋顶上坐着，仿佛正眺望北斗七星高悬的夜空。远子二话不说便熟练地爬上仓库，在他身边坐下，男孩并未露出讶色，只默默接纳她。

"我……"小俱那似乎不断思索同一件事，"我刺了押熊一剑，也等于是我下手杀害了他。虽然皇子表示从宽，让所有袭击者保住性命，但是只有押熊死了。"

"那家伙做的事可是死不足惜喔。"远子直言不讳。

"连押熊都想杀我。为什么他会那么恨我？你能明白原因吗？"

"错不在你，娘曾说恨别人就会报应在自己身上。"

小俱那抱着膝头，"我不是有意杀他，我只是……对啊，我只是想好好出手。"

远子以充满同情的语气说："你一定很害怕吧？我真不敢想象，对方的追杀绝对是来真的，你一定是奋力抵抗才会刺伤他，那种情况下发生的事，最好别放在心上。"

"我才没怕呢，所以才觉得讨厌。"小俱那竟然语出惊人，"我只想尝试皇子所说的方法……而且试过了，了解该如何用剑，也知道对手就是押熊，可是我不懂自己究竟怎么回事。"

"讨回公道并不奇怪，打起精神吧。你这么烦恼，连我也难受。"

月光下所见的小俱那脸孔，沉静而显得格外成熟，是一张较大碓皇子更为纤细、感情内敛的年轻面容。

"我为什么是这种人?既然怕蛇,却对杀人毫无惧意,这简直没道理,如果是害怕杀人倒还能理解。怪了,我到底是什么样的出身呢?"

"你别这么说,我觉得小俱那只要这样就好,我们不是一直如此无忧无虑地生活吗?"

"我很想变强。"小俱那下定决心般说,"如果能成为皇子那样非凡的强者,就不会拘泥小事,还可以斟酌事理、宽恕他人。我想成为那样——如果长大,就要成为像他那样的人物。"

远子于是展颜一笑,"嗯,我也这么希望。"

小俱那探究着她的表情说:"那么,你也赞成我跟随皇子去都城吧?我……想接受皇子的美意,试试自己能发挥多少力量。"

远子宛如猫头鹰似的频频眨着双眸,"等一下……这是什么意思?"

"我想,或许现在皇子正向爹娘提出希望正式收留我,让我随同队伍前往都城呢。"

"骗人!"远子不禁叫道,在胆怯的小俱那面前,她立刻大动肝火起来,"为什么你事先做这种决定?为什么趁人家不在时决心这么做?太过分了,你把我当什么?大笨蛋,再也不跟你说话了,随你高兴爱去哪里。"

"远子——"

不肯听他解释的远子莽撞地一溜滑下屋顶,在小俱那说"小心"之前,她已从堆高的木桶上狠狠地摔了下来。

对于大碓皇子的提议,不消说,大根津彦和真刀野毫无异议就爽快应允了。能让小俱那伴在高不可攀的贵人身边,那可真是前世修来的福气,夫妻俩为此感激涕零。为了替小俱那饯行,大根津彦设宴招待乡里众民,真刀野则全心打点旅途行装,她唤来小俱那,以最近难得的举动将他紧抱在胸前,说:

"因为是娘才忍心让你走，懂吗？正因为你是我儿啊，我知道待在这种乡里只会埋没你的将来……不过可别忘记，娘和家中所有人都会一直想念你，如果觉得孤单，就要先这么想喔。"

远子整整两日都不跟他开口，而且静默得出奇——从仓库跌下时扭到的脚踝，也让她不得不安静。然而小俱那回房想对她说话时，少女就将头蒙进被子里，三番两次被她拒绝后，直到隔天晚上，小俱那表情相当严肃地道：

"都是我不好，请你原谅，无论如何讲几句话吧。喏……明天我必须去国长府，后天轿子就要出发前往都城，只有现在可以聊一点，拜托你说说话……"

被窝中仍旧一片沉默。

"我知道你会生气，可是反过来看，最近远子也同样说过会离开我，你不是说迟早都会留下我而离开吗？"

远子并不搭腔。

"你不在身边，我就凡事做不成……我很明白大家所说的自己就是这种家伙，所以我必须试试看，如果不依赖任何人，自己能有什么作为。无论再怎么抗拒，总有一天我还是会孤单一人，那就在那之前先接受考验，你说对不对？"

突然远子在被里号啕大哭起来，是一种幼童发出无言抗议般的激烈哭泣，而且音量之大，连宴会中谈笑的宾客都讶异地侧耳倾听起来，可是无论小俱那再怎么说，她都一直哭个不休。

别无他法的小俱那回到大厅后，大碓皇子问道："是远子在哭吗？"

小俱那点点头。

"别惹她哭嘛，你的说服方法不好，对女孩子讲道理可行不通。"

"远子是不一样的，我真想哭。"

"喂，别无精打采了，这是为你开的宴席喔。"

小俱那发出叹息，接着轻吐一句："除了蛇和打雷，我最怕远子哭了。"

"我了解。"皇子点着头。

翌晨，在即将从上里出发时，小俱那走去将自己的行李装驮在马上，就见远子正倚着马厩的木柱，只有完好无伤的那只脚上穿着鞋。单脚走来的距离相当遥远，为此小俱那感到十分惊讶。

远子待他走近身边时，将手中的东西朝他一伸，"这给你。"

一看之下，原来是件包好的簇新白衣衫。

"是我缝的……因为没别的事好做，也许袖子缝得不太好，你就带去吧。"

远子的双眸通红，活像祭典舞人般上过红装，不管是缝衣还是哭泣，总之整夜未阖眼却是事实。

"谢谢，我正好可以穿。"

虽然线缝粗得吓人，小俱那还没笨到计较这些。

"那你何时回来？"

小俱那困惑地望着她，倘若随口讲"很快回来"会比较简单，然而唯有对远子，他不想说一时安慰的谎言。就在他无言以对时，远子说道：

"你一定要回来，我哪里都不去，会一直等的。直到你回来之前，我是不会到斋宫，也绝不会变成女人，会留在这里等下去，你要回来喔。"

远子说得十分认真，小俱那知道远子也讨厌口头上的承诺，被她一本正经的气势慑服，他唯有点头答应。

"嗯，我会回来……回故乡与你见面。"说出这个决定，心情也为之一松，小俱那微笑着继续说："那时我一定会变得很强，让你瞧瞧，不会再令人操心了。"

远子露出"那可难说"的表情,"我觉得自己永远不会放心,不过你一定会达成心愿。如果皇子那里没有想象得这么好,赶快回来也没关系哟。"

小俱那听了有点丧气,不过这时却笑逐颜开,"一言为定,我会回来的。"

整理好旅途的装束,明姬静静离开房间,想好好将这个自幼生长熟悉的府邸和庭园再次烙入眼底。她全身盛装打扮,发梢及颈间、纤腕上连缀着玉饰,款款走来,翡翠和玛瑙小圆玉发出敲击的翠音清动。这玉响,让她觉得自己仿佛被隔离在这个曾经裸足奔跑的空间外。昨日,她独自前往斋宫拜见守护氏族的大巫女,接受身为橘氏之女最后的戒规,一想到此,就觉得自己从无忧无虑的少女起了莫大的转变,心中因而有些怅然。

陷入思绪中的明姬就在行经回廊转角时,忽然抬起脸庞,只见大碓皇子正立在那里。她蓦然一惊,连手足指尖都感到一阵震撼冲击,如此近距离见到皇子,还是走访行宫建地以来的第一次,自那次之后,她就特意留心避免与皇子同席,然而如今事出突然,让她简直无从逃避,绕庭来此的皇子似乎已等候多时。

明姬一瞬间僵立原地,又随即恢复自持,原本她的性情就属于冷静而从容不迫,为了避免失礼,她保持着一贯的谦和,优雅地将头略低,凌波微步般正想走过皇子身边。

"你连打声招呼都不情愿了?"大碓皇子开口说,"从坐上御轿的那一刻起,你就是王妃了,我永远无法再如此望着你,这是最后的机会。"

听到他的话语,明姬还是悸动起来,她意识到宽腰带缠紧的胸口一阵闷苦,微微颤声说:"你希望我说什么?我已无可奉告。"

"那么,只要让我牵你的手。"

"不可以！"感觉皇子触到自己的手，明姬仿佛遭火花掠到般，将身子向后退，"请恪尽你的职守，否则会被大王责罚的。"

"父王已有三位宫妃，至于身份低微的嫔妾数目到底有多少，我也不得而知。你也应该明白大王无论就地位或性情方面，都不会只爱一位女子，即使我的母亲身居正宫也同样受到如此待遇。我有预感你将会因侍奉父王而心伤，实在为你感到不值。"

明姬勉强挤出一丝微笑，"你这么说，其实还不是与你父王一样？总有一天登基成为未来的大王，将来也会身处同样立场，拥有佳丽三千，君临多方国家。"

大碓皇子露出不悦之色，"可是我还年轻，而且也没有别的女人。如今遇到你，我就更无意仿效父王的行径。这样好了，明姬，我若为你抛弃皇太子的地位，你愿意相信这份心意，甘心跟随我吗？"

"你不能这么说，我私底下由衷地期望你能成为将来的大王。"

皇子深情地凝望明姬，眼神流露着唯盼能从她眸中搜出一丝希望。

"你不了解父王宫中的现况，众妃纷纷将其他对手及子嗣视为眼中钉，如果你也身处其中，大概就不会如此说了，万一……万一你怀有身孕，我就会成为你想除掉的对象。"

明姬悲切地摇头，"怎么可能有这种事？无论遭到任何变故，我绝不会忘记皇子。"

"你若有这份心，为何——"就在皇子情不自禁地努力游说时，明姬迅速开口阻止他。

"巫女终生只能尊奉一位神明，皇子，请将我当成是这样的身份。我虽以女人之身出阁，却长期受巫女教育的熏陶，在被宣告必须侍奉大王的任务时，就已超越了我本人的意志。能与你相遇实在幸运，可是请让我平静地走向命定之途。"

大碓皇子无力垂下伸出的手臂。他如此热切地盼望，却换来这般坚定的拒绝，在他年轻的生命中这还是头一遭。

他失意却无处发泄，甚至感到怒火狂烧，于是激动地道："你好残忍！早知如此，当初若没对我微笑多好。"
　　……你不明白，这对我来说也是多么残忍的事啊。
　　明姬虽如此想着，却说不出口，只有俯首握紧衣袖，这时皇子别过脸，肩膀抖颤着愤然离去。她心想，这样也好，于是涌泉般的泪水扑簌直落。

　　数日前落的春雪尽消，散着清芳的黑土更催草色青嫩，泛红的新木芽如今也蓄势待发，樱花绽放的三月已近。这天，在各方的临别离情中，明姬的轿舆启程前往都城。三野的民众沿途依依不舍为她送行，虽然众人口口声声说光荣赴都，内心却都是百感交集。跟随轿后的国长，以及先行的大碓皇子，两人都面容严肃，在高乘的马背上摇晃前进。小俱那骑马在国长身侧，不能像独自一人时可以东张西望，因此感到相当焦急，他想再看一眼远子，可是少女竟不在人群里，她明明说会来为队伍送行，结果却没在场，难道还蒙在被里……
　　队伍前进，挥手的亲族众人愈渐远离，来到最后一处转角，就在即将看不到送行人潮前，小俱那最后一次回首，这时，仰头望见远子正在府邸屋顶上，原来她照着赌弓比赛那天的方法从天窗爬了上去。光想到少女要如何拖着伤脚行动，小俱那的内心就不禁凉了一截。
　　远子在看见小俱那望向此处时，拿起不知是母亲的领巾还是长布条，使劲挥舞起来。飘冉长曳的布巾十分美丽，不过看样子她似乎又将跌下来，无法阻止她的小俱那不禁倾出身子。
　　"小俱那……"就在国长警告"小心点"要继续前进之前，少年已从马背摔下来，只能任由侍从重新将他抱回马上。

第二章　御影人

1

"啊，长得真像。"

"嘻嘻，好可爱，就像皇子回到小时候一样。"

"也让我瞧一下……"

小俱那连心情放松的时间都没有，好不容易结束这趟旅程，刚抵达皇子的府邸，就有一群女子陆续来窥看他。她们穿的是只有在三野祭典日子才会出现的华服。

的确是翻山越岭才来到此地，依照大碓皇子的说明，乘轿只需五日就可抵达，这趟行程并不算远，若是骑马只要一半时间。然而对生平初次离开三野的小俱那而言，只隐隐觉得丰苇原十分辽阔，自己当真来到千里之外了。小俱那有这种想法也在所难免，因为土地、屋舍、道路、民众……都城的一切都与故乡截然不同，就连皇子指给他看的父王寝殿也宏伟壮丽，简直让他目瞪口呆。不仅如此，在得知包括坐落在寝殿四周林间的几处大殿总称为"王宫"时，他又受到极大的震撼。这样广大的占地，在三野都该算一个乡里了。

"真是的，全是一群好奇心重的侍女。小俱那，别管她们。"换装后神清气爽的皇子出现在眼前,原本别扭坐着的小俱那终于安心站起身。

"她们帮你打理过了?"

"是的……"小俱那暗想,浴殿真是恐怖的地方,服侍的好几位侍女在看到他面孔后,没有一个不喋喋不休的。

皇子在唤他跟随之后,望见少年露出犹豫的表情,就笑着拍拍他的肩膀。

"放心吧,没人会将你当作游街示众的罪人,连我都快被这种比较长相的玩笑给烦死了。你就住在安静的单房吧,三姑六婆也不会靠近来烦人,你大可慢慢习惯这里的生活。过阵子等有什么适当时机,再带你去见我的母亲——还有父王那里也迟早要去。"

小俱那想起那座寝殿,就是在屋宇上高架着涂有金箔的殿梁饰木的宫殿,于是他突然问道:"明姬会住在那座大宫殿里吗?"

原来同乡的一行人皆随轿穿过寝殿前的中门,只有小俱那一人与大家分开。大碓皇子的府邸在通过大王御殿后还要再继续前进,就坐落在东山麓的附近。

"现在是的。"皇子答得十分无力,声音中还略显硬涩,"不久她便会受赐住在新居宫殿,那就与我无关了。"

"国长一行人要回三野时,我是否能去问安呢?"

皇子稍微思索片刻后,说:"不能……或许这样对你很过分,不过我想先暂时保密,别让宫里太多人知道你的存在,因为若让大家知情,身为替身的价值就少了,我不想公开你从三野来的事。"

小俱那点点头,"没关系,我不在乎,因为已经向国长慎重道别过了。"

"你很懂分寸。"大碓皇子微微一笑,语气略带认真地说,"今后你会学习很多事情,首先该知道的一件事,就是在此必须随时注意防身,稍有大意就有危险。即使父王的宫中宽敞又热闹纷繁,可是危机四伏不下于暗夜里在森林独行，你能相信吗？"

"真不敢相信。"小俱那讶异答道。

"是啊，不过身为大王皇子就是这么一回事，你也必须记住这点。我是逼不得已才使用弓和剑的，因为若不锻炼就有杀身之祸，所以才练就这副身手。"

"到底您会被谁……暗算呢？"

"是啊，我树敌太多了。"仿佛乐在其中般，皇子语出惊人，"暗中抗拒真幻邦统治的各地国长若有机会，就想铲除大王和我这个皇太子；父王的其他妃子则想推举自己儿子成为皇太子，同样想除掉我；至于支持各位皇子的大臣也各有算计。这些事情不会摆上台面，可是权力斗争是很激烈的，宫内所有人都是笑面虎……而且，父王也会突然下旨，借着派遣危险任务来试探我的能力，像是讨伐叛乱、担任危险的使节工作，如果顺利完成任务，就会得到父王更多器重，而一旦失误，就只会没命。"

眼见小俱那陷入沉思，皇子的表情转为缓和，将手放在少年头上。

"不过，也没有我说得那么严重，如果习惯了这种生活，就能驾轻就熟。至今我通过了各种考验，今后也打算继续努力。"

单房坐落在经过长长回廊后的庭院角落，幽静的庭院四周松林环绕，还有一座小古池，庭石和绿苔烘托着园景沉静有致。大碓皇子推开门扉，久未使用的房内依然保持整洁，显得十分空荡。

"就将我在你这年纪时所用的东西都搬来这里吧，无论起居还是一切行动，都依照当时的我来学习。至于师父的话，就由我来挑选最优秀的人才，虽然我不常留在这里，不过眼光还错不了。"

"……皇子不在这里吗？"小俱那仿佛刚被捡来的小狗般望着青年。

"我必须四处奔波，还要到三野好几次，因为那里有行宫；不过我会尽量帮你打点一切，你是我选的替身，就等于必须为你的将来负责，因此不能坏了你的前程，我们相处起来一定会情同手足。"

大碓皇子突然灵机一动说："对了，这次到三野时，就派人去详细调查你的亲生父母好了，或许会有线索。"

"十二年来都不知道的事，哪有可能查出来！"小俱那露出不抱太大希望的表情。

"试试看吧。对了，作为我的御影人，你的名字不太适合，取个新名字好了。小碓——怎么样？就像我的亲弟弟一样。"

小俱那虽对皇子的煞费苦心感到高兴，可是在他耳际响起了远子曾说"他是我们家唯一的男孩子"，就觉得还是原来的名字最好。

大碓皇子认为"最佳师父"的人选，第一位就是七掬，能有此人做师父，小俱那高兴得连自己都感到惊讶，没有任何熟面孔毕竟让他格外不安。

"有关野战和打猎等知识，七掬在都城里无人能出其右，当然射箭也由他来指导。"皇子颇引以为傲地对小俱那说，"七掬曾教我射箭，是最功不可没的师父，你就整天跟着他好好学习，而且他还是长期跟随在我身边的最佳侍从，在他那里可是学无止境喔。"

接着，皇子对七掬说："就这么说定了，从今天起你就是小碓的师父，就像当时教导我一样严格训练他，住宿也在这间单房，必须和小碓一起行动，可以吗？"

恭谨的七掬是个不带压迫感的人物，他满脸严肃地行礼后，说："属下欣然接受旨意……"

"没有任何人像你跟在我身边那么久，也没人能像你这样对我的脾气和性情摸得一清二楚，小碓能不能成为优秀的御影人，就看你的本事啰。"大碓皇子爽朗地说完，正准备离去，就在这时，七掬突然犹豫地对主子道：

"皇子，请恕属下有个不情之请……"

"怎么？有什么意见就尽管说出来。"

"请您选宫户彦来接替属下的侍从一职，虽然他年纪尚轻，却十分可以信赖。"

皇子面露不悦说："侍从的人选由我来决定，不用你插嘴。"

"……真是失礼之至。"七掬将头埋得更深，皇子立刻表情变缓，还半带调侃地说：

"无论是宫户彦还是谁，都没你有那份猎犬般的能耐，先将小碓交给你吧。"

"请多保重贵体。"

皇子连声说着"我懂"后，这次就真的离去了。小俱那看见七掬一副好生失望的表情，觉得十分过意不去，连"请多指教"也说不出口。

但七掬重新回头望着少年面孔，不再露出失意的表情，只伸出粗厚的大手按着他的肩膀，说："那么，既然我们蒙受皇子赏识，就要为主子成为有用的属下，好好尽力吧。"

"请多多指教。"小俱那连忙说道。

从翌日起，七掬每天带着小俱那前往野山，让他亲身体验这片翠山环绕的真幻邦，并从四方山脊眺览都城的景致。从山上所见的宫殿，仿佛是井然收在小匣里，朱红配灰色的精致工艺品，七掬借由这种方式教给小俱那了解真幻邦的各处要地，同时还锻炼他的体能和脚力。

七掬健步如飞确实令人佩服，小俱那为了跟上他的脚步，有好几个晚上都在腰酸背痛中就寝。身为师父的七掬非常严格，在要求小俱那必须具备与皇子同样能力这点上丝毫也不懈怠。走在山间该学的事情其实很多，比如辨认野兽足迹的方法、选择埋伏地点、设网方式，甚至掩蔽来路的走法、发现药草的诀窍，还有在陌生山道设下路标……这些都是学习搭弓射箭以外所必要掌握的知识。这些训练让小俱那整日从早忙到晚，浑身筋疲力尽的他连晚膳都等不及送来，就开始打起瞌睡。

然而七掬这位做师父的丝毫不打马虎眼，对小俱那完全没有纵容，这归因于他看得出这个徒弟是可造之才。其实，小俱那无论脚再痛也从不抱怨，亦不会因为习武过于艰苦而想家，就连发脾气都不曾有过，对于师父传授的技巧很快就能融会贯通，也能灵巧地活用招数。但是以七掬的标准来看，觉得少年表现虽好，比起当时同龄的皇子还是略逊一筹，最大原因就出在"蛇"的问题上。

走在春日的野山间，没有蛇出没才是怪事一桩。每当有蛇出现时，小俱那总是大呼小叫，将学过的所有技巧都到九霄云外。望着他猛跳起来没命逃开的模样太过夸张，差点没笑出来的七掬就装出更凶巴巴的表情说：

"瞧你这副德行，只能收拾行囊回家乡去啰。要想当皇子的替身，却被这一两条蛇给吓昏了，怎么行？如果大碓皇子讲你没出息，那才真是丢尽面子，懂吗？"

小俱那嗫嚅着："我想忍、忍住别怕……"

"下次再看到蛇千万别乱嚷嚷，愈想它可怕就会愈害怕，镇定下来仔细瞧，也不过是一条长虫嘛。懂了没？为这种东西大惊小怪，我可饶不得你。"

打着哆嗦的小俱那点点头，"好，我试试看。"

结果，就在一条蝮蛇滑过等待猎物的两人身旁时，小俱那真的一声没吭。当七掬对他说"只要有心就一定克服得了嘛"时，少年还是静静的不搭腔，原来早就晕倒了。

七掬左思右想，认为小俱那在日常生活中见惯蛇的话，恐惧就会自然减轻。于是，他大费周章地去找来蛇蛋，决定在瓮里养起小指头粗的小蛇，又命令少年拿食物喂它们，心想亲自养过的动物就不会吓到失常了。

小俱那按照吩咐拿蜘蛛和青蛙喂养蛇，结果虽然他不讨厌养蛇，自己却渐渐变得没有食欲。七掬眼看徒弟原本应该养得很起劲，现在反而食不下咽，于是某日在不知蛇正是祸首的情况下，将小俱那严厉斥责了一顿。

"送来的食物别剩下来！这可不是简单的一顿饭喔。给我听清楚，你的身体已不只是自己的，而是当成皇子的御影人才托付给我，对你来说，快点长大也是要紧的任务，牢牢记住这点再吃饭。"

少年老实地点着头，乖乖吃完剩下的菜肴，勉强硬塞进嘴里的饭菜简直食不知味，看在眼里的七掬心想这是为他好，假装视而不见。

小俱那每天都将膳食吃个精光，不知何故却面带菜色，不过他并未疏于训练，因此七掬深信他绝对能克服这段艰困期。岂料这天小俱那在山道上突然蹲下后就倒地不起，七掬慌忙抱起他，手触到那身体时只感觉骨瘦如柴，这让做师父的实在错愕不已。

"怎么回事？最近应该吃得很正常才对啊。"

当日背小俱那回府邸，等他恢复清醒后询问，七掬这才知道原来少年因为养蛇才胃口大减，将硬装下肚的食物又全吐出来，于是七掬真的拿他没辙了。

"为什么到现在才说出来？你以为假装吃过就有力气走路了吗？"

"对不起……"小俱那在被子里缩成一团，"我想克服怕蛇……真的。"

七掬暗想，这孩子可真怪，也分不清他到底是没骨气还是有志气，直到昏倒为止都没让他发觉，能忍耐到这种地步绝对很辛苦，他简直没料到一个十二岁的小孩竟能不露声色地忍耐至此，七掬因此对他另眼相看。

那天正好大碓皇子返回府邸，问起少年的学习情形，七掬将这件事情予以禀报。

"……属下总觉得就是因为自己一心沿用教导皇子的方式，所以才会判断错误。回想起来，皇子无论何事都会直接表达情绪，练倦了就抱怨、表现好就沾沾自喜，可是那孩子并非这种个性，尽管面貌相似，性情却截然不同。"

皇子于是笑起来，"听你的口气倒像是我耐力不够，不过算了，小碓有这种素质是件好事，这样的人才不是更适合做替身吗？帮我好好照顾他，他的将来就拭目以待了。"

"如果没有讨厌蛇的怪癖，他真能成为您一流的左右……"

"他也说过讨厌打雷，这是勉强不来的，不能凡事要求尽善尽美。小碓若到我这年纪还怕这些就另当别论，不过反正还有时间，别急于一时。假如他无论如何都不能改变，那干脆我也来怕这两样东西好了，主动接近影子也不算坏事吧。"大碓皇子心情愉悦地说，并没有认真当一回事。

因此七掬改变想法，回到住所后就将蛇罐一脚踢了，来到还卧病在床的小俱那身边，告诉他："以后别去管蛇了，好好睡个两三天，还要多吃点东西。"

小俱那紧抓着被缘，大睁双眼仰望着他，"……我要被遣送回乡吗？"

"我没这么说。"

突然间，七掬同情起这个小孩。自从来到都城那日起，尽管他将小俱那视为要培植成日后御影人的对象，却从不曾留意到他是个才离开父母的孤单少年，而他不也是尽量努力不显露思乡情切的心思吗……

七掬在床边坐下问道："还是你想回乡了？你几乎从没说出自己的感受啊。"

小俱那稍稍注视天井半响，不久摇头小声说："我不想就这样回家……根本一点也没变强，即使想尝试任何事，也全都做不好……"

"你表现得很好。"七掬第一次称赞他，"不过，就是太木讷了。虽然听从命令是好事，不过讨厌时就该讨厌、难过时就要难过，必须讲清楚。我是个粗人，你不吭声的话有些事我可能就无法明白，懂吗？"

"……至今都有远子在，因此不明说也无所谓，她总在我开口前就了解我心意了，可是这里只有我一人，必须自己表达想法才行。

小俱那如此想着，刹那间突然好想回故乡，想得几乎窒息，他按捺着感情起伏，好不容易才抚平心痛。

他注视着七掬的浓胡脸，试着轻声问："您会希望我回家比较好吗？"

"为什么你会这么想？"

"其实，我在拜师时就想跟您说对不起，而不是请多指教，都是因为我，害您不能当皇子的侍从……所以……"小俱那支吾着，又落寞道，"您不是片刻都不想离开皇子身边吗？"

七掬又重新对小俱那刮目相看了，这个静默的少年尽管寡言少语，其实对周遭状况可说体察入微，经他点明后，七掬才初次发觉自己的确怀有不满，只是没想到自己无法在皇子身边效力的焦躁心情也会传染给这个少年。

"不能当皇子的侍从，我确实很遗憾。是啊，你真聪明。"七掬语气缓和地说，"不过这不能怪你，就算你不在皇子也会疏远我，有时还会避不相见……皇子说我太敏感了。"他说到这里叹了口气，"皇子在策划某些不良计划，不愿让我知道时最危险了，谁也无法阻止他。我察觉为何会导致今日的局面，都是因为从三野带来那位公主的缘故……假如他没轻举妄动就好了。皇子的个性不容易陷入恋情，但也绝不会轻易割舍情缘，若真能在别处随意找个好姑娘便罢……因此我才会担心啊，可是在这里穷操心也不是办法。"

小俱那对恋爱至今仍一窍不通，不过觉得七掬没在池畔看见当时情景，却还能这么了如指掌，实在太厉害了。

"不用在乎我的事，让你担忧也是我不对，此后就继续好好练习吧。你是个好弟子，很值得期待喔。"

七掬露出微笑，是许久不曾见到的笑容；小俱那也报以微笑，是第一次显现的笑颜。

"七掬，"小俱那突然说，"我好像肚子饿了。"

就在此刻，两人间的小芥蒂终于化为乌有。

2

夏日来临，在青空涌起砧状云的季节，伴着傍晚骤雨的雷鸣，真让小俱那和七掬的烦恼比对付蛇的时候更严重了。雷云虽不同于蛇会动辄出没，不过一旦出现可不是七掬能赶跑的，光听到远雷的微响，就让少年坐立难安起来。

哪有这么离谱的家伙……

七掬不觉纳闷。在一同生活中，他看清小俱那并非怯懦之辈，从拉弓的架势就一目了然——小俱那善于射箭的潜力与大碓皇子可说在伯仲之间，也有严以律己、全神贯注的资质。

而且小俱那几乎不怕黑暗，也不畏高险或肉身苦痛，从性格来看会觉得他属于慎重型，特别是那副奋不顾身的态度，有时甚至让人觉得带些傻劲。这样的小俱那却一听见打雷就猛打哆嗦，汗如雨下，不但无法忍受独自一人，还揪住七掬的袖子死都不让他离开，连在屋檐下也不得心安。这种近乎异常的恐惧感，让身旁的七掬无法心平气和。

"我也不喜欢打雷，直劈下来还真恐怖，不过，你怕得也未免太夸张啦，是因为有过可怕经历，还是在近处目击过落雷？"

经他一问，小俱那摇摇头。

"我见过雷就落在眼前，那棵高杉树化成火柱，耳膜都快被震破了，想起来很惊心动魄，不过也没像你这样，连远方打雷都会吓得跳起来。"

小俱那的表情中带着怯意，仰望着从檐端不断滴落的雨珠。

"听着，闪电和打雷之间是不会落雷的，你连这也不知道吗？"

无论讲什么都是白费唇舌，只要听见轰隆轰隆的雷响，少年就将七掬的手臂抠到发疼。

雷声过后，小俱那终于说出实情，"一听到雷声，我的眼前就会浮现……在空中燃烧的巨蛇……"虽然在晴空万里下，他还是有所顾忌似的悄声说道。

"是怎么回事？"七掬歪着头百思不解，"那么总之对你来说，怕蛇和怕雷都是同一回事，你看到长虫和闪电的感觉都一样？"

小俱那努力思索着，答说"或许是吧"。

"我真搞不懂你。"七掬说着，终于彻底放弃了改变少年。

七掬不仅传授弓箭武艺，也教导少年用鱼叉刺鱼的方法及钓鱼技巧，他成为教小俱那如何基本求生的师父，也将怎样单独在野外潜伏存活的技能倾囊相授。

某日，两人外出去钓鲶鱼，小俱那出其不意钓起一尾大鳗鱼，活蹦乱跳的鳗鱼抓也抓不住，两人东跳西跃，结果还是让鱼溜回水沼里，只剩下变得滑不溜丢的师徒。于是他们笑得前仰后合，声音大得响彻水面，这样一起纵声大笑还是头一遭。

七掬望着小俱那的笑脸觉得格外感动，这个少年鲜少发出笑声，因此才让他特别感慨。那抹难得的率真笑意中带着清透洁净，是不同于皇子的灿烂笑容，却如清水般澄澈。

"你应该笑口常开，因为还年轻啊，皇子在你这个年纪时，每天都会像这样大笑。"笑声歇后，七掬有感而发说，"皇子是个烈性的人，常笑也常怒，现在呵斥人时虽会按捺住火爆脾气，不过为了练就这份修养还着实费了不少力，周围的人也尝了不少苦头。你只有这方面没有必要接受什么训练。"

"我已经训练有素了。"小俱那满不在乎地说，"因为我都和远子在一起啊。"

"原来如此。"

望着映照明空的湖面，小俱那想念起远子。光是一点小事就能逗她发笑，那笑声是小俱那想到就仿佛能听见似的再熟悉不过。

七掬的眼神也像是沉浸在回忆中说："虽然皇子很少哭泣，不过有几次还是让我看见了。那种情况时任谁都拿他没辙，只能避之唯恐不及，连我都跑了。"

七掬为了御影人的教育，有时会提到大碓皇子的过去行为，不过大部分都是因为他不吐不快。这时他与往常一样，在说起皇子的往事时目光变得温和起来。

"我第一次看到皇子哭泣，是在他疼爱的黑驹死去时。悲痛到极点的皇子将关在同一间马厩的所有马匹统统杀光，最后连马厩都砸毁了……唉，那简直是一场暴风雨，他的性情刚烈，为了狂爱宁可受巨创也在所不惜。"

"不应该牵连别的马匹呀。"小俱那说出理所当然的话。

"的确太不讲理，皇子有时会做出这种失当之举。"七掬沉默了半晌，继续起劲地道，"不过，很多人就是受到这种狂逸的个性感召，集结成为皇子的臣属，因为他具备立足万民之上的魅力。我们竭诚效忠的对象，不该是阴险冷酷的权力化身，而是应像皇子这样满腔热血、至情至性的人物。"

群山遍染红意的秋季来临，这时节七掬开始背着锅子去登山。小俱那一直纳闷为何大汉要扮成身上背着迷你小壳的乌龟，直到某日，少年首次射中一只鹿，才终于对那只锅子的用途恍然大悟。七掬当场升火，开始着手剖切猎物。

他的刀法利落，光看就让人叹服。在山道途中随意采集的菇类和野菜，加上鹿肉一起放进锅里，腌酱和佐料也调配得恰到好处，用石头临时堆起的炉灶，不一会儿工夫就煮好鲜肉火锅了。

"你能射到鹿，也算是跟猎人沾上边了，该好好庆祝才对，今天就来打牙祭吧。"

看到小俱那惊讶地瞪圆眼睛，七掬笑起来。其实他最擅长的既非野战也非打猎，而是野外炊煮。事实上，只要做与饮食有关的事情，七掬总是显得比平日更加快活，在试调味时还会露出猫儿般满意的微笑。

"我没法做出宫中厨娘那样的细活，不过要说就地取材煮个喷香，还是比较在行喔。能够获得皇子倚重，也是因为有这项拿手绝艺，只要我在，绝对没有缺乏兵粮的困扰。"

"七掬真行！"小俱那用折下的细竹当作筷子，夹起煮得软嫩的肉片塞个满嘴，接着重新用崇敬的眼神望向大汉道："好好吃。"

这天七掬的兴致也是好到极点，小俱那从入秋以来武艺就日渐精进，做弟子的着实让师父欢喜不少，而且这也与秋季少有蛇类出没和不太打雷有关。两人围着炊火悠闲坐下，沉浸在秋日红叶深荫恬静而清冽的山息里。

"我家乡的腌酱比其他地方都香，我母亲是做酱料的名人。"七掬不假思索就脱口而出，于是小俱那初次有机会询问他的私事。

"您是哪里人呢？是出生在都城附近吗？"

"不，我的出生地是比三野还更遥远的东方国家，从这里去要花一个月以上的路程，越过大河及险山才能到达，是个叫作日高见的国家。"

"的确好远……是什么样的地方呢？"

"是跟真幻邦完全不同的国度，有无垠的旷野、无际的大沼，你们可没办法想象有多辽阔，我和族人就是在那种地方学习打猎。只要鹿群聚集时，犄角就像森林般壮观，那里是能让人一览无遗的辽阔原野。"

小俱那在膝上支着头，想象着鹿角成林的景象。

"真想看看那样的地方。"

"我已暌违故乡二十年了，现在有时也会很想回乡，真想亲眼确认日高见芦苇原上的鹿群是否还是聚集众多。唉，就这样变成一把老骨头，等到不能为皇子效力时，看看能不能回去瞧一眼再断气。"

小俱那注视着七掬说得如此轻描淡写，那魁梧过人的身躯，大把的浓密胡须、鹰钩鼻的面孔……如今想来的确与本地人截然不同,原来离乡背井来到异都的人也不只有自己。

"……您也曾想回乡吧?"

"生长的故土绝不会轻易遗忘,不过我并不打算离开皇子身边,因为受过皇子大恩,他曾救过七掬一命。"他对认真聆听的小俱那笑笑说,"我是个罪人,由于皇子代为请命才死里逃生,而且他还收留我在府邸任职。当时在日高见的我已死过一次,后来因成为皇子的侍从而重获新生。尽管现在还会梦见故乡,但最要紧的仍是皇子,这血肉之躯也是为给他效命而存在的。"

呵着冻僵手指的白冬一过,又是春芽茂盛的季节,这时大碓皇子突然改变心意,将七掬召回身边。不知皇子是否还在筹备"不良计划",总之他依旧和以往一般让这名忠实部下随侍在侧。七掬还是恭谨拜领主子的命令,不过他内心的喜悦之情只有小俱那能感受。少年不禁好生失望,但无法表达这种心情。

七掬是为了皇子……并不是为了我。

一年相处下来,小俱那十分喜欢七掬的为人,想到他不是为了自己就不禁感伤,不过以少年的个性还是默默割舍了,他早已习惯别人比自己获得更多关爱……以养子的身份来看,他反而认为自己被某人视为最爱才不可思议。虽然少年不可能不渴望,但因缺乏自信,又不善于表达自我主张,即使是对自己呵护有加的真刀野,他也不免有所保留。

然而,唯有想到坚持己见又死心眼儿的远子,他的心里才获得一丝慰藉。如果是远子的话,绝对不会忘记履行约定。不过她是橘氏的公主,聪颖的小俱那深知那是可望而不可即的对象,有朝一日,远子也会像明姬一般成为名媛显贵,纵使她信守承诺,也不可能只顾念着他。

如果能有一位像七掬般为自己两肋插刀的志士,不知自己会如何?想到此,小俱那就叹了口气。皇子那样的人物,究竟是以何种心情来接受万民的心意呢?

如果是皇子,大概一辈子都不会想到自己也有被人抛弃的时候……

七掬协助小俱那清理单房,他明白少年心情十分沮丧,而且还了解即使万般不愿,少年也绝不会说出口。其实七掬真希望他能多点孩子气,就算任性一下也无妨,更何况如今自己也为了即将分离而不舍,因此对这个少年的无言忍耐感到非常同情。尽管小俱那与皇子形貌相似,性格却完全不同——在七掬示好时,他每次总露出受宠若惊的表情,所以大汉都用不同于皇子的方式来向少年表达善意。

"我离开后,马上会有新的师父来接任。放心吧,不会丢下你不管的,该学的事情还很多,我能教的毕竟有限。"七掬如此打气,小俱那悄声答道:

"我只想成为七掬这样就行了。"

"那可不行,你将成为皇子的御影人,又不是我的替身,必须要记熟我学不来的文字或算学,你不是喜欢土木工程吗?那些知识是了解建筑不可或缺的。"

"算学?"稍微精神一振的小俱那抬起头,"我私底下有记住一些喔,而且还想多了解一点什么是算术。"

"那就好,要凭意志好好学习,只要有空,我就会再来这里看你。"

果真如七掬所言,在他走后来了三位老师专门指导小俱那,分别是算学博士、文章博士,以及一名武术师父。小俱那连离别都来不及伤感,就没日没夜忙得晕头转向,同时学习这么多知识让他的头简直快烧起来。博士们对少年的举止要求严格,将宫廷礼仪巨细靡遗地强装进他的脑袋。武术师父教的是用剑和矛枪的技法,有关这方面,在跟随七掬时锻炼的体能正好可派上用场,但也不是一项轻松的训练。

大碓皇子与七掬有时会来看小俱那,不过毕竟还是不在场的时候居多,与其说他们不来府邸,应该说根本不在都城更恰当,据说他们远赴别国在各方奔走。

　　博士们不同于七掬，并不能期待相处时有内心交流，不过小俱那醉心于学问，吸收了许多知识，尤其是算学方面开窍之快，让博士也为之咋舌。即使喜爱学习的理由之一是出于排遣寂寞，但这份心情却无人知晓……曾几何时，小俱那已学会天文、历法、纪传等身为大王子孙必须遍览的知识。

　　时光荏苒，还没履行与远子约定的承诺，就这样小俱那来到都城已过四载，现在他十六岁了。

3

　　每过夏季，小俱那的背脊就像鲜竹般伸展，在量身高的柱上刻记号时，他便会想起远子。在这无垠的蔚空下，她成长多少了呢？第四次刻线的高度，只要远子不是个大块头的姑娘，应该不会超过他的身高才对。不过纵使如此，小俱那依旧只记得与远子个头一般时视线相对的情景。

　　十六岁的夏日，对小俱那而言算是平静度过的，学习十分顺遂，读完一两卷书籍，武艺也磨炼到没输师父几场。从入春至夏，大碓皇子带领七掬前往远方国家一直未归，馆内显得空洞寂静，勉强说有变化的，就是小俱那此时已不适合孩童的发型，与皇子同样开始结起下垂的双髻。

　　终于皇子和七掬返回府邸，这时已是红蜻蜓告秋的远夏时节，一个晴朗的午后，小俱那结束每日的剑术练习在井边擦拭身体。这时，留着更浓络腮胡的七掬走过来，神情不像半年以上都没在府邸般亲切熟悉。

　　"有好好补充营养吗？"

　　"七掬。"小俱那回过头，表情一瞬间充满光彩。七掬望着他，觉得那澄净的表情愈来愈像皇子，不过，少年未曾对其他人露过这种表情，因此七掬不由得感到自豪。

"新年以来好久不见了，七掬，伊津母国的情况如何？"

"伊津母吗？那里常发生骚动，不过纷争已经平定，皇子也表示这次真的要在都城多待一阵子。"

"太好了。"小俱那打从心底快活地说，"皇子长期不在，侍女们全都寂寞得发愁，无聊到连这间独立房间也跑个不停。"

七掬咧开嘴纵声大笑，"这样也好，你终于连这方面也能替皇子分劳了。"

小俱那惊讶地望着他，还不懂得七掬玩笑的意思，仍显出一脸稚气未脱的表情，只是修长的体型比以往更像皇子，双髻也衬得他容光焕发。七掬仔细打量少年后，觉得若从远方注视，或许真会把他错看成皇子。

"这段时间你又长高了嘛。"

"身高多出一根中指那么长喔。再这样每年继续长下去，就会追过皇子变成七掬啰。"

"那可麻烦大了，总不能烦劳皇子也穿上高齿木屐啊。"

小俱那笑起来，以训练有素的矫捷动作翻转过身，邀请七掬摆起对练的姿势。每逢见面就以相扑来确认少年的成长状况，这已成为彼此间的一种仪式。两人在井边的平坦草地上过招，没多久少年还是一如往常般被摔倒在地上。虽然小俱那的身形仍在成长，不过还差七掬一个头，身躯也小了一半，因此难以获胜，这只是纯粹在测试力量罢了。

"这比被蚊子叮大力一点吗？"仰躺在草地上的小俱那气喘吁吁问道。

"嗯，是啊，差不多跟被铜花金龟虫咬到一样。"

"七掬，铜花金龟虫是不咬人的。"小俱那以手背拭着额头上说："哎呀，又流汗了，才刚擦过呢。"

在大地上舒展手足的小俱那看似轻松愉快，因为如果不晓得该如何放松，就无从体会真正的紧张。这小子的成长情况良好，七掬因此大为满意，虽然他身体还不苗壮，欠缺厚实的体魄，但并非羸弱之躯，反而潜藏着强韧。

"让你流汗是件好事，不过算学博士向皇子禀告说被你的实力逼得吃不消了呢。"

"咦？嗯……我最近不算是好弟子。"

"你不是很喜欢算术吗？"

"博士的计算速度太慢了，而且不准我用别的方法解题，老人家头脑真是硬邦邦的。"

"……喂喂，别那样对长辈出言不逊。"

小俱那凛然一惊似的望着七掬，换成昔日常见的那种过意不去的表情。

"对不起……最近我有时会忍不住脱口而出。大家灌输了我太多若是皇子就会这样、就会那样，所以才会不小心学皇子那样说。"

"我了解这也是一种御影人的训练。"七掬说着，将一瞬间的错愕巧妙掩饰起来。小俱那的语气如此酷似年少时代的皇子，虽然不是件坏事，却还是让他感到无所适从。

仰望着苍穹，七掬改变了话题，高远的青空浮起小小的鳞云朵。

"这个秋天终于能去打猎了，等山间转红之后再带锅子过去，怎么样？"

小俱那蹦起来叫道："别等红叶了，现在就去吧。"

"草菇还没长出来，鹿肉的味道也差一截呢。"

"那去猎鸟吧，皇子不是很喜欢山禽吗？我已经能射下飞鸟了。"

七掬不禁微笑起来，"笠山的山禽味道特别好。对啊，好久没尝鲜了，皇子或许会乐意参加，我这就赶快去问问看。"

听了这个提议后，大碓皇子表示自己也很想参与，不过刚回宫，必须处理的杂务繁多，实在无法抽身同往，结果仍是七掬和小俱那结伴而行。

皇子遗憾地道："如果猎物很多，你也带些见面礼到我的母亲那里，这阵子很久没去请安了。这么说来，你还没见过我母亲哪。"

皇子突然浮现恶作剧的笑容，从房里取来以前戴过的头巾，模样与初次前往三野时所戴的十分相似。

"这是我以前微服出巡时一直戴惯的头巾，就戴着去参见吧。母亲绝对会大吃一惊，以为时光倒流了呢。"

四年的岁月让大碓皇子的身形有了改变，但跟小俱那相比只不过是些微转变而已。此刻皇子露出调皮闪烁的眼神，几乎可说与以前毫无二致。

七掬心直口快地说："王后见到同行的属下这副老态，应该难以置信吧。"

"没人能像你这么青春永驻了，从年轻时就是这张面孔。"大碓皇子反驳他，然后亲手为小俱那戴上头巾，"成了，替我好好享受打猎的乐趣，不过，先换件衣服再去吧，我到现在都没穿过这么无趣的服装。"

小俱那低头望着自己身上毫无点缀的白衣衫。

"这么说，自从来宫里就看你总是一身缟素，该不会发什么心愿才不穿有颜色的染衫？"被皇子指出后，小俱那困惑地略偏起头。

"不，我没发愿……只是喜欢这种穿着罢了。请问这样的装束很无趣吗？"

听他说是个人喜好，皇子啼笑皆非："倒也无妨，但是再不久，或许臣子们就会以衣色来区别我们。你在做替身时别穿这样，我不想让众臣误以为皇太子连衣衫的染料都得省。"

摇曳的草穗让人感受暑热退后的一丝清爽，叶片也透出盛绿后的浓韵和沉静，小俱那和七掬奔跑在赤紫与小白荻花点缀的野山上，打猎大有斩获。日头还未偏西,两人就射到五只山鸟和七只鹌鹑、一只野鸭,今日的成果到此结束。小俱那尽情享受打猎的乐趣,的确许久不曾和七掬同行了,让他了解自己进步的情形也是一种自我肯定,七掬还清楚记得少年犯过的失误,边聊边笑,那已变成一种开玩笑的方式。

小俱那肩上挑着用绳索绑起的猎物,就在沿路走向归途时,忽然心念一动。

现在的话,或许可以回三野让远子瞧瞧……

直到今日小俱那才有这种想法,他终于承认自己大有转变,有足够的自信与远子相见了。

他们默默走到宫殿,就在刚穿过东门时,七掬突然回头说:"啊,你看,我们不能过去了。"

在他们后方大门的另一侧,正有一顶华丽的轿舆逐渐靠近,紫绢帐幔遮起的轿中似乎坐着一位王妃身份的人物,随轿的从众之多显得气势非凡,而且从队伍的装备来看像是远道而来。七掬看见小俱那愣在原地,就扯扯他的手臂,将他拉到道旁的树林中。

"傻子,快躲好。那是斋宫夫人的御轿,如果被知道我们在夫人尊前还拿着触犯忌讳的杀生猎物,那可要被降罪喔。"

"斋宫夫人?"被推到树丛里的小俱那惊奇地问道。

"你没听说吗?是在祀奉五濑神宫的大王皇妹,也就是百袭姬夫人。"

"我听说过,不过五濑离这里很远,没想到竟然会过来。"

"夫人有时在秋天举行新尝祭时会来真幻邦,话虽如此,今年仍旧算是提早驾临了。"

"即使同样身为巫女,斋宫夫人与守护三野从不外出的大巫女还真不同。"

"是啊,在十几年前,祭祀高光辉大御神的神殿还设在这座宫里,百袭姬成为斋宫夫人以后才移到五濑,据说那时夫人为此费尽千辛万苦。虽然是遵照占卜的指示，不过在决定移到五濑之前，可说是餐风饮露，在各地辗转奔波。竟然能以贵妇之身做这些事……巫女的任务实在太艰巨了。"

七掬隔着树林注视着静静横过眼前的一行人，小俱那也望着队伍，此时以同情的眼光来看，装饰豪奢的御轿似乎也不再让人感觉那么刺目。

然而，肃穆的队伍却迟迟不朝大王寝殿前进，让两人实在等得心焦，而且，他们发现如果御轿要前往稻日姬——皇子母亲——的居所，那么去路就会受阻。众王妃的府邸是建在与寝殿门相通且邻北的地点。

"这下子糟了，究竟怎么回事啊？"

"没办法，绕到后面怎么样？"小俱那才提议，七掬就沉下脸。

"学下仆走后门，身为皇子使者的面子可挂不住。"

"重点是能运送猎物，不是吗？"

于是七掬勉强同意，穿过平日绝不会经过的瓦顶泥墙后方的小路，直接前往宫殿中央。

走了一会儿，平常清扫洁净的宫前大道上看不见的景象暴露眼前，在板墙围起来隔开的地带有仅可容身的狭窄仆舍、家畜小屋、洗涤场、贮污水处、垃圾堆集处……从为求美观、井然有序的大道上排除的一切污秽，全都充塞在这条暗巷。此处居民混杂，连小俱那也为之傻眼，只见几乎使人窒息的低轩相连，还有肩可触及门顶的成排小屋，全建在这片面北而日照不良的恶劣场所。屋顶覆盖的茅草已潮湿朽烂，因居住过密散发出腐败的生活习气。宫廷拥有的建地如此广大，然而光看这番景象，只让人感叹就算乡下贫户也比这里自在。

小俱那提起这里环境过于恶劣，七掬摇摇头表示无可奈何，又说："尽管如此，期待在宫里当差的人还是很多，毕竟这里——是都城啊。"

想起自己宽敞的单房和可以自由走动的私人庭院，小俱那觉得困窘极了，因为至今为止他从未意识到那已算十分宽广，也很难为自己受到的待遇其实远超过应有的身份而铭感五内……即使在三野时，若不是有欺负他的少年指出这点谩骂，他也不会认清这个事实。

"但我绝不会忘记的，我所能做的一切并非是自己该享的权利，而是完全来自他人的盛情厚意，其实我不过是个连父母都不要的孩子。"

望着屋脊连绵的景象，小俱那如此暗想着。

终于来到稻日姬的宫殿后门，此处也是人多杂沓，伙房附近尤其喧哗，原来已到开始准备晚膳的时刻。几口炉灶上冒升着炊烟，送柴薪、搬水瓶、淘米的下仆忙得不可开交。提着猎禽的小俱那和七掬望着他们驻足了片刻，原本应该要请人向殿内传达引见，但这里正勤快干活的仆人们不方便脱身，无意代他们离开伙房跑去殿内一趟。

"你去打听看看吧，我对这种宫里的微妙应对最不在行。"

七掬立刻打了退堂鼓，小俱那别无他法，只好不知所措地继续向前走，就在他努力四下张望时，忽然望见一位束着长发、气质优雅的年轻女子背影。她的穿着与其他人同样是粗麻短衣，腋下夹抱着装青菜的竹篓，但一瞧她的走路姿态就知道举止洗练优美，而且从发长来看并不像是下仆身份。小俱那轻轻跑过去，从后面呼唤她。

"姑娘，我想请问——"

女子迟疑地回头，才见到小俱那就花容失色惊叫一声，竹篓也失手掉了，青菜撒落一地，女子仿佛撞鬼般别过脸去，不顾一切地直向广场跑去。小俱那霎时愣在原地，茫然望着她远去，又回过神连忙紧追在后。

"等一下，为什么要逃走？"小俱那气喘吁吁地想追上她，边跑边叫，"别跑了，你不认得我吗？我是上里的小俱那。"

一听到这名字，女子终于停住脚步。她睁大了双眸，战战兢兢地仔细打量来者。

"小俱那……你是小俱那，不是皇子？"

"是的，是我，明姬……"

原来女子正是明姬，小俱那简直不敢相信自己的眼睛，原本应该盛装华服、玉串珠饰嫁作王妃的明姬，竟然会在这种暗巷，而且一身褴褛地努力干活。她消瘦了，脸庞的圆润不再，双瞳黯淡无神，粗糙的手足看了让人心疼。

"为什么在这里呢？你是三野最尊贵的公主……"小俱那猛然屏息，语不成声。

明姬松了口气，突然瘫坐在地。小俱那忧心忡忡地来到她面前单膝蹲下，她微露浅笑，仿佛又惊怕又怜爱似的伸手轻抚少年的脸颊。

"啊……你怎么长得和他那么像呢？刚才我的心差点吓停了。不过这么说来也过了好久，他的长相应该与在三野相遇时不同了。"

"皇子一点也没变喔。"

"是吗？那太好了……可是，我改变很多。我不想让皇子看到自己在这种地方，即使这样凋零下去，也只盼别让他瞧见。"

小俱那突然愤慨起来，语气犀利地问道："是谁让公主受这种苦的？你不是大王的妃子吗？不应该待在这种地方才对。"

"我受到大王的责罚。"明姬呢喃般悄声说，"我无法镇伏大王的神魂，因为如此而……遭到谴责。不过这是我自己的错，因此怪不得别人。"

"我不懂，这么残忍地虐待你，实在让人看不下去，如果家乡的人知道会有多伤心……你不该被当成下人来做这种粗活，连皇子都不是为了让公主受罪才请你来真幻邦的。"

小俱那说得十分光火，明姬以任谁看了都会酸楚的痛苦眼神仰望着他，那是一种仿佛被逼到悬崖的牝鹿所散发的悲狂神情，其中藏着有口难言的隐情，她的眼眸随即变得郁暗，然后俯下脸庞。

"不是受他人指派，是我心甘情愿的。小俱那，请你将见到我的事当作秘密，不要告诉任何人……也请别告诉他。我想你是个受人之托，就不会轻易泄密的人。"

"明姬公主——"虽然小俱那想表示不满,明姬却摇头制止他再多言。

"你赶快离开吧,谈太久会遭人起疑,尤其你偏偏长得和皇子那么相似。去吧……不知是否还有机会与你相遇,不过真高兴能看到你的面容,希望你能快乐生活,好好为他恪尽职守吧。"

明姬的语气让小俱那没有多问的余地,无论沦落到何处,她毕竟是三野第一美貌的公主,即使少年觉得还有许多话要说,但受到她的婉拒只好离去。不知何时,一名王妃的侍女前来引见,于是他和七掬进入了殿内。

心浮气躁的小俱那实在不适合谒见,然而稻日姬一见到他就大喜地唤到身边,"时光倒流"似的让少年淹没在她回忆的洪水里面。七掬是早有觉悟而来,因此恭谨正坐,竭力忍耐般洗耳恭听。原来这位王妃超爱话从前,而且一提到皇子就讲个不停。大碓皇子的母亲是个略胖的富态妇人,与皇子长相并不相似,然而从高居正妃的地位来看,她的个性应该不难相处,显然皇子的开朗性格多少得自母亲。

王妃随心所欲地讲完想说的话,忽然对小俱那感到好奇,道:"你当真没有大王家的血脉?本妃觉得你与王族必有血缘关系,大碓的面貌在诸位皇子之中是公认最像他父亲的,这么说来,你也与大王十分相像啊。"

"在下与王室并无血缘关系,而是三野出身。"小俱那情急之下回道。

他为了刚才明姬的事情对大王怒火正炽,因此被指说长得像那个人,实在让他高兴不起来。

终于能从王妃的长篇大论中解放出来,该告退离去了,小俱那决心试着提一下明姬的事。

"请问您知道一位在伙房工作的长发女子吗?她是在下的同乡。"

稻日姬眨着眼，优雅地摇起折扇答道："哎呀，我可记不清每个下仆的模样，就连侍女的面孔也常过眼即忘呢。"

当夜，明姬未曾阖眼。

突然出现的小俱那面容与赌弓比赛会场上现身的皇子面貌重叠，这幅景象总在眼前挥之不去。记忆里一直努力避免唤起的大碓皇子的眼神、声音和表情，此刻却如狂涛般澎湃在胸臆。她的心防已破，不禁暗自怨起小俱那。

我已经不哭泣了……明明一直不再流泪的。

狭窄的小屋中，可以听见几个人发出寝息，她与伙房的厨娘同睡一张大通铺。蒙昧暗夜、睡酣正盛，真不该在这种地方落泪。明姬轻轻起身，细心注意别踩到他人的脚，然后从门口悄悄来到户外。

环绕阑夜的星空浮着皎净的上弦月，冷凉的夜息拂在脸庞，她仰望空中银月朦胧。失去耐力的原因之一或许是饥饿难忍，因为坏心眼儿的伙房头子说她糟蹋了青菜，处罚她不能吃饭。虽然明姬逆来顺受，但连安慰自己悲叹无益的心力都彻底耗尽了，她真想像孩子般大哭一场。

大巫女……我必须熬到什么时候？若我的失误罪无可赦，难道就不能自我了断吗？

明姬心底向三野呐喊着，怀念的三野、故乡的三野，好想化为魂魄回归那群岭、幽谷、河川……

漫无目标的明姬沿着板墙失魂落魄地走着，茫然地想找个场所独自哭泣。然而就在走过转角时，从暗处冷不防走出一个男子身影，让她大惊之下却步。连在这种夜半时刻也布了眼线吗？她在黑暗中仔细端详对方，没想到竟是大碓皇子。

以前也是如此，他站在转角处守候，一直等我走过……就站在我命运的转折点……

明姬不禁这么想着。长久以来支持内心的某种坚韧应声而断，她张开手臂扑进皇子怀里。即使半似幻影,那双拥抱她的臂弯仍热切有力,以前只感受过一次的臂弯,还有……那唇,这次明姬不再推开他,只任着泪水成串滑落,然而她发现哭泣的并非自己而已。

咬牙切齿的大碓皇子悄声说:"在我毫不知情、被蒙在鼓里时,在我奔波远方各国时,你竟然憔悴成这样……消瘦得如此弱不禁风。"

"你不知情的话该有多好,为什么会在这里呢?小俱那坏孩子果然告诉你了……明明叮嘱他不能讲的。"

"如果小俱那是连这种事都想隐瞒的无情孩子,我就不会将他留在身边。我听他说起后便坐立难安,立刻赶来这里,可是又不知你身在何处,我正考虑着是否该将母亲府邸的人一个个敲醒才对……"

"幸好你没这么做,有些人是奉大王之命来监视我的。"

皇子想在月光下看清楚明姬的面容,于是略往后退。

"请告诉我,父王虐待你是因为我的缘故吗?"

明姬盈眶的热泪在月光下闪烁。

"是……的,因为我无法忘记皇子。原以为能够忘却,但是做不到,我的勾玉并不会发光。"

"勾玉?"

"就是橘氏一族秘传的勾玉,大王为了得到它才召我入宫,就是那块据说可以镇魂延寿的勾玉……可是我无法让它发光,简直不敢想象会发生这种事……"明姬激动地掩面啜泣,"大王严词逼问我心上人是谁,还斥责了皇子,我答说不是你,于是大王下令罚我做下仆直到招认为止……"

大碓皇子揽紧明姬,疼惜地爱抚她的发丝。

"岂有此理!"皇子怒视黑夜道,"你不明白我对父王有多嫉妒,那天被你拒绝,又将你送往父王身边,你可知我在想什么吗?我其实想将你夺回来,甚至还想既然你表示只侍奉大王一人,那我就打倒他成为唯一的大王。明姬,为何你完全不肯吐露实情?就算只言片语也好,那样绝不会沦落如此下场。"

"我是橘氏的公主，受到最严格的教诲，必须遵从宿命的安排，可是事到如今……啊，完全不知如何是好。此刻的我这么脆弱，无力的人又有何宿命可言？我……"

她稍一停顿，似乎欲言又止，接着悲切地细声说："我心属于你，无论再深的禁令都能超越，再没有阻挠这份心意的力量了，即使将我赐死，我也心甘情愿。"

"对我来说，能得到你就是获得一切，此外别无所求。"

两人紧紧相拥，片刻凝然不动。

终于皇子开口说："……如果这样带你走，父王就会指控我谋反，但尽管如此，我还是绝不会让你再离开这双臂弯，就算身负污名，你也愿意跟着我吗？"

"我已给你答复了。"明姬轻声说道。

"如果迟早都会被指控谋反，那就真的叛变好了。在考虑推翻父王的这段岁月，我目睹了许多事，父王绝不是最好的统治者，他的个性既自私又冷酷，最近更是只关心如何延长自己的寿命。在我遍访各国期间，已经暗中培养了自己的军力，其中一个据点正是三野。明姬，回你的故乡吧，为了你我——也为了打倒大王。"

4

就在黎明前最幽暗的时刻，小俱那被一阵紧张的窣窣低语声吵醒，听见召集来的众部属说出皇子亲口表示"谋反"这个字眼儿时，全场最震惊的莫过于他了。从列席的众人个个表情严肃看来，充分说明该发生的事情终究发生了，原来皇子的决心并非临时起意，只有小俱那毫不知情，因此更让他打从心底感到惊异。

立在眼前的大碓皇子不带任何奋跃之情，表情倒比平日更冷峻三分,他只沉着地下达指示。

"大王的军队会在证据确凿后才行动,因此还有缓冲机会,我们乘机兵分几路甩脱追兵,离开真幻邦的势力范围,然后在三野的久久里会合。现在立刻派密使传报消息给在尾羽利和伊津母据点的人,如果大王调兵,军势是否归属我方,要看我们能不能掌握先机,只要能在追兵拦阻前越过寿寿香的山岭就大有希望,而且借由援军支持,我们反而能击退王军,因此在这之前你们要火速前往目的地,牢牢记住,愈多人逃脱成功愈好,要顺利抵达久久里,绝不要轻易送命。"

七掬似乎也对局势演变至此早有准备,从与小俱那一起回府后,不知道他究竟在忙什么,原来是窝在武器库里清点手持兵器。

望着满脸茫然的小俱那,七掬诡笑一下,拍拍他的肩膀说:

"若想活命,就别愣在那里喔。"

小俱那以困惑的眼神仰望着他,"虽然是我请求皇子去搭救明姬,可是万万没料到会变成这样。"

"或许你不能想象,不过明姬毕竟是王妃,皇子为了夺得她,就算向大王百般辩解也没用。"

"……谋反者会被处死吗?即使是皇子也同样治罪?"

"绞刑吧,就算皇子也罪无可赦。"七掬答道,脸上浮现稍显可怕的微笑,"不过皇子可不会坐以待毙,我们也一样。"

在黑暗中点起一星灯火,小俱那忙着打理行囊,边想着不能对自己所做的事情懊悔,何况也没有闲工夫自责,但尽管如此,他仍心情沉重,无法不思及那恐怖的事实,也就是大碓皇子与大王之间即将展开父子相残的悲剧。

日出前,一行人已尽快离开府邸,为免遭到怀疑,只有十几骑人马跟随皇子通过东门,以这批随从的数量而言,即使借口前往温泉疗养也不足为奇。这其中混着明姬、七掬,还有小俱那,其余人手则从其他宫门的别条通路各自直奔久久里。事实上在匆促召开的作战会议中,有人提议由小俱那扮成将领来充当皇子引开追兵,可是皇子并未采纳此议,仍将他留在身边。或许是因为皇子觉得这种大任少年还无法承担,小俱那为这件事涌起既不服、却又心情一松的复杂情绪。

就在接近茂吕山岭时,旭日从正面的群山巅上升起,晨光乍现的赤芒中,停在枝梢的一群乌鸦见到众人路过,像是有所感应般地聒啼起来。

皇子仰看这群黑鸟,蹙起眉头说:"这种叫声真不吉利,干脆射下来好了。"

"啊,不行,别射死它们。"默默一路跟来的明姬开口道。

她换上随从的装束掩饰身份,裤袴装扮看似有点不合身,然而意外的是乘在马鞍上却有几分架势。

"传说我们氏族中有位祖先变成了乌鸦,因此在三野谁都不会射这种鸟,因为如果它们真的继承了那位祖先的血脉,可就糟了。"

皇子短笑几声,表情转为和缓,心情也霎时变得愉悦。

"我不知道原来你是乌鸦的亲戚,应该仔细留神,免得让你有一天长翅膀飞走了。"

明姬脸上浅泛嫣红,淡淡一笑。她沐浴朝阳之下,美得令人惊叹,连小俱那都不禁瞠目结舌。玉容憔悴已不复见,仅一夜之间,就像将花插入水中般复活,能与皇子相伴前往三野,就足以让明姬脱胎换骨。小俱那觉得这样真好,因而获得些许安慰。当然,他们面临的是不知明日是否尚有余命的险途,但就连小俱那自己也是只要想到能回去三野就雀跃不已。只要平安抵达久久里,就能前往上里,还能见到怀念的山谷和田圃、家宅——还有远子,长期萦绕在内心的约定,如今终于到了可以履行的时候……

"我也常听到有关祖先变成乌鸦的传说,听最多的就是群鸟办丧礼的故事,因为远子最喜欢了。"小俱那插嘴道。

"群鸟办丧礼?是什么故事啊?"皇子感到好奇,于是明姬就代为转述。

"乌鸦祖先为了悼念死去的少女,召唤众鸟来办丧事,雁鸟衔来器皿、鹭鸶带来法器、翠鸟准备丧宴、麻雀变成舂米女、雉鸡则扮孝女,所有的鸟禽来参加丧礼,歌舞八天八夜后,少女的魂魄变成白鸟从黄泉飞返,终于又复活了。那间丧屋据说就位于现在的丧山,也就是守护橘氏的斋宫所在的那座山岭。"

"原来如此,我也曾听过与这故事很类似的传说。"皇子说着,忽然不再兴致勃勃了。"那就是为天若日子①办丧礼的故事。天若日子在身为使者出巡途中,与大地之神的女儿相恋,因此忘了使命,八年都没返回天庭复命。后来他竟然一箭射杀来自天上的使者,而他本身也遭自己射出的箭命中身亡,然后群鸟也同样地为他举行了丧礼。"

"不过,他也同样起死回生了吧?"明姬有意鼓舞他道,皇子却摇摇头。

"不,我没听说过。"

大碓皇子原本估计一两天之内应该不会被察觉,遗憾的是判断有误,刚渡河就遇上敌兵,不过对方并非严阵以待,只是巡查的小队伍。皇子一行将群兵打得落花流水,总算如愿乘上船,只是由于戒备不够周全,因此稍微虚惊一场。

七掬一边划着桨,一边嘀咕说:"皇子,请您控制一下冲动的个性,否则就算再有几条命也不够您活的。"

"如果与对方交手,我们势单力薄,总不能一直躲在盾牌后面。"皇子答道。

---

① 日本神话中的神明,奉天命下凡镇伏狂暴的神灵,与大国主之女成婚八年,没有回到天庭,并以箭射死天上派遣来的使者,于是天神大怒,将那支箭又射回地上,让天若日子中箭身亡。

"就算如此，可是我们若失去您就万事休矣。"

"我懂，我懂。"皇子以一贯的态度回答后，神情严肃地注视对岸，"……从渡口下船可能又会遭到攻击，这样再往下游去，如果不绕道也别无选择。大王的行动迅速得出人意料——出击实在太快了。"

"看来简直像早有戒备。"七掬喃喃说，皇子立即抬眼看他。

"你是说我们中了圈套？"

七掬沉默不语。明姬面露无助的表情凝望着青年，皇子鼓起勇气回望她说：

"无论如何，当务之急是前往久久里，不管多少追兵，我们从一开始就该有绝对要摆脱他们的心理准备。"

登上对岸后，皇子等人决定派密探侦察前后去路的状况。根据探子回报，敌方出动的士兵确实已远超乎预期，因此他们在几经变更路途后终于弃马步行，为了不让追兵辨认马蹄印，就在鞍上绑住装石块的袋子后放马远奔，一行人则自行背上能背负的行囊，进入深山里。

看来暂时无法下山到街上露面，毕竟四处都有大王的士兵在巡逻，这个节骨眼儿上，七掬的方向感实在太可贵了，在他领路之下，一行人即使不知目前身处何方，还是能在惊险万分中攀崖渡谷；然而也不能总在山中蛰伏，愈晚越过山巅，胜算就愈渺茫。追随的人做好与敌兵正面冲突的准备，数度强行开道，因此随员人数日渐减少，不少人则在派出打探后便再也没有回来。

眼看这些坚忍不拔的皇子亲信陆续倒下，小俱那感到难受极了。

这样下去不是办法，有太多人需要守护。

虽然只剩少数成员，亲信们仍然掩护皇子和明姬，就连小俱那也受到保护。他们将少年视同皇子，不让他参与战斗，而且对他特别礼遇，绝不派他担任侦察任务，短兵相接时也必然将他留在后方。理由除了小俱那太年轻之外，最重要的还是因为他的身份是与皇子面貌相似的御影人。替身也是皇子的一部分，亲信将此铭记在心。

就连被逼到绝境的生死对决之际，他们仍忠实地坚守原则护卫少年。每当受人庇护，小俱那就觉得难为情，倘若是皇子还可以理解，因为他是部属舍命效忠也值得的人物，或是守护明姬也合情合理。然而，小俱那不禁扪心自问：自己哪有受到这种礼遇的资格？到底哪里值得让一位卓越的武人以命相护？

我为什么留在这里？何止没有帮助，简直成为大家的负担……

小俱那试着向七掬诉说这种心情，可是他只说别放在心上。

"不是你想的那样，就别在意吧，只要等待皇子下达命令就好了。"

大王派遣的士兵又乘胜追击，一名亲信自告奋勇断后，让其余的人逃离，一行人总算顺利脱险，不过那名亲信却再也没有回来会合。残阳余晖中，就在疲惫不堪的众人无言互望时，才发觉只剩寥寥五人，皇子、明姬、小俱那、七掬，还有一位名叫宫户彦的侍从。而且到了翌晨，明姬终于连一步也走不动了，坚强的她一路跟来从不曾有任何抱怨，只是现在她的体力实在已消耗殆尽。

"留我在这里，你们先走，我不想成为大家的负担，请各位务必跟随最重要的皇子前往三野吧。"

在听明姬如此表态后，忧心得满面愁容的皇子来到她身边。

"我不许你在这里放弃。"皇子口气严肃说道。

然而明姬并不因此沮丧，她仍勉力撑住将背脊挺直，以明亮的眼眸凝视着皇子道："当然不会放弃，我相信有朝一日能与你长相厮守，即使留在这里，我也会活下去，不让任何人发现，一直藏到皇子的援军前来相救为止。我不会寻死的，若以死来换求解脱，我早该自寻短见了。"

皇子凝视着明姬，那微笑的容颜依然宛如楚楚可怜的少女。

"你的坚强究竟从何而来了？"他低吟似的说着，于是明姬伸出手。

"都是因为有你，皇子，是你给了我无穷的力量。我不再畏惧任何事，无论多艰苦也能忍受，因为会有你来拯救我。"

大碓皇子犹豫良久后，终于唤来七掬道："原谅我，就算再陷入多么不利的情况，我也不能抛下公主不管。如果没有明姬同行，这场战争就不具任何意义，我曾发誓不让她再离开我的臂弯。"

"属下明白。"七掬点头说，"先找寻隐蔽的地点，观察公主这一两天的情况如何。若还不乐观，就算由属下背着，也一定带公主同行。"

七掬又登上高一点的山坡，发现一处勉强可容大人站立的横向洞穴，他带领大家进入洞里。洞口周围四散滚落的岩石，留下像是有人曾刻意堆积并遮住入口的痕迹。小俱那听七掬说起才了解，昔日居民住在岩屋里并不稀奇，于是便帮忙堆积更多的石块堵成一道屏障。洞穴中比想象的更干燥，除了长久遗下的野兽粪便外，洞内可说空荡无物。明姬光为能在干净枯草上摊开厚布做成的寝铺，便欣喜莫名，因为连日来都不曾在类似床铺的地方休息过。

剩下的就是粮食和水的问题，他们携带的干粮几乎吃完，七掬外出寻觅食物，宫户彦则冒险去探查敌兵动向。小俱那与皇子轮流看守洞穴的同时，必须咬牙隐忍着无法动身的不安和焦躁。

只要能采取行动，即便是跨出一步也能拉近与三野的距离，如果一直潜伏在这种陌生地方，无时无刻不为是否会被敌人发现而心惊胆战，实在让人意志消沉、苦恼万分。时间漫长到令小俱那烦恼不断，简直成了折磨。他无从判断自己和大家到底迷失在山中何处，但距离三野还很远的事实。从草木的生长状态即可推测几分，无论植物形貌还是空气特征，皆与印象中的三野差距甚巨。七掬和皇子不曾说一句丧气话，不过早就对众人是否能安抵久久里怀疑起来。

就算到达目的地,也不可能是全部的人都能去成了。

因为受过相关教育,小俱那如此推想着。

绝不能失去的人物,第一位就是皇子,然后是明姬,接着是七掬——只要七掬在就能为两人领路,并且安全护送他们前往久久里。

小俱那仰望着蔚蓝无尽的天空,无论走到何方,唯有天云的颜色始终如一。好想回三野——这种思绪正与他目前切身感受到的义务背道而驰,然而不管如何选择,都必须抹杀自己的心愿,小俱那就是受这种教育成长的。眼前浮起为了护卫自己而壮烈牺牲的每位亲信的面孔……纵使是他们,也应该有想见的家人亲友,而他们依然从容地视死如归。既然如此,自己也不能缺少这份气魄。

我必须让大家安全抵达久久里,如果失败,就永远不能领悟留在这里护驾的意义,也不会明白到真幻邦学习的真正理由。我是为了变强才来到都城,必须无畏无惧——成为一位真正的强者才行。

云间飘忽飞过远子的面容,想起她笑嘻嘻的模样,又浮现她气嘟嘟的表情,印象中保留的全是远子十二岁的样子。小俱那告诉自己,当时的远子应该早已形影不再了。

七掬从山里搜集果实回来,遗憾的是生火实在太过危险,因此无法炊食。明姬食欲不佳,不过在听七掬认真说明并将各种果实递给她后,就带着好奇心尝了起来。无论陷入任何窘境,七掬对如何让人温饱的热情都不曾稍减,小俱那因此对他更有好感。

隔了一会儿,宫户彦也探查回来,他带回意想不到的大好消息,让等待的几人愁眉一展。原来,听说皇子的援军已经南下来到乃穗野,只要越过目前这座山岭就可抵达。七掬立刻折了树枝在地面画起地形简图,其余的人则围着仔细观看。

"我们在这一带,只要顺利越过山岭,从那里不到一天路程就能到达乃穗野。"

皇子显露许久不见的昂扬气势,道:"区区一座山岭绝对要翻过才行，既然老天站在我们这边，就一举突破山关吧，我是不会让公主留在这里的。"

明姬也点点头，"我还能撑下去，觉得已经有体力可以走了。"

其实众人都深知寿寿香设有关口，然而大碓皇子的声音信心十足，让大家士气大振，只要有这份气魄坚持到底，前途仍有无限可能。但是就在众人决心出发时，突然七掬一惊抓起弓奔向洞口，从岩石后仔细对外窥视，接着转过头，声音不带一丝感情地说：

"我们被发现了。宫户彦，看样子你给对方盯上了。"

勃然变色的宫户彦站起身，与七掬同样朝外窥看。就在此刻，小俱那等人也听见恐怖的嘈杂声响起，犬吠、高喊"皇子躲在那里"的人声、拨开枝丫的声响……

"真是罪该万死，这全是属下的责任，这里由属下来应付，请您趁现在尽快离开。"宫户彦语气坚定地说着，尽可能往身上背挂起所有箭筒。

"你要单独对付他们？"就在皇子正想说不可能时，小俱那匆忙向前几步。

"让我留在这里，皇子，请您走吧。"不待对方回答，小俱那继续说，"请任命我做您的影子，下令让我担起替身的任务。以前皇子说过，我是秘密王牌，现在正是临危受命的时刻。只要有皇子被捕的假报流传，山岭道上的警戒就会松懈，除此之外别无办法了。"

皇子仔细注视着小俱那，少年的语气不但未含悲壮之情，反而像正轻描淡写地叙说某事，因此皇子怀疑他是否当真明白自己所说的一切。

"这样做好吗？被押回都城的后果会如何，你可明白？"

小俱那点点头，"我既然被皇子称为御影人，要学以致用就该达成替身任务。如果现在不发挥实力，就无法报答您的恩情。"

皇子注视着与自己酷似却仍略带稚气的脸孔，这是一张前途无可限量的面容。然而让他匪夷所思的是，小俱那眼瞳里没有丝毫迟疑——也没有任何懊悔或怯意，皇子甚至怀疑这样真的好吗？

"我不是要你回报才唤你同行……不过，你的话的确很中肯。"

大碓皇子心意已决，就将平时挂在身上的翡翠首饰取下，连象征辉神印记的黄金手环也交给小俱那。

在最后取下额际环绕的青绢带递给他时，皇子说："我不会忘记你，小碓——我的弟弟。"

"谢谢。"小俱那答道。

弟弟，这个称呼让少年喜悦到满腔热忱，然而再也无暇多谈，大王的追兵已经迫在眉睫。连诀别也来不及开口，明姬含着悲痛的眼神从七掬背上望着少年，而七掬亦无法多说什么，只能面露怒色，恨不得将敌兵杀个片甲不留。就在小俱那和宫户彦射箭阻吓敌方时，三人已从旁边小洞潜逃出去，那是七掬以备万一而特地用树枝遮蔽的洞穴。

大王的士兵约有二十多人，因忌惮此处的军势而绕道从远方射箭还击。由于以岩石为盾，小俱那两人暂处优势——至少在箭用尽之前一直如此。然而他们只盼皇子等人能有充分时间远走，因此奋不顾身地连续发箭。

"就让他们误以为这里人多势众吧。"小俱那向宫户彦说，而对方则露出相当豪爽的笑容。

"你果然成器，这才是值得皇子称赞的手下啊。"

宫户彦也是一名神射手，不愧是七掬推荐的人选，他们单凭孤军两人就吓阻了敌兵，敌方在他们箭矢用尽之前完全无法缩小包围。但是，终于连最后一支箭也射尽了，两人面面相觑。

"若在这种情况下，以皇子的个性恐怕不会坐以待毙吧。"小俱那说着，宫户彦点头赞同。

"是啊，你也如此吗？"

"我不是这种个性，可是我想让更多人误以为皇子在此，所以还是出击吧。"

"是吗?那么我也一起上吧。"宫户彦爽快地说,拔出了剑。"别把那群缩头乌龟吓跑了,暂且玩玩他们,该是我们大举突围的时候了。"

小俱那微微一笑,自己从不曾像现在这样和宫户彦交谈过,这让他突然产生某种亲近感,或许是预感死期已近的忧患意识所致。两人抛下弓拿起剑,将岩石踢飞,一跃从屏障后纵身而出。在他们全速奔往的树林中,只见从四面八方拥出无数的敌兵。小俱那并不恐惧,只觉得似有一道冷冽贯穿脑际,追兵的举动让他感官鲜明得近乎异常,他想着,这种感觉曾经有过,自己应该可以击倒对方,或许他们俩真能突破重围——

但同时,他也清楚这不太可能,不过在最后关头必须坚持信念,才能有斗志奋战下去。

别了,远子。

在化成高举过顶的剑刃之前,这是小俱那最后存留的一丝意识。

5

身体一阵剧痛,小俱那睁开了眼。

好痛——这么说来,自己还活着。他茫然想着宫户彦到哪里去了,在往前跑时,自己应该没听漏对方的足音和鼻息。耳膜深处还听见杀伐的喧嚣、人喊、剑响,"是皇子""别放走他"的叫嚷此起彼落……闪烁的黄金手环在挥剑的右腕上艳灿浮现眼底,就在强烈夺目的光辉四射之际,小俱那惊觉而恢复清醒。

他的双手被缚在背后,面颊贴在地上,以非常不自然的姿势横卧着。从小高窗射进来的日光照在脸上,他对自己不知何时被捕微感惊讶,接着才终于想起全部的情形。他和宫户彦势如神鬼地突击敌阵,在挥剑猛劈中一度逼退追兵,结果却轻易被制服,因为敌人从山道的树林间投下捕网，原本抱着必死决心一搏，最后却落得屈辱至极的下场。

大王的士兵彻底活捉了小俱那，取走他臂上的黄金手环，并用麻绳将他五花大绑，在押解回真幻邦的途中都不曾解开绳索——为的是生怕心高气傲的皇子会自寻短见。小俱那为此一路吃足苦头，痛苦到连回想起一切过程都似幻似真，甚至在被抛进仓库时，他还庆幸再不久就能完全解脱，因此松了口气。

这已是昨夜发生的事了，尽管处境恶劣，疲惫不堪的小俱那依然昏昏睡去。

皇子等人平安逃离了吗？

他一边如此想着，一边试图避开炫目的阳光。僵硬的身体不听使唤，连改变横卧的方向都十分费劲。他不禁发出叹息，不过即使如此，他还是安慰自己道：这样被捕才最符合原本的计划。

敌兵相信逮捕的对象就是皇子，并将他押解回都，其余三人必定会获得最有利的逃生机会。七掬绝对能掌握良机，他们此刻应该在山岭彼方与部属会合了吧。自己不算枉死，应该可以满足了……

不知过了多久，门外终于响起一阵脚步声，门闩发出巨响卸下，来者是两名持矛的士兵，神情恍惚的小俱那宛如与己无关似的注视着他们。士兵粗暴地将他拖起来，原来他们已得知这名重犯其实并非皇子。本来只要宫廷内部的人见过小俱那，他较为年幼的容貌便会一眼被识破。

"站起来！大王有令要亲自审问你，不好好走就赏你拳头。"

士兵劈头便一顿呵斥，用矛柄不断抵着他，逼他走出仓库。小俱那也打算走稳脚步，但仍不免摇摇晃晃，在吃了一拳之后，头脑稍微清醒了几分，总算能抬头行走了。能亲睹真幻邦大王的尊容，是他长久以来既畏且盼的心愿，只不过没料到要在这种凄惨的情况下达成，但最后能见上一面倒也求之不得，如此一想，他决定打起精神。

小俱那来到的地方是大王寝宫境内，高板墙围绕耸立，呈现一片静谧空阒。无论是墙垣或宫柱，建筑都宏伟雄峙，穿行其中只觉得自己更显渺小。他们穿过建筑间的隙缝，此路既非外道也非暗巷，而是受大王密令者才得以通行的迷宫小路。

不久，视野开阔，他们来到一座不知置身何处、四面均有殿阁围绕的小型中庭。

就在建有离地架高式的大型殿宇前端，大王正落座于此。从列席人数不多的情形来看，似乎并非公开审问。小俱那暗想，像自己这种草芥之辈、死不足惜的俘虏，或许大王只是一时兴起想看一眼罢了。而少年也同样充满好奇，这位名闻遐迩、让他内心五味杂陈的人物——大王，终于即将出现于眼前。

那人仿佛一尊雕像般对此事漠不关心，仅仅微泛冷讽的神情端坐着。从魁梧的肩膀可以窥知他身材高大，覆盖全身的翡翠绿服明显衬托出头发和胡须的乌泽，脸上没有丝毫老态，但也没有年轻的神韵。眼瞳颜色全然不受喜怒哀乐牵动，说是冷酷也不为过。

然而，从聪秀的额际可看出此人无疑是位英才，无论用再否定的观点来审视，都必须承认他是一位出类拔萃的人物，他散发出令人生畏的气势，让小俱那也感到如芒刺背。

这就是大王——皇子的父亲。

强押小俱那跪下的两名士兵深深埋下头，却发现少年正抬头直视着大王，于是又一阵愤怒想痛揍他，然而大王误以为小俱那只是大胆狂傲，就作势吩咐士兵退下，开口说：

"大碓培养了个好替身，若非熟识他的人，就算看走眼也不为过，本王倒看轻了那小子的机智。"

大王的语调与皇子有几分相似，说话时嘴角的微动也颇为相似，再怎么说毕竟是父子。不过，小俱那绝不认为自己也长得像大王。

"众人皆知你是冒牌货，冒充皇子可是罪加一等，但只要肯从实招来，或许可以从宽发落。大碓获得多少盟军势力？有几个根据地？党羽是哪些？"

小俱那简直无从答复，就算想回答，他也毫不知情。

大王又进一步质问道："大碓和明姬去了何处？是不是三野？到三野的什么地方？"

对于这个问题，他无论如何都不能回答，如果回复大王，那么究竟自己为何宁可放弃希望而留作人质的目的，也会变得毫无意义。就在小俱那保持缄默中，突然一阵烧灼般的疼痛自肩上划过背脊，原来站在身后的男子拿起竹鞭开始抽打他。

"不知好歹的家伙，陛下在问你，敢不回话！"

小俱那也觉得实在过意不去，既然听见大王盘问，就不该装聋作哑，否则会被认为是桀骜不驯之辈。可是，他已经是半放弃的存在——是个被揭穿身份的影子，因此就该严守秘密从世上消失才对。狂怒的男子狠狠鞭打小俱那，他原想跪好，却仍不支倒地，在努力眨眼消除模糊的视线后，大王的身形倾斜映入眼底。

"你叫什么名字？"大王忽然以略似亲人般的口吻问道。

虽然不知此问有何用意，小俱那仍深深庆幸终于来了一道答也无妨的问题，至少他认为应该要回复才对。

"……皇子唤属下小碓。"

"大碓是在哪里找到你的？"

意识蒙眬的脑海中浮现与皇子初次相遇的那日情景，小俱那不禁想莞尔微笑，不过目前情况却由不得他，连答话声都化为断续的喘息。

"在宫池……池边的河堤。"

小俱那此刻才发现，曾几何时大王王座旁来了一位女子，她那更胜大王的炽烈眼神正注视着自己，仿佛想将他一口吞噬。虽然已过韶华之年，却仍十分貌美，身上完全没有宝石或黄金点缀，似乎不像王妃之辈，不过高贵的辉芒自内蕴发而出，额上结着白细带，唯一的坠饰是胸前垂挂的圆青铜镜。凝神寻思那神圣的形貌，小俱那霎时恍然大悟——

这是百袭姬夫人，就是从五濑斋宫来访的大王皇妹。

先前我看到乘坐御轿的正是此人吗？

不止大王，就连斋宫巫女也能亲眼看见，小俱那蓦然感到一阵心满意足。远子也曾将守护橘氏的大巫女描述得绘声绘影，而眼前这位祭祀辉神的巫女，容貌更是远胜那位王妃稻日姬，只不过她洞穿人的视线中含着一股不寻常的力量，回视的目光让人如受冰炎包融。事实上，小俱那几乎无力思考了，身上的鞭伤灼热疼痛，周围的声响时而近，时而远。

不久，他在恍惚中意识到自己再次被召来的士兵带离中庭。回到仓库，片刻后又被拖出来，他再也无法挪动半步，只像个麻袋般任人扛在肩上，被塞进类似轿子的东西里。感觉好像被运送到相当远的地方，他好奇刑场会在哪里，不过那也无所谓了，摇晃中小俱那难受到极点，不断想着只要忍过这些苦劫就能解脱，于是在努力克制呕吐中，失去了知觉。

不断做着梦，每个梦境都是片断而无脉络可循。小俱那立在河岸边，望着芦苇舟装载一颗卵漂流而来。梦境至此，天际出现一条盘踞整片云空的蟒蛇，他大声哭叫着奔逃起来，大碓皇子于是窥视他的眼睛说——"这样做好吗？"

接着，又梦到自己掉进滚沸的热水中溺水挣扎，他必须拯救同样溺水的远子，然而手足像铅块般动弹不得。七掬怒目离去，所有的人都离弃自己而去，虽然这是自己甘愿做的事情，但黑暗里独独留下了自己，他感到痛彻心扉。这里，正是墓地。

"不过，他也起死回生了吧？"明姬说道。

"没有。"皇子答道。

空中出现还是小女孩的远子正笑着招手，变回小男孩的小俱那心想，她是要玩游戏吧，远子正打算模仿白鸟——

有人温柔地用手拭去他额上的汗水，他还记得这个动作，是自己出麻疹卧病在床时，真刀野在身旁照顾他的感觉。

"娘？"小俱那于昏沉中问道。

"在这里喔。"一个温和的声音答道。

小俱那心想，原来这里是单房嘛，刚才还想不明白自己究竟到了哪里。不是好久没见到娘了吗？而且，远子也睡在旁边才对，因为两人都长麻疹……

没错，我做了噩梦，梦到空中盘着一条蛇。

小俱那想告诉真刀野，可是仍旧难以启齿，这世间毕竟有绝不能泄露的事。就在这时，高烧又将他引往其他梦境里，再也感受不到真刀野的手温。

这里并非里长府的单房，虽然窗明几净，却是完全陌生的小房间。小俱那这次真的完全清醒了，也想起至今发生的事情经过，正因为了解自己身处在现实中，才让他感到比梦境还混乱异常。他为何像病人似的躺在不熟悉的干净被褥中呢？真让人感到摸不着头绪。枕边放置一只水桶，有名女子仿佛梦中的真刀野般坐在这里，令他更加困惑。

"你是谁？"小俱那问着，喉间因长久没发声而涩哑，然而女子已注意到他的举动，因此少年又稍微调整语调，重新问道："这是哪里？"

"这里是另筑的外殿，你是男性，因此不能带进墙垣内。"这名大约二十岁的细眼女子说出更让他莫名其妙的话。

见到小俱那一头雾水的模样，她又继续说："我是斋宫夫人身边的侍女，奉夫人之命照顾你。"

小俱那差点没跳起来，尽管立刻感觉到自己还不能敏捷行动，但总得先起身才行。

"这里不是——宫殿——吧？"

"当然是宫殿了，是五濑神宫。你连这些也不记得了？"这名年轻巫女无论讲什么都不知所云，"为了避免引人注意，真的花了好大工夫才把你送到五濑，你几乎一直不省人事。"

小俱那惊讶得说不出话来。五濑！他不禁怀疑自己是否真的已从梦中清醒，可是从敞开的窗格映入眼底的外界景色并非深庭，而是椎木和榉木林的陡坡迎面逼来，林间透洒的日光和风的香气正属于清秋深山里的气息。

"……为什么要救我？"终于想起此事，小俱那诧异地问。他还来不及庆幸获救，只直觉这实在匪夷所思。

"有关这件事还请见到斋宫夫人时再询问吧。夫人已经来探病好几次了，我若去通报你清醒的话，夫人真不知会有多高兴呢。"

突然，小俱那坐立难安起来，想起百袭姬那洞穿自己的犀利眼神，在那名侍从的巫女离去后，他甚至一度想乘机逃脱。大王的皇妹对自己这个协助谋反的冒牌皇子，显然有什么企图，虽然小俱那并不怕苦，但还是觉得彻底受够了。

然而伤势还未痊愈，体力也十分虚弱，岂止逃跑，连起身都虚脱无力。他感觉自己就像个无助的婴孩，啃噬内心的是曾一时忘却的惊惧，在这人生地不熟的环境里，小俱那就连袒护他或作为心灵支柱的对象都没有。对自己的虚张声势已感到疲惫不堪，在梦魇洪水的冲洗下变得只能裸裎示人，就连明亮的阳光都让他感到萧冷无情。

不久，似乎有几人前来，走廊的地板开始轧轧作响，几重衣裳发出摩擦声，簌簌交响有如蛇滑过发出的诡音，让小俱那紧紧瑟缩成一团。他拼命抑制住想贴紧房间最内侧墙壁的冲动——因为这么做只会丢脸罢了。

门扉喀啦一声被拉开，百袭姬在小俱那的房间出现了。她身穿纯白上衣及绯红裙裳，与在大王的殿宇下时同样凛凛生威。身后跟随多名侍女，但只有夫人独自走进房间，门扉在她身后迅速被关上。

"我之前一时担心你不太乐观,幸亏祈福灵验了,你终于康复了。"大王的皇妹低头对从被子中重新起身的小俱那说道。

初次听到夫人的声音,于女性而言是属于略低且饶富磁性,令人惊讶的是她的语气柔婉,并不盛气凌人。

"你……叫小碓,是出身三野吧?大碓皇子曾赴三野建造水池和宫殿。"

小俱那回避她的目光,点着头,如今隐瞒底细也没用了。

"你的亲生父母是谁?该不会是个孤儿?"

少年又点点头,百袭姬突然靠近他身边,随即屈膝坐下,紧张的小俱那吓得差点弹起来。他不禁仰望夫人面孔,发现近看这位贵妇时不但不带严厉,在湿润的眼中甚至含着一抹悲楚,从眼尾及口角细纹显出寻常女人曾历经的悲哀和劳心。夫人的这份神情,让小俱那感到动容,从她肩上梳整的丰润发丝中,飘散着女性的舒缓香气。

"你莫非……莫非是被人抛弃在河里?装在芦苇船上漂走的?"

"您怎么会知道这些事?"小俱那忍不住开口问道。

这实在太不可思议了,他首先想到的是这位夫人也跟守护橘氏的大巫女一样,会占卜明断。

"我想皇子应该不会告诉您……"

"我不是听任何人说的,而且也从没对人提起过。这十六年来我独自将这个秘密藏在心里,一直隐忍至今。不过这张容貌,啊,这容貌绝对错不了,你就是我儿呀。十六年前在三野的郊外,我将你生下,你就是才出生没几天就从我手中被强行夺走的孩儿呀。"

颤声诉说的百袭姬热泪盈眶,情不自禁伸出双臂抱住小俱那,将他贴着自己脸颊。

"你可知道娘失去你有多心痛,多想以这双手再拥抱你一次呢?我唯一的亲骨肉、唯一的爱儿,能够重逢是多谢天谢地的事啊。我原本已经放弃你还活着的希望,你能了解身为人母却无法向任何人泄露这段秘密的苦楚吗？"

对小俱那而言，这简直是晴天霹雳，他仿佛望着白光炸裂似的茫然听着百袭姬泣诉，失魂落魄地任她紧抱怀中。若说他从不曾私下梦想母亲的出现是骗人的，然而，万万没想到会在这种情况和地点与她相见，而且她不正是大王的皇妹、斋宫的巫女吗？这究竟怎么回事？

不过，尽管小俱那满怀疑惑，在感受到百袭姬的馨香和脸上的泪痕后，他发觉自己的内心深处起了动摇。百袭姬——眼前这位如此尊贵优雅的人，竟然毫不掩饰地悲泣失声，这个光景震撼着他的心。除了此时此刻外，这位夫人曾如此忘形恸哭过吗？而小俱那本身，也曾有人为他如此悲泣过吗？

"请您别哭了。"小俱那细声说道，"假如我是您的孩子，那么请告诉我，为什么要丢弃我呢？"

就在疑问脱口而出时，小俱那颤抖起来。这是久远以来在他成长中一直存在的问题，少年从没想过有朝一日能向人询问。

"你是神赐予的孩子，可是我身为斋宫巫女，人们不允许我留有后嗣。然而我相信只有生下你才是侍奉神明的正道，因此决心离开真幻邦宫殿四处流浪。那是非常艰苦的旅程，不过所幸还是胎儿的你依旧平安成长。在来到三野时我即将临盆，却只能在渺无人烟的川原荒地上搭起产房，将你生下。

"你啊，真是好漂亮的婴儿呀。可惜我没察觉侍女想背叛我，她听信谗言，趁我熟睡时将你抱走放入河里——随水漂去。起先她还谎称已将你沉入水底，可是当我发狂似的走进河里，打算就算只剩尸骨也要将你捡回来，侍女以为我会寻死，就哭着请求原谅，招认说她不忍杀害婴儿，因此将你放在小船上漂走。

"我其实原想一死了之，连生存的力量和希望都毁了，但幸亏活了下来，还好我一直坚信能在有生之年与你相见。即使一次也好，希望我儿能叫一声——母亲大人。求求你，希望能从你的口中听到这声呼唤。"

小俱那并未反抗，顺着她的意思称呼一遍。他还很不习惯，发窘得几乎想找个地缝钻，但已不再疑惑她是否为自己的生母。

然而，小俱那还有一个非问不可的问题，他努力挥去犹疑，问道："母亲大人——那么我的生父呢？我的父亲又是谁呢？"

百袭姬终于松开怀抱，将衣袖按在湿润的眼角，稍许恢复平静后，说："你的父亲是神，我是巫女，你是神赐的孩儿喔。不要轻视自己的出身，要感到更光荣才行，因为你是丰苇原中最接近神明的人，我这做母亲的也流有辉神幺子的血，你正是这世上最神圣不可侵犯的高贵出身。"

突然间，小俱那忆起昔日远子一脸好像比他还能体会的神情说话的模样，"我在想，如果能晓得你是谁家孩子，你的心里大概会好过一些……"

穿着朱红衣裳蹦蹦跳跳的远子，小俱那在内心向她呼唤着。

远子，我终于知道自己是谁的孩子啰。不过，我对自己的身世更迷糊了，该怎么办才好？我……我的出身真的该受赞扬吗？还是……该被诅咒呢？

他不想去思索父亲的事，觉得那种心境犹如从黑暗的崖边跳落。母亲也为了不要让他空想臆测，因此才说他是神子，小俱那茫然想着，或许这么认为也好。

第三章　叛徒

1

"看啊，射中了吧？"远子一脸得意地叫道，她射出的三支箭全都正中稻草包的靶心。

"技法相当不错喔，小姐。"身为侍卫的角鹿所说的话并非全然恭维，"您的眼力好，只要能拉开更强韧的弓弦，就能和男人不分高下了。"

"这把弓打仗时不能用？"稍微挫了锐气的远子问道。

"是啊，箭射不了多远的。"

"没关系，那我来练腕力好了。"远子下决心般点头，拍拍长不出肌肉的手臂。

这时，从厢房里突然传来叫唤声。

"远子、远子，你到底在那里做什么？给我过来！"

"糟糕，娘发现了。"

远子舌头一伸看着角鹿，然后轻快地跑回府邸。

"娘，没事啦，我只是玩玩射靶而已。"

真刀野皱眉望着远子一副无所谓的表情。

"都是个大姑娘了，可别独自到前庭的男人堆里去喔。何况还去跟人射什么箭，这成何体统？瞧你这副装扮到底是怎么回事？"

远子低头望着自己穿的男子裤袴。

"哎呀！是娘说不准我这大姑娘露出膝盖的嘛，可是只有成为女人后才需要穿正式的裙裳吧？所以才决定穿裤袴——我觉得很合理啊。"

无可奈何的真刀野以手指按住眉心。

"都长到十六岁了……宗家的二公主早就到斋宫开始修行，你还在家里混。"

"娘，这是勉强不来的。"远子爽朗地说，"我该不会一辈子当不了女人吧？"

真刀野厉声回道："别胡说八道！你敢这样试试看，娘就死给你看。你是橘氏的名门闺秀喔，绝不能闹出这种家丑。"

远子原想耸肩，但看到母亲气急败坏的模样，也只好算了。远子实在不想让母亲悲伤——可是，还是难免会有情绪反弹的时候。

真刀野语气严肃地说："拜托你行行好，举止要像族里高贵的大小姐。这阵子三野各处都闹哄哄的，许多人在府内进进出出，凡事都被大家看在眼里，你就别给娘丢脸了。"

母亲离去后，远子将弓弦卸下，在檐下的条凳坐定后叹了口气。

最近娘真是啰唆极了，我又还没变女人，为什么不让人随心所欲呢？

环顾着前庭，只见许多年轻人正勤练武艺。这几年里，平静的山里眼看逐渐起了变化，原本性情温厚的三野青年只将持弓举矛视作消遣，如今却群聚一起竞相较量武艺。这全归因于四年前潇洒出现的大碓皇子所掀起的旋风，他的热情、活力及统率能力顿时影响了年轻人，无畏无惧的风范让众人着迷，全都将他视为标杆。

时至今日，受到感召的对象不仅止于年轻人，连国长神骨彦也对皇子大为钦佩，远子的父亲亦倾尽私产大力支持皇子。

倘若光看不练，远子觉得实在太无聊了，她本身也早就是皇子迷，希望能用什么——不管什么方式都好——总之很想以行动来表现，偏偏母亲真刀野的叨念一年比一年更烦人。

远子有时心想干脆离家出走好了，可是说来说去，能去之处也只剩斋宫而已。如果要去斋宫，她还宁可忍受真刀野的唠叨，因为远子无法忍受那片一年到头没几人造访的老朽森林，更何况自己与那位三年前就去见习的宗家二公主象子，从小就是死对头。

而且……远子内心想成为的目标，并不是会占卜的巫女，她才不愿意在室内整天闭关，反倒是特别向往外面的大千世界。假如真有机会，她宁愿去捉拿威胁三野的敌人来对决，成为一个能保卫家园的武人。

就算橘氏只有一位女性能挥剑保卫这个国家也好……

拱起身以手支头的远子，一边眺望前庭的习武青年，一边如此想着。

可是谁都不会允许我这么做，想习武也只能偷偷摸摸地练一点，这样根本没办法进步。唉，如果我也能和小俱那一样被带去都城就好了。

小俱那到底怎么回事呢？就像远子在临别时对他所说，她至今还是牵挂着这个比亲弟弟还亲的分身。小俱那这孩子不擅表达自己的情感，会独自承担不必要的压抑，因此远子才片刻不离地陪在身旁，他需要有个善解人意的对象随时关照才行。

可是远子重新又想，自从分别后已过了四年，原本是那种性格的小俱那或许也有些转变……

谁都会改变，没变的只有我而已。

其实远子长高了，发梢也留长了，尤其身为橘氏的公主不能剪短乌丝，因此也有相当长度，觉得碍事的远子将头发高束起来，然而发辫还是垂曳到背脊。虽然她喜欢模仿男子的行为，但那头丰润的青丝，以及作为少年实在太醒目的轻倩身姿，当然一下子便会被看穿，只有远子一人自以为很有架势，其实府内没有任何人将她当成少年郎。话虽如此，也没人当她是个姑娘，因为她的态度中完全欠缺同龄少女常有的甜媚，笑声也丝毫不带娇俏。她从不畏缩退却，喜欢的人就表示喜欢，讨厌的人就直说讨厌，并不会有所顾忌，因此人们将远子视为任性的顽皮孩子，凡事多半一笑置之。

虽然真刀野十分排斥来府里的年轻人不将远子当公主看待，却不得不承认女儿人缘极好的事实，乡里民众凡是看见"调皮公主"都会露出微笑，大家都想向她亲切地打声招呼。

至于远赴都城的小俱那，如今在上里府内已鲜少有人提起，原本他就是个在大家记忆中没留下深刻印象的少年，而且走后也音讯全无，因此与他接触甚少的大多数人几乎都已忘记。然而，即使最后一人忘记小俱那，远子也绝不会忘却他，对远子而言，至今除了自己，牢牢记住的下一个人就是小俱那，他最后说的话语仿佛昨日的约定般牢记于心。

小俱那也跟我一样才对……应该没错，可是为什么都没消息呢？

远子百无聊赖地望着朗空，这时，苍穹下突然传来马蹄踏响，一匹马全速朝这座府邸直驱而来，虽然是坡道，马蹄却不曾稍缓。远子一跃而起——绝对发生了什么不寻常的大事。

口冒白沫的奔马从敞开的大门跃进来，骑者是一名国长府的部属，从狂躁马背上翻滚下来的使者，被匆忙赶来的人群围住，簇拥着去见里长。远子看在眼里，心想该找个好位子听听消息才行，于是跑向府内。

微微推开里间的屏风，就在远子悄悄偷望父亲的背影时，听见众人口里低声泄露的内容，让她心中不禁凉了半截。

"是说要谋反吗？"

"皇子终于……"

"大王的追兵现在将皇子等人……"

"明姬也同行吗？"

糟了！远子掩唇暗想，这的确事态严重，绝非消遣闹着玩的。

"我们还有希望，皇子等人还没被捕，必须紧急调派人手前往营救才行。"里长如此说，使者频频点头。

"正是如此，神骨大人表示想知道您里上能派多少人马……"

大根津彦不愧是一里之长，并未茫然无措，反而实时切中正题。然而远子却无法如此，她满脑子昏乱如早钟，嗡嗡乱响着"谋反"两个字。

这件事已不是论定是非的问题了，如果说皇子与大王孰是孰非，不需多问，她当然站在皇子这方。远子感到震惊的是，自己最重要的知己正危在旦夕，不该发生这种事——因为他们都是自己最喜欢的人。

明姬姐也和皇子在一起，这是怎么回事？还有小俱那呢？小俱那到底该怎么样了？他在哪里？我该问谁才好？

远子好想发出呐喊，然而使者当然只字未提那个少年，只传报皇子一行人已越过寿寿香山岭的消息。

"请转告国长，我们上里一定会鼎力相助。"里长说着送使者离开府邸。

人群散去后，紧张的气氛开始弥漫在府内。

到夜半时分，远子终于下定决心。她鼓起所有勇气，毅然走向真刀野的房间。

"娘，我要和上里的人一起去寿寿香救皇子。"

"你在说什么？"真刀野正想扬声训斥，远子却加强语气打断母亲。

"我知道您会反对，可是即使想阻止或将我锁在家里，我也会脱逃前往，因此与其受到拦阻而强烈反抗，我想不如在这里先求您见谅。"

真刀野哑然凝视着女儿，她从未被他人的气势所迫，然而此刻眼前的远子眸光熠熠，让她不禁感到气弱。

"究竟是为什么？你有什么必要这么做？"经母亲温言一问，远子那声势夺人的表情才稍微和缓。

"当然有必要啰,娘忘了小俱那在皇子身边吗?或许他遭大王的追兵逼到走投无路,可能早被逮捕等着杀头呢。如果待在这里就无法得知真实情况,所以我要去查证消息。"

听到小俱那的名字,真刀野的胸中一紧,她实在无法不挂念这孩子。

"远子……小俱那一定和皇子在一起,因为有人见过他以亲信的身份留在皇子身边。"

"如果这样,那我更要和大家一起去救他。"远子干劲十足地说,"他和我有约定会回三野哟,但却从没回来过。我在家里等得快烦死了,又发生天大的事,在这里更是待不下去,因此我决定去找他,我很久就想这么做了。"

"小俱那和你有约定?"乍听此事的真刀野不禁露出不安,"——你在等待就是为了履行约定?"

"是啊。"

"他为什么和你有约定呢?"

"只不过是说好了要回家乡嘛,他答应说变强之后会回来。"

真刀野暗自松了口气。"是吗?……十二岁的约定应该就只有这些了。"

然而,真刀野终于察觉远子不愿像个姑娘的理由了,个性坚定是包括她自己在内的所有橘氏族人的特质,一旦下定决心,远子或许真会做出拒绝变为女人身的事情。如此一想,真刀野突然对女儿怜惜起来。

"你也曾对小俱那说过,在他回来以前绝不去斋宫吧?"

远子圆睁起眼眸,"真是太佩服娘了,您怎会知道呢?"

唉,这孩子真是……

真刀野注视着女儿纯洁无邪的眼瞳和稚气未脱的纤瘦体型,突然预感到这女孩的命运也不是留在三野,远子既然是个不断寻求突破的女孩，那就不该害怕让她去接受挑战……

这是出于一种直觉，不以事实证据而单凭直觉，这正是橘氏的个性，因此常有评价认为橘氏女子难以捉摸，而此时的真刀野确实如此。总之，如果不化解这个坚定不移的约定，远子就不会迈向成熟，在考虑那个更大的危机之际，女儿与小俱那的相见其实并不算严重问题。

"我明白了。"真刀野突然干脆地说，"你也长大了，该知道自己的需求是什么，也能为自己负起责任。如果愿意保证绝不胡闹，娘就准许你去，而且替你向爹保密，好好去找小俱那吧。"

她看着远子逐渐泛起欢喜的笑颜。

"娘，真是爱死您了，我就知道说什么您都会懂的。"

2

"这是真刀野夫人的请求……"面对国长神骨彦的询问，上里组队长久磁彦面带难色答道。

原来远子一副理所当然的表情站在队伍最后，因此国长才会问起，而国长也不正面询问远子的来意，只与久磁彦并肩低声交谈着。

"我现在有时还是搞不懂女人家的想法，在战乱中让远子来凑一脚，真刀野夫人到底有何打算哪？不过，我是不会向有大巫女血统的人问起这桩事，也不会问内人，还是随她们去好了。"

"是的，或许正该如此。"

"好吧，留意别让她卷进战火就好。对了，若能救出明姬的话，那孩子或许有点帮助。"

远子对这段对话毫不知情，便与国长手下一百五十名部属意气昂扬地离开了三野。角鹿也加入上里组，他压根儿都不相信真刀野会准许远子随队伍同行，并坚信小姐终究会吐露实情。

"如今大可不必担心有人要求小姐回府了，所以请告诉在下，为何您有办法逃出来呢？"

远子正东张西望地带马前进，因此一脸嫌他啰唆的表情回望这名部属。

"为什么你这么不信任人？我看起来有那么像瞒着亲人偷溜的不肖女吗？"

"可是，里长大人似乎并不知情。"

"是母亲答应的啦。"

"小姐……在下说过多少次了，我们这次去是为了营救皇子，战况还不知会有多危险呢。"角鹿换了比较严肃的口吻说道，"或许这将是一场生死激战，不管成败与否——到底能不能救出皇子，这都是攸关三野存亡的大决战，我们的行程可不是游山玩水喔。"

"希望你不要误会我是为了游玩才跟来的，对我来说，这也是攸关成败的行程呀。"

"真的吗？"

"当然了。"

"……可是这么说来，您从刚才起就一直笑眯眯的呢。"

远子慌忙一缩下颌，她只因能越过国境就兴奋不已，连一点奇草异木都感到稀奇。

"如果同样都要远行，为了往后的行程观摩一下也无妨嘛……喂，如果一直走下河口，可能会看到大海对吧，你觉得能不能看到呢？"

"……你这根本就叫游山玩水嘛。"角鹿垂头丧气答道。

三野的队伍一边留意大王士兵的前锋动态，一边沿海岸信道南下，所幸没有遇上敌军，不久转向西侧进入山地，面前出现高脊相连的群山横亘，犹如屏风般与真幻邦相隔。在这山中最高峰就是寿寿香山岭，他们争取时间日夜赶路，远子也因此无暇浏览风景，再加上道路愈来愈险陡，下马步行的情况也增多了。

深山谷地间，只有寥寥可数的几处村落，每逢行经这些民家时，久磁彦就会劝远子待在那里等候重返上里，总是遭到她顽强拒绝。然而道路愈来愈险峻，队伍的紧张气氛也随之凝重，就在终于来到乃穗野时，久磁彦这次终于决心不再让步，他对远子说：

"从这里起，不能再带公主往前走了，王军已近在咫尺，一旦遇敌必然大动干戈。我会留角鹿在此陪您，还是务必请回吧。"

远子望着队长额上青筋暴露的程度，又估量自己的体力限度，觉得实在不能再拂逆对方了。

"我明白，那就在此等候各位消息吧。今后你们有何打算呢？"

"队伍会避开主道，从北侧斜坡向寿寿香出发。请公主多保重，虽然留在后方，也千万不可掉以轻心。角鹿，要好好保护公主喔。"

队长离去后，筋疲力尽的远子坐倒在残干上，"脚……痛死了……"

"小姐真能逞强啊。"角鹿回头笑一下说道，"大家心里都没想到您会来到这么远的地方。"

"别看不起人哟。"

"不，在下觉得很佩服。"

远子注视着角鹿，为了照顾自己，他被指派了这项守护工作，倘若是个热血青年，在这种紧要关头被留在后方，真不知会有多遗憾。角鹿一直目送久磁彦等人消失在树林尽头，远子觉得自己也就算了，倒对他真是十分过意不去。

在残干上休息片刻后，远子用仿佛提议去散心般的语气道："喂，角鹿，我们自己去好不好？"

角鹿傻愣愣地问道："啥？去哪里？"

"去寿寿香，就走主道好了。这样比较轻松，而且只有一个姑娘带着随从前往，敌兵不会有所警戒的。"

"开玩笑！"角鹿霎时大惊失色，"怎么会这么异想天开啊，队长不是吩咐要在这里等待吗？"

"我们千辛万苦来到这儿，难道要干等下去？如此一来和回三野没两样嘛。主道一定更顺畅，先帮皇子等人脱险才是赢家哟，你连这点尝试的勇气都没有？"

"可是……若遭王军怀疑，马上被逮捕就玩完了。在下受命担任护卫，您想想我的立场又该怎么办？"

"对了，来改装一下好了。"远子啪的双手一拍，对他的话充耳不闻般地说，"就决定扮成到山里砍柴的附近百姓，你来背柴吧，说到乔装我最在行了。"

"小姐背柴还走得了路吗？"

"柴当然是由你来背啰，武器就藏在里面，这方法很妙吧？"

到头来角鹿还是屈服了，远子引人加入捣蛋的手段高超，角鹿根本奈何不了她，更何况远子一旦打定主意就会精神百倍，连脚痛都抛在脑后，因此他更无从招架。

主从两人在乃穗野的民家交换两三件物品，角鹿背负的柴薪看似堆积成一座小山，远子的手里则抱着竹笼出发。重新打起精神的两人全力赶路，然而远子暗自觉得，那双穿不惯的鞋必定会让已生水泡的脚更受折磨。

真是的，如果是游山玩水，谁会想这种鬼点子来累惨自己？当然全是为了去见小俱那——因为决心一定要助他一臂之力才会这么做嘛。等见到面时，瞧我怎么数落他！全部都是他不好，竟然言而无信。

远子盘算着，重逢时要数落的无数条罪状里要再追加一项。

人影皆无的山道上，两人在没遇见任何人的情况下默默前进，连事先防范绝对会撞见的敌兵也不曾出现。山岳幽静，秋意正浓，时而林叶翻舞，起先他们还为此喜悦庆幸，渐渐却开始觉得不妙。

"怪了……"角鹿终于开口，"应该不会连半个人影都没有啊，我们的队伍就是看见主道有敌兵埋伏才绕北而行的。奇怪，难道对方撤退了吗？"

"会不会是大王饶恕皇子，所以才撤兵呢？"

"我想不可能。"

两人怀着难以言喻的不安，又继续朝前行进。就在此时，听见前方有众多下山的脚步声，原来是一队士兵。

"来了，果然出现了。"角鹿竟然带着有点放心的奇妙语气说，"那么请快点躲起来——您这是在做什么？"

"可是，人家特地扮成这样——"

"请别说笑了，就算百姓见到士兵也得让道啊。"

两列挟着矛剑、行装散漫的士兵踏着钝重的脚步，通过隐身在小竹林后的两人面前，交错碰击的刺耳金属声威吓着远子他们，然而士兵们的举止却不带即将投入攻击的杀伐锐气，而是脚程略显滞缓，还有人在窃窃交谈。

"还要抓余党吗？"

"只要逮到皇子，其他都是乌合之众，捉了也无法立功。"

"活捉皇子的那支队伍一定很得意吧，我们到底是图什么才在山里奔波啊？"

"真想看看皇子的长相。"

"听说已经押送回都城了。"

噤若寒蝉的远子和角鹿对望一眼，在明白事情绝望之后，更让两人战栗莫名——应该不会听错，皇子真的被逮捕了。

士兵的足音远去后，两人一时蹲在原处不动。不久，角鹿慢吞吞说："怎么会这样……我们只差一步就能达成……"

"才没这回事呢，对啊，那不可能是真的。"远子的音量大到不自然，接着严厉地望着他，"别相信那些蠢士兵乱说的话，那不是敌人放的风声吗？我才不信那一套，如果没有更可靠的消息表示确实有证据，我们怎能相信他们呢？"

"小姐说得没错，可是——"

"总之继续往前走吧，只要到寿寿香，就应该会有人能说明实情喔，在这之前讲什么都没用，懂吗？"

角鹿神情略带惊讶地望着远子，然后点点头。

"您说得对，那还是出发吧。"

横越溪流继续前行，不久又接近一座村落，此处可见一些人影，模样似乎是当地民众。远子从他们身影距离还很远时心里就开始七上八下，寻思着不如试问看看，或许能得到有关皇子的消息。不过，如果他们声称皇子真的被捕了，那么她就真的会认为事实便是如此——这是最让她恐惧的事。光想到这里，她的心情就如吞了铅块般沉重起来。

走近的是一位拄杖的长须老者，以及一名年纪尚轻的女子。这名女子唯恐老者摔倒，因此搀扶着他缓步行走。她紧盯着老人脚边，完全无视眼前的两人，那副不想理会人的模样，不知为何让远子更想开口询问，因为对方若答不知情，反而会让她安心。

"日安，嗯……真是秋高气爽呢。"

女子疑惑地稍微瞥了远子一眼。

"请问你有没有听过关于真幻邦皇子的消息？皇子后来怎么样了呢？"

老者在胡须下含糊说了什么简直听不清楚，女子却口齿清晰地道："你问那位谋反的皇子吗？已经被捉走啰。幸好如此，我们才终于可以安心地出来走动。"

远子刹那间感到眼前一片昏暗，浑然不觉自己踉跄了一下，只是气恼着角鹿为何将她的手臂紧抓得发疼。

不过就在此时，女子突然声调一转，"远子……是远子吗？怎么会呢？你不可能在这种地方出现，可是……你是远子是吗？"

远子和角鹿惊愕地凝视着对方。

"为什么你认识——"

"你不认得吗？是我呀。唉，我变得连你都认不出来了。"

"明姬姐？"惊讶到几乎跳起来的远子叫道。

那声音的确是明姬，然而她脸上巧妙地涂了泥污，因此不说出口绝对瞧不出破绽。

"明姬姐，你平安无事太好了……"

远子跳起来抱住她，明姬也微笑着紧紧搂住表妹。

"惊讶的人应该是我呀。远子也真是的，独自离开三野想做什么呢？"

"我想救你们，其他的三野队伍都往北走了，可是我和角鹿遇到一群士兵，听说皇子已遭逮捕了。"

明姬轻声说："不，别担心，皇子没事的，你看，他正在眼前呢。"

"什么？"远子大吃一惊仰望着明姬，于是身边的老者故意咳嗽一声，"啊，那么……"

"不不，我可没有没事，一整天弯腰驼背的，可是苦行哪。"从白发深处露出一对不曾改变的调皮眼神，"好久不见，远子，你还是没变啊。"

远子和角鹿也为之目瞪口呆，于是远子心下暗想，今后再也不会自诩是乔装高手了。

"真没想到两位改扮成这副模样，而且堂而皇之走在主道上。三野的同伴们在毫不知情下全都前往寿寿香了。"角鹿支支吾吾说道。

"我派七掬去寿寿香了，因此用不着担心，他会率领众人与队伍会合，那里几乎没有王军，不会有问题的。"

"那么，我们没有危险了？"

"暂时是如此，可以稍微喘口气。我真想把腰杆打直，再这样下去以后就伸不直了……"老者皱着眉将身体挺直，这才稍微有几分像皇子了。

最初的惊魂甫定后，终于能流畅谈话的远子，自然直接向两人问起最想得知的消息。

"小俱那在哪里？跟七掬一起走了吗？"

皇子和明姬的表情霎时转为僵硬，一时之间像是恢复成原先出现的两名陌生人。远子为能与他们奇迹重逢感到心情一松，完全没料到又会堕入最糟的情况，因此在兴高采烈之余看到对方如此反应时，她终于感到令整片世界皆化为冻冰的心寒。

"为什么……你们脸色这么难看？"

"远子……"明姬欲言又止。

"远子，我们今天能在这里，全多亏了小俱那，是他舍身让我们顺利脱险的。如果不是他，我们几人早在越过山岭前就没命了。"皇子语调沉痛地说道。

"小俱那没和你们在一起？"远子仿佛听见不是自己的声音在询问。

皇子简短告诉她诀别当时的情况，在完全理解皇子的话之前，远子一直屏息静默着，随后，她出奇平静地说：

"那么，遭到逮捕的皇子就是指小俱那了？"

"是的。"皇子刚回答，远子就骤然转身，开始信步朝寿寿香的方向走去，其他人讶异地注视着她快步走开，角鹿慌忙紧追而去。

"请等一下，您要去哪里？"

"放开我啦，我要赶去都城，人家是为了和小俱那见面才来的。"

"别说傻话了，这是不可能的。"

柳眉倒竖的远子瞪着角鹿。

"我说要去就非去不可，连娘都说要我把小俱那找回家乡，现在或许还来得及——我要去追他回来。你若有心护主，跟着来不就好了？"

虽然角鹿是个极有耐性的人，终究还是忍无可忍，他毫不掩饰怒火地大声咆哮道："只有这件事不容许小姐任性！在下的任务是尽快将皇子和明姬公主——顺便连你这个调皮公主也一同护送回三野，如果你想拒绝，就算扛着我也要带你回去。"

远子整个人傻住呆望着角鹿，完全没料到他会大发雷霆，而身边的皇子也谨慎地说："你追去也无济于事，如果有任何希望，我迟早都会设法救出小俱那。请你就别去了，真是万分抱歉。"

远子圆睁着眼眸轮流望向角鹿和皇子，她认为角鹿太过失态，却还是为他的怒气震惊，就连皇子所说的"无济于事"或"万分抱歉"，也让她同样大受打击。难道皇子不是比任何人都强势，绝不会说出这种丧气话的吗？

甚至明姬也帮忙附和道："求求你，远子，别逞强了，我们听你这么说真的很痛心啊。"

谁都不能体会我的感受，谁都不相信我，没有任何人像我一样最在乎小俱那。脚都磨成这样一路走来，这份心意谁都不了解。

束手无策的远子唯一能做的就是哭泣，瞧见她眼眶含泪的角鹿不禁心慌意乱起来。

"小姐……请别哭了，大声嚷嚷都是在下不好，可是绝不能让您再遇到危险，因此还请忍耐一些。"

潸然落泪的远子说："脚好痛……"

"那当然，小姐勉强走了这么长的路程。"角鹿放下柴薪，将背脊腾出，"来，让在下背您吧。"

结果，角鹿还是实践了"扛着也要带你回去"这句话，无论是反对的力气或其他的精力，远子都没了，只能边哭边任他背着走了。

皇子等人终于在乃穗野的杉林与三野队伍会合，众人欢欣鼓舞地迎接皇子，国长在获悉明姬平安无事后不禁喜极而泣，久磁彦原本打算将违令的角鹿痛斥一顿，然而事情既然进展顺利，众人也都平安无事，于是他决定不再追究。长久以来的紧张为之缓和，大家的表情都显得开朗起来，唯有远子一人躲在角落里，若回想她都做些什么，则全部是抽抽噎噎地哭泣。了解实情的人都尽量不去打扰她，然而其中有一人为这种情况感到忧心，因此悄悄地离开众人来到她身旁。

远子听见踏着枯枝的足音，一瞬间停止啜泣回过头，杉林环绕中出现的身影，是个魁梧而蓄着落腮胡的大汉——原来是七掬。

"你在为小俱那哭泣？"他平静地询问。

在艰苦逃亡中，七掬的衣服扯裂，发须也乱成一团，完全恢复到野人模样，外表看似吓人，不过远子从他的眼神立刻就发现此人的内心与外观大不相同。他的眼中虽不带泪，但悲戚之情却绝不亚于自己。

"那小子不太说话，也不常谈故乡的事，倒是只有远子这名字时常提起，小俱那主动会说的事也只与你有关。"

"我才不信有这回事，算了，你不用硬来安慰我。"远子将满腔怒气发向七掬。

"……这是真的。"

"我真气大家，也气小俱那，他和我分明有约定，却自己爽约。明明说好一定会回来，所以我才等了下去，偏偏他不顾约定，选择为皇子效命，鬼才相信他在乎我。"

七掬走到远子旁边盘腿坐下，原本只有纤瘦的远子坐着的小空地，突然被大汉占满整个空间。

七掬以平静的语气说："远子小姐，在这世间对男子来说，是有比最大心愿还必须优先实践的事。或许你会感到很不满，不过小俱那却成全了男子汉该做的事。请不要那么说他，应该要称许他才对，如果怪罪这么重义气的人，他也未免太可怜了。"

"可是……叫我别生气……我又不知该怎么办。"情绪激动起来的远子断断续续说着，又哇的一声哭出来，"这样真是太残忍了，我……想和小俱那见面，想见他一面啊。"

七掬伸手在她背上笨拙地安抚着，明了自己能说的话全派不上用场。远子不禁揪紧大汉,不顾一切恸哭起来。

"有人为他哭就好,那小子能遇到这么一位有心人,我也很欣慰了。"七掬弯身对远子喃喃道。

一行人于是返回三野,眼前出现的是往昔熟悉的重山峰影,迎接结实秋季的故乡温香盈满胸臆,明姬脸上浮现出欲喜欲泣的表情,出神地眺览一幅幅景致。

"我回来了,我终于重返家园,能这样一偿宿愿反而让我害怕,如果再有其他奢望,就真的是罪过了。"

"你怎能说这种丧气话,我们的将来不是才即将展开吗?"皇子相当在意明姬语调中潜藏的某种不安,因此略带责备地说道。

明姬即使在疲惫中仍然满怀欢欣,但自从踏入三野境内,她就开始有一股抱定某种信念的样子。

"说什么不再有牵挂之类的话很奇怪呀,虽然大王不会这样放过我们,不过三野有天然屏障,只要能击退敌军的头阵,暂时应该不会有威胁才对,这样我们的胜算也会极大。"

明姬对皇子微微一笑。

"是的,我相信皇子指挥作战的能力,请现在就前往久久里继续备战任务吧。只不过,我——必须去守护橘氏的斋宫,虽不知是否有机会向大巫女申辩,但必须试一试才行。"

"申辩?"皇子惊讶地睁大眼睛,"为什么有这个必要?哪有需要向人请示开罪的道理?只要了解实情,就不该会有人对你身为王妃的事说长道短才是。"

略带悲伤的明姬摇摇头。

"大巫女一定不会认同的,因为我违背戒律,不但一手毁灭宿命,还将橘氏的任务付诸流水,这样竟然还敢回到三野。原本我就心里有数……既然不遵从大巫女的决断,便不能返回故乡。我觉得她比任何人都可怕，然而这场对决我必须为自己而战。"

明姬抬起盈眸，眼神中闪亮着坚定不移的光芒。

"你为我决心与父王为敌，因此我也该与一族中身份最高的大巫女对抗。我不想输，为了你——我必须坚持。"

"那么，我也去斋宫好了。"皇子执起她的手，意气昂扬地说，"我会让她明白责怪公主就是跟我过不去。我们是生死与共的，不是吗？"

"是的，可是大巫女只接见同族的访客，还是让我去吧，真的不要紧。"明姬坚决说道。

3

"小女如此说了吗？……是这样吗？"

"是的，因此明姬表示请您原谅她不辞而别，她还会再回来的。"

"……是吗？"听到大碓皇子的说明，神骨彦就垂头丧气起来，其实明姬已脱离队伍，带着少数随从向东北方前进。

皇子询问这位消沉的国长："您认为大巫女会判明姬受何种处分呢？"

"恕我无法回答皇子的问题，提到有关巫女的事，我这个做女婿的也不能插手。"国长发出沉重的叹息，"只能祈祷事态别演变到最糟的情况。"

皇子蹙起眉，"什么是最糟的情况？"

国长连忙摇头。

"没什么大不了，我是在杞人忧天，这些日子以来总是担忧小女的事。不过既然她能平安回来，我就别胡思乱想了。"国长说着就闭口不再多言。

隐忍不安的皇子向久久里的道路前进，在半途就按捺不住，突然一

把勒住马缰,受惊的马发出嘶鸣,高举前蹄,他顺势掉转马头说:

"我还是不放心,非去一趟斋宫不可。希望国长能先前往久久里向众人交代继续备战,我在了解明姬状况后就会即刻前往。"

国长没有表示异议,可以感觉到他在默许皇子这样的行为,也期盼明姬有所依靠,只不过身为一族之长不便向皇子表明。

七掬也立即随皇子掉转马头。

"请容属下随行。"

"我也去。"有人接着细声说,众人略感惊讶回过头,只见远子从队伍里走出来。

"不可以,小姐,您明明身体不适,该回府邸歇息了。"角鹿慌忙追来说道。

自从在乃穗野恸哭以来,远子就发烧不退,又加上浑身无力,几乎让人一直照顾着回乡里。

"我已经痊愈,烧也退了。"逐渐恢复体力的远子开始对其他人的呵护感到不耐烦,认真说道:"何况皇子需要一位引见进斋宫的人才行,只有橘氏族人才能获准进入。"

"这么说的确没错。"皇子说道。

"可是只有小姐一人去……那么我也随行好了。"角鹿急切说道。

"不必了,太多人同行反而碍事,远子就坐我的马去吧。她很轻,这样马也不会劳累。"皇子做决定后,三人便动身循着明姬的途径而去。

在并骑同行之间,担心远子情况的七掬慎重问道:"身体真的康复了?不觉得累吗?"

七掬本身是个虎背熊腰的大汉,因此远子在他眼里简直弱不禁风。

少女面露微笑说:"我才没那么娇弱呢,不过——我做了个梦,'既然梦过身体就没有问题。"

"做梦？"七掬似乎不太相信，于是远子决定告诉他们这个秘密。

"就是啊，你们听了可别吓一跳喔，我知道小俱那还活着，他似乎吃了许多苦头，不过没有丧命，而且现在也没什么大碍，已经恢复健康了。"

"你说什么？"默然控马前进的皇子也忍不住开口，"为何你会知道这种事？"

"我在梦中感应到小俱那，虽然做的梦都是幼时的情景，可是我知道那是现在的小俱那。他似乎因伤势和发烧而极为痛苦，那种感觉也稍微传染了我。我们小时候曾同时患过严重的麻疹，然后又一起痊愈，所以此后只要发烧都会一起感应哟。"

皇子和七掬皆沉默不语，因为不知是否该相信少女的话。

远子仍独自兴高采烈地道："虽然我担心他的伤势，不过并没有生命危险。如果小俱那死了，我就不会做这种梦，照理也不会有发烧的反应，所以他还活着，只要能活下去，终有一天会相见。但是在梦的最后，似乎有人在看护他……"

突然远子闭口不语，原来她想起就在梦境的最后，出现一种撼烈的波动，犹如一层帷帐将小俱那牢牢围住，她为此感到十分在意。在梦里，那个从头到尾都散发出强波的神秘人物，一直待在小俱那身旁，她甚至感觉到那人有意不让她接近小俱那，正因如此，她才连少年的面容都无法瞧清。

那是什么……是谁……

然而，那种感觉超乎远子所能描述的范围，就像抓不到的飘忽的思绪尾端般，实在无法向皇子等人说明。

稍后，皇子清清嗓子说："远子常做这种——会实现的梦吗？"

"才不呢，我很少做梦，只有发烧时例外。"远子态度恢复自然说道。

七掬设想周到地说："不过如你所说，梦境成真的话，再没有比这个结果更谢天谢地了。想到小俱那仍在某处活着，就连我也精神百倍了。"

"我说得没错吧。"远子浮现真挚的笑容。

七掬望着她的笑颜，知道她不是只在口头上逞强，而是真的振作起来，于是也感到十分钦佩。或许远子看似纤瘦轻弱，其实精神却非凡地强韧。

"所以我不会再闹别扭或哭泣了，先前造成你们许多困扰，真对不起。"

在登上山道时，皇子仿佛忆起什么似的说："这是丧山吧？据说是群鸟办丧礼的地方。"

"您听过乌鸦祖先的事了？"远子高兴地问道。

"是的，好像是少女的灵魂变成白鸟从黄泉归来，那——是暗指以某种方法死而复生吗？远子有没有听过关于勾玉的事？"

"勾玉？我不知道，那是什么？"

"我也不清楚，只不过明姬曾提过秘传的勾玉。"大碓皇子喃喃道，"你们巫女到底是凭什么得到这种力量的？那又属于什么类型的力量？从遥远的古代到现在，没想到这种神秘的力量依然存在……甚至于你们仍旧与这力量休戚相关。我在你或明姬身边就已多少有这种感觉，不过现在看来，大巫女是个更难应付的人物吧。"

"是吗？的确大巫女的占卜有神谕之称……"远子不了解皇子不愿明说的事情，因此讲些无关紧要的话，"可是，大巫女的占卜有时也会失准，好比说会天晴，结果反而下雨。"

皇子于是仰望着树梢，"……天有不测风云啊，这里的森林真阴森，还没到吗？在这种深山隐居的人大概会变成老古板吧。"

自太古以来就存在的这座巨木参天的森林，白昼也是一片幽暗，死寂到连季节感都消失了，也不见任何兽踪。远子终于发现这片森林的深郁和沉谧，其实正扰乱着大碓皇子的心。

皇子又开始继续道：

"父王也非常关心能获得重生的力量。祖父在位时，不知从何处听来相关传说，因此一心找寻能让人长生不老的果实。当时他派一名叫作多时麻的人去寻找，之后历经数十载，在多时麻返回真幻邦时，祖父已经薨逝，再也没有必要寻求不死，这件事反倒成了笑话一桩，而且带回来的果实也不是什么长生仙丹，只不过是一般果子。至于那个多时麻也变成干瘪衰弱的老翁，没多久就归西了。不过，这一切却也不是徒劳无功，因为这带给当时的父王唯一一个讯息——那就是不老神力与'橘'具有密切关联的谜团。从此以后，大王就像着魔般开始追寻与橘有关的一切事物，最初派遣我到三野的理由，也是因为你们氏族名称叫作橘。"

远子叹服地说："我第一次听到橘氏有这么不凡的来历。"

"真的什么都不知情？你不是也将成为巫女吗？"

"我不会去当巫女，因为可能将由象子继任大巫女的职位，所以我就免了。象子那人呀，是跟我同年纪的宗家二公主，目前在斋宫修行呢。"

大碓皇子似乎对不相干的事情也有些好奇。

"哦，就是明姬的妹妹了？那么，她也是美人吗？"

远子横眼望着皇子。

"别问我这种事行不行？人家跟象子一直合不来嘛，就连到丧山时，您知道她竟然说什么吗？她叫我'大猪头'耶，所以我就回骂她是'虚荣鬼'。大家听到都快笑翻了，象子简直气昏头，到现在还一直记恨在心里哟。"

多亏远子打趣，森林中肃穆压迫的气氛一下子烟消云散，皇子和七掬屏住气息，努力克制不让自己笑出来。

明姬在内殿深处的宽地板间席地而坐,她面向略高一截的上席,保持手指合拢的姿势一直静待着。大巫女的座位空荡无人,虽然事先请求拜见,老妇却像嘲弄她似的迟迟未现身。

将面孔隐在低俯额际上的垂发间,明姬反复逐一检视自己是否在会面时有失仪态,以免让要求礼仪甚严的大巫女感到不悦。即使仓促前来,她的秀发仍已洗净,身上的蒙尘涤清,服装也焕然一新,终于恢复了昔日的仪表。然而她会一直在乎自己不洁净的理由,或许是进行祓式[①]时,从旁协助的妹妹象子以那种眼神望着自己的缘故吧,那眼眸仿佛在说:

无论流水再澄澈,也洗刷不去你的污秽。

明姬心中早有准备,但遭亲妹妹如此看待,胸中的伤痛仍难以平复,为了不再后悔,就必须有全力以赴的力量,于是她一边忍受心中的波涛汹涌,一边两手支地继续静静等待。

终于内侧的帐幔轻微摇晃,大巫女同随侍出现在坛上。明姬将头垂得更低,几乎拜伏于地板上。

坐定席上的白发大巫女缓缓开口,她劈头一句就无情地刺入明姬的耳鼓。

"那么,你不但没自尽,还厚颜无耻地待在这里呀!"

明姬奋力压抑着颤抖的指尖。

不能发抖、不能哭,这种柔弱早该留在真幻邦王宫暗巷的女仆小屋中——

明姬抬起脸说:"是的,我回到三野,为了恳求您接受我与大碓皇子的关系,特来向您请示。"

"真没想到你是如此恬不知耻的丫头,或许是我老眼昏花,才会不

[①] 为求消灾除厄而在神社用水举行的仪式。

谙实情就将勾玉交给你。你将勾玉如何处置了？就是在从三野启程前，我亲手交给你的那块玉。"

明姬的眸光俯落在地。

"……失去光辉了。大王取走没有光泽的勾玉，将它留在了身边。"

"你竟敢将事情搞砸！"

几乎要从座席冲起身的大巫女，勃然大怒地高嚷。随侍的巫女慌忙欠身，伸手想劝阻激动的老妇。

"你是打算毁掉我们一族吗？这岂止清净不了大王的心灵，就连象征我族力量的信物都托给了外人。你知道满心想获得权力的大王、那个流着辉族血液的人，会开始使出什么手段吗？他若得不到力量，绝不会善罢甘休的。你——我以为你是近年来罕见的优秀姑娘，怎么会出这种天大的纰漏？害你堕落成这样的人是谁，大碓皇子吗？"

"不，皇子是拯救我的人。"明姬毅然答道，"假如没有皇子，我早就发狂或投水自尽了。然而皇子给了我一线希望的曙光，幸好有他，我才没有屈于宿命成为幽魂。"

"给我住嘴！"大巫女倒竖起白眉，"你究竟是怎么领会宿命的？我的占卜中已出现你的命运，大王应该会疼惜、珍视你，你们应该有结合的缘分。都是因为你行为轻浮，在大王之前先与年轻皇子——"

"不是的！"明姬也不愿示弱，激动得摇乱发丝，"大王对我真的完全没有动情，那绝不是因为我心有所属的关系。的确，我对身为使者的皇子有一丝动心——这点我必须承认。但我是诚心愿意侍奉大王的，为了彼此能珍重珍爱而前往真幻邦。我相信宿命，从没想过造次，然而，我在寝宫看到大王的眼神——那真是令人终生难忘。"

猛烈颤抖的明姬仿佛压抑感情般抓紧手臂。

"那是一种像在审视物体的眼神，将我当作勾玉的附属品般冷冷注视。大王关心的只有勾玉，可我是人，是个女人，我无法在没有爱的情况下让勾玉发挥力量。"

"宿命不该如此，照理说大王应该会与你相爱。"

"不，不可能。"明姬毫不气怯地说，"您不了解大王的那种眼神，可是我亲眼看到了。无论那眼中藏着什么，绝对不能称为爱。"

大巫女喘了口气，接着低声问道："依你的意思，是老身占卜有误？"

"大王在得知我的勾玉无用后，毫不迟疑地将我贬成女仆，在暗巷的伙房从早到晚做牛做马，还派人让我吃尽苦头，难道这也叫作爱？这种行为分明就不是人。"

"你是说我的占卜错了？"大巫女的反复诘问中，令人感到难以形容地咄咄逼人。

明姬一瞬间屏住气息，将双手握紧后，终于回道："——是的。"

周围陷入一片紧张的沉默，大巫女与明姬彼此瞪视着凝然不动，原本寂静的深山斋宫，此时虫鸣似乎受到震慑般寂静下来，连振翅都如雷响轰鸣。

不久，坛上的大巫女终于身躯微动了，这位年迈的橘氏巫女说："那么姑且退一步来说，就算你的宿命并非侍奉大王好了，你对我族担负的责任也不能就此消除。你想在三野挑起什么？已经丢了勾玉，竟然还带回战祸，是不是也该有点打算？都因为你的自私任性才导致橘氏毁灭，你总该有些自知之明吧？"

明姬首次颤声说："我——完全没有让橘氏消灭的意思，皇子必然胜利在望，三野的人民也将归心于皇子的统率。"

"可是我的占卜出现凶兆，你还想扭转乾坤吗？"

明姬吞咽着干涸的喉间，"——是的。"

"那么，你有本事要回大王手中的勾玉？"

"就算以性命交换也在所不惜。"明姬如此回答，大巫女的眼中便精光一闪。

"你的勾玉已黯淡无光了,那份光泽将不再为大王存在,因为它失去与宿命相系的功用。你这一生招致的就是这种恶果,大王今后若想取得真正的勾玉之力,当然需要下一代的勾玉之主。"

明姬咬着唇,说道:"那么,请让给那位人士,由我来传给那人。"

"玉主一生仅有一次机会将勾玉传给他人,而且只限于我这种终生都不曾动用勾玉力量的玉主,才有机会在活着时传出去。你若想将勾玉传给下一代玉主,就唯有自行了断。"

明姬的唇色稍转青惨,那苍白的面容此时更显莹剔。

"您是叫我——自尽?"

"我只是说,既然身为橘氏巫女就该恪守己任哪。"

一直保持仰望姿势的明姬,终于缓缓垂下头,洗净的乌发舒散在玉颊上,她喃喃说:"您终究还是不肯原谅我啊。"

"不是老身不肯原谅你。"大巫女答道,声音中不含丝毫感情。

"我不是畏惧死亡,好几次,真的有好几次都想自我了结。承认自己行为失当,然后了却此生,那样反而还好过一些。然而,我绝不认为自己做错事,勾玉失去光辉,或许对身为橘氏族人的我实在太过丢脸,但我不认为这是自己的罪过。"

最初轻声说话的明姬声音逐渐响亮,语气中满含强硬,就在她再度仰起脸时,眼瞳已熠熠生辉,她沉着地伸手从怀中取出不离身的小怀剑,拔出那细锐的剑刃。

"我与大碓皇子邂逅,深爱着他,绝不后悔自己做的选择。直到此时此刻,我依然相信钟爱皇子是正确的抉择。如果能以行动为证,我愿意在这里一死了之,不是因为觉得未能达成橘氏任务有错,而是为了能证明自己是由衷追求真爱才采取的正确行动,那么我愿意欣然献出生命。"

剑刃的银光一闪,在微暗的屋内如尖刃自生光芒,大巫女仿佛因那道锋芒而哑口无言，只能默默凝视着明姬。就在老妇正欲开口时，忽然从屋外传来痉挛似的喊叫。

"巫女大人，巫女大人！"是象子的声音，只见她有失巫女仪态，正噼啪乱踏着脚步、满脸泪痕狼藉的模样飞奔进来，"求求您惩罚远子，她——"

少女话未说完，远子从她身后出现了，还有大碓皇子的高大身影也随之现身。

"竟敢放外人进来！"随侍的巫女尖声高嚷起来。

明姬回过头，震惊之下不觉停住手中举起的怀剑。

远子于是大胆介绍来人，"巫女大人，这位是真幻邦大王的嫡长子大碓皇子，贸然前来拜见，失礼之处尚请见谅。不过，您以前曾向家母提过想见寒舍的养子不是嘛，那位小俱那已前往都城，无法过来斋宫，但幸好有皇子莅临本地，小俱那与皇子的面貌十分相像，因此还请您这就赏个脸。"

"远子你呀……怎么做出这么莽撞的事。"连明姬都为之傻眼，频频喘息。

不过大碓皇子并未将远子的介绍词听进去，也不理睬大巫女，就径自奔向明姬身畔，将她手中的怀剑一把夺去。

"你这是在做什么？真不像话，我稍不留神就立刻想不开。"

明姬望着皇子的面孔，转瞬间似乎泫然欲泣。

"可是我……必须证明这份心意啊。"

皇子将明姬紧紧拥在怀里，这时才终于望向坛上的大巫女。

"本人不顾禁命擅闯此地，对这失礼之举先致上深厚歉意。但是身为一族德高望重的长者，竟逼迫两情相悦的人自尽，岂不是违反天理？"

怒火中烧的大巫女尖刻地说："你可别大言不惭，这位公主可是王妃呀，难道你就不是违反天理？"

"父王与我哪一个不近人情,我想您应该从公主那里听说了。"皇子努力遏抑声音说,"您若能了解真相后再做批判,那么尽可以畅所欲言,反正我在所有人不得不承认我们的感情正当前,打算一直与大王决战到底。"

"占卜的结果我必须事先奉告,战情对你是凶多吉少。"

"您说这些又能如何?"

"……算了……"大巫女霎时像断了线般沉坐在席位中,"老身累了,这把年纪要应付顽强的明姬已经够了,没有精力再对付你。带公主离开斋宫吧,你那过度奔放的气势,让这座狭小的斋宫简直透不过气来。"

大碓皇子感到锐气略挫,不过考虑到该趁大巫女还没改变心意前立刻行动才对,于是低头说:"那么就恭敬不如从命——恕我告退。"

背转过身的皇子环拥明姬的肩膀正欲离去,大巫女仿佛自言自语地说:"你正是武尊哪。"

皇子回头,想确认她的话语似的问道:"您刚说什么?"

"你是武尊,是盖世无敌的武尊。"

于是皇子露出皓齿微微一笑。

"承蒙夸奖,本来不是说凶多吉少吗?"皇子如此说着,就与明姬双双走向屋外,不知是否有听见老妇接下来说的话。

"武尊之所以盖世无敌,正是由于能奋力燃烧短暂人生,来缔造不朽传奇的缘故。所谓武尊,就是注定昙花一现的英雄啊。"

然而,这番话却让远子听在耳里,因此她一瞬间不禁停下脚步,迟了一步离开殿内。

这一步之差算她运气太坏,因为大巫女的声音传过来道:"远子丫头,老身可没叫你走喔。"

果然不出所料,象子开始告状:"这全是远子的错,请您要好好责罚才行。都是她冲过来把我撞倒,才让不相干的人混进来。"

这可不妙……大大不妙……

早知道就像一阵风般快点溜之大吉,慢吞吞的真是有够蠢。事到如今总不能甩开责任一走了之,于是她垂头丧气地杵在原地。不料,大巫女却语气平和地说:

"我不罚远子,老身累得不想发脾气,但是倒想奉劝几句话,你就暂且留下来吧。"

大巫女离开座席,来到内侧的小房间,将远子唤到房内。象子说明自己还要回去处理分内的事,就高高鼓着腮帮子满心不爽地离去了,屋里只剩下远子与大巫女。老妇饮着热药汤(远子也啜着药汤,感觉不太好喝),也不急于谈事,隔了半晌搁下碗后,才终于说了:

"你也真是个难招架的孩子,上回见面时我就这么想,没料到这次你钻漏洞的技巧更厉害,今天可真让你给吓了一大跳。不过……不可思议的是我对你的行径实在发不了火,因为你具有一种健朗的气质,不知何故,我感觉得到你还有很长远的人生哪。"

远子困惑地反省着自己的莽撞,老实说:"这么任性闯祸,真是太对不起您了,我只是想帮助明姬姐,她是真心爱皇子,而皇子也一样。我情愿受罚——呃,只要是不太严重的惩罚就好——还请您原谅明姬姐。"

老态毕露的大巫女点着头,"我也明白地看出在她眼中没有丝毫犹疑,今后无论发生任何事,那孩子恐怕都会与大碓皇子同生共死,我只是想亲眼确定明姬有多少心理准备而已。"

"那么,您一开始就原谅她了?"远子的表情明亮起来。

"不是原不原谅的问题——而是我的占示有误,也就是占卜竟然没有正确指示命运。这么恐怖的事实,我压根儿都没想到有生之年会发生。或许是活了一大把岁数的缘故,才会目睹到不想亲眼看见的悲剧。三野的橘氏或许在你们这代——将有灭族之祸。"

大巫女失魂落魄的身躯显得更加矮小,老妇曾予人屹立不倒的印象,然而在这瞬间化为朽木枯悴,让远子不由得讶然屏息。

"巫女大人……"

"扭曲命运的力量正在某处成形,已经开始蠢动,那是与我族力量互相对峙的妖力,实在危险万分,若漠视不管就会影响整个丰苇原,或许还会出现大规模的破坏。在许久前我就察觉到这股不稳定的力量的存在,由于占卜中显示这股力量与三野有关,因此我非常烦恼,一心想努力查明真相,终于在今日真相大白,远子,真是多亏你啊。"

远子偏起头寻思,"我做了什么事吗?"

大巫女以过度疲劳的晦暗眼神注视着少女。

"你说过家里的养子长得就像大碓皇子,我这才恍然大悟,早该让这双老眼见他一面才对,元凶就是那孩子。"

"请问,小俱那……怎么了?"

"一切灾厄的元凶、成为大患的噩兆,全出现在那孩子身上啊。"

远子一时忘情大叫:"怎么会是小俱那?"

4

在五濑的小俱那身体康复情况良好,毕竟他曾受过体能训练,也学过如何从目前的虚弱状态恢复。在斋宫所受的待遇可说尽善尽美,这些礼遇让他困惑不已,然而或许天性使然,他并没有因此恃宠而骄,反而像是一只具有野性本能的逸兽,催促自己必须尽快远扬行动。小俱那心中挂念皇子等人逃离后的安危自不在话下,但是对这座五濑神宫,还有自称母亲的这位人物,都让他莫名地感到一种更深的不安。

小俱那每日默默努力积蓄体力,送来的食物吃得一干二净。此地的神宫虽然高筑在深山里,膳食中罗列的海品鲜味却量多惊人,据说是由附近海边的渔民每日登山送达宫内。

百袭姬最喜爱陪小俱那用膳，有时还一边亲自帮他添饭，一边高兴地说："没想到男孩子食量好得让人瞧痴了，就是这样才长得茁壮呀。"

"……母亲大人，您几乎都没用膳呢。"小俱那试问道，"难道不饿吗？"

"我才不想变肥婆哪。你瞧，若像稻日姬那样可不丑极了？"

小俱那的脑际出现稻日姬的富态模样。

"我——也比较喜欢纤瘦的女子。"

"是吗？那你觉得稻日姬和我谁比较美呢？"百袭姬倾出身子问道。

少年就答道："母亲大人比较美丽。"

"哇，好高兴。"百袭姬双手贴着脸颊，满心欢喜说道。

小俱那觉得此时的斋宫夫人似乎回到小女孩时代，唯有与自己在一起时，夫人非但没有丝毫气焰嚣张的神态，甚至还带点天真，简直与对外盼咐命令时的形象判若两人，他对这种落差总是感到惊讶。

然而，百袭姬那副冷严且令人敬畏的表情不过是一张面具，这点少年也多少能体会。她其实总像个孤独寂寞的小女孩，不难察觉她受制于斋宫巫女的身份，确实被迫过着远离人烟的清寂生活。

只要小俱那能留在此处，百袭姬就欣喜无比，他的一切行动言语，都让她引以为傲。尽管少年心无旁骛地锻炼体魄，她也闲眺着百看不腻。这种强烈的情感让小俱那大为困惑，甚至不知所措。无心掌理宫里事务的百袭姬长时间逗留在小俱那居住的外殿，也让他觉得即使事不关己，还是会对外界传闻有些介意，因为敏感的小俱那已经察觉侍女们的脸色似乎不佳。

某日，小俱那终于道："母亲大人，我还是不要留在这里太久比较妥当，这里是女性所居的斋宫，而且……"

他稍微停顿后，继续说："大家一定不知道我是您的儿子，如此一来……还是会引起误会，毕竟您是斋宫夫人。"

望见百袭姬神色黯然，小俱那又慌忙补充说："我已经康复了，和先前一样行动自如，因此实在不宜在这里闲散下去，请让我离开斋宫。"

百袭姬神情严肃地道："你今后应该如何，我这做母亲的也有过相当多的考虑，不过，先听听你的愿望吧，你接下来有何打算？"

小俱那毫不迟疑地答道："我想回三野，去寻找大碓皇子。如果皇子平安无事，我就与大家会合，继续尽部属的职责。"

"真是傻孩子，"百袭姬睁大了眼睛，"你是认真的吗？你怎么这么好心肠呀，还想去为那个见死不救的家伙出力？当时我若没在场，你这条小命早就让人给折磨死了，竟然还要去他那里？遭遇都这么凄惨了，为何还要再替大碓效命？"

斋宫夫人虽难掩惊讶，可是小俱那却更加震惊，因为他压根儿没想过她所讲的话，因此吞吞吐吐地道：

"尽管您这么说……可是我曾身为皇子的御影人……也不知还有什么其他打算，而且故乡又在三野……"

紧皱眉头的百袭姬脱口直言："给我忘掉要当御影人什么的，光听这三个字就让人作呕。竟然扮起人家的影子？他才该当你的影子呢。啊，对呀，大碓才是你的影子，你的血统才最纯正，不像稻日姬生的那种掺杂卑下血液的子嗣。"

小俱那不由得蹙起眉心，"这是——什么意思？"

"母亲是说，你呀就算继承皇太子之位也是理所当然。"

脑海中浮起"宠坏孩子的父母"这句话，此时小俱那终于能深切体会。

"您真敢说呢，可是从皇子那里学到的经验来看，我总觉得拥有皇太子地位也不见得快乐啊。"

百袭姬忽然正色粲然微笑起来。

"你就是没野心才惹人疼，真是个可爱的孩子，要永远这么纯洁才好啊。不要紧，我这做母亲的会为你打点一切。"

"母亲大人——"小俱那感到与夫人的对话简直是牛头不对马嘴，不禁颓丧起来，"我——"

百袭姬站起身，唐突地牵起少年的手。

"随我来，有件东西想让你瞧瞧。"

小俱那忐忑不安跟在百袭姬身后，他为刚才不能好好答复母亲而略感不安。百袭姬问起九死一生后的将来打算，而如今小俱那也察觉到，自己的回答其实只是重述过去的任务经验罢了，认真回想起来，事实上他并不渴望成为御影人，那么自己真正想做的是什么呢？

我只不过想变强而已，皇子到三野时建议我去都城学习，因此我才欣然同往。我并没有仔细考虑过想成为什么样的人，只觉得不管做什么都好……

而且说到为何想变强，也是因为远子希望如此，连他自己也难以判断这是否算是真正的心愿，如果每个人都能确定自己的愿望活下去，那么他认为自己这种无所适从的个性或许还真有点异常。的确，小俱那照着心愿变得更坚强了，但是，这并不代表他就能发挥力量，或是借由力量迈向某个目标。

直视前方的百袭姬快步通过前往神宫的渡桥，桥边的侍卫望着夫人，并没有拦阻询问之意。然而小俱那看着侍卫，不禁感到手足无措。

"我……听说神宫的确禁止男性进入。"

"是这样没错，不过也有例外。"百袭姬头也不回说，"真幻宫的大王就是例外。皇兄可以进入这里，你是我儿，当然也能进来。"

"可是，这样——"

"闲话少说，跟着来吧，我这斋宫主人既然唤你过来，就没必要瞎担心了。"

小俱那注视着百袭姬的背影，那隐含一种惯于让人听命行事的强势和傲气，犹如白百合绽开在杉林间的身姿风骨凛然，让人感受到她在亲近人的同时，又将任何人都拒在千里之外。长年以来小俱那一直渴望知道自己的父母——然而，直到此刻他仍为该如何拉近母亲与自己之间的距离而不知所措。

我也许——害怕喜欢上她。

至今小俱那无论喜欢任何事物，总是多少带点犹疑。对他而言，不仅没有什么是割舍不下的，身边也没几位在心中无可替代的亲近人物。活到十六岁为止，除了远子、真刀野，连七掬和皇子都包括在内，不可或缺的人也屈指可数。事实上，小俱那是个极度缺乏执着心的少年，因为鲜少喜爱，所以也几乎不曾有极为憎恶或难以原谅的激烈情感。然而面对这位百袭姬，他有某种预感，觉得无法再像从前一般淡漠了。

眼见百袭姬对自己异于常情的关爱，小俱那在备感畏惧的同时，也有这就是母子连心的心情，因而感动莫名。但为了响应百袭姬的亲情，无论是爱是憎，他都觉得自己没有足够承受这份热情的能耐，因此充满了不安。

小俱那害怕有人踏进自己小心翼翼封锁的心扉，倘若他将一切情感尽情宣泄，那么后果将会变得如何，简直无法想象；或者该说——他已略微预见了后果，因此更加恐惧不已。正因他感觉在心扉的幽暗深处，沉眠着某种连自我也无法掌控的强大、激烈的能量，才胆怯地避免与人心灵交流。

穿过白木建造的几座宫殿后，延伸的白沙道上几乎不见人影，杉林遍布的山坡上建盖的斋宫，愈往深处便愈高陡，还设有好几段阶梯。百袭姬领着小俱那登上台阶，步伐不曾稍停。少年庆幸着没被太多人瞧见，他一边微带好奇心地眺望着殿阁的造型，一边紧随在百袭姬身后，最后终于抵达由几重墙垣围绕、推测应该是祭祀神殿的地方，这里已是道路的尽头了。

"来吧。"百袭姬卸下门闩后说，"要给你瞧的东西就在里面。"

突然间小俱那背脊发凉，他为这种毫无理由的反应感到诧异，觉得好像忘记什么破天荒的大事，就缓步踏入这方圣域，可是却又完全地不知所措。百袭姬以强烈的眼神催促着，他只好困惑地踏进门内。

百袭姬又卸下第二道门闩进入里面，这是一处由四方形墙垣围绕的狭小场所，地面全覆白沙，正中央单独立着一座白木建筑。若说规模，这座祭殿恰如上里的谷仓大小，采用离地架高式的设计。百袭姬在殿前行过某种仪礼后就步上台阶，打开沉重的对扇门扉，背对着殿里的幽暗伫立，向少年招手示意。

"你来瞧瞧，能看到什么吗？"

这时，忐忑不安到浑身不对劲的小俱那，心想着尽可能别去尝试，却仍勉为其难地走向神殿。就在一步步前进时，他觉得似乎有一只看不见的手在拦阻自己，这种感觉与自己的意志无关，他冲动想逃离的身体开始发出阵阵抽痛。

走上台阶的小俱那就站在百袭姬身旁，鼓起勇气朝殿内窥看，然后他呼地松了口气，意外的是，里面什么也看不见。这座祭殿的深处比想象中更宽阔，因为殿扉外的光线无法照射到内部，殿内一片漆黑，连物体形状都无从分辨——正当小俱那想对百袭姬表示里面空无一物时，忽然间，他注意到黑暗中有细微的闪光。

起先，他以为那是从梁间泄进的微光，然而光点似又太远。愈注意那些光芒，那些光芒就变得愈多——仿佛群星密布。

星星？怎么可能有这种事……

可是他怎么看都是夜空，连星座也清晰可见，简直是一片银雨欲落的星空。拂在脸上的寒气，让他感觉不到殿内的天井或墙壁，展现眼前的是无限的宽阔。令人惊讶地，他一望到脚下，尽是点点星海，浮游的感觉让他略微惊慌，就在此时，他的正前方出现遮蔽群星的一团暗块。

那看似巨大暗云的区域中，只露出并列的两点发出炽红光芒的辉星，射出愈来愈激烈的刺眼光芒。就在凝视之间，小俱那感到汗毛直竖，原来那是一对炯炯赤眼。等视觉习惯黑暗后，他看到的竟然是高踞空中盘绕如小山的巨蛇。它睨视着少年，伸吐着闪电状的舌信，如巨干般庞大的身躯开始溜滑松开——

小俱那使出浑身力气发出尖叫，喊声却传不到自己耳膜，这种身体仿遭撕裂的恐惧是有生以来第一次体验，他也不知如何从祭殿台阶连滚带爬逃走的，总之恢复神智时，他发现自己蹲伏在墙角落，浑身大汗淋漓，哆嗦到牙根打战，整个人被百袭姬抱在怀里。

"好了好了，没事的，那是幻觉，不会加害你。"百袭姬抚着少年的背脊好让他平静下来，"连大王都畏惧那东西，你会怕它，便是证明我们继承同样的血脉，这样就好，若是出身卑贱、非我辉族的家伙，还绝对没有感应呢。"

她拥着小俱那走出殿门，在旁边屋馆的小房间里歇息。隔了一会儿，他的面色才稍见好转，不过仍频频感到恶心。

"那……到底是什么？"小俱那好不容易吐问一句，百袭姬就细细凝视着少年的面孔，拨起湿贴在他额际上的头发。

"我不能回答，因为那是只有你才看得见的东西。可以告诉母亲看到了什么吗？"

"空中有蛇——"回想起来就几乎作呕，小俱那于是急急住口。

"拥有辉族血统的人都怕它，我第一次看到时也吓得哭泣。然而，女子天生在某种程度上拥有可与它抗衡的力量，因此巫女才会选择女性担任。由于你是男性，毫无防备就受到惊吓也无可厚非。虽说如此，像你怕成这样的人算是稀奇了，或许你就是这世上最能感应那把剑的人。"

"剑？"小俱那睁大眼睛。

"这里祭祀的神体①就是剑,是我奉斋宫职务而保管的神器之一。虽然名称不一,不过我们都称之为'镜剑'。你说是蛇,那也很接近剑的本质,那把剑也称为'大蛇剑'。"

　　"我看到的不是剑,而真的是——"小俱那才讲一半,百袭姬就接口说:

　　"当然是了,不过那只是幻影,你用不着如此害怕。"

　　"用不着怕?绝不可能!我从小就怕那东西,再没有比它更可怕的了。"小俱那喘息道。

　　他终于彻底明白为何看到蛇或雷电就恐惧不已,原来真正的原因就是"它"呀。那种真切的存在,近在咫尺,简直让他头晕目眩。

　　"要我不怕它,简直比登天还难。"

　　"尽管吓成这样,你还是要克服喔,你必须成为那把剑的主人才行。"

　　小俱那蜷缩起身子,后退几步想远离百袭姬。

　　"我再也不——永远不会靠近,我不想碰它。"

　　"不可以这样说,你一定拥有掌控那把剑的潜力。恐惧心愈强,在凌驾畏惧时获得的力量才愈大。既然你是我儿,就该有能力得到最强的力量。"

　　百袭姬半哄半劝似的柔声说着,然后将身子倾出。

　　"你不会打算怕一辈子吧?迟早都要面对、正视那把剑的,假如能克服恐惧,母亲就助你一臂之力,绝对让你成为盖世英雄。"

　　小俱那呻吟似的说:"请允许我离开这里回三野,我什么英雄也不想当。"

　　"逃跑有什么用?你不是想变强吗?只要留在这里,神力可说是为

---

①　视为有神灵藏在其中,并当作神圣象征而在神社等处供奉的器物。

你存在，为了拥有力量，只要一点点勇气就能得手喔。"

"不是这样的。"小俱那的声音近乎啜泣，"我想离开这里，让我走。"

百袭姬终于将柳眉一竖，"你不了解母亲的苦心是吗？听好了，这座斋宫没有得到我的准许，连一只老鼠都休想进出。在你愿意持剑以前，我是绝不会放你出门的，给我记明白了。"

茫然的小俱那泪眼注视着夫人，接着悄声道："您真的是我母亲吗？假如真是这样，应该不会强人所难，明明知道我会受不了……"

心如刀割的百袭姬此刻也噙着泪水，仍坚持说："正因为我是你母亲才会这么说，若非如此，就会被一时之仁击垮。可是我是你的亲生母亲，了解你能克服至难。你以为你在受苦时，我能笑看这一切吗？无论再怎么痛苦，你都必须战胜威胁自己的一切，在这过程中，在旁关注守候的人或许痛苦更深……我不会舍弃你的，但这并不是要你为我奋斗，而是为自己才对。"

小俱那尝试接受考验，然而无论如何就是不能忍受直视巨蟒，不知多少次在井边昏迷、呕吐不止，甚至当场走避。在这过程中，他完全食不下咽，即使喝水也会全吐出来，后来每当发作时只呕出掺血的胃酸。

百袭姬在旁忍耐观看，不过眼见小俱那日渐消瘦，终于不忍道："为什么吐成那样呢？这样分明改变不了自己。继续逃避害怕的东西，就真的无法突破，要注视着它——还有思考那到底是什么才行。"

好不容易停止呕吐发作，小俱那抬起疲惫的脸孔，望着与自己一样流泪战栗的百袭姬。

"您看出我的盲点在哪里了吗？"

百袭姬点点头。

"我了解你的恐惧是什么，可是完全没想到你会如此抗拒它，求你别再拒绝了。"

拒绝？我到底在抗拒些什么？

小俱那在意识模糊中朦胧想着，于是百袭姬拉起少年的手放在自己胸前，"我想给你这份心力，盼你能找到正确的力量。去拿那把剑，小碓，如此一来，你也会得到父亲的认同。"

父亲会认同我？

触到百袭姬胸口的柔感，小俱那一惊，连忙缩手，问道："您说过父亲是神吧？如果能拿大蛇剑，就是向神证明我自己吗？"

"……也可以这么说，那样就能证明你的身世了。"

小俱那的脑海逐渐凝聚成一种想法，这些暧昧朦胧的疑惑随之聚集成形。

他慎重地缓缓道："您提过唯有大王才能获准进这座斋宫吧？"

吸了一口气后，百袭姬说："……是的。"

"那把剑的功用不就在测试历代大王御血的正统性吗？"

百袭姬这次隔了半晌才答复："……是的，若我说正是如此，你会怎么办？"

小俱那倏然站起身，接着激动地甩开想追去阻拦的百袭姬，说："我要去祭殿。"

就在将到屋外时，他感觉空气中隐含不稳定的气息，气流高升，催涌狂云，原来是雷云即将窜过他的头际——

只不过，既然最恐惧的根源如此迫近自己，其他一切都变得不值得在乎了。小俱那穿过三道墙垣，站在恐惧的根源——巨蟒的面前。狂风扫起，翻弄着他的头发和衣摆，还可望见乌云正从祭殿后方的杉林间压境而来，小俱那凝视着殿门，想道：

假如我是大王之子，就符合各方说词了，百袭姬称我父为神、侍女想除掉还在襁褓中的我、百袭姬流浪四方、大碓皇子与我面貌相似、我的血统纯粹、身份也可继任皇太子……

然而，小俱那抗拒察觉这些事实，尽可能拒绝去获悉真相。大王与百袭姬不是兄妹吗？这种滔天大罪，就连不谙人事的少年也能了解，他真不想知道事实——但是为时已晚。

登上祭殿台阶的小俱那，一如往常闭着眼打开对扇门扉，念诵着：让我直视最令我畏惧之物——

睁开双眼，蠢蠢欲动的巨蟒就近在咫尺，轮盘般的赤眼、庞大的下颚、凶愤毒昂的蛇首，小俱那险些脚步踉跄，又打开双脚牢牢站稳，如此想着：

它就是我，让我最恐惧、最作呕的其实就是我自己……

巨蟒张大巨颚袭向小俱那，细月状的勾牙伸在他的头顶，脚下可见卷曲的舌信，然而他没有逃避，于是，就这样让巨蟒一口吞噬。

仿佛胎儿般蜷缩着身体，小俱那有一种让蛇吞没的感觉。蛇就是他，而与蛇一体的他并没有拒绝，因此无穷无尽地往下直坠。蛇腹中漆黑火热。不久，当他回过神来，双脚先落地站在原处时，脚边却横卧着一把连鞘都轻泛微光的剑。

啊，在这里。

不知何故，小俱那毫不讶异地举起剑，然后想着巨蟒、剑还有自己，全都合为一体了。

那么，若用此剑划破蟒腹，我也会跟着死亡。

他对这把剑略感犹豫，不过觉得似乎值得尝试那股力量。百袭姬说他无法改变自己，果真如此，那么他只有破茧而出一途。小俱那将剑拔出鞘，一心朝四周的热暗连续挥劈，从划过黑暗的刀口中泄出闪电的激光。

"啊！"百袭姬不禁抱头叫道。

豆大的雨珠暴落在紫暗中，刺裂耳膜的雷鸣随剧烈闪电直冲而下，足以撼摇大地、惊心动魄的彻响从脚底下激冲而来。斋宫里四处传来女子的惊呼，百袭姬一凛抬头，不顾雨势就奔跑穿越墙垣门口，眼前只见祭殿火光冲天，让她不禁内心一凉。

"小碓……"

百袭姬只能眼睁睁望着这幅景象，离地架高的殿柱在燃烧中倒塌，崩落在白沙上，黑烟从倾圮的屋宇下猛升漫冒，却有一个人影从屋宇下爬出，那正是小俱那。

只见起身的少年身穿的白衣全无火灼焦痕，右手还提着一把在炎光下闪着赤辉的长剑。小俱那直直朝百袭姬走来，宛如梦游者般对她视而不见，百袭姬清楚望见雨水四溅在他发际上。

"小碓，你……"

百袭姬伸手触向他的肩头，霎时如遭电击般感到震麻。来不及缩手，小俱那忽然恢复神智回望着她。

"母亲大人……"

"你终于克服恐惧了，岂止得到那把神剑，甚至还能如此驱使它。这不仅是历代大王没能做到的，就连当今大王都没这份能耐，数百年来无人能达到这个境界了。哦——是多么崇高……"

百袭姬感动万分地说着，完全无视大雨滂沱，她跪下来紧紧抱住小俱那，将面颊贴在他的腰带上。

"你已验证了一切，没有人能比你更接近神明。辉族血统中最纯粹的我儿、我的皇子，你就是超越所有皇子的人中之龙。"

小俱那仰望着天际，如今雨水狂打在他的面孔上，从发间点串滴落。然后，他低头望着母亲幸福生辉的容采，默然思考着。

或许我不该被生下来……

第四章　战祸

1

　　大王在王座上倚靠扶手轻支着头，凝视身旁桌上放置的小盒。曾几何时眉间的深刻纵纹不再消失，无论如何宽心，也成了永难消弭的痕迹。打开漆器盒盖，几重绢布铺垫中仅置着一块小勾玉，大王并不伸手取来，只定定望着玉石。

　　曲线优雅、一穿孔透的秀玉，蕴含半白莹剔的硬质光泽，然而，它已丧失初时乍见的韵色了。原本勾玉应如樱花瓣的薄红，从内透出光辉才对。

　　盯着已死的勾玉，大王实在备感苦涩。长久以来追求的橘氏，在仅差一步终能接触秘密仪式的堂奥之际，那名少女竟然拒绝向自己表白，就在她表示为主上而生、替他带来勾玉的话刚说完……

　　阻挠大王实现长年梦想的人，正是大碓皇子。他受命册封为皇太子，也是众皇子中的佼佼者，这点连大王也必须承认。然而另一方面，大王对于大碓年轻气盛之下展现出来的一切魅力和有勇无谋，感到一种强烈的焦躁不安，于是事态终于演变成一发不可收拾。正值青春年华的橘氏少女，对皇子的磊爽容貌及言行一见倾心，正因会爱上皇子的原因不辩自明，大王才如此怒火中烧。

然而，大王绝非轻易动摇之辈，他冷静的程度，就连左右臣子都怀疑主上是否对这起事件不愿责怪，是立场上情非得已才被迫采取讨逆行动。但事实上，大王的愤怒是愈潜化就愈高炽的。

忽然抬起头，大王高声唤道："宿祢，宿祢何在？"

"属下在此。"一个沉静的声音透过厚帐传来，那是他如影随形的亲信随时恭候待命的位置。

近来大王命宿祢奔走各方，因此没料到他仍留在此处。

"既然没有传报，可见大碓和明姬逃往三野了。"

"真是遗憾之至。"

"那好，大碓无颜再回都城而逃到三野，可说正中本王下怀。如此一来，真幻邦的军队就可名正言顺地进攻三野。"大王沉思般缓缓说，"要获得勾玉的秘密，恐怕必须踏入那片土地才能得到更多讯息。三野必然还存着什么机密，本王命你担任追讨军的将领，去完成这项任务。"

"属下遵旨。"帷帐中泄出的声音答得毕恭毕敬。

"照你先前禀报的信息，听说不止一块勾玉，这可是实情？而且你说不难想象其他地方仍有勾玉存在，甚至正在某处大放光明？"

"属下搜集的古老传说中的说法正是如此。据说玉石的总数有五个，或有八个——根据不同传说而数目有别，就像流传至今的习俗中有串起橘子来驱邪避凶的方式一样，由勾玉串联成的首饰称为'玉之御统'，而戴这串玉饰的巫女据说能拥有绝大的力量。"

"'玉之御统'……好响亮的名字。"大王喃喃说着，泛起一丝浅笑，"你是如何打探到这些消息的？不愧是名探子，继续好好效力吧。对于橘氏的了解，本王还缺乏得很，我只晓得若要解除那把阻止长生不死的'剑'所设下的诅咒，就必须仰赖勾玉的力量。"

"属下当竭尽心力,誓死查明真相,这全是为了陛下您……"宿祢回答的语气相当四平八稳。

"嗯……"大王满意地点头,正欲再示意,靠近廊侧的帐幔轻轻晃动,出现一名传话的侍女。

这名衣点珠翠的年轻侍女优雅跪下,以银铃般的语调说:"启禀陛下,斋宫夫人来访,说请陛下务必垂见……"

大王蓦然住口,扬起一边眉毛。倘若是百袭姬以外的人要求参见,他必定当场回绝,但斋宫夫人的临时到访,反而令人牵肠挂肚起来,最近她的行动有些诡谲难测……

"宣。"大王不悦地说,侍女消失在帷帐后方。

为了这名不速之客,高置油皿的灯台多添了几盏灯火,原来已到黄昏时刻,自十几年前那一夜以来,还是第一次在薄暮中望见她的面容,大王猛地想起往事,不觉心神微微动摇。

稍后,一阵衣裾窸窣声响起,百袭姬现身了。映衬在火光下的夫人依然白皙清秀,体态纤如处子,当时的绚烂神采至今仍余韵犹存。大王时常认为皇妹的姣美有违正道,在斋宫任职的巫女何必美貌……

"有何要事?夜间来访实在不像你的作风啊。"

"我刚从五濑抵达宫里。夜寒了……月儿真美。"百袭姬流畅地说着,走上前来,"我想当面亲口说明——必须赶在皇兄的密探回报之前,提醒你几句才好。"

大王瞪着百袭姬,说:"任意带走罪人,终于想起该道歉了?都是你在无理取闹,害我在属下面前有失威信。"

"还是被你发觉我把人带走了?原本打算做得干净利落些。"百袭姬并没显出狼狈之情,只淡然一笑,"是啊,皇兄料事如神,眼线遍及天下。我也察觉到在五濑的侍从中有听命于皇兄之辈,那么,想必你已摸清我带那名少年到五濑有何目的了?"

烦躁的大王不禁以指尖频频轻敲扶手。这位皇妹在不见面时让人怀想，相见时却又立刻令他肝火上扬，从过去以来就一直如此。

"每件鸡毛蒜皮的事都来禀告的话，本王可没闲工夫听。不过，我倒听说你对他殷勤照顾还真不嫌烦，你打算留那个御影人有何用？"

百袭姬掩住口，发出胜利的短促笑声，"刚才恕臣妹失言，还请容我撤回那些话。皇兄果然不知情，就算以你的慧眼也瞧不出个端倪。"

"你是蓄意来惹毛我的吗？"

百袭姬毫不在乎似的回视大王面容，"真的没察觉到吗？那孩子简直比大碓还更像以前的皇兄几分，我一眼见到他就当成心肝宝贝，怎么疼作心头肉也不够。什么都比不上那孩子负伤时让我感受到的欣喜若狂——只因为能陪在身边看护他、守候他。"

大王的眼瞳初次泛起忧色，"你究竟想说什么？"

"终于得到我的神、我的爱，那孩子是属于我的，因为他是我忍受生产痛楚才给予生命的人。"

"百袭姬！"从王座起身的大王丝毫没察觉到自己的心慌意乱，就步下殿坛朝百袭姬走来，"你神智失常吗？到底在胡言乱语什么？身为斋宫巫女，你绝不可能有子嗣，绝对没有！"

大王想抓住她的手臂，百袭姬轻轻避开身，她的眼瞳里泛着危险的熠光，躲避的身姿仿如魅精。

"……应该是死产的。"大王咬牙切齿说道。

"不，他没死，虽然随水漂走，却活了下来，今后我绝不会让他再受性命之忧。"欣然微笑的百袭姬说，"那孩子能持'剑'了。"

大王这次才真的错愕不已，一时岔气喘不过来。

"你……竟然做出这种事，将交由神宫保管的'剑'毫不忌讳地让他看？……这种会丧命的事，你还——"

"我不怕死，只要为那孩子，我不惜任何代价。不过皇兄，他既然能持'剑'，就充分印证了神血的正统性，而且比这更难能可贵的是——唯独他可以驱使那把神器。除了他，我不曾见过能拿那把'剑'

的人，皇兄应该要拉拢那孩子才是。"

　　暂时歇了口气，百袭姬又意味深长地补充说："我也明白皇兄在寻求橘氏的力量，然而与其追求虚渺的起死回生术，还不如靠'剑'来制霸天下，或许更能早日达成心愿。"

　　大王默然伫立，却从沉默中感觉到首肯的征兆，百袭姬于是先发制人，对他展颜微笑。

　　"长久以来，我与皇兄的确相处得不太融洽呢，我本身也固执得很，不过——既然得到那孩子，我们之间的纠葛该消除了。今后彼此别再有话不明说、暗地里互相猜忌，是不是该为同样目标来共享成果呢？就赦免那孩子吧，因为他存活的这缕牵绊，正紧系着你我。"

2

　　远子压根儿不知道准备作战是如此忙碌，为了稳固守寨，在四周围上栅栏、堆积石块、建造瞭望塔，又必须囤积兵粮，还需将刚收成的粮食搬运到数里远之外。冶铁的工匠奋力赶工，师傅们彻夜未眠挥锤锻炼，妇女们匆促搜集的衣物和旗子，数量之多令人咋舌。

　　甚至皇子为了以防万一，避免让老弱妇孺遭受战火波及，计划在丧山山麓设置避难屋寨，因此整顿那里又成了浩大工程，由于人手短缺，像远子等前往躲避的民众必须全部自力更生。

　　如此一来，身份尊卑的借口也说不通了，远子生平头一次靠自己掘土、打桩、建造栅栏……尽管工作吃重，却不会感到无聊，至少她觉得——这比缝衣服有成就感，虽然有时隔日早晨去看，栅栏还是倒了。

　　象子暂时不用值勤，从斋宫回来协助众人备战，但没想到这女孩既碍眼又帮不上半点忙，嘴里光讲好听话，遇到需要使力的工作总是第一个开溜。远子心想，迟早会和她杠上，像过去一样变成口水大战的吧。明姬也在屋寨，举止依然娴静优雅，一心努力工作的行为成为大家的表率。没有任何人能像这位公主从早做活到晚,也无人能有她的能耐,即使对讨厌的工作也持之以恒。远子由衷地向她表达敬佩后,明姬就轻泛微笑,表示自己之前在都城从事这种劳动早就习以为常,这个答复让远子心里十分酸楚。

我们绝对会赢得这场战争,胜利后的皇子与明姬姐姐就能永远幸福、长相厮守了。

如此一想,远子便士气高昂起来,可是不久又陷入极端低落的情绪中。这种不像她个性的沉郁,原因就出在大巫女所说的不祥预言:

"一切灾厄的元凶、成为大患的噩兆,全出现在那孩子身上哪。"

大巫女清楚指名是小俱那,远子虽无论如何都不相信会有这种事,却感到心情沉重。

这日,在避难屋寨的场地兵正

内准备耕地种植根菜时,远子挥着锄头,突然感到自己忧郁极了,不禁停手蹲下身子。

为什么……连虫子都不忍杀死的小俱那为何会被说成大患呢……

远子注视着土块,回想小俱那总是带着一抹忧郁的笑颜。他少有欢笑,却唯有面对远子时才会露出那种笑容,对远子而言,这可算是令她暗自得意的事。这样的小俱那会酿成什么灾祸?她真是百思不解。若说有什么可能惹祸上身,也只是因为这个少年太欠缺自我主张罢了。

大巫女说过占卜渐渐不灵验了,有关小俱那的事,说不定也是误算……

"哎哟,在摸鱼啊,远子就只会偷懒。"

突然间,远子的思绪被一个超转的声音打断,一看之下,原来是摆出夜叉脸的象子站在那里。

"只会跟别人夸说本事有多好多行,结果自己在打混。你呀,就只会出一张嘴,只在大巫女和姐姐面前装乖。"

远子一怒站起身,回敬她说:"给我闭嘴!只会出嘴的是你才对吧。若给象子这种人坐上大巫女的位子，当天三野一定立刻毁掉。"

"竟敢对我……你有胆说出这种话。"象子眉毛挑得老高，"我早就在想绝对要跟你好好再算一次总账。"

"这才是我要说的话。"

就在两人彼此快瞪出火花时，明姬从屋舍中走出来，竭力高声唤道："远子、象子，快来，有传报说王军出动了。"

两人于是面面相觑，先抛下斗嘴胜负，飞快地跑回屋里。只见使者在屋内众人的围绕下继续报告，根据他的说法，在三野国境待命的士兵间发生严重混乱。

"——据说有一个荒唐的消息出现，蛊惑三野民心，那就是率领讨逆军的将领才是真正的大碓皇子，而在三野的这位却是佯称皇子的骗徒。军中士气动摇似乎愈演愈烈，还有人出面作证，表示敌将的身份确认无误——王军那方的统帅才是真正的皇子。"

小俱那？

远子仿佛遭晴天霹雳似的想着，在讨逆军阵营的不是小俱那吗？这么说，曾几何时他竟成了正牌皇子。

可是，为什么？

远子心中开始狂悖起来，究竟是否真是小俱那，必须查个水落石出才行。假如真的是他，又是什么理由让他留在大王的军队里，还被推为皇子——那或许并非出自他的本意。

就在报告完毕的使者旋即动身离去，走向门口之际，远子从旁向前对他说："我和你一起去，我想了解更多的真相。"

"远子！"象子叫道，"你打算把工作丢给我们吗？不要只顾自己的事。"

远子觉得非扯象子的脸颊才会痛快点，于是举起了手，然而明姬先赶来制止她们的争执。

"别吵了，大战即将开始，自己人可别互起冲突，应该将这份力气转向王军才对。"

象子怒瞪着明姬,"少说大道理了,会引起三野大战,还不都是姐姐害?姐姐已经不是三野第一的公主,没理由向人说教。"

明姬经象子一说,脸上不禁浮现阴霾,然而神色依然沉静。

"确实如此,我是没有任何资格说教,何止没有资格,我是个必须跪在众人脚下以求宽恕的罪人。可是,我还是需要说一件事。象子,无论再有能力的巫女,若不能体谅他人的伤痛,就不能成为真正的大巫女。你不了解远子的心情,而且也不曾有一个可以视为比自己更重要的人,你根本不明白什么是替人着想,对吗?"

明姬姐注意到了我在想小俱那的事。

远子的老毛病就是受到同情便会态度软化,她眼眶泛起泪光,连忙眨眨眼眸。

明姬望着远子,淡淡笑说:"没关系的,你快去准备吧。你的工作由我来做,别在意这些,连我自己也不知何时会离寨出走呢。"

"不好意思,我……"远子欲言又止。

突然间,象子高声说:"老是这样!每次都这样!只要远子跟我吵架,姐姐都一定袒护她。"接着,象子哇的大声号泣,胡乱推开人群跑向门口,"我也有伤痛,可是谁都不当一回事。"

远子担心了起来,因此在出发前试着去找了找象子,东看西寻的结果,发现她倚着内侧栅栏正恸哭不已。

"象子……其实我……"远子迟疑地唤她,象子停止哭泣,但并没将伏在栅栏上的脸庞抬起。

"远子还不是从以前就明姬姐长、明姬姐短的,总是对姐姐称赞个不停,我一直被大家拿来和姐姐比较个没完,这种心情你是不能体会的。我再怎么努力都比不上她,而且只会突显这个事实,就连成为大巫女的继承人之后,大家的目光仍向着姐姐,就算犯下滔天大罪,只要是姐姐就都能得到谅解;而我,就只能当个陪衬。"

远子不假思索就道："我看这是你的偏见嘛，大家都一致认为象子将来就是大巫女的继承人啊。"

"别管我啦。"象子又开始洒泪，"让远子这种粗枝大叶的人安慰，我最吃不消。"

远子耸耸肩离开她，不过，有个太优秀的姐姐原来也会很辛苦，她还是今日头一次被点醒。

与使者并骑而行的远子朝上里出发，大碓皇子应该正在那里筹设阵营，因此远子带着明姬托付交给皇子的新上衣回去府邸。这件配线和镶边皆选用丹红色的衣衫，是远子亲眼看见明姬在日暮后的孤灯下，一针一线缝制而成的。

大碓皇子的考虑，是与其在宽阔的久久里和王军交战，不如在上里设置防守的营寨更为有利，因为这里有山谷细道的攻敌优势。皇子将本营移到上里，因此当地呈现一片戒备森严的状态。皇子的用兵计划在于引诱敌军前往三野阵心，再由预先埋伏在久久里的盟军攻袭敌人后方，借此分散以量取胜的王军战斗力。

远子回到上里，这里已变成由削尖高栅围绕的模样，里门前设置的瞭望台上则有持弓哨兵正俯瞰巡视，若不经盘问确认身份，就连同伴都不准通行。在通过围栏后，她一口气奔向府邸。

虽说里长家的变化不大，但较以往显得更杂乱无章，借住的人数不断增加，即使是凡事讲求规矩的真刀野都无法应付乱局。她是决心不去避难的女性之一，她将照料士兵并留守寨里直到最后一刻。远子知道在这勇敢的决定中，有一部分理由是母亲无法忍受这间府邸再继续混乱下去。

远子去找母亲，只见真刀野正在屋后忙着炊煮。她包覆着头发，以绳带绑好两袖，在指挥妇女们做这做那的同时，还露出战士般的表情烹煮军粮。

"娘。"

"啊,远子,你怎么回来了?"

"我不是回来玩的,"远子先将重点明说,"是因为有事必须会见皇子才来这里,而且还有东西必须转交。皇子在哪里呢?"

"大碓皇子今早刚前往久久里了。"

远子露出一脸失望的表情,"真是的,只差一点呢。没办法,不立刻赶去就来不及。"

"你这孩子到底在说什么傻话!娘不准你去久久里喔,王军即将到来,随时都可能进攻久久里。"

"所以我才必须赶在开战前与皇子谈嘛。"远子坚持说道。

真刀野露出恍然大悟的神情,"你……听过有关那位王军统帅的谣言吧?"

"嗯,有啊。娘认为呢?"远子焦急地问道,"怎么可能会是小俱那?谁会相信他甘愿去当王军的将领呢?总之我想当面问问皇子的意见……"

真刀野默然不语,然而远子看见母亲的表情愈来愈凝重。

真刀野将包覆头发的遮布解下交给身旁的妇女,拜托她暂代工作后,就推着远子的背脊说:"跟我来,在这儿说话不方便。"

真刀野进到一间东侧单房,这里原本是远子他们使用的孩童房,现在却改成堆放运来的众多杂物的储藏室。值得回忆的场所变得如此凌乱不堪,远子实在于心不忍,不过如今也不是沉湎感伤的时候,因此只能视而不见。母女在堆栈的长箱和藤编箱围绕中,对面而坐。

真刀野开口说:"不要问或许比较好,想来你大概还不知情,我就说出来让你明白。皇子已确定对方就是小俱那,而且非常震怒呢。"

远子倒吸了口气,"震怒……因为是小俱那的关系?"

"大碓皇子生气也是无可厚非的呀,被人指称不是真身而是假冒,这么诬陷他的传闻让自尊心极强的皇子怎么受得了,再说小俱那——确实有理由激怒皇子，让他对那些无凭无据的谣传不能再一笑置之。大碓皇子恨不得能杀了小俱那，当他气势汹汹地离开这里时，还说'我是个养虎为患的蠢蛋'……"

"为什么？那么疼小俱那的皇子为何说出这种话？明明知道小俱那的个性绝不会怀有任何坏心眼儿的，却这样指责他。"

就像非常疲惫的人惯有的动作一般，真刀野将手指按在眼皮上，隔了半晌才又苦闷地说："远子，小俱那……也是皇子喔，大碓皇子以前就调查过了，原来小俱那是大王之子……而且皇子怀疑他就是当年恰巧来三野的斋宫夫人产下的私生子，但这个隐情太过罪孽深重，再加上皇子也并非猜忌之辈，因此也就一直没有张扬。然而，这次事件终于真相大白，所以皇子表示绝不容许大王及斋宫夫人立小俱那为皇太子的计谋得逞。"

"骗人……"远子在大受冲击下，涩声说，"小俱那才不可能是皇子……"

"娘自从大碓皇子说出原委以来，就一直自责不已，因为那天我毫不迟疑地捡起芦苇船上的婴孩喂哺，而且觉得此事似乎不方便启齿，长年都没向大巫女提起。或许这全错在娘，毕竟我多少还是察觉了救他不妥，才不敢向大巫女禀明。"

远子摇撼着母亲，叫道："别这么说，这样——这样小俱那太可怜了，不，连我也受不了，若没小俱那，我活到现在也没有意思。救婴孩哪里有罪？娘也真是的，不管小俱那的出身如何，他都是我们家的孩子，您不是清楚讲过吗？"

真刀野眨眼注视着女儿，终于浮现一丝微笑。

"啊，是的——是呀，现在后悔实在太蠢了。最近彻夜不眠的情况增多，说不定是太劳累了。你说得一点也没错，只不过娘很怕大巫女，她可曾提到小俱那的事吗？"

远子心中打了个结，在听见大巫女挑明说小俱那是"大患的噩兆"

时，已让她觉得心头重如千斤，实在不想再告诉母亲多添烦忧。

于是远子格外开朗地说："别那么担心嘛，不要紧，我会去查明真相的。"

就在她正准备出门离去时，真刀野慌忙叫住她，"远子丫头，你说要查明真相是去做什么？"

然而，远子已轻快地跑远了，"娘，我没事的，只是去见皇子而已，不会有危险的。"

"这孩子真是的……"拿她没辙的真刀野叹了口气，喃喃说着。

少女仿佛足不沾地似的，一旦兴起念头就像疾奔的箭矢飞向各处。那身轻如燕、不受男女之限的轻盈，究竟会将她带往何方，一想到此，真刀野就担心起女儿的将来。

跃上原先的坐骑，远子驰向与来时反向的外门，那里比内部设置了更坚固的屏障，瞭望塔上也有众多人手。远子发现角鹿在哨兵中，就仰起头来用双手圈着嘴叫道：

"角鹿，角鹿！让我通过大门，我要去皇子那里。"

一脸讶色的角鹿单手握弓，从塔上倾出身体。

"远子小姐，怎么又是您啊？"

"少啰里啰唆了，我是受明姬公主所托，有件重要物品必须转交给皇子，这可是十万火急，你就快快放行吧。"

"若有物品需要呈交皇子，还是由在下代劳吧，小姐此时前往久久里实在太过危险。"角鹿如此表明，远子就将秀拳一挥。

"少胡说八道，怎能将明姬姐姐诚心缝制的衣衫在交给皇子之前，先让别的男人碰过？我要依约送去给皇子。"

在瞭望塔上的角鹿被身旁的人戳了一下，似乎听了些意见，不久他沿着梯子下来，沮丧透顶地站在远子面前。

"……请容在下随行。"

"哎呀，我用不着人陪。"

"在下也想珍惜生命啊,不过,大家都说能做小姐护卫的实非在下莫属。"

"你呀,算是经验老到了。"

"才不过历险一次而已。"

"看来你好像不太乐意随行嘛。"

"没这种事,托小姐的福,在下的名声已经响遍三野。"

想到上次的确闹出笑话,远子为自己做的傻事忍俊不禁。

穿过山谷,久久里的阵营已映入眼帘,比起上里的阵营,这里的营地简朴到随时皆可撤退逃跑。远子又将面临哨兵盘问,这次拦阻去路的人却是七掬,他的脸上不带一丝笑容,只严肃地说:

"我真不敢想象你会来这种地方,难道不知这里如今战云密布?若不想我们其中任何人白白送死,就立刻请回。"

就算是远子也不免气势略挫,但仍不死心地恳求着,"就算一眼也好,请准许我见大碓皇子一面。只要将明姬交托的衣衫转递就好,还有问一件事,我便会立刻动身回去上里。拜托!我想请求皇子别生小俱那的气,希望能获得皇子亲口表示原谅他。"

七掬的浓眉一动,露出不忍的神情,远子知道他内心正十分动摇。

"七掬,拜托行行好。"

"远子……我真的很想帮忙,但大碓皇子如今并不在此。将这里交托我们处理后,皇子已单独前去与敌将会面。"

"您说什么?"远子忍不住叫道,"皇子单独去?和小俱那……"

"是敌方要求在开战前面谈的,皇子答应要求,按照协议独自前往赴约。我曾加以阻止,他还是去了……"

"果然是小俱那才会想和谈。"远子心下一宽,就说,"若是这样就放心了,只要说明原委,彼此便能误会冰释,事情还有转圜余地呢。"

"是吗？"七掬沉声说，"局势将如何发展，我有一种不好的预感，简直担心透了。就算小俱那没有二心，在背后操纵他的人物却既狡猾又卑劣，你也明白对方将会如何挑起皇子的愤怒，然后皇子——"

"——只要发怒，就会变得无法收拾。"远子立刻接口道，七掬并未出言否认。"两人将在哪里会面呢？"

"在岛上，皇子建造的池中岛，就是那里。"

远子忆起昔日小俱那对那座小岛佩服至极，就感到一阵心痛。

"我去看看好了。"

"不行，无论如何双方士兵都绝不许接近宫池百步以内。"

"我又不是士兵。"

"这不成理由，只要有人擅自行动就视同毁约，这将会造成两军厮杀。请克制自己的冲动，若不想酿成战祸，就多祈求谈判顺利吧。"七掬肃然地说，他想亲赴现场护主的心切从语气中表露无遗。

委屈到想落泪的远子暗想，小俱那就在岛上，他终于回三野了，真的近在咫尺，然而谁会预料他是以这么可怕的方式回乡呢……

3

从真幻邦进军的王军，在位于久久里东南的河畔布下庞大阵营，此刻在将军篷内，小俱那与大王最器重的宠臣宿祢正争论不休。

"大王应该表明过想与大碓皇子和解，希望能阻止在三野开战，因此才任命我担任统帅，但是你却横加阻挠，这究竟为了什么？"小俱那瞪着宿祢说道。

他已忍无可忍，清楚地意识到自己不过是被当作傀儡任人摆布而已，只能在阴谋策略中听命行事。

"我不是为了当皇子替身才率军来此，是因为大王说过想解决谋反纠纷，我才会答应效力的。"

"那当然了。"宿祢在紧握拳头的小俱那面前，仅保持一副谈笑口吻说，"都城万民和王军全都深信讨逆统帅才是真正的皇太子，这样不是很好？您若能凯旋，必然会受到众民夹道欢呼吧。"

　　宿祢是个面容清秀、身形修长的男子，外貌不同于武人，而是典型的参谋之臣。即使小俱那被推为将领高踞马上，仍旧形同虚设，掌握一切实权的人是宿祢，少年为此感到十分嫌恶。

　　"你不该到处去散播谣言，这些计谋恐怕是你唆使的吧？说什么在三野的是假皇子——"

　　"推波助澜有何不对？三野的军心士气似乎受到打击啰，若能化干戈为玉帛，岂不是美事一桩？"

　　"你可曾想过皇子听见会作何感受？"

　　宿祢交抱起双臂，注视着小俱那，"因此在下才说与大碓皇子的单独面谈根本是白费时间，因为皇子绝不会原谅您。"

　　紧抿住嘴的小俱那全身震颤起来，却毫不让步地道："我必须与大碓皇子会晤才行。皇子了解我，绝不可能不体察实情，我是为了避免让三野变成战场才来的，必须让他知道我扮演统帅的理由，我不是为了宣示敌对才有此举。"

　　"事到如今，即使大王已承认皇子身份，您还想替大碓皇子抬轿？"

　　面对宿祢的质问，小俱那别过脸去，"大王并没有承认此事，我……不是皇子。"

　　他想起自己被百袭姬带往都城，再次立在大王寝殿前的情景。大王询问他在五濑斋宫取得大蛇剑的事情经过，此外别无其他表示，在那闪烁冷硬光辉的眼瞳中，并没有一丝感情动摇的神色。之后，大王显现的态度就像早将小俱那视为臣下一般，命他出任与大碓皇子讲和的特使，以王军统帅的身份前去劝皇子回都城。

　　"本王只要大碓回都就赦免其罪，也宽恕明姬，对这次叛乱既往不咎。"大王对小俱那如此表示，因此他才领命接受。

当时，小俱那领悟到自己与大王之间的距离绝不会有拉近的可能，大王绝口不提血脉之事，今后也永远不会提起吧。不过，小俱那觉得这样也好，自己原本就无意成为皇子，忠实领命是因为圣旨如此。他好想回三野，甚至不惜以任何方式回去。

然而，如今小俱那察觉自己的想法太单纯了，大王其实另有企图，若非如此，身为心腹的宿祢就不会将计划倒行逆施。至于为小俱那安排一切的百袭姬也是别有居心，出发前，她含着莫测高深的笑容将大蛇剑交给小俱那，叮嘱他剑主绝不能让剑离身。这位斋宫夫人内心有何想法，少年压根儿就无法猜透。

小俱那将手放在腰带间的剑上，深深感到怒火中烧，从在神殿接触这把剑之后，几乎所有事情都与他的意志背道而驰，得到族血的印证后岂止没获得解脱，甚至完全被逼到进退维谷的窘境。

"我受够了。"小俱那喃喃说着，就脱下头盔，开始解开铠甲的绑线。

"您这是在做什么？"

"不是决定好了吗？我要去与皇子会面，去指定谈判的地点池中岛。"

"铠甲——"

"我又不是去决斗！"

小俱那逐一卸下百袭姬为他准备的华美铠甲，在怔住傻眼的宿祢面前连外衣也脱去，最后只取来一套简朴的白装换穿上身。

皇子曾告诉我在担任替身时别穿白衣衫，因此我要穿上这身颜色，以小俱那的原貌去会面……

宿祢失望地叹口气，"如果您那么想被大碓皇子劈了，在下是不会阻止的。既然连御影人都当过，怎么反而摸不清主子的为人啊，大碓皇子可是对您的皇子身份了如指掌喔。"

正将腰带绑紧的小俱那不禁住手，宿祢又说："大碓皇子应该是已经将您的底细调查清楚了，而且恐怕是很早以前就打听到了消息……却始终隐瞒实情差遣您，也就是为了私利，他才将您一直当成影子。"

"你骗人！"小俱那悄声叫道。

宿祢泛起了微笑，"这是事实，在下也派人追查过，因此对同道的伎俩很清楚。"

"你这么做……目的是在挑拨我反叛皇子。"小俱那如此说着。

宿祢耸耸肩，"在下只希望您认清事实，耍弄权谋并不只是我辈之长，大王宫里无人不暗怀鬼胎，就连大碓皇子也算是一丘之貉。"

小俱那不再答话，撇下他就离开帐篷。宿祢那柔和低沉却含带恶毒的语调，搔绕着滑进少年耳里，稍不留神就会听信他的怂恿，真是危险万分的人物。

就在正想奔离阵营时，小俱那突然停步，想起大蛇剑也与脱下乱抛的铠甲放在一起。虽然决定不带任何装备就前往赴约，不过让他感到犹豫的是，百袭姬在硬交给他大蛇剑时慎重叮咛的话语。

"这把剑一定要随身带着，无论昼夜都绝不能离身喔。剑主是你，若放置它不管，就会发生不幸。"

恰巧就在他转头时，从帐篷中发出闷声惨叫，声音正来自宿祢。小俱那骇然冲进里面，只见脸色大变、茫然睁大双眼的宿祢正按住右手。

"你碰过剑了？"小俱那不禁厉声问道。

宿祢两眼不断翻白，一时无法回答。走进帐篷内的小俱那捡起落在地上的剑，将它插在腰带间。

"除了我之外，任何人绝对不可动这把剑，否则后果不堪设想。"小俱那向宿祢如此交代。

"那、那把……剑……难……难道就是大蛇剑？"严重语塞的宿祢好不容易挤出声音，眼中满布惊恐。

小俱那只看看他的表情，没有多说便离开帐篷。然后，他觉得这是首次看见宿祢没有浮现浅笑在轻视自己。

晚秋寒风初起的日子，小俱那太晚才察觉这时启程并不合适，天气实在过于凛寒刺骨了。吹聚在池畔的落叶浮成茶色凝块，伯劳鸟的啼声清晰可闻，冬季的足音响在风中，已是眷恋炎火的时节了。

树林和原野透着枯寂浓氛，但这些属于三野的景致全都愉快地映在小俱那的眼底。宫池、小岛、渡桥，光有这些景象就让他快慰不已，或许这对回忆过往的帮助似乎还稍嫌不足，却完全不会影响他怀念的心情。走近池中岛，他发现这里比记忆中整备得更井然有序，渡桥彼方点缀着林木，围绕于外的石阶一直延伸到假山顶上的凉亭。圆柱架撑的雅致屋宇上，如今红枫展梢，让小俱那几乎忘记来此的目的。

一口气奔上石阶的小俱那环顾着凉亭，心想自己先到了，然而情况并非如此，大碓皇子从柱后静静地现身。

"几日不见，没想到你我立场全变，真是世事难料啊，小碓。"

"皇子，您能平安无事实在太好了。"

小俱那的脸上露出欣然喜色，却发觉皇子的眼瞳中已不带丝毫亲切。

"你也没什么大碍嘛，我不知多少次为了留下你而后悔莫及，不过这就像朝敌人放箭，却反遭同一支箭射伤的宿命啊。"

大碓皇子的眼神是小俱那从未见过的，他所认识的皇子总是露出快活的神情，然而他终于领悟皇子只对值得庇护的对象才会有那种神情，对付其他敌人，皇子将比任何人更无情地伸出爪牙。

小俱那于是意气消沉地说："我来此是为了避免战争。皇子，大王表示希望与您和解，也盼望能不问谋反之过、在不伤皇子名誉的前提下结束争乱。假如能避免征战，那么三野不知可远离多大的危机，是否请您再作三思呢？只要您愿意把条件说出来，我就会返回都城转告大王的。"

小俱那说完，大碓皇子突然放声笑起来，笑声中充满轻蔑。

"竟把这种花言巧语当一回事，你的愚蠢也够让人同情了。大王的族人会玩什么花样，你还没开窍吗？父王若有半点恩情，打从一开始我就不会轻举妄动，基本上，父王会顾虑皇太子死活才是天大的笑话，他的最终愿望便是废掉继承人，只要自己不老不死就好了。"

"可是，大王确实——"

皇子阻止努力想解释的小俱那说下去。"够了，我明白你奉旨前来要说什么，而我的回答是快刀斩乱麻，只要能就地解决你便行了。"

"皇子。"小俱那感觉自己脸上发青。

"是你该死才对。"皇子咬牙切齿说，将手伸向腰间的剑，"我曾暗自希望你能轰轰烈烈当个替身牺牲，这么一来，你将不受身份或血脉的羁绊，可以做真正的自己，你在我心目中保持清誉，永远光辉荣耀。偏偏你厚颜无耻地苟活下来，连底细都泄光了，你暴露自己是父王那个令人唾弃的龌龊儿子，甚至还去当他的走狗，再度出现在我面前……"

小俱那听着他清算，感觉全身血液似乎凝冻，一种远比凉亭圆柱间穿透的冷风还凛冽的寒意，剥夺了少年的热息。

皇子又说："而且你打着我的名号行骗，假扮我率领讨逆军，凭你那羞于见人的出身来看，这么做不是太无耻了吗？不过，教你成为替身，又让你学会一切的我，才是活该可笑。你要当皇太子？这个主意不是太妙了？父王的阴谋我可清楚得很，只要除掉我，的确能不着痕迹地安心保留皇太子之位，还可指派你接替，因此我绝不会让计谋得逞。"

感到天旋地转的小俱那叫道："我满脑子想的都只有如何阻止战争！只要能做到，今后要杀要剐悉听尊便，我不在乎。请想想看，皇子，现在——现在当场将我杀了，真幻邦的大军就会冲进三野，请您别一时冲动。"

"不成。"皇子斩钉截铁说着，将剑飕地拔出来，"我早有觉悟这场硬仗是非打不可，何况我对你的存在早就忍无可忍。"

小俱那倒退几步，无视于面前高举的白刃，只拼命凝望着皇子的眼睛。然而，悲哀的是皇子的眼瞳形同刀锋，仅存着青白冰冷的杀意。感到最后一丝希望也瞬间消失，小俱那仍尝试再说服一遍。

"真的就这样，再没转圜的余地吗？"

"我军胜利时或许还有可能，不过那不关你的事了。"

皇子早在剑刃刺出之前，就先以眼神和言词疾劈了少年，但小俱那的身体仍撑到千钧一发之际才动身避开剑尖，两人在凉亭中左右回转缓缓移步。

"你也拔剑好了，我应该教过你剑术，砍一个手无寸铁的家伙，事后回想起来会很不是滋味。尽管放马过来，让我瞧瞧你究竟从这里受教到多少。"

在他提醒前，小俱那并没想到自己带有武器，猛然惊觉时，他左手握住剑鞘，却没有拔剑。

"这……我不能用它。"

"既然拿了这么管用的剑，你到底在胡扯些什么？"皇子朝那把柄上镶宝石的长剑瞥了一眼，说："这可是把了不起的剑，不是吗？看起来简直就像传闻中的神宫秘宝嘛。"

小俱那略带豁出去的心情说："就是那把剑，所以我不想碰。"

大感惊异的大碓皇子喷笑出来，这次的笑声比先前更冷酷。

"原来是斋宫姑母干的好事。从没见过这么堕落没救的巫女，她打算造孽到什么程度才满意啊。"

忽然，小俱那感到内心起了一阵波澜，随后，他与皇子像是素昧平生般注视着彼此。

"我在五濑发生什么事，为何被迫拿这种东西，这些您是不会了解的。"

"换句话说你是人家的孩子嘛，斋宫巫女还真不愧是个鬼母，连神都不放在眼里，那种污秽、令人瞧不起的女人。"

"请别责怪母亲。"小俱那说着,对自己讲出口的话感到惊讶,然而,他意识到这是一种真实情感,"我不想让皇子——侮辱她。"

"那么,就用这把剑打倒我吧。用它来斩了我,好好显示你的纯正血统吧。"

大碓皇子以凌厉的剑势向少年劈来,他的技法精确强劲,小俱那勉强避过三招。皇子的攻势间不容发,第四招擦过少年的手臂,第五招就掠过他的胸前。衣衫划破条裂、飘动的碎布上洒过溅血,小俱那踉跄着背脊撞上亭柱,就在第六招完全制住他的咽喉时,不料皇子却停止攻击。

"拔剑吧,难道不想回敬我吗?"

重新站稳的小俱那不禁伸出右手摸索剑柄,疼痛和血迹将他带往另一个境地,再也不觉得牺牲生命换得皇子称赞才有意义,毕竟皇子是为了私利才疼爱他,绝不是因为他个人的缘故。如此说来,皇子与大王或宿祢的差别何在?倘若这些人都是一旦发现弊多于利就翻脸不认人,还将自己视为憎恨对象的话——

就在此时,小俱那听见自己胸中涌起的雷云征兆,他对这种总是令自己恐惧的兆头蓦然一惊,然而不同于空中雷电,整个感应就潜宿在自身里,让他无所遁逃、隐藏。

于是他以绝望的眼神注视着皇子,轻声说:"您也一样,为何不做我的榜样,从我面前离开?我不愿意成为您的敌人,不想被您憎恨——也不想恨您。"

"那就怨你父母好了,你不该被生出来的。"皇子说着,终于高举起剑,"最后还不肯拔剑就怨不得我了。小碓,拿命来吧。"

就在小俱那醒悟大碓皇子已将自己全盘否定时,他的内心腾起了某种反弹。就是因为信任皇子、欣赏皇子,这股激情的逆流才化成恐怖的力量,心门冲飞、心扉碎散,小俱那在奔流的怒潮中咬紧牙关,用自己的剑刃挡住挥来的利刃。

接着，他看见了炸裂的激光。

明姬发现有东西从头上啪地落在翻土上，一看之下，原来是应该紧插在发际的插梳，正是皇子所赠的定情物。她慌忙拾起，正想以衣袖擦净泥污时，手中的梳齿竟然啪啦断落四散，明姬凝视着毁坏的插梳。

他身有不测，难道已遇难了？

明姬感到周遭霎时蒙上一片昏暗，或许是内心敏感所致，她抬头仰望，依然是不曾稍变的秋凉苍空，然而在天空中，似乎看见一只白鸟的幻影流翔而过。她不但没有因死亡预感而悸动，不知为何，竟也不惊慌失措，只感觉这是许久以前就已知道，如今终于面临的结局。因此她没有流泪，而是陷入一种更深切、如湖底沉石般的悲痛中。

明姬心想，他毕竟是神之子，从天而降来到我身旁，不惜抗命也要眷爱我。但是，这段幸福只存在于刹那，他逝去了——消失了，无论如何也不会重生，即使群鸟为他悲叹八天八夜，他也绝不会从黄泉归来……

明姬将插梳放在怀里回到寨中，默默整理好房间和自用物品。在丧山屋寨的任何人都不知道这件事，也无人察觉公主离开，直到夕星闪烁的时刻都见不到明姬，即使众人开始搜寻也无从找起，而且从此之后再也无人见过她的身影。

4

异常的光芒从岛上迸射四散，直冲天际，遍染如夜靛空，瞬时间池水各处化为烁白生辉的紫色液光。宿祢被这幅异变景象吓得飞跳起来，匆匆横过渡桥，死里逃生，原来他想打探谈判经过，之前一直潜伏在岛上。

他实时逃离现场是个正确的判断，因为当宿祢在池岸这一侧站定的同时，岛上的林木就无声无息地燃烧起来，最初看见辉光闪耀的树木突然窜起火焰，卷舞的风势开始发出诡异的轰鸣声，宫池霎时返照出焰色，转成赤金镜面。坐倒池边站不起身的宿祢注视着猛烈燎烧的火海，觉得这辈子从没像现在这么惊恐过。

这是多么……浑身打战的宿祢不由得谦卑起来，想道：多么强大的力量啊。没想到会如此强劲，这不就是超越人智的无敌神力吗……

就在宿祢望见燃烧正炽的岛上凉亭倒塌、屋宇倾落的景象时，突然稍微挂念起一件事。

倒是那个少年不知如何了，难不成他想自焚？

宿祢不需对小俱那尽任何道义，不过他认为少年如果死去，或许就再也没有人能动用那把神剑，这也未免可惜。此外，大王对眼下竟发生了让神剑发威的事件，绝对不会坐视不管，因此宿祢打定主意，将衣衫泼湿后又折返渡桥。林木火舌正冒，焦烟和热气几乎令人窒息，但就近一看也不是没有缝隙可钻。他跳跃着横过石阶，穿过烧垂的树枝，终于来到崩塌的凉亭。

小俱那就在倾倒的亭柱所支撑的屋宇底下，除了皇子造成的刀刃划伤，并没有被火焰波及，生命似无大碍，只是失魂落魄地瘫坐在地上，完全一动也不动。他凝望的对象，正是匍倒的大碓皇子，即使不必近看，宿祢也明白他已气绝身亡，衣衫全烧得焦黑。那把恐怖的剑正抛在小俱那身边，看似寻常铁剑，宿祢却打死也不愿再摸它一下。他摇晃着少年说：

"去收回剑吧，现在可不是发愣的时候。"

然而小俱那却没有任何反应，宿祢往他脸上连拍两三巴掌，又重复了同样的话。小俱那终于去将剑收回鞘中，似乎只是照着命令行动。

宿祢毫不介意，一把拉起他，"我们要离开这座岛，就趁现在。"

宿祢掩护着小俱那脱离岛困，越过渡桥后，只见桥已开始冒烟，真是千钧一发。

检查自己身上烧出几处小灼伤，宿祢忍不住朝他骂道："连小命都不保，要这力量有何用！"

然而小俱那充耳不闻，仅露出眼神呆滞的表情，恍如置身梦中。宿祢一咋舌就将少年推上马背，自己也同乘上去执起马缰。如今首要任务就是尽快返回阵营，他可没闲工夫像小俱那一样为饱受冲击而发怔。岛上的光景固然让人触目惊心，不过费神思索此后该如何挥军作战才是当务之急。

说什么和平解决，大王与宿祢都认为这简直是在做白日梦。

远子气喘吁吁奔跑着，一片树林正遮蔽她眼前，望不见宫池全貌，不过却能看见冲向空中的异光，还有稍后出现的赤色火焰。小岛上绝对发生了巨变！接着，林木在眼前渐疏，映入远子眼底的是岛上狂烧连天的凶焰，整座池岛辉灿到令她目眩。少女啊地叫了一声，不禁呆立原地，正当她以难以置信的心情观看时，突然留意到一匹黑马正全速朝此奔来，一时不知所措的远子就隐藏在树林后。

策马的是一名头发向后飞飒、表情冷峻的男子，并没有穿佩铠甲。远子战战兢兢地窥望着，突然心弦一震，原来马背后方还另外坐着一个少年。

小俱那？

乍看像大碓皇子却是小俱那的面孔，那副脸色发青的模样，让远子想起他以前瞧见蛇的表情。然而还来不及细看，黑马就疾驰而去。远子拼命地飞奔出来，但只能目送他的背影，马上两人不曾留意到她，因此没有勒马回头。

"小俱那——"远子明知赶不上，仍追在数步之外。

"远子小姐！"一声怒嚷从她背后响起，原来是角鹿，他发现远子溜走后就快马赶来，"您真不听话，不管怎么制止都当耳边风。"

"小俱那刚刚在这里，是小俱那喔，我足足等了四年才瞥见他。皇子怎么了，不是在岛上与小俱那会谈吗？那片火海究竟是怎么回事？"

角鹿在回答前先将远子拉上马鞍，接着低声说："皇子在岛上遭到暗算，已经……无法回来了。"

"我们得去救人才行。"远子叫道。

"不用了吧，皇子一定凶多吉少。"

"不是往那边啦，你到底要去哪里？"

角鹿径自加快马速，答道："我们这就回上里。您不明白吗？马上要开战了，我们就算失去皇子，还有该守护一切。"

"这下该怎么办才好？"远子泣声说，"我根本没将明姬姐拜托的衣衫交给皇子。"

快马加鞭的角鹿正想说"现在可没空管这些"，一不留神咬到了舌头。

久久里在眨眼间就遭到了身着金盔铁甲的王军蹂躏，其来势犹如排山倒海，败退的三野部属在追击下瓦解溃散，能逃回上里的残兵也寥寥可数。这群人里不见七掬的踪影，不难想象曾对皇子尽忠竭力的他已经殉死效主，但在继皇子之后又失去这名勇士，实在对军心造成不小的打击。然而人们几乎无暇伤悲，因为王军已迫近上里守寨。

远子直到如今终于深刻体会到了战争的意味，那段日子，仿佛是将兴奋的烫手与恐怖的冰手互相交握，让热度彼此传递。日常规范既遭驱离，连曾有的太平日子也稀薄得足以被淡忘。如今无论是生死，还是爱恨，都像具体成形似的呈现在眼前。劳动即使艰苦，却没有人在这里苟且安乐——众人皆各尽其力，以命相拼。

持续三夜不眠不休的远子，不知以手推车来回运送过多少次沉重的石块，终于疲惫得让瞌睡袭倒。就在她倚靠着推车长柄打盹时，突然不知被谁轻轻摇醒。她吃了一惊，原以为是母亲，从睡意中清醒后仔细一看，蹲在她面前的竟然是明姬。

"明姬姐！"远子不禁大声叫道，公主以手示意请她安静。

身边的篝火已熄，似乎是半夜三更，明姬的姿影在幽暗映衬下浮现朦白，身形是如此悲凉纤弱。

"明姬姐，皇子……"远子感到自己的泪水在眼帘下烧灼，然而明姬却默默地摇头。

"你不用说，我都知道了。"语中含着一缕死心的落寞，"我来这里，只是挂念你带去的衣衫不知怎么样了，因此才来探望一下。"

"对不起，我还保管着它，因为来不及转交。"远子开始啜泣，明姬递给她的那包衣服现在还绑在身上。

"是吗？你能细心保管，我真的好高兴。"明姬松了口气说，"那么就交给我吧，我可以亲自送给他了。"

远子屏息，以惊骇的眼神仰望着她。

"真对不起，我实在太任性了，可是我与皇子永结同心，是无法分离独活下去的。"

明姬的脸庞宁静似月光清莹，然而原该盈满的坚强活力却分毫不再。

"不要，我不要这样！"远子像闹脾气的小孩直跺脚，"我受不了再失去明姬姐，皇子已逝去，七掬又不知踪影，留下我们该怎么办？"

"可怜的远子。"明姬轻轻说着，让远子听了一阵背脊发凉，她的口吻，仿佛已赴黄泉途中般渺茫。"但是你很坚强，可以克服悲哀继续活下去。你要为我活下去，并且让勾玉重拾光芒，拯救橘氏——这是我无法完成的任务。"

"我一点都不坚强，既没去学习巫女修行，又对什么都一窍不通，真的一无是处喔。"

"不，你一定能做到，如果任务交托给你，我就放心了。"明姬微笑说，"那么，给我衣衫——那个包袱吧。"

"不要，请别走。"

如果递还衣服,远子知道将与明姬天人永隔,但也了解自己终究不可能拒绝她,因为这是她为皇子缝制的衣衫,而且是双双共有的唯一圣物。

终于,远子迟疑地交出包袱,仍继续说服她,"请不要走,别丢下我们。"

明姬满怀悲痛地望着远子,然而她将包袱紧拥胸前,身影逐渐远去。

"永别了——谢谢你。"

远子哇的号啕哭倒,在呜咽中意识逐渐模糊……

重新回过神来已是晨曦始现的时刻,远子揉着眼在四处寻找,确定皇子那包衣服已不见踪影,若非如此,她真以为昨夜只是一场惊梦。然而她问过众人,没有一人曾看见明姬。

或许那就是明姬姐的灵魂,说不定是她的魂魄来取回皇子的衣衫。

远子想着,独自暗暗流下泪水。

5

战况迅速恶化,即使谁都不愿明说,担任救护的远子也心知肚明。搬运来的垂危者、死者和伤员的数目之多,几乎让府内人满为患,如此一来将难以防守下去,王军的攻击全无缓和迹象,似乎企图持续增加兵力直到击垮守寨为止。

被里长唤去的远子大概预料到父亲想讲什么,她在大根津彦表明前先说:"战事对我们不利吧?"

大根津彦并不否认,只注视着女儿,显得一脸疲态。他努力聚集众民,不断鼓舞士气,但毕竟心力交瘁了。

"远子,趁现在还来得及,快逃往丧山吧,你还有其他很多该完成的任务。"

"不要，都到这种时候了，我不能丢下上里的群众离开。"远子叫道。

"你是女孩子，没有必要在这座守寨牺牲。"

"娘不也是女性吗？结果还不是决心在此奋战到底，我也一样的。"

里长并不认同远子的话，只叹气说："我和你母亲商量过了，都同意你去丧山。你有义务帮助二公主来守护橘氏血脉，身为里长家的女儿就不能逃避这项任务。"

"我听娘说过了。"远子倔强地说，正准备转身离去，就与迎面而来的真刀野撞个满怀。

远子仰起脸对母亲说："您不会让我一个人去吧？如果要走，娘也会同行，对吧？"

真刀野抱住远子凝视着她，从容地说："娘对上里所发生的一切都必须负责，是我收留小俱那并亲手养育他，如今阻止他毁灭三野这件事，我是责无旁贷。虽然娘不认为收留婴儿有罪——然而，我也不能就此置死守上里的民众于不顾，我不能背弃他们，你懂这个道理吗？"

"您若这样说，那我也脱不了关系。"远子叫道，"我想留在这里，想和大家在一起，若要牺牲的话——就同归于尽好了。"

"不行，"真刀野温和说着，抚摸远子的面颊，"我明白让你独自离去是很痛苦的事，然而也因为如此，才必须由你来完成使命。因为你生在里长家，也是橘氏的女儿，必须面临最艰巨的挑战。生存需要勇气，是比留在守寨更加艰苦的磨炼，正因如此，娘才需要你能活下去。"

远子不禁睁大双眸，感觉母亲仿佛是明姬，两人的形影在瞬间似是重叠可见。

"即使娘和大家都死去，相信你也一定能做到不恨小俱那，是吗？

不要怨恨他喔，小俱那必然是身不由己，只能遭受命运洪流的摆布，而且是一种可悲扭曲的宿命。有朝一日能否消弭这命中注定的歪曲，娘希望由你——身为橘氏的一分子去面对这项挑战。"

负责牵马的角鹿不知从哪奋战回来，浑身上下沾满尘土，拖着牢牢黏住的干泥行走的模样，看来就像个活动泥偶。然而他的眼神没有丝毫颓丧，甚至显得活力洋溢。

"小姐不用担心，这座守寨不会被攻陷的，我们一定会坚守到底，请别哭泣了。"

这些话让远子更加悲痛，一直跟随在侧的角鹿终于不再与她同行，而是决心死守乡里战斗到最后。

"角鹿……我带给你好多麻烦，请原谅。"

"现在想起来还蛮有意思的。"角鹿笑着以手背擦拭沾满泥污的脸颊，"下次去危险较少的地方吧，如果战争结束，还请让在下继续为您效力。"

"真的吗？你不会不敢再领教我了吗？"远子经他一提，就微笑说道。

"当然不会。"角鹿将小门打开，目送远子离去。

在角鹿勇敢表现的鼓舞下，远子暂时鼓起勇气策马启程，完全不曾回头留恋，然而一种颓然无力的绝望感顷刻袭上心头，她仿佛想抛尽一切烦恼，一股劲地驱马飞驰。

皇子、七掬、明姬姐、娘、爹、角鹿，还有府邸和上里的所有人，大家都会消失吗？这样对吗？为什么会发生这种事……

眼前漆黑一片，几乎伸手不见五指，因此在马踢到树根时，远子轻易被抛了出去。她受够了自己竟然这么容易就飞往空中，所幸并无大碍，只是整个人栽进小竹丛里，倘若运气不佳，可能会连颈骨都折断了。不知是惊是怕，她一时起不了身，只能软弱地哭泣起来，虽然心想光为落马这种事掉泪还真傻,仍遏止不住情绪激动。

我才没那么坚强呢,才不可能不去埋怨谁、不去责怪哪个笨蛋。乡里、家族、重要的人全都被夺走,岂有不恨之理?当然恨死了,假如是小俱那害的——就算是他我也非恨不可。

然而,悲泣一阵后,远子稍微平静下来,觉得一直躺在竹丛中也未免太没魄力,便缓缓站起身。她身上没有任何挫伤,只稍微被小枝刮到而已。她走去呼唤坐骑,只见马儿并未远离,正悠然啃着青草。

"对不起,我会重新振作起来,不再哭了。"远子对坐骑说,"就算哭也不会有任何改变,我现在就去丧山的屋寨,必须全神贯注只想这件事才行,至于下一步,就等到那里再费神了。"

远子回到丧山时已是繁星点点,空腹赶路让她劳累不堪,在这里只有最宽敞的集会屋里点燃着灯火,光芒从门缝泄出。她虽然感到此处也未免太过死寂,但在疲惫中也无暇细想,就顺势钻过席帐。这时,她不禁吓住,原来几十只眼睛正一齐望着自己。屋寨里聚集了所有民众,大家正无言静坐,大巫女则被人群围绕在中央。

"是远子吗?你终于回来了。"老妇回头说道。

远子大吃一惊,因为简直没想到大巫女会离开斋宫。

"您为什么在这里?"

"你应该比老身更明白才对,三野将会沦陷,一旦攻破上里就完全溃败。我是为了宣告三野即将灭亡才下丧山,这也是老身临终前的最后预卜。对方终于发动了邪恶力量,而我也无法判读宿命,老身的力量早已耗弱。"

远子小声询问:"您指的对方……是小俱那吗?"

"是啊,就是那个不祥的小孩。小俱那不仅会毁灭三野,恐怕今后所到之处都会造成不幸和破坏,必须要阻止他的力量才行。我没这份精力了,不过除了我族以外还有其他同族存在,橘氏原本是五个支系的总称，是不是哪，象子？"

冷不防被点名的象子一缩身应道："是的，巫女大人。"

"我曾告诉过你的，你倒说说看，除了本族以外，还有哪些地方有橘氏存在。"

象子一抿唇后背诵道："是旭日东升的日高见国、夕日西沉的日牟加国、三野国、伊津母国、忘名国这五个国家尚存勾玉，而且由五国里的橘氏守护玉宝。"

大巫女暂时闭目养神，仿佛咀嚼着象子快速的回答。接着，她终于说：

"神代已经相隔遥远了，在这占卜不再灵验的现世中，神明究竟能发挥多少力量呢？如今橘氏的五族间彼此形同陌路，老身并不知他们现状如何。尽管如此，我们还是必须奋力一试。象子，伊津母国离此最近，你就去那里寻找橘氏后裔，向他们说明事态严重并请求援助。我们手上已经没有勾玉，唯有借助他族力量。另外还要向那国的守护者表示我们需要一位战士，也就是拥有'玉之御统'，能挑战大蛇剑力量的勇士。"

象子听了就喘息道："伊津母——好远喔，那么遥远的地方，我能顺利到得了吗？"

"老身可没说叫你单独去，也不忍让你一个人完成任务。远子，你和象子一起去好了，你也身为橘氏一员，是该协助她前往伊津母。"

远子不禁缩起头，与回首的象子尴尬地互望，接着她向大巫女问道："您说需要一位战士，是指打倒小俱那的人物吗？"

"是啊。"

"就是在伊津母找出一位讨伐小俱那的勇士？"

"没错，不能让操控大蛇剑的人物留在世间，因为那股力量不属于大地。唯有橘氏能克制那股力量，这是我族自古以来的传承使命。老身明白你的心意，但这事没有顾念私情的余地啊。"

大巫女进而又说:"远子,大碓皇子贵为武尊,而小俱那也同样是武尊之命。唯武尊者能弑武尊,因此那孩子也会英年早逝。虽然这么说不知是否能安慰你,不过纵使橘氏族人不铲除他,那孩子也不会长命。因此大蛇剑就是在他的短暂生涯中才能极尽邪恶之能事,只要驱动妖剑之力,丰苇原中充满和谐的纷纭宿命将不断扭曲变相。"

"巫女大人,"远子突然高声叫道,"不必向别国请求战士协助,就由我来吧,让我亲手杀了小俱那。"

在场所有人都屏息盯望着远子,大巫女以探询的目光迎视远子的眼睛,在明白她没有丝毫动摇之后,才说:

"你的勇气十足,的确有资格成为战士,不过我已无法洞悉命运将会如何转变,因为已失去了预知力量。虽然我希望你插手后命运能够转吉,但或许也可能是凶兆。若不前往伊津母,就不会知道命运安排的结果,因此无论如何,先找到勾玉之主,搜齐'玉之御统'后才能判断。"

百袭姬让小俱那坐在面前,诵完长长的祷词后,她挥动手中的杨桐枝,在他肩上击了数次。原本神色恍惚的小俱那忽然表情生动起来,开始频频眨眼,只是目光依然涣散。

"认得我吗?"百袭姬温和地捧起他的脸问道。

"为何母亲大人在此?"诧异的小俱那喃喃道。

"已经没事了。"松了口气的夫人面露微笑,轻抚着小俱那的头发和肩膀,"我专程赶来这座淡海的行宫,你好几天神情恍惚,膳食都要送到嘴边才肯张口,因此才会将你送来此地喔。"

小俱那惊奇地环顾这陌生的房间,之前总误以为此处是三野。

"你被大碓的亡灵煞到了,太过入神注视临终之人可是犯忌讳的,会被慑去魂魄呢。"

小俱那突然猛力推开百袭姬的手,向后退了几步,只见他面色惨白,因为想起了自己曾做的一切。

"请不要碰我，求求您，别碰我。"

百袭姬睁圆了眼，"忽然这样，你是怎么了？"

小俱那浑身哆嗦地说："我是怪物吗？为什么能驱动那么强大的力量？我到底是什么？为什么您要将剑交给我？"

他伸出微颤的手指将吊带解开，一把将剑猛砸在地上。

"我再也不想看到这晦气东西，再也不要！最好给我从世上消失。"

大蛇剑撞向地面留下击痕，又旋转飞向房间角落，不过没有发生任何异变。百袭姬默默地望着剑被抛远，她起身去拾起，双手捧着走回来。

"你这是在使性子，对剑发脾气是没用的，即使折断它、融化它，它也会与你融合一体，剑的力量属于你。"

"我不要！"小俱那将脸别过去，不愿看到百袭姬和大蛇剑，"不要！是我杀害了皇子，就用那把剑——不，是我透过内心杀死他的。为什么会发生这种事？明明曾经那么喜欢皇子……"

小俱那一时语塞，又像被恐惧击倒般说："他明明是皇兄……"

"大碓可是死有余辜，即使你不动手，他也会除掉你。"百袭姬的语气极为平静，"与其他的卑刃所伤，还不如由你送他归西慈悲多了，他这是天谴啊。"

"您说我在替天行道？"

"难道不是吗？"

"才不是呢！求求您别再说了，我不该这么做，也不想变成这种人。"小俱那气势汹汹说着，瞬间又突然感到困惑似的压低声音，"我想变强，可是不要这种力量……"

"但是你已经所向无敌了，是唯一能使用镜剑的人物，你就是举世无双的强者。"

"您为何不会心生畏惧？"一片混乱的小俱那向百袭姬顶撞道，"您为什么天不怕地不怕地生下我？我好怕，对自己感到害怕极了。"

他高声怒嚷，变得无法自制，"您也尽管怕我、讨厌我好了，因为皇子就是如此。我宁可从一开始就让人嫌恶——总比刚开始对我好，后来却完全变样。"

忧心忡忡的百袭姬皱起眼角的纹路，"小碓，你失去理智了，为何说出这些丧气话？"

"才不是丧气话，我对您——"

"我不会有畏惧，就算世上只剩我一人，也不会怕你，因为你不明白为人母的心情啊。"

"假如我杀了您怎么办？这股力量很难说喔。"

"就算被你杀了也无所谓。"百袭姬说得极为干脆，"你在穷担什么心呀？我的命就属于你，无论你铲除谁还是杀了我，母亲都会与你同在。只要你活着就好，我也是为你而活。"

小俱那霎时目瞪口呆望着百袭姬，他连该答复的话都尽失，只紧紧咬住嘴唇，不禁哽咽起来。

"母亲大人，您……不该说这些的。"他声泪俱下道，"您应该明白生下我是罪过，大蛇剑的力量恐怕绝对是这项罪行的印证。有人曾想在河中杀死褓褓中的我，或许那样做才是最正确的。"

小俱那自懂事以来就不曾在人前放声恸哭过，如今他终于明白，原来这种宣泄方式才能稍微减轻火烙般的悲痛。

百袭姬紧抱着抽噎不已的少年，轻声说："别难过了，你不需要受这种苦，这是母亲的罪过，全由我来承担，你没做错任何事。你被生下来，为何非受谴责不可？别再自责了，要责怪就该怪我才是。"

小俱那依然无法遏止哀泣，不过逐渐感到一种抚慰般的轻倦包容了自己，原来哭泣正是安慰人心的良药啊。

百袭姬的确行为失检……可是我没有拒绝她的勇气，或许她才是最后接纳我的人，因为她就是母亲……

小俱那的眼底再次如烙印般浮现起岛上燃烧的光景，无论如何，他都永远回不了三野，无颜以小俱那的面目示人了。

远子在哪里？是否还安然无恙？

他曾打算从容就义，因此一心盼望与远子诀别，然而他还是活了下来。即使如此，再也没有比此刻更感觉与远子心隔万里。永远不会相见了。小俱那痛苦之余，心想既有今日，就绝不能饶恕自己再有想见她的念头。

"不知巫女大人今后会如何打算呢？"远子像是自语般对象子说道。

"老夫人说会回斋宫，占炉已毁，神坛也烧尽，虽然一无所剩，不过她曾说不会离开那里。"

就在翌晨的日出时分，丧山屋寨的众人打理好仅有的行囊，在分配食粮后各自逃往安全地方，然而，大巫女仍迟迟未决避难之行。

"换句话说……巫女大人也和娘的想法一样。"远子喃喃说道。

只有她与象子两个未成年的女孩留在此处，她深深觉得自己仿佛将橘氏之女的一切重担尽数挑起，何况还被遣向命运难测的未来。两人也是一早就从屋寨启程，这时正在丧山岭上回首俯瞰乡景。

从脚边林木间隐约可见的渺小屋寨，远子结绑的栅栏看似小指一捻便会破碎，等到翻越这座山巅就再也看不见故乡了，因此两人从刚才就一直磨蹭着不忍前进。

"好了，走吧，留在这里生出根来也不是办法。"远子毅然说着，将行囊挑在肩上。

然而，抽泣的象子却站不起来。

"不行，再等一会儿，这是最后目睹家园的机会，我想牢牢记住这幅景象。"象子抽噎着说，"真是好残酷喔，我快吓死了，简直六神无主。三野灭亡，害我只能流离失所，为什么就只有我遭受这种命运？"

怎么会好死不死跟象子一起长途跋涉呢？远子厌倦地暗想。前途一片黯淡，不过在这点想法上，象子倒与她心有戚戚焉。

"远子心肠好硬喔，一起难过有什么不对？我们今后就无家可归了，用不着急着赶路嘛。"

远子只将象子的怨言当耳边风。

"我们答应大巫女要去伊津母的，我满脑子都在思考这件事，如果陪你耗下去，太阳下山都还不能动身。"

"真过分，你连一点同情心都没有，人家今天若没充分休息就爬不上山喔，因为我肚子好痛，头好晕，全身难受极了。"

远子忍不住高声说："你不是一直是个连'病'字都不知道的人吗，为什么现在变成这副德行？"

象子狠狠回她说："所以我才说远子粗枝大叶嘛，若是女人家谁都很清楚，每个月一定会有身体不适的日子，你呀，连这种经验也没有，对吧？"

远子不觉满脸羞红起来，象子看在眼里，仿佛夸耀似的说：

"跟没经验的人讲难受也是白搭，身为女人就得吃这种苦，所以才不适合旅途奔波，应该多关照点才对。"

按捺住气恼的远子重新整顿炮火道："所以我一辈子没这种经验更好，有反而是自找麻烦。到了伊津母，我一定会当个战士。"

"还讲这种话？"象子失笑说，"你是当真？"

"不当真谁敢开口保证？当然是由我去找小俱那，要对付他的人也是我。"远子以坚定的语气反复道。

背向故乡离去的远子边走边寻思着，决心成为一名战士，正是自己目前唯一的信心支柱。

我绝不会沉湎过去，也不再流泪，今后就当自己是男儿身吧，我要再见小俱那一面，在杀死他以前绝不要女性的软弱……

远子如此想着，只有当自己手刃小俱那时，他们俩才能恢复从前，回溯到两小无猜的天真时代，不带任何矫饰地喜欢他。

第二部　玉之御统

银汉织女，美串为饰，玉之御统，皆颈相缀。

——《古事记》

第五章　菅流

1

　　尽管各方神明在这时代已渐少现身，但对旅人而言，神祇如今依然存在，留驻在远离人烟的边界岭谷。它们都是狂暴的神灵，据传每三个过路人中就有一人惨遭杀害，而且不问情由，神明杀人不需要理由——大抵来说神明最擅长制造无心的残酷，人们只能怀着戒慎恐惧，忍耐这些诡变无常的强者恣意决定路人的生死。

　　然而，据说只有少数人虽无法与狂暴的神灵完全沟通，却能略窥神意，这些人就是巫女。象子好歹算有几分修行功底，曾受过如何判读"兆头"的训练，因此，这两个无依的旅人除了在雪山有过失误外，都能幸免于难。就连壮汉都大叹难行的几处险道，也让她们平安通过，有时，比神明更难缠的其实是人类。

　　在畏惧有神灵作祟的山岭中，人祸也是屡见不鲜，那就是山贼肆虐。每当此时，就要靠远子来发挥锐觉和勇气了。从三野出发时，她将一把比怀剑略大的小型长剑挂在腰间，这种剑款非常适合她的秀气小手，遇到危急时，她可以毫不犹豫地挥剑退敌，此外她也多次使用弓箭。经历过各种艰难困苦，少女们脚上的茧愈磨愈硬，甚至已没有痛意。与此同时，当初离开家乡时连东南西北都分不清，如今这份柔嫩的心志也锻炼得更坚毅了。

季节正值严冬，两人在旅途中还需仰赖他人照应，既有备受冷落的时候，也有不期而遇的温暖邂逅。其中最受感动的，就属在雪岭上差点冻死时，幸好遇见出手相救的亲切山民。

那是这两个不知天高地厚的女孩刚启程进入北方山脉时的事，由于急着想越过山岭，结果在纷飞大雪中迷失了方向。这时一群穿雪靴的打猎山民刚巧经过，就从雪堆中将冻僵的两人挖出来，又送她们前往深山里的温泉才捡回性命。

远子和象子曾听说住在深山中的异民只靠狩猎营生，绝不与平地里民打交道，然而这是平生第一次与山民相遇。虽然他们裹着一身熊皮十分吓人，不过对少女们而言，最亲切的却非他们莫属。直到冻伤痊愈为止的十天里，多亏此处有绝佳的温泉她们才得以安息疗养。

在岩地暗处浸泡温泉时，会有各种山兽跑来，像是猴儿母子或野鹿、狸猫、白兔。粉雪飘舞中，动物们包容在温暖的白蒸汽里，全将头温驯地凑成一排，这幅世外奇景实在滑稽有趣。两个少女觉得仿佛又看到狂暴神灵的另一番风貌，多少理解了山民为何不到平地乡里，因为他们了解神明会庇佑他们，这群人比巫女还更亲近神明。

总之，渐渐可以随机应变的远子和象子朝着西方迈进，终于抵达称为伊津母国的地方。从三野出发后一直频遭雪阻，路程耗时近三个月，但冬季却仿佛反追两人的足迹消逝而去。两人初次所见的伊津母，是船只像渡鸟群聚一般在出发前汇集的早春港口。

"——这港口真大啊！"远子的语气里充满意外。

"这里好像比三野的港口还开阔呢。"象子也说道。

两人的语气都相当恭维，因此引路的蓄胡的男子就边笑边说：

"你们不知道伊津母的赫赫威名吗？说到我们国家的船只，能北抵高志国、南可渡海远达洋外，就连真幻邦大王没有的珍宝都能带回来。再过一阵子季节变好，就能看到船只出航喔。"

这人是从邻近乡里牵驮马到伊津母市集贩卖的商人，远子两人自然紧随着他们进入市集，决定好好见识一下这里的"赫赫威名"。港口附近建有宽阔的广场，聚集汹涌的人潮，不曾去过真幻邦国都的少女们眼见此地热闹非凡，甚至还以为来到都城。

"那么，目的地到了。我是在这里开店的，不过可爱的巫女们还要赶远路吧？"

"是的，多谢帮忙带路，再会了。"

少女们向牵马的男子告别后，实在有点不忍就此背转过身，离开这处繁华市集。男男女女，还有许多的年轻姑娘，全都眸光闪烁，穿梭在排列得琳琅满目的货品里。在千辛万苦的旅程中未曾有过的雀跃心动，此刻感受到了。

"好强盛的国家喔。"象子语带叹息地说，"这位国长的背景，一定是比三野橘氏还要有权有势的强族吧……假如我们不请自去，人家真的愿意接见吗？"

"一定要去会见才行，既然请求对方协助就不该退缩，我们就算穿得再破烂，还是橘氏出身的哟。"

"穿得再破烂……啊。"象子悲伤地垂眼望着褪色的裤袴，"我们去市集看看新衣裳好不好？大巫女赐的玛瑙还有剩下来，我想可以交换衣物。"

"象子，你真爱面子。"远子这么说，象子就动怒了。

"那你省省吧，反正你当服侍我的小男仆也可以混过去，但我必须以三野国长之女的身份去求见伊津母国长喔，这副装扮真是丢尽三野的脸啊。"

"什么小男仆？"远子也气呼呼起来。其实，旅途中她也想过装扮成让人以为自己是少年的样子，不过这与被象子嫌弃是两码子事。"你要穿新衣，我也非穿不可。"

两人将玛瑙平分后就奔向市集，马上便将怒气一股脑儿抛在脑后，连争执也忘了，互相拉拉衣袖、指东指西，满心欢喜赞叹。上釉的瓶瓮、五颜六色的织布、稀奇的乐器，这里的确充斥着各式各样渡海而来的贸易品。然后，两人不免又像往常一样走散了，就在远子一惊抬起头时，象子已消失在人海中。

怪了……

正在慌忙四下张望，有人向她搭讪，声音听起来年轻有活力。

"那个小不点儿，你拿的短剑是个好货，要不要跟我换勾玉？"

乍听"勾玉"两字，远子内心一凛，寻找声音来源，只见一名在道旁摆货摊的年轻人，盘坐的修长双腿上绑着护腿，一副笑容可掬的模样。他的姿态具有瞬间引人瞩目的特质，尽管一副好整以暇的模样，仍然显得格外醒目，或许是因为那一头火红乱发所致。

虽然他的笑颜亲昵而不带恶意，但在远子看来似乎有点流里流气，至少不像是出身良家的青年。

面对远子的警戒眼神，他又说："我对剑的眼光还不错喔，从这把剑柄就知道不是此地之物，对吧？还有铸剑的技法也不同，这是哪里的货？"

"三野。"远子略感自豪地答道，"三野的铸匠手艺好，铁质也佳。"

"是吗？三野的冶铁确实有名气。"年轻人突然笑起来，"怎么，瞧你这身打扮，原来是个女孩子啊。那么与其佩把剑，还不如戴首饰更合适呢。你瞧瞧有没有想要的东西？"

红发青年展开麻布，里面的物品是以彩线串起的小块青绿或赤红的玉石。不过趋近一看，全是便宜货色，若非年轻姑娘恐怕不会想佩戴吧。

"这不是勾玉嘛。"远子如此说着，青年就向她使个眼色。

"勾玉不会摆在这里，它是独一无二的宝贝，更何况它还拥有魔力。"

他从怀中小心翼翼拿出一只鹿皮袋，从中取出三块玉石给远子看，那碧绿色而呈月牙形弯曲状的特征——的确是勾玉没错。然而远子怎么看都不觉得具有魔力，自己戴的玛瑙质地都比它好得多。

"这哪里是独一无二的宝贝？少开玩笑了。"远子不领情地说，"我在寻找真正的勾玉呢。"

十分惊讶的青年颇感兴趣地望着远子，"哎呀，我碰上行家了。莫非你是玉匠的女儿？"

"才不是呢。"

远子话未说完，就有两个姑娘插进来，红着脸哧哧笑道：

"来帮我们挑个首饰，要很配的才行喔。"

青年立刻将远子抛在一边，朝她们露出笑容。

"当然啰，仙女们，像你们这样的美丽姑娘就该瞧瞧这独一无二的宝贝，勾玉怎么样？很有魔力的哟……"

"什么魔力啊？"

"当然是爱情魔力啰。"

姑娘们哈哈笑起来。

真无聊……

啼笑皆非的远子耸耸肩，离开了那里。

不找象子可不行，然而远子不曾领教过在市集中找寻失散熟人有多困难。她在象子可能会去的地方来来回回走了几遍，仍是没有头绪。远子在一片陌生的人海中愈来愈胆怯，好担心象子会不会遇上了危险。过往的面孔像在嘲笑她的无谋，这该怎么办呢？就在想哭的远子四下环顾时，一名长腿青年举手招呼她，原来正是刚才那个卖玉人。

"总算发现你了，还真难找呢。"

"找我有事吗？"远子狐疑地抬头望着他。

此人站起身来，比外围的人墙足足高出一个头。

"口气别那么生硬嘛，刚才不是才说到一半？我承认之前拿的那些玉是粗货，只不过是赚点零用而已，不过，如果回我村子里就有货真价实的好玉喔。那里的村民全都在雕玉，是从高志国取来翡翠磨造的。如果是真货，你要不要跟我换那把剑？我一眼就相中了它。"

"不行。"远子避开青年的面孔说，"这是随身之物，所以不能离手，我必须靠它保护自己和同伴的性命。"

红发青年于是轻笑了几声，似乎觉得她说得太过认真。"什么？凭你吗？"

"跟你无关啦。"远子焦躁地炮轰他，"我正在找我的同伴，你少说废话，别来找麻烦。"

"怪不得你急得团团转。"青年点点头，提议道，"你看不到人在哪里对吧？要不要骑在我肩上？"

"你是欠揍吗？"远子如此回他，青年却乐不可支地笑起来。

"那么一起去找吧。你那位同伴长得什么样？"

远子略微踌躇，就答道："是个女孩，头戴一顶红线编笠，穿着褪色的茜红裤袴。"

"脸呢？"

"……美人啦。"

"了解，我一定找到她。"他突然兴致勃勃起来。

随着青年走到市集中央，就不断有人与他打招呼，此人似乎很受欢迎。远子虽装作不知，不过却敏锐地观察到跟他打招呼的人多半是女性，她们以一种让远子看了并不舒服的眼神朝着青年送秋波。

"菅流，你去哪儿？"

"首饰卖完了？"

"要去哪里呀，菅流？"

"菅流，那女孩是谁？"

青年一一亲切回答，接着又顺势溜走。

"下次见，我正忙着找一个穿红裤袴的小美人。"

最后他被一群姑娘唤住，又在重复同样台词时，其中一人高声说："哎哟，说到头戴编笠又穿红裤袴的女孩，我有看到喔，就在刚才被一群邻郡的男子带往松林去了。"

一听此话，远子吓得魂不附体。

象子这丫头真不像话……难道连一点分寸都不懂？

既然身为三野橘氏的大巫女继承人，象子也未免太缺乏自觉了，这趟旅行之前，她原本就是个除了国长府的深闺和斋宫以外一概不知的少女，不谙世事的老毛病的确一时难改，就连巫女有多容易被污辱都一无所知。

望着脸色大变的远子，菅流原想紧追她而去，却被好几只手伸来拉住衣角，让他别想动弹半分。

"你要解释清楚喔，去找小美人什么的，我们可没听漏呢。"

来到广场尽头一处接近海岸的黑松林边，远子终于发现了象子。她被五六名年轻人围着立在树下，看似正在哭泣。远子见状不禁火冒三丈，奋勇抢进他们之间抓住象子的手臂。

"呆子，你在这里做什么？"远子小声骂着，眼眶发红的象子见到她就安下心，接着又哭起来，"可是……他们说要给人家看勾玉……所以就……"

拿她没辙的远子叹了口气，"看样子，这国家还真是勾玉泛滥呢，我们会上钩，就是因为对这里人生地不熟。"

包围少女的一名年轻人对远子说："快滚开！我们老大正在追美人，小鬼少来插手。"

怒气冲冲的远子回嘴说："少胡扯了，在伊津母有哪个笨蛋会无聊到追求巫女？你们倒不如去追癞蛤蟆还像样点。"

她发觉言多必失，可是为时已晚，面前那个带点老大派头的年轻人双眼间距宽得可以，活脱脱生着一张蛤蟆脸……"蛤蟆"说不定正是他们的禁语。

老大转着鼓瞪的大眼说："竟敢对本大爷放肆，就算小鬼也别想逃过，给老子搞清楚点。"

象子掩住了脸。

远子真不像话……连一点分寸也不懂吗？

远子也后悔莫及，在这种地方可不能发生无谓的私斗，而且对方还有六个人，看样子是无法顺利脱身。就在她百般不愿地将手伸向短剑时，从这群包围者的背后响起一个吊儿郎当的愉快声音。

"好大胆子，竟敢来我地盘撒野钓女生，你这邻郡的——"

只见头发随风飘逸的菅流正立在那里，他略一沉吟，将交叉的双臂放下，伸手摸摸鼻头。

"叫什么名字来着？我忘了，蛤蟆男吗？"

怒气冲天的老大满面通红，冲着菅流说："别笑死人，伊津母这最大市集可不是随你乱划地盘的，少在那边夸口。"

"市集归我管。"菅流斩钉截铁地说，"来这里的所有女孩统统属于我，谁要敢出手，就得先过我这关。"

听到此话，目瞪口呆的远子连嘴也忘了合拢，倒是凑来看好戏的少女们纷纷尖起嗓子高嚷"加油"，更让她欲哭无泪。

朝她们挥挥手后，菅流一脸正经地说："有声援更让我斗志高昂，这就教你们瞧瞧我的厉害，本少爷奉陪到底。"

随意捡起木棒的菅流摆起架势，与身高力壮的蛤蟆男对峙，他的身形如出鞘剑身般犀利，细长匀称的手足看似强韧而暗藏危险火花，最匪夷所思的是他欣喜的笑容不曾稍减，仿佛打心底欢喜终于有借口可以大肆比画一番。

"菅流只有一个人，把他收拾掉。"老大对五个手下命令道。

"不行，这小子——"其中一名年轻人小声说，"他的喽啰有好几箩筐，我们会回不了家的。"

他们在转瞬间便冷汗直冒，最后只与青年互瞪了一会儿就撤退了。

目送他们落荒而逃的背影，菅流扛起木棒，相当不满地说："好一群不懂事的家伙，我又没找帮手，难得耍酷的机会又没了。"

他凑近窥看象子的泣颜，突然住嘴不嘀咕了，眼里浮现出赞叹的神情，"这丫头不得了，不是我一百个恭维，你还真是个大美人。什么叫仙女下凡，我今天才大开眼界呢。"

象子从没听旁人如此直接地夸赞自己，因此伸出袖子遮起窘红的脸。

"像你这样的仙女，可不能单独徘徊喔。和那种混混纠缠实在太不值得，要随时意识到自己的身价有多高才行。"

"我才没有和他们纠缠呢。"象子语带抗议，不过声音却细不可闻。"我是巫女，不能跟男子谈感情。"

"是吗？不过你只要回眸一看，绝对能引来伊津母一半的男人。"

"别对象子乱讲废话。"远子插嘴道。

菅流只是取代老大的另一个危机罢了，她有预感此人若想引诱象子，简直是比蛤蟆男更危险万分。

"幸亏有你帮我们击退流氓，不过你也跟他们同样半斤八两，难道伊津母的人都这么不敬重巫女吗？"

菅流似乎听不懂她的责难，"当然敬重了，尤其是这么花容月貌的巫女。为了证明我的诚意，就护送你们一程吧，你们想去哪里呢？"

听说是去国长府，菅流便立刻去邀集同伴，顺便安排坐骑。他一离开，象子就按着火烫的双颊望着远子。

"远子……我真的那么美吗？"

"那小子在这里随便看到哪个女孩都叫仙女哟。"

虽然远子泼冷水，象子却浑然未觉，朝着他奔离的方向微微一笑。

"叫菅流……名字真好听呢。"

好听在哪里？远子暗想。

半晌后，远子更有气可呕了，原来菅流带来四五个好友和一匹坐骑，象子乘坐马背上，却让她与一伙人步行。

她表示对待不公，菅流就泰然自若地说："我只对女性特别礼遇，奉承小孩没什么好处。"

"我和象子同龄哟。"

"可是你是小孩吧？我一看就明白。"

"为什么？"

菅流正经八百地说："你对我有意思吗？"

"我最讨厌厚脸皮的男人去拍女孩马屁，自以为很多女孩在追的家伙，更让人恶心透顶。"

菅流似乎大感意外地说："我不是自以为很多人追，这根本就是事实，我也没辙嘛。"

远子心想多说无益，就决定不搭腔了。路过的姑娘目送一行人的视线，让远子感到一阵刺痛，正因为菅流所言不虚，才更教人冒火。

不久，她们在菅流带领下，抵达了名为国造的国长所居之府邸。府外四周围绕的树篱青翠茂盛，不出所料是一座壮观的宏邸。菅流一路上夸口自己与府内相当熟络，倒也不尽是虚言，由他一出面就顺利获得转达引见，因此远子她们得以拜见伊津母的大巫女。

"自从爷爷患上痛风后，就由我代表向国长奉纳玉石。"菅流略带得意地笑道，"下次来玉造村吧，我会证明，真正的勾玉足以好到让你甘心割舍那把短剑。"

接着他态度一转，又对象子说："请你也务必来本村，我不会向你要求交换物品，而是有东西想送你当礼物喔，应该有适合你的宝石……"

远子原本想跺脚,但还是按捺下来。

"有劳你费心,我必须表示谢意,不过为求慎重起见还是要再次叮咛,你对象子怎么献殷勤都没用的,因为她是三野最后一位奉祀神明的巫女。"

"你是指她高不可攀?"菅流露出之前在混混面前的大胆表情,"我这人怎么说呀,都是情路愈坎坷愈爱走呢。"

说完,他就快活地笑着离去了。

"怎么会有那种无耻的男人呢?像他那样嬉皮笑脸的家伙最差劲了。"

远子为此怒气冲冲,象子却没立刻响应她,于是远子望着这位表亲静静俯下脸的模样,这才惊觉她确实是个美人胚子。

虽然以往众人从未曾将象子与明姬相提并论,但远子还是觉得她貌美出众。不过象子竟在一提醒的刹那间,就当真变成了美女,为何会发生这种奇事,远子实在百思不解。

2

通过大门后,引路的老妇带领两人一直走向国长府深处,只见建有主房和回廊的中庭附近聚集着人群好不热闹,走到深处后就遽然变得寂静了,唯有苍幽古木引人注目,还有水池一座,临岸的枯垂冬柳如幽鬼点缀着苍凉。来到如此僻静之处,老妇才表示已抵达了参访地点。原来林荫中建有一座孤殿,能听见以指拨弹着若有似无的乐韵,那细微单调的音律应是发自一弦琴。

"夫人眼睛不便,又极度容易疲劳,不曾主动与人会晤,因此夫人既然愿意与你们见面,还请当成绝无仅有的特例才是。"老妇严肃地对两人说,"说话时请保持轻声细语,简单扼要,绝不可音量过大,只要低声私语夫人就能听见。"

　　两人点头答应后彼此对望一眼，觉得不管去哪拜见大巫女都从没好受过。进入微暗室内后一时有些不习惯，仅知道有个瘦弱的人影正在抚琴，于是少女们伏在地上行礼，在一阵紧张问安之后，只听见比她们的轻声细语还虚渺、一缕仿佛飞蛾扑翅的音丝飘传过来。

　　"欢迎来到伊津母，我是国造之妹，名叫丰青。听说三野陷入战火一事，真令人痛心哪。"

　　远子寻思此人究竟多少岁数，因此凝视着落座的丰青夫人。夫人有一双青白的小手和一张苍薄的小脸，看起来绝非惯于在日光下作息的形貌；她双眼紧闭，表情如睡着般捉摸不定，外表看似豆蔻之年，又像韶华已逝，从在薄暗中浮现的身姿和微弱的语声，远子实在无从判断她的实际年龄。

　　来自三野的两个少女彼此补充，代为转达橘氏大巫女的话语后，象子做总结道："……因此我们才终于安然逃到这里。来这儿是为了求您赐予智慧和力量，也是为了寻找橘氏支系中能打倒大蛇剑主的战士，并且找到玉之御统……还望您能指引我们。"

　　"是吗？"仔细倾听的丰青夫人叹息般说着，思索片刻后，又静静开口，"能遇到橘氏族人真让我欣喜万分，虽然眼睛失明，但听力却比常人更敏锐，比起众人眼睛所见，我能从听觉获得更多信息。我可以感受你们俩的性情，象子小姐，你的语音仿佛春天巧啭的小鸟般讨人欢喜，还能掳获人心，一定长得很可人吧。"

　　象子不禁感到忸怩，脸上也绯红起来。

　　"远子小姐，你的声音恰似清水潺潺，能让人感受这份净澈而受潜移默化。清澈是一种强源，你们都具备茂木萌芽般健康的力量，我常深深觉得橘氏巫女就该有如此风范……不过即使于心不忍，我还是必须向你们表明这件遗憾的事实，其实我并没有继承橘氏血脉，而伊津母的国长家系中也不再有橘氏血脉。"

"天——"原想冲口说"天哪"的远子慌忙掩住嘴，好险没扯开嗓门儿，"——那么橘氏流落何方呢？"

"流落在四方，而且从时间长河中断绝消逝了。"充满怜悯的丰青夫人轻声说，"伊津母并不像你们的国家有倚山屏障，而是航船过往频繁的国度。这里发生过无数次纷乱及战事，如今国内没有足以左右社稷的巫女存在。我适逢生长此家，不巧身体欠便，因此才奉命祭祀神明，但并没有能指引你们的力量。"

少女们一时无言以对，只感到浑身乏力，疲累到几乎想倒地不起。谁能预料会是这种结果？她们坚信只要找到同样血脉的氏族就能解决一切难题，因此才有毅力咬牙忍耐、艰难跋涉到此地。连派遣两人离乡的大巫女也绝不会料到同族之人竟在世上消失。

"没有任何人——任何橘氏后裔留下来吗？原本该守护的勾玉也不见了？"远子紧紧追问道。

"不，"丰青夫人轻声说，"不是这样，我认为并非如此。虽然不能十分确定，不过我耳闻过一些消息。"

夫人一边偏着头似乎想确认某事，一边说道："那是昔日取代橘氏治理伊津母的一族，为了获得国君象征，谋夺勾玉时所发生的事。有传言说夺得的勾玉其实不是真品，而是一位名叫栟明彦的橘氏族人巧手雕琢的赝品。国长当然对栟明彦大加谴责，还威胁若不献出真玉就将他大卸八块。于是一年后，放弃抗拒的栟明彦交出勾玉，果然是一块珍宝秀玉。但是又有人指称那是假造的，他再度遭国长诘问，再重新献出勾玉，这回又较前次更为珍贵。据说栟明彦几次呈交的勾玉都青出于蓝，因此国长终于放弃严惩，吩咐他每年献呈玉雕。这位栟明彦，就是住在玉造村的玉匠先祖。"

这简直是旷世奇闻，在三野根本不可能发生。不过既然听说伊津母曾有这段过去，那么市集上假勾玉充斥也不足为奇了。

这时，远子突然咦的一声，喃喃说："您指的玉造村……这么说来，那个叫菅流的人……"

丰青夫人听她提起，就说："你们见过菅流了。真幸运，他是玉造村村长的孙子，也是继承栂明彦后裔血脉的年轻人。"

"那种轻薄又没品的家伙竟然是橘氏后代呢。"远子对身旁的象子悄声说道。

不料象子竟没睬她，反而说："原来是同一族的人，因此我才觉得他与众不同。"

远子用手肘抵了装腔作势的象子一下，象子仗着丰青夫人看不见又抵回去。

夫人隐忍笑意似的道："菅流在伊津母可说家喻户晓，尤其在姑娘们中，没有一天不谈他的话题，他的声音——是带火花的。"

"若前往玉造村，或许会发现橘氏的勾玉，即使只能看一眼也有一线希望。其实我到目前仍不了解勾玉是什么，三野的勾玉已被夺走，原本应该是由姐姐来继承的。"象子如此说，丰青夫人就问道："关于玉之御统，你知道多少呢？"

象子困惑地一缩肩膀，"我只知道是为了打倒剑主的必要神物，大巫女并没有多做说明，嗯——她认为我们到伊津母就会得知消息。"

"是啊……"隔了半晌，丰青夫人说，"我只风闻过过去的事情，是个微不足道的存在，能做的仅止于告诉你们勾玉的由来罢了，因为这个传说在伊津母也流传了下来。女神在地上将勾玉分给五个氏族——你们听过这个故事吗？"

"没有。"少女们一齐摇头。

"那是暗神创造火神却遭严重灼伤后，寻找隐身之处时所发生的事。女神在前往黄泉国途中曾驻足思考：'啊，我就要这样走向阴间，将邪恶之子留在阳世了吗？'于是女神重返地上，又创造了几位神子，让他们具有力量来镇伏邪恶之子的狂暴心灵，然后才又前赴黄泉。那时的众神子就是橘氏的始祖，女神将挂在胸前的玉串首饰分赠给他们作为印证。这串首饰原本由八块勾玉连缀而成，就是所谓的明、暗、幽、显、生、婴、辉、暗。女神在拆散首饰时自己留下一块，辉神也保存一块，其余六块则分给众神子。其中一块是水少女在发现风少年时赠予他的信物，那块勾玉后来与少年化为一体，因此还剩五块勾玉，它们应该仍留在世上某处受到守护。"

提到水少女的传说，她们俩倒是耳熟能详，那位少女与少年正是真幻邦大王的始祖，而三野橘氏的职责就是守护历代王族。不过在听说自己必须寻觅的玉石，竟然与古老传说中紧系少女少年的勾玉相同时，令人觉得仿佛一场梦。

感觉到两个少女略显茫然，丰青夫人就继续平静地说：

"所谓玉之御统，是指女神最初拥有的那串勾玉首饰，也指将四散各方的勾玉再度齐集的神物。根据我听到的，只要拥有一块勾玉，就具有不可思议的力量，若聚集几块则蕴藏了无穷威力，那或许能与火神诅咒的剑力相当，危险程度甚至凌驾其上。据说搜集四块就可让一切死亡，若能搜齐五块就能让一切复活。"

远子叹息着轻声说："如果搜集四块勾玉就可让一切死亡……难怪大巫女认为那该属于战士所有啊。"

象子思索片刻后问道："大巫女告诉我们，五个氏族的所在地应该散布在丰苇原的各方尽头，也就是说为了获得玉之御统，就必须走遍这些国家逐一搜集才行吗？"

"的确如此。"

"这种事——谁能做得到啊？"象子惊愕道。她觉得从三野千里迢迢来到伊津母，已经像是花上一辈子的旅程了。

"我要去。"远子突然说，"只要能搜集到四块勾玉就好了嘛，搜集到的人就能成为战士了嘛，那么我一定会找到勾玉。"

"远子小姐。"丰青夫人惊讶地问道，"你的声音听起来充满喜悦，为什么呢？"

"那男孩从小跟我一起长大,因此这个任务必须由我来完成。"远子毫不迟疑地说。

"那男孩——你称小碓命①那男孩?我也想过剑主正是他。"

"我没听过这个名字。"

"我听过这位大王之子的名声,他曾杀死兄长并烧毁三野。"

远子不禁叹了口气,"是的——就是他,大蛇剑主也是他。"

丰青夫人亦叹着气,似乎开始感到疲惫,接着以难以听闻的细声说"真可怜",又勉强提高声音对她道:"如果你想阻止小碓命,就必须尽快行动才行,大蛇剑的破坏力已开始扩大。小碓命比你们所想的更近在咫尺,你们恐怕还不知道他从真幻邦出发西征的事吧?"

远子和象子果然大吃一惊,"这是真的吗?"

"他比你们迟约一个月启程,不过路径并不相同,他是沿着内海西进,目前则更向西行,因为他奉真幻邦大王之命去镇压熊袭。"

"熊袭?"远子呻吟般说道,她似乎听过在最西端的偏远国度有这个部族。

丰青夫人痛苦地皱起眉心,继续说:"听说他只带了少数人手,在伊津母也有想将他除之而后快的人存在,因为这里也有支持大碓皇子的势力。然而这些讨伐者没有一人回来,听说有人目睹了雷电和火焰,然后化为一片焦野,烧得寸草不留——"丰青夫人连声咳嗽,于是住口不语。

远子觉得青白闪光仿佛从眼底苏醒般,不由得浑身发抖无法克制。

就在这时,先前领路的那位老妇早已按捺不住,从帷帐的另一侧出声:"夫人,请歇息吧。这样下去若卧病在床,那可怎么行?"

"别说了,白女。"丰青夫人温和地制止老妇后,对远子她们说:

---

① "命"是日本古代对神明或尊贤贵族的敬称,多加于名后。

"我常发烧,所以她才很担心。我还是第一次说这么多话,或许我是在等这一天来临,就是为了告诉你们这些事才活到现在……"

丰青夫人初次泛起微笑,然而那不是向人展现笑颜,而是让对方看了徒生感伤的表情。在明白谈话让夫人深感疲倦甚至发烧后,两个少女决定不再耽搁下去。

"我们会去玉造村,先在那里找寻勾玉看看。非常谢谢您的相助。"两人走出房间,就在即将离去时,丰青夫人努力挤出一丝声音说:

"请赶快去,远子小姐,你知道熊袭族的国家名称吗?"

"不知道。"远子对夫人的急切语气感到惊讶,连忙回答。

丰青夫人于是说:"就是夕阳西沉的日牟加国[1]。"

3

白女为这两个不识相的少女逗留过久而愤愤不平,远子她们也担心老妇可能不会按丰青夫人之命去备马,因此向府内身份较高的侍从借来坐骑,所幸借来的马儿既健壮,毛色又鲜亮,满怀感激的两人骑马离开府邸朝玉造村出发。

经人指示,道路是沿河向南延伸至山麓相连的地带而去,由于路途平顺宽坦,驱马前进实在分外轻松。她们无暇多言只顾匆忙赶路,因为丰青夫人的一番话让人满腹心事,连带也没闲情聊天了。

最让远子心乱如麻的,就是听见小俱那西征的消息。望着眼前苍山连岫,远子心想,在山岭的另一侧,他也正默默策马而行吧。听说小俱那只带领了少数部属,既然贵为大王派遣的大将,理当全副武装好不威

---

[1] 作者选九州的一处古地名"日向"(在宫崎县)做故事舞台,取了发音与日向相同的地名叫日牟加,九州在西日本的最远端,因此象征日落西沉之处。

风，腰间绝对插着那把不祥妖剑……

不过，远子觉得旅途劳顿大抵相同，今天、明天或后天，将不再看见同样景致，也不会得到一样安稳，感受到的唯有漂泊的孤寂。当远子想到自己在风吹雨打中仍只能勇往直前，而且小俱那或许也同样体会这种艰苦时，不知何故，她突然心潮激荡起来。

她浮现出一种想法，直接翻山越岭立刻疾追他而去，不过这毕竟是鲁莽之举，因此还是打消了念头。雷电和火焰——她不是才听过伊津母的那些男人下场有多惨吗？远子认为现在的她不可能站在小俱那面前，也无法与他对等相见，至少必须获得能与他抗衡的御统之后才有机会。

真的——必须赶快行动才行。

无心路过河边几座村落，远子和象子终于来到山脚处，愈往深处愈渐狭窄的谷地间有一座村子，似乎就是玉造村。如何得知呢？原来营流和几名年轻人正杵在村落入口的渡桥上，像是已等待多时地迎接两人。

"嗨，你们终于来了。"营流走向她们，牵起象子的马辔，"欢迎你来，比我预料得更早到嘛。"

"你怎么知道我们会来？"象子讶异地问。

"当然啰，我知道你们铁定会来，不过今天来的话，就更有赚头了。"

象子和远子不约而同眨了眨眼。

另一个年轻人失望地说："我不想再跟营流打赌他钓女孩子的本事了，真是每个女孩都乖乖听他的话。"

其他人也纷纷发起牢骚。

"好无聊，又亏本了。"

"这种事谁该负责啊？"

我们成了下注对象？竟然将我们当赌注——

无视错愕的少女们，喜滋滋的营流忙着与同伴分赌金。

"那么走吧，我家就在河川最上游。"

"你别误会了。"远子冷冷地说,"我们是受丰青夫人指示来这里,才不是为了追你而来。"

"你们想到我家做客吧?所以还不是同一码事。"

菅流不以为意地牵马走起渡桥,少女们只能随他而去,其他年轻人也露出好奇的神情跟随同往。

这是造玉工匠聚集的一座奇村,许多罕见的景物让远子她们眼界大开。她们询问那座大馆舍是否就是村长舍宅,结果答说是雕玉工房。四处放置的玉石随意刻成四方形,有的还雕了花纹。除了工房以外的成排民屋形貌无异,就连菅流介绍的村长舍宅也规模不大,但舍宅位在村中最里处,庭院直接连往苍郁森林,在进入林中小道的前端,可以看见一座小型鸟居①和小祠堂。

象子拉着远子的衣袖,悄声说:"鸟居那里有棵橘树呢。"

仔细一瞧果然没错,冬季也不曾枯落、至今仍绿叶苒茂的橘树,与守护橘氏的斋宫庭中栽植的古木相同,叶片下结着橙黄色的果实,此时若经树旁应可闻到清香袭人。如此想着,忽然觉得似有飘香袭来。远子感到心中刺痛,这橘香正属于三野,是三野的几许珍贵回忆,她从没想过自己也会眷恋斋宫,但如今那已成为心中失落的遥乡一隅。

"爷爷,有客人来啰。"菅流一边大声说着一边走进里门,又立刻出来。"伊良,知道爷爷去哪里了吗?"

一个正在搬柴的中年妇女停下脚步。

"不知道,老人家说有聚会,已经——"接着一顿,就笑出来,"在你后面喔。"

菅流和少女们一惊,回头只见不知何时身后突然立着一位老者,虽然瘦削却骨架健朗,从那身形一看即知与菅流是血亲。高秃的智慧光

---

① 立于神社入口并象征神域之门。

额、白眉怒竖的凶险表情，实在无法恭维是一张和善面孔。老者一下子扬起拐杖，往菅流头上咚的敲了一记。

"痛死了！"菅流立刻抱住头叫道。

"这只懒惰鬼，三天都没去工房，只晓得东混西晃，光在市集游荡，害我村长家的面子挂不住，还到处去兜售什么玉饰，成何体统？你这家伙除了会闹得鸡飞狗跳之外啥都不做，真是没药救的浑小子！"

"啊，您听说了？"菅流突然矮了半截。

"我在聚会上听大家念你念个没完，你也该替爷爷想想，这张老脸到底该往哪儿摆。你做出的东西要让人家能看，起码还得再等十年，雕出那种烂货还到处往脸上贴金，这可关系到全村的信誉。竟然做出对不起先祖的事，简直把我的脸丢光了。"

菅流更矮了几截，"可是，爷爷——"

"没什么好可是的，想反驳的话，先去雕几件像样的来再说也不迟。何况这次你还带了两个女孩，又是在耍什么花样？只要老夫我这口气还在，就绝不允许你胡来。"

"不是啦，她们是巫女，是从三野远道而来的旅人。"

"你要说实话——"

"我没说谎。"

菅流大汗直冒地说明，避免卷进风暴的几位同伴满脸凑趣地望着他匍匐在地不断讨饶。

"每次看他被修理就好爽。"

"只有老爷爷能让菅流吓得不敢吭声，不然无论是女人，还是打架、赌博，那小子都每场必赢。"

"不过他每次被老人家骂过之后，依然是恶性不改。"

"你等着瞧好了，爷爷一离开，他马上又当耳边风。"

远子不禁注意观看，果然老人责骂倦了才转过身，菅流那副老实的表情就瞬间不见了。

"你们就住在东侧那栋房舍好了,我会请伊良送饭菜去的。"

"我们应该郑重表明借宿的来意才是,刚才村长发了那么大的雷霆。"象子忧心忡忡地道。

"爷爷是在发飙,年纪都一大把了——只要发火就会变老糊涂。"菅流说着,突然又像回护亲人般继续道,"不过,爷爷至今仍是伊津母最厉害的玉匠喔,而且还含辛茹苦地养我长大——我爹娘都去世了,就剩我这孙儿。"

远子暗想,那你为何不干脆听爷爷的话乖顺点,别让老人家大呼小叫的不是更好?

这时,菅流似乎察觉她的想法般笑了起来。

"不过我是个不肖孙,根本不想当玉匠。教人家花上整年工夫去磨一块玉,那可烦死了。"

其他年轻人带着得意的表情对远子说:"我们在计划弄一艘船,可不是靠国造大人那艘,而是想拥有一艘自家用的船去买翡翠。"

他们开始谈论船事,那股热情让少女们感到不可思议。在故乡三野,老人说的一切就是金科玉律,年轻人唯有默然遵从而已;然而此地民情的确大不相同,只见一群青春洋溢的面孔正在计划行动……

意气昂扬的年轻人群集着准备离开,远子连忙唤住菅流:"等一下,我们有话想和你说。"

菅流忙飞个眼色说:"伊良会照顾你们的,好好休息去吧,大白天提那种事乱没规矩的。"

"少胡扯了。"远子蛾眉一挑正想发作,又按捺性子问道,"那么你先告诉我一件事就好,那座小祠堂里供奉的是什么?"

"原来你是指村里的守护神啊?那是我们的先祖枵明彦。"

"供奉的神体是什么呢?"

"我不清楚。"

就在一问三不知的情况下,菅流与同伴相偕离去了。

目送他们的背影，象子轻声对远子说："我知道你在想什么，是不是认为那间小祠堂里放的是勾玉？"

"你认为呢？"

"我和你的想法一样。"象子答道。

"橘氏真的风光不再了，守护三野的斋宫被毁灭，其他四个氏族也脱不了关系。我觉得或许我们橘氏现在早在这世上消失了。"象子时而停顿下幽幽地说道。

两人来到房间，由那位叫伊良的温和妇女侍候打点，这时才终于宽心安歇。

"我们也不过才知道三野和伊津母而已，现在下定论还太早呢。"远子虽然这么说着，语气却显得无力。

来伊津母以前，她们都认为自己只是代为传命的角色，一旦替强大的大巫女传命给另一位大巫女之后，就能卸下肩上的重担，接下来只要等待这位贤者下判断或指示便一切解决，连想成为战士的远子都打算只要随便听命行事即可。

然而事实上，伊津母之前的大巫女仅交代由丰青夫人继位后就溘然长逝，两个少女因此对前途未卜愈感不安。

象子又说："这里既然没有大巫女存在，那我该怎么办？不但没有继续修行的方法，人们也不知该敬重巫女。没想到千里迢迢来此，竟会遭遇这种事。"

"那么由你来重新教导他们该如何尊敬巫女嘛，绝对没有人会不敬重一位真正的巫女。"远子试着说道。

"不可能，我还不能独当一面成为大巫女，至少该受过勾玉的秘密仪式后才有可能……不过姐姐曾经接受过仪式，原本那该属于她的任务，我只是顺应情势的人选。"

"别再提明姬姐了好吗？"一想起明姬就令人悲痛，因此远子低声说道。

"远子一定不知道的,其实从小大家都这样教我,说为橘氏延续血脉是我天生的使命。在姐姐接受侍奉大王的宿命后,才反而安排我去当一个终生清净的巫女。但就算我想成为巫女,现在到处都没有可以效法学习的对象,真不知该怎么办才好啊。"象子抱着膝头说道。

远子心想的确如此,于是避免继续这个话题,改谈眼前最重要的问题。

"总之,照丰青夫人的说法来看,那座供奉先祖的小祠堂里放有勾玉并不奇怪,我们别拖延时间了,必须赶快去确认才行。"

"你是指去向那位老先生借供奉的神体来看吗?"

两人不禁面面相觑,她们都对村长的第一印象感到胆战心惊。

"……他该不会拿拐杖敲我们吧?"

"老人家应该不会听信我们的理由,依我看,他根本就不可能说出神体的真面目。"

两人绞尽脑汁想尽各种借口,可是每个主意都不尽满意。

远子最后终于说:"等大家睡着后,我去小祠堂瞄一眼好了,虽然不好意思,但也只能如此。"

"那么你发现勾玉后,打算偷回来吗?"象子如此一问,远子就沉吟说:

"这个嘛……到时候再想了,首要问题在于那里到底有没有勾玉才对。"远子说着,突然留意到一个状况,"可是要如何辨别那块勾玉是真是假呢?"

于是,象子抱住头。

"这种事我怎么知道嘛,不过……听说橘氏的勾玉会发光,会为有缘的玉主散发光芒,而且……"象子话说一半就陷入思考中,突然死心般道:"真没办法,我也和你一起去吧。"

夜阑后，就在当空细月渐沉的时刻，远子和象子怀着歉疚来到户外。虽然春日已近，但深夜仍清冷逼人，吸入的气息如锥刺着胸臆。寒意中不禁缩起身的少女们，蹑手蹑脚地走在星光点烁的夜空下，然而时机真不巧，她们正好与偷偷摸摸返家的一位仁兄在木门前撞个正着，原来正是菅流。

"这时才回家，你是怎么混的呀？"远子忘记自己的处境，不禁小声责备他。

"原来你们为了跟我私会等得不耐烦啦？还特地出来迎接，真是失礼失礼。"

"哪有姑娘会在大半夜出来迎接私会的男人？"

"我就认识好几个喔。"菅流若无其事地说，"你既然表示有话要说，一般就指这个意思，不是吗？"

为之气结的远子嗓音不觉高起来，象子扯扯她的衣袖，代为向前道："我们要说的不是那些，而是想告诉你，我们的祖先都背负着同样的使命，还请你态度正经一点才好。"

菅流于是眯起眼睛，"在月光下，你变得更美了，今晚连月亮都被你比下去了。"

象子简要叙述了勾玉的传说，原本以为如此简单带过会让菅流难以信服，不料他极为爽快地点点头。

"如果这样，我去打开小祠堂好了，还真想亲眼瞧瞧那么神奇的勾玉。爷爷说看了眼睛会瞎掉，但我想是在唬人，反而觉得那玩意儿也没什么大不了的。"

"真的没关系吗？"简直难以置信的远子如此问道，菅流就冲着她一笑。

"等爷爷归天时，就算我有一百个不愿意也非守护勾玉不可，所以总有点资格先瞄它一眼吧？"

三个人来到森林，那是一片不知危机潜伏于何处的幽暗，倘若少了菅流相陪，又在缺乏灯火的情况下，绝对无法踏进林间。菅流连地面何处藏有容易绊脚的树根都一清二楚，在逐一告诉她们该留神的地点后，终于带领少女们安全抵达小祠堂。

菅流将手按在门上，说："那么，如果我失明了，可要有人带我回家喔。"

他的语气有恃无恐，然而门扇似乎牢牢紧闭，之后让他不得不又摇又敲地折腾了好一阵子。

森林中充满寒气，令远子边跳脚边问象子："你有没有带打火石？"

象子回答没有，远子又问菅流，他也答说没带。

"我们都做同样的傻事，在这里摸黑还不带灯火，这下子该怎么行动呢？"

"你们笨就算了，我可不傻。"门扇发出一声惊人巨响后，菅流说，"这里有光喔。快来看，门开了……这扇门若重新装回去可要花好大一番工夫呢。"

菅流的手上有某种东西开始散发光辉，将他的脸孔照亮，而那张反光生辉的面孔又与光亮一同探进小祠堂中。他说：

"你们看，果然有勾玉——真是精美极了。伊津母的勾玉一定全都仿效这个玉型制作的。"

"菅流，你手上发光的是什么玩意儿啊？"象子颤声问道，她震惊到连客套都忘了。

"这个吗？是娘给我的。虽然它会发光的事必须保密，但有时候倒还很管用呢。"

"它才是橘氏的勾玉喔。"

"咦？不会吧，爷爷从没提过呢。"

"那是橘氏的勾玉没错……我知道的。"象子更加颤声强调。

4

少女们凑过来观看，只见菅流纤长骨感的手指合抱的掌心上，放着一件细致闪耀的物品。的确，此物的外形较小祠堂的勾玉稍欠弧度，形状类似兽牙，绚烂的色泽美得令人陶然心驰。光源中心宛似水润翠叶，又如五月阳光透现在嫩叶上散发着清辉。这不是一块凡玉，即使极品翡翠也难胜这块神物所蕴宿的泽彩。

"家里只称这玩意儿叫婴玉。我好惊讶啊，这真的是属于巫女的东西吗？"菅流的脸上流露出不亚于少女们的惊异之色，"可是，我们是为了将它交给新嫁娘才保留下来的。所谓婴玉，就是授子用的护身符，如果生下男孩就传给儿子。爷爷和爹都是这样继承的，所以说这是祖传之物。"

"可不可以借我拿在手上呢？"象子拜托着。

菅流随意递给她，婴玉在少女掌心泛光片刻后，不久凋萎似的渐失玉泽，周围又恢复原先的漆暗，寒气显得更冰冷刺骨了。

"怎么回事呢？象子明明有修行过。"远子不禁说着，于是象子沮丧答道：

"这块勾玉的主人不属于三野橘氏，必须是伊津母人才行。"

远子抱着一线希望也尝试了一遍，然而嫩叶般的光辉在她掌上同样迅速消逝，徒留空虚的残像。

"为什么——怎么会这样？凭什么菅流这种人比我们还有力量？"

菅流仿佛炫耀似的将橘氏勾玉重新取回手里，耸耸肩。

"就算问我也无法解释这种怪现象，不过它会发光也没什么大不了，又不会起任何作用。"

"作用可大呢。这块勾玉很重要，因为需要靠它串成玉之御统，没有勾玉就不能与大蛇剑主对决。"远子激动地说，菅流搔搔头。

"我真不明白授子用的护身符为何可以在对决中派上用场，不过这么说来，你很想要它啰？那么早点讲就好了嘛。"

"是啊，我很想要。"远子挑衅般说，"短剑给你，跟我交换吧。还是随身附带的其他东西也可以，将勾玉给我吧。"

"不行，远子。"象子轻声说，"不会发光的勾玉没有力量，就和大王取得的三野勾玉一样。"

远子不由得蓦然住口，菅流微微一笑。

"你们两位不必想得那么严重。要出让婴玉很简单，只要有谁愿意替我生儿子就成，婴玉应该会为她大放光明——那么，要不要试试看？"

远子一听之下，觉得再没比这句话更恶劣的了，在盛怒中，就连原本冻僵的身体都霎时烈柴般燃烧起来，然而难得的是她竟没有痛斥菅流一顿，只是不再多说就选择径自离去。

"等一下，远子。"

象子慌忙追着在黑暗中踱步离去的远子，只留下浮现在勾玉光辉中脸上略带后悔的菅流，因为他必须独自将撬开的门重装回去。

不曾合眼的远子凝望着灯火微照的天井，小鸟啁啾盈耳，不久她听见前房有动静，就轻轻拉开一道门缝，只见离开主房的老村长已缓缓踏霜走向有小祠堂的森林。她又转头望着象子，但见沉睡中的少女寝息均匀，似乎不曾受到扰眠。远子避免惊动她，静静穿整衣衫来到房外。

若想知道菅流在何处打盹，不需花太多脑筋，绝对是在装设板门的那座木门附近角落。结果不出所料，远子从门口窥见他倒在门边呼呼大睡。她不禁略微迟疑，又下定决心似的走进房间后将门关上。

"菅流。"她轻声呼叫，可是青年完全睡死，怎么摇也不睁眼，最后远子十分淑女地踢了他一脚，他才微微张开眼缝。

"……谁啦？"

"是我，远子。刚才真对不起，我来是还有事想跟你谈。"

"原来是小不点儿。"菅流发出含糊的声音翻过身仰躺着,"公鸡都报晓了还敢偷袭男人睡窝的,就只有你哟。饶了我啦,怎么这样死缠烂打呢?"

"可是时间很紧迫呀,小碓命已经出发前往日牟加了。"

"小碓命……这名字我听过。"

"就是杀死皇兄大碓皇子,又将三野烧成灰烬的大王之子。"

"是啊,我知道。"菅流努力让睡昏的脑筋灵活起来,"我也认识支持大碓皇子的人,那家伙说要去讨伐,结果好像挂了——"

"都是大蛇剑害的。小碓命变成祸患的源头,就是因为他接触了不该掌控的剑力才招致这种后果,非得解决他不可。可是如果想打倒剑主,就唯有靠搜齐勾玉才行。拜托你,菅流,请助我一臂之力。"远子仿照母亲真刀野常有的端坐姿势说,"菅流的勾玉只能为自己发光,因此我希望你能与我同行——前往日牟加国,希望你可以和我一样成为拥有玉之御统的战士。"

"你说要去哪?"

"日牟加。"

"那不就是最西端?"

"是啊。"

"不成,"菅流闭着眼睛,不假思索地说,"我呀,宁可将这玩意儿快点送给有缘人,换句话说就是想早点娶亲,你懂吗?村长家里就剩我一脉单传。别瞧我这副德行,要必须安家,还得逗老人家快活才行。与其当战士什么的,我认为安家更重要。"

偏偏在这种紧要关头,菅流才破天荒讲出一串大道理,远子为此愤愤不平。

"你明明还吵着说要出航的。"

"那是我的事业,而且出航是前往高志国,跟日牟加方向相反呢。"

菅流翻转过上半身，从正面直接窥视端坐的远子，此时他已完全清醒。近看之下，菅流的眼瞳与发色同样略呈淡色，眼神像是清澈的茶汤。

"别去决斗了，这跟你的形象不合。为什么你的神经绷得这么紧？我简直不忍听你说什么砍啊杀的，女孩子最重要的是温柔，只要再过一阵子，你也会变成不错的女人——"

"真巧，我并没打算变女人，尤其不会变成你喜欢的那种类型，所以随我爱讲几次砍啊杀的都可以。"远子回望着菅流，"对我来说最重要的就是除掉小碓命，这个使命比我自身还重要。我每晚都不断思考——绝不能安于现状，只有打倒他，我才能找回自己，也找回小俱那……"

声音哽咽的远子突然咬住唇，暗讶自己在无意间竟然心绪起伏如涛汹涌。

"究竟谁是小俱那？"远子缄默不语后，菅流又问，"是心上人？"

"不是……"远子摇摇头。

"对喜欢的人就说喜欢，这样心情会舒畅得超乎想象。"菅流仿佛开悟她似的说道。

小俱那就是小碓命，虽然是远子最喜欢的对象，但也是最憎恨的冤家，因此她现在无法表明这种左右为难的情绪。即使说出来菅流可能会理解，然而她毕竟无言以对，只能抑制不住地任泪倾落。

"喂喂，拜托别一大早就掉泪。"菅流手忙脚乱地重新坐起身，"这样今天一整天不都泡汤了？我最受不了小鬼哭了——虽然常逗女孩哭。别这样，是我不好。"

远子避开他想擦拭她泪水的手，只再问一次，"你无论如何都不肯去日牟加？"

菅流就以温和却坚定的语气说："抱歉，小不点儿，我还是认为娶亲重要。"

　　就在茫然中已过正午，许久不曾哭泣的远子脑袋阵阵抽痛，无精打采地走向村郊，她不想被象子追问，因此在那里徘徊不去。她望见近桥处有十几个姑娘，本来不以为意正想走过，岂料她们挡住远子的去路，嘈杂着一拥而上，不觉间就将她带往沿河的林荫下详细质问。

　　"你呀，就是自己送上门想做菅流老婆那个黄毛丫头的伙伴吧？可以请教请教你们，到底是打的什么鬼主意啊？"

　　"自、自己送上门的老婆？"这是远子的语汇中从未出现过的字眼儿，而且这群姑娘气焰嚣张，让她不由得感到退缩。

　　"是啊，你们穷追菅流来到玉造村，让附近村民为此议论纷纷，连在市集发生的事都传遍了全村，所以我们身为代表的，想来奉告一点意见。"

　　"可不准你们这两个异国人随便来跟我们争哟，菅流是大家的，休想抢走他。"

　　其他四五个姑娘也同时抗议起来，远子的耳朵简直不知该听哪边才好。

　　"等等，大家不要一起说！"远子大吼一句，让全体鸦雀无声后，她说："换句话说，你们是因为觉得菅流在对象子献殷勤，才会不安，是吧？而且还认为象子是个美女，所以有可能嫁给他，对吗？你们放一百个心好了，因为象子是巫女，她的身份是侍奉神明，不能成亲的。"

　　"这种事谁敢保证呀，她随时都可能改变心意，而且又借住在菅流家，绝对不会有好事的。"

　　所以我才讨厌这种不知道巫女是什么的国家……

　　感到厌烦的远子说："你们那么不甘心菅流被人家夺走，那为什么不叫其中哪位快去虏获他的心呢？那个人明明整天只想着娶亲。"

最初说话的那个姑娘答道："营流总是坚持说要娶丰苇原第一美女为妻，我们都了解自己有多少分量，所以只要他对我们温柔体贴就好了，并未想过要成为他的爱人。可是，若说跟你来的那种黄毛丫头是什么丰苇原第一美的话，我们可是绝对、铁定拒绝接受哟。如果他们真的打算成亲，我们拼了命也要阻止到底。"

远子逐渐感到虚脱起来，"我觉得这种话该去对营流说才对。"

"不用你指点，我们正忙着找他呢。"

娘子军于是卷起一阵沙尘扬长而去。远子偏着头，担心她们会不会又卷土重来，因此悄悄走向归途。

返回村长舍宅，只见无所事事的象子正在房间，还垮着一张脸。

"没有一大群女孩从村里来吗？"远子问着。

象子爱理不理地答道："谁知道。怎么了？"

不知何故，象子的语气似乎带点火药味。远子又偏起头，猜想她今天是否哪根筋不对劲。然而彼此沉默半晌后，象子终于说出理由。

"你从今天早上就怪怪的，好像在躲我。明明有事情想找你谈，却摆出那种态度，害我都不敢提起，总是在我最需要找人商量时，不管人家死活。"

远子这才涌起歉意的心情，"对不起——我必须将头脑冷静下来，昨夜想太多了才会如此。"

"昨夜我也反复思考了许多事，想和你谈的就是那件事，我是说——"象子语调稍微含混地说："我知道自己不可能成为大巫女了。你看过那块勾玉，伊津母自有本地传承勾玉的方式，无论如何累积巫女修行也不能让它发光。那是我看到远子在丰青夫人面前声称要自己去找玉之御统时才恍然大悟的，对我来说这任务不可能达成，因为我受够旅行了。希望你能了解，我需要的是安定的栖身之所和平静呀。"

逐渐领悟到象子想表明的心声时，远子发觉自己口中渐渐干涩。

"我也想安定下来平静度日啊。"

"可是远子不同喔，你能翱翔自如，仿佛一阵风般毫不迟疑。我就不行，能抵达伊津母已让我精疲力竭了……假如想住在此地，那么不得不学习这里的风俗民情，因此我想留在这里学习。"

"你的意思是不想做巫女了？"远子忍不住质问她，"难道你打算——照菅流说的——继承那块勾玉？"

象子的脸颊上霎时染起一片红晕，不过仍大方地说："不是勾玉的问题……不，或许一样。我想恢复最初受教时接受的认知，为橘氏延续血脉。不论是三野还是伊津母的橘氏，虽然如今已细分成不同支脉，不过若能融合，或许会衍生出不同的宗流喔。"

远子以从小到大最震惊的眼神，仔细盯着这位与自己同龄的美貌表亲。两人血缘如此相近，彼此却像生长在截然不同的世界里，从未遇过这种天大隔阂的远子简直吓傻了。

她原想对象子说"你这样做，那我该怎么办"，可是又觉得如此反而阻挠人家实现梦想，因此远子就不发表意见了。她认为象子是正确的——至少采取正当手法向菅流求取勾玉，何况玉主也希望如此，两相情愿实是美事一桩。

"如果你真想成亲，就去达成心愿吧。"远子边说着边想，若让刚才的娘子军听见这句话，自己可能真会被五马分尸了。可是，除此之外又能说什么呢？象子一听就露出粲然笑颜。

"你不反对真是太好了，我先前就想对你说——只是觉得很过意不去。"

"没这回事，你应该要有自己的主张，希望你能做出最好的抉择。"

压抑着沉重心情的远子只能面露微笑，不过就在听到下一句话时，她终于被彻底击垮。原来连耳根都羞红的象子对她说：

"还有——就是——今夜，我们分房睡好了。"

"你怎么了？走路一副无精打采的样子。"

日暮时分，远子听见有人在唤自己便回头一望，原来是总和菅流在一起的那五六个损友，不过独独不见菅流身影。

"菅流正忙着躲那群母老虎，真想瞧瞧他今夜如何平安逃回家。唉，自作孽不可活。"

另一个人露出充满好奇的神情，对远子说："喂，听说你拜托菅流一同去丰苇原的最西端？"

远子心想那家伙还真长舌，却没力气隐瞒地道："嗯，是啊。不过他已经拒绝了。"

"菅流一直烦恼到下午，简直不知如何是好。"

"不可能。"远子稍显惊讶，"他两次都坚持说娶亲第一呢。"

那名年轻人笑了起来，"那小子总是将娶亲挂在嘴边。你别放弃，要加把劲才行，因为我下注你会赢，我们在押宝，赌菅流去不去得成日牟加。"

远子暗想，真是一群没吸取教训的家伙。"如果不想赔本，最好重新打赌哟。菅流这次绝对言出必行，因为象子已经考虑不做巫女了。"

年轻人们于是面面相觑。

"这样可不妙啰。"

"可是，若让那群姑娘知道，绝不会善罢甘休。"

就在一伙人纷纷动摇时，唯有赌远子会赢的那名年轻人不为所动，他充满自信地对少女说：

"我不会撤赌的，你知道为什么菅流是伊津母最有名的男子吗？因为全国都没人像他那么会打架和有女人缘，也没人跟他一样就是拿老人和小孩没辙，你等着瞧就知道了。"

虽然那名青年为远子打气，不过她还是无法完全信以为真，愈回想与菅流交谈的内容，就愈加肯定他会选择与象子成亲，连自己看来都觉得象子比较有魅力，因为无论如何，她在提出成亲时能付出或给予菅流的条件都好到无话可说。与象子相比，自己能做到的唯有恳求对方助一臂之力而已。

虽然我全心全意追寻小俱那，却不该以为所有人都该依照我的想法，当然了，这世界又不是只为我而转动。

放弃的感触的确苦涩难耐，但与此同时，也是向退而求其次的目标迈进的出发点。个性豁达的远子将失望化为投入新行动的力量，无论谁做出什么举动，唯有自己绝不受任何坎途动摇，坚持继续搜寻勾玉的旅程，相信终能追到大蛇剑主。若是这样，自己单独去完成使命不就好了？远子从一开始就不曾受人指使，全凭自己做主，今后的行动也将会如此。

至少已经确定找到了一块勾玉，实在该庆幸了。虽然不能将它留在身边，不过也别为此烦恼，还是要尽速启程前往日牟加才行。

远子抬起头，感觉心情终于舒畅多了，于是决定回村长舍宅先好好补上一觉，因为昨日几乎彻夜不曾入睡，为了新旅程的确需要养精蓄锐才行。

再次醒来时已是深夜，远子踏出户外的时间几乎与前一晚相同，不过并没有前日的寒意袭人，只是她心境有别，因此格外感到暗夜寒冷，黑黝黝的民家和林木的蹲伏姿态显得异常凄清。远子心想，无论如何要先打起精神朝沿海街道出发，于是迈开脚步向前走去。

"远子，你打算不吭一声一走了之吗？"

冷不防背后有人抛来这句话，让远子吓得魂不附体。回头一看，正是象子立在身后。

"你怎么会在这里？"

"如果你想离开，我也一起走，我才不想留在那间屋子里。"快步走近的象子说道，这让远子更诧异了。

"究竟怎么回事呢？你不是应该和菅流——"

"那个营流，我修理过他了，连甩三巴掌——左右再加一记。那人竟然大言不惭说我只算是入选五名中的候补。"

远子听得一头雾水，于是象子更愤愤道：

"就是娶妻人选的候补啦。他竟然取笑人家，绝不原谅那种烂人，我还是比较适合做巫女，谁想去成亲呀，只不过一时失心疯，才变傻瓜的。"

远子还来不及将张开的嘴巴合拢，象子乘势催她一起走。

"这样真的好吗？你不是说厌倦旅行了？我要去的日牟加还不知有多远，而且你连行装都没打理呢。"

"没关系，我只想离开这个村落，在伊津母找个能安顿的地方。我想靠自己找——应该能找到。"象子说着看看远子，在月光下微微一笑，"比起你单独前往日牟加的毅力，我的决定是多么微不足道。你很坚强……所以我也不想依赖他人而要自力更生。"

"象子，你真的不要紧吗？"

"嗯，没问题。"象子坚决地说道。

忽然间，远子觉得留下这位表亲实在万分不舍。

就在此时，仿佛是黑暗发出不可思议的低语声。"请恕在下多管闲事，如果方便的话，是否可请象子小姐暂居国造大人的府邸呢？"

"你是谁？"

少女们睁大眼眸也不见有人，就在渐感毛骨悚然时，忽然朦胧中出现一位男子的身影。看不清的原因是对方身穿黑衣，不过举止和声音皆透露出此人行事十分练达。

"在下是丰青夫人的'耳从'，夫人表示想知道两位在玉造村寻玉的情形如何，因此命在下昨日启程来此。"

"你是……丰青夫人的耳朵？"

远子和象子惊讶地望着他，这位不算老成的男子态度十分认真。

"夫人还吩咐，象子小姐若有意找寻安身之处，盼能来国造大人府内小居。希望小姐能以三野最后一位巫女的身份，与闻风度日的夫人彼此切磋学习、增广识闻……"

"啊，真是与有荣焉，实在求之不得呢。"象子语气充满欢喜地说，"若在丰青夫人身边，或许可以继续修行，而且又能照顾夫人。我在三野时，曾在性情难测的大巫女身边随侍好些时日。"

"夫人必会十分欢喜。"这位耳从高兴地说道。

远子暗想夫人真是大好人，心情不禁为之一松，如此，象子也能确保安全，只要跟随在丰青夫人身侧，远子就大可放心了。

"太好了……"远子由衷地说着。

耳从向她道："远子小姐，夫人也得知您将奋不顾身前往日牟加，因此嘱咐在下传达一事——希望您能不畏艰难，在当地寻得勾玉及玉主的支持。据说当地的那位女子是举世无双的伟大巫女，在她记忆里仍保留从远古至今所发生的一切事情。"

远子在东西向延伸的街道上与象子和耳从告别后，已是白昼重现的时刻。她独自继续在道上行走，眼前松林尽头出现的是一片朝阳清耀的海洋。小渔舟乘风划向如弯弓延伸的峡端，好一幅炫目爽然的晨港光景。就在她眯眼眺望海景时，发现有三个年轻人伫立在蔚蓝海湾前，其中一人正是菅流，站在他身旁的那位身躯矮小的男子正笑着挥手。

"我赢了，果然不出所料吧？"原来是赌远子会胜的那个年轻人。

"我也是赢家，所以我俩平分了赌金。"另一个略胖的年轻人说道。

远子露出不知如何是好的表情来到他们面前，抬头望着菅流。

"真是被你打败了，象子说绝不会原谅你的。"

菅流并不正面响应，只说："我有诚心向她解释，不过彼此见解不同也没办法。我要跟你去日牟加喔。"

远子将眉头一蹙，"大丈夫一言既出，就别轻易变卦。孝敬爷爷的事该怎么办？还有娶亲呢？"

"西国应该有美人吧，既然要娶丰苇原第一美人为娘子，就必须增广见闻才行，不能只限定在伊津母。"菅流以吊儿郎当的语气说道。

"有你这种人同行，我真不放心。"

菅流将前发向后一拨，"你说得没错，不过我会划船，怎么样？如果从海港前往，到日牟加的路程就能减半，甚至只剩三分之一，这样你还要独闯山道吗？"

船——这项出其不意的提议，让远子不免心中一动。

"真的可以出航吗？"

"一般来说女人不能上船，因为会招惹海神发怒，不过若是小不点儿就——"

"是啊，我就没问题了，海神才懒得理我呢。"远子干劲十足地说道。

希望霎时涌上心头，能坐船去——多美妙的点子啊，倘若比照从三野来此地时那样翻过崇山峻岭，非耗上数个月不可。

"让我上船吧，我愿意一起去，如果能尽早抵达，那就太感激不尽了。"

"就算海路也是危机四伏，绝不能掉以轻心，这就好比一场赌局，尽管如此，你还是不想打退堂鼓？"

"不想。"

小个子的年轻人开朗地说："别担心，我们也随菅流同行。原本有更多人想参加，不过是我们赌赢了才有权利出海。我的名字叫扶锄，他是今盾，只要有我们三条好汉在，任何海啸风浪都不怕。"

远子倒吸了一口气，"你们真的去也没关系吗？难不成连你们也是为了寻找美人？"

"你真傻。"扶锄笑起来，"只要是男子汉，谁都想找美人。不过也不单是美人重要，其实只要有机会能证明自己的能力，随时都想跳出来大显身手。在划向未知国度前，我们这群死党可没人会漏掉编个好听的借口哟。"

5

一行人不停滚动着圆木将船推向岸边，扶锄提出了一个让大家不安的问题。

"菅流，可是在光天化日下带走这艘船好吗？我们还没成为船主，不是吗？"

"别瞎操心了，一定没问题的。不管它要浮要沉，从今天起船就是我们的了。"菅流随意答道。

"你安排得真周到，到底是怎么得手的？"今盾问道。

"没什么，付过钱了。我奉上一块完美无缺的好玉，现在想必已送到国造大人那里了吧。"

远子有一种不妙的预感，"……你献出去的玉石，该不会是那座小祠堂的……"

菅流望着她诡笑一下，"你看过小祠堂里的东西吗？没看过对吧。我也一样。大抵那间祠堂里是否藏有东西，谁都不知道，我想有没有玉石结果还不都一样。"

远子半晌无言以对。就算胆大妄为也该适可而止，这名青年究竟哪来的熊心豹子胆，她真是完全猜不着，她甚至暗想，这种人该不会摇身一变成大恶棍吧。

"……若让爷爷知道，下次一定不会轻易饶恕你吧？"

"船到桥头自然直。"菅流更使劲地推船了，"我不认为这样做不对，那间小祠堂应该是为了转移大家对真勾玉的注意才存在的，先祖刻制假玉的目的也是基于这个原因。既然能带真勾玉离开伊津母，那就证明它不是村落需要守护的玉石，假货又能物尽其用，这不是两全其美吗？"

经他充满自信地一提，远子也不得不认为他言之有理。青年打开微汗的衣襟，只见颈间露出一条紫线，上面悬挂着一只小袋，原来他将母亲所给的勾玉一直戴着从不离身。远子边望着勾玉边道，菅流的自信其实就是玉主的自信，她对自己无法拥有这种自信感到有些落寞。

远子将注意力从勾玉转向船，这是由樟木制造的坚固船身，据说能容八人乘坐。船首描绘有优美的曲线，船舷有赤色漩涡花纹为标记，以祈海神庇护。

远子心想，赞扬这艘船或许能让旅程一帆风顺，因此她在上船时大大称赞道："真是一艘好船，不管是造型还是规模都很精良，我们一定能平安出航。它有船名吗？"

"有啊，叫小俱那号。"

远子连忙眨眨眼眸，望着菅流，"你在消遣人啊？"

扶锄插嘴道："怎么了？这名字很不错啊。"

远子突然径自笑起来，"原来我是坐小俱那号出航呀，真好笑呢。以前在家乡的府邸时，我和小俱那从没看过海，可是喜欢用木头做船来玩，还做了远子号和小俱那号在附近小河放流，相信会一直漂向大海。我想起来了……害怕失败的小俱那总是做比较高难度的小船，因此一开始通常是我的船漂得较远，不过不久再看时，还是小俱那号平衡较好，而且不会进水。那时我总觉得不可思议。"

远子会心一笑，"他从没受人指点，是靠自己摸索造船技巧呢。我一看觉得没意思，就说不做船了。"

注视着涌向船舷的海浪，远子想着今日正是衔接那天的情境，也就是两人坐在小河畔的草丛中，瞪圆大眼目送木船漂离的那场遥梦的延续。

"我头一次看你有这种表情，很不赖喔。"菅流边划着桨边说，"小俱那是你的童年玩伴吧？"

"……嗯。"远子一时惊觉自己沉湎于回忆中,因此窘迫地含糊其词。

扶锄朗声说:"再没有比童年玩伴的缘分持续更久的了,像我和菅流就是这样。人啊,就算长再高,本性还是不会变。"

"也有人会改变……"远子幽幽地说,又默然不语。

她一边按住随风拂逸的发丝,一边眺着船航波纹,只见离岸愈渐遥远,小俱那号终于航向了无际的汪洋。

第六章　赤子

1

　　四人意气风发出航，天气却仿佛想教训这种任性态度般渐渐还以颜色，才持续不到两日晴朗就变天了。船只因此无法出海，最初的十日中只有三天适合航行。

　　焦躁不安的远子甚至表示还不如徒步更快，但在尝过高浪差点打翻小船的教训后，便不再有异议了。尽管她有自信绝不会惹怒海神，但终究还是明白不该乱出主意。

　　这个季节出航尚早，是冬春交替、乍暖还寒的时节，因此易生暴风雨。然而一旦结束就风平浪静，连日和煦朗晴，于是船只在海面上破浪前进，一口气劈越海峡，再见到陆地时已是冬影无痕，四处覆盖着浓翠茂木，仿佛不曾有寒冬造访。

　　"我曾听说极西的国度叫作诡火之国。"菅流一派轻松地说道。

　　"山里燃火、海上浮火，冬季也炎热，地面还会发出鸣叫，连小孩都相信那里不是人住的地方。"

　　"山上有火还能理解，为什么海上也会起火呢？"远子问着，于是扶锄代答道：

"我也听过，那叫不知火①。西国的海水在不见月影的夜晚会燃烧起来喔。"

"怎么可能？"

"我说真的。"

稍显不安的远子静默不言，突然觉得自己该不会来到常理也说不通的穷乡僻壤吧。

"讲到水，我们的存水快见底了，差不多该考虑在哪里靠岸才行。"务实的今盾窥望水坛说道。他不担忧海水燃烧的异象，只关心是否有水解渴。

"我想该是登陆的时候了。"在船首熟练维持船身平衡的扶锄说，寻找供水地是由他负责。

"绕过峡湾找个停泊处吧，可是不知道是否有村落。"

"——地面会发出什么样的鸣叫？"远子又问，可是忙着将船划向岸边的三人却没空搭理她。

不久，眼前的峡湾转为高崖耸立，小俱那号一边避免触礁一边缓缓靠岸，茂密的森林经阳光返照在充满光泽的润叶上，连树形都明晰可见，真是生趣盎然的森林啊——远子兴奋地眺望景致，船首的扶锄就大声说：

"看到人了，果然有村落，他们一注意到这艘船就蜂拥而来——"

远子也急忙望去，只见小俱那号前进的对岸崖上聚集着一群男子，正指着船交头接耳。

"好像有点不妙。"扶锄话刚说完，一支箭就破空飞来，紧接着数箭齐发，瞄准船身如暴雨直落。

"岂有此理！"菅流大吼，"我们的可爱小舟有哪点看起来像军

---

① 九州的有明海及八代海等处，在夜间浮现闪烁光点相连的现象。

船？"

"都是你长得一脸凶相，再笑开点啦。"

"冲着那群混蛋哪笑得出来？"

"我懂了，他们知道你是来抢人家姑娘的。"

菅流和今盾你一言我一语，箭雨仍不断落下，扶锄抱头叫道：

"左舵、左舵，这样不行，我们要是上岸准没命。"

菅流粗暴地将船转向，小俱那号险些倾倒，远子也一头撞上船缘。待船离岸后，停止射箭的村民仍逗留岸边不去，一直紧盯船踪——似乎要他们休想再靠近半步。

"真意外。"菅流开口道，"假如组成船队冲来，他们会还以颜色也不奇怪，可是我们才只有四个人。"

"该不会受过什么惨痛教训吧？"

"也许吧——如果小碓命等人来过，或许就有可能。"

"总之非找到水不可，缺水我就没办法。"今盾坚持说道。

"当然要靠岸，如果他们以为我们像苍蝇那样轻易就能赶跑，那就大错特错了。"奋力划桨的菅流说道。

他们绕过峡湾前端，在另一头将船靠岸，小心翼翼地停泊在不显眼的岩下，留心四周然后横越海滩上岸，来到森林边后，扶锄回头说：

"我和今盾到那边去找，运气好的话也许能发现泉水。"

可是菅流摇摇头，"不，我们最好别分开行动，这座森林感觉阴阳怪气的，而且就像远子所说，我觉得事先了解一下刚才那些村民的攻击原因也好。"

"你是说要向给我们苦头吃的家伙请教吗？"

菅流笑眯眯说："有道是问乃一时之耻，不问是一生之耻——"

就在他话未说完，从森林暗处突然出现七八名男子，他们眼神全都阴冷无情，各自手中握着棍棒斧头。

菅流便朝他们下巴一翘说："看吧，要不要问问？"

"说真的，这座森林讨厌极了。"

觉得胃痉挛的远子屏住气，只见对方二话不说就攻来，三名年轻人也敏捷反击。今盾举起水坛往身旁男性的头顶砸下，菅流和扶锄也如风闻般都是惯于打架的高手，平日的拳脚功夫在此展现无遗。远子也取出短剑摆好架势，却没有轮到她出手的必要。如此看来，菅流的确武艺高强，绝非仅在市井吹嘘而已，胜负在转瞬间立见分晓。

"好了。"菅流确认清楚对方全数倒地不起后说，"让我来仔细问问原因吧。大叔，既然我们跟你无冤无仇，为何要找麻烦？这岂是对待远客之道？"

被菅流揪住衣襟一把提起的男子呻吟说："你们是鬼吧？"

"大叔，你也太没见识了，有眼不识泰山，竟然不认识我伊津母的菅流，难怪尝到苦头。"

"我、我知错了，真对不起。我们原本料定你们是橘氏余党。"

"橘氏余党？"远子不觉失声叫道。

"你们在收拾余党？"菅流谨慎询问，男子就拼命点头。

"发动造反的橘氏在首领熊袭武尊遭真幻邦皇子讨灭后便四散各处，只要能取下幸存者的项上人头，就能到国长那里领赏——尤其是得到小孩或女人的，奖赏更多一倍。"

四人面面相觑，应该是说其他三人全望着远子。她听到这番话就难掩震惊，连嘴唇都随之发白。

"那么——真幻邦皇子讨灭首领是何时发生的事情呢？"

"已经是一个多月前的事了。皇子刚到日牟加就立刻行动，熊袭武尊虽有无敌之称，但在皇子驾临时却亲自将他引进府邸，应该就是在府内送命的吧。皇子的锐势的确难挡呢。"

唯独武尊者能弑武尊——

远子的脑海中浮现大巫女的嘶哑语声，她黯然抹灭那句余韵，又继续问那名男子：

"那位皇子目前人在何处？熊袭武尊的府邸又在哪里？"

"我也不知道，总之这里连打仗的召集令都没有。"男子答道，接着勉为其难说明熊袭武尊位于哪个乡里，那在朝东南行一日，再往南方直走两日的地方。菅流详细询问后放走男子，同情地垂眼望着蹲在那里一脸懊恼的远子。

"不管怎么说，我听到捉女人和小孩去换奖赏就一肚子气，真是太卑鄙了。"

"我们来迟了，为什么……"将手蒙住脸的远子喃喃说，"为什么他要消灭橘氏？为什么橘氏会灭亡？连夕日西沉之国的同族也灭绝了，这都是那把剑所引起的吗？"

"可别想太多喔，我们都已经来到这里了。不是还没亲眼确认情况吗？所谓收拾余党，意思就是还有橘氏族人存活，何况从捉到女人或小孩就能特别领赏看来，重要人物可能是女性或许另有其人，而且此人绝对已脱逃成功。"经菅流如此分析，远子仰起了脸。

"对啊——日牟加的橘氏也有大巫女喔。丰青夫人曾说那人是丰苇原中独一无二的伟大巫女，她应该持有勾玉才对，我想勾玉一定还没落到真幻邦的那批人手中。"

"那就好，丰青夫人有'伊津母的顺风耳'之称，一定消息灵通。"

"是啊……"想起夫人那位有腿的"耳从"，远子不觉莞尔起来。

"好了，趁早去找寻那位巫女吧。她一定和三野来的那位巫女一样长得标致极了。"今盾说着，伊津母的三名年轻人便精神抖擞起来。

其实远子猜测的大巫女形象与他们所想的根本天差地别，不过她不忍说破。

四人从船里将能搬上岸的东西全取出来，又慎重地把小俱那号隐藏好，随后按照指示路径前往东南方。群山围亘在向前延伸的平地两侧，行程变得更加艰险，穿过暗湿森林来到原野，又反复踏入同样森林。途中曾数度望见民家，不过一行人仍选择野宿，因为他们对引发当地人的骚动感到很厌烦。

露宿野地并不吃力，毕竟季节正值明春，只要有耐心，在野外或小河都能找到丰富食粮。夜阑后星光没有太亮灿，温暖的地面透着青草萌生的芬芳，在林边干燥的空地上升起炊火，四人围坐，远子感到的不是潮息，而是久违的熟悉的大地香氛将自己包容，光是如此就让她轻松多了。虽然位处最西端的国度，终究是在丰苇原，草木形貌不会太过陌生，只有些微相异。这点从远子在还没走完一日行程就闻到两三次橘香便可证明，橘树在此地似乎并非罕见品种。

说到来自伊津母的三名年轻人，就是一群无论漂泊何方都天不怕地不怕的家伙，即使走到世界尽头，他们依旧将该地当作自家后院般我行我素。提起三人在陌生地方野宿的头一晚，究竟聊些什么话题，原来是讨论有没有胆量烤蟾蜍来吃。

"吃吃看嘛，是专治脑袋的仙丹喔。"

"你中邪啦，会变蛤蟆男耶。"

远子不禁怀疑他们来此到底目的为何，根本连下一步该做什么都不动脑筋。菅流完全没有使命感，扶锄和今盾则充当跟班了事。不过，他们的开朗乐天却感染了远子。

船旅的过程中，远子彻底发现他们凡事都抱持着玩世不恭的心态，活着就像在尝试有多少事情可以让自己开怀大笑，连在滔天巨浪的大海中遭遇千钧一发的危难时，也仿佛觉得再没比这种挑战更有趣似的笑着克服。

即使失败也当成笑谈，不过这倒不失为处世良方。虽然偶尔也打架，一旦互开玩笑又和好如初。融入他们的气氛中，远子终于领悟欢笑的功能，尽管有时不免发火——说起菅流这人，他只想讲笑话，根本不管内容是否下流，因此三人捧腹在地上乱滚时，只有她经常闷不吭声。

不过，远子如今不再去想为何菅流这种家伙能成为勾玉的主人。一想到大巫女或明姬的贵气流露，就颇难认同这青年该有的实力，但菅流的确具备某种力量。尽管远子难以形容这种感觉，可是只要想起大碓皇子，就有类似的感觉。

在斋宫时，大巫女曾说皇子气势奔放过度，即使性质不同，菅流也让人感觉散发出某种气魄。他与大碓皇子截然不同的是一派玩世不恭的态度，然而说起来，他拥有的强大凝聚力倒与皇子十分相似。

"喂，借我看勾玉，我想再看它发光。"远子突然想确认什么似的，对菅流说道。

菅流蹙起眉头，"别在大伙面前讲啦，我不是说过要保密吗？"

扶锄他们立刻露出关心的表情，"什么什么，你说有东西会发光？"

这时拒绝已来不及，菅流只好在同伴的频频催促下打开胸前的小束袋袋口，一摇袋子，从里面落在他手上的那块勾玉，与在伊津母时同样于夜间闪烁生辉，清透的嫩叶色宛似薄荷清凉。远子请求再让她试一次，然而无论如何诚心期盼，勾玉依旧在她掌中迅速消失辉芒。

"只有菅流能让玉石发光吗？真是惊人的特技啊。"今盾以大大叹服的语气说，"简直是萤火虫嘛，发光蕈也会自行发亮，跟你一样。"

"不要把人比作虫子草菇！"菅流愤愤不平地说，"所以我才不想给你们瞧，根本狗嘴吐不出象牙。娘曾叫我别给别人看，就是担心被人家拿来当笑话。"

"咦？不过即使你不献宝，我们还是把你当怪胎喔。"扶锄说完，就被菅流摔倒在地。

远子决定撒手不管，反正他们每次瞎闹都从未认真。

2

之后走了两日半的行程，四人抵达日牟加的熊袭。途中并不顺畅，愈往南行愈必须躲避清剿余党的士兵出没，虽然绕路避走村落，一行人的脚程却快得令人意外。士兵们带着多只猎犬在山间原野徘徊，一想到对方目的不在猎鹿或山猪，四人的心中就忐忑不安。

远子等人如今所见的是熊袭武尊府邸曾经存在之处，过去的府邸变成现在面目全非的景象，实在令人难以置信。原有的庭木和似曾存在的稀疏森林如遭雷击般焦黑兀立，此外不曾留下任何梁柱。

剩下的净是焦土炭灰，仿佛溃烂伤痕般空留焚迹，而且不仅府邸彻底毁灭，周围方圆百步内也是一片焦景。阳光明泄，却无寸草残生，四周群山下翠意盎然，更加反衬这片生机惨遭掠夺的土地的一片暗黑，让人触目惊心。

"他是在这里挥动大蛇剑的。"远子掩住口，颤声说，"是那把剑的力量造成的吧？太过分了——真的好过分，他怎能做出这种事？既然来到陌生的土地，为何要大肆破坏？做出恶行还能无动于衷，简直就是冷血动物。难道没有任何人给过他忠告吗？不去劝阻他不行，我现在立刻就——"

大吃一惊的菅流连忙阻止正欲离去的远子，"喂，你去哪里？"

"我去找小碓命，要见他一面。"

"等一下，不是先去找那位有勾玉的巫女吗？"

"可是，我不能原谅他，绝不原谅他这么做！"

远子火冒三丈是因为眼前的景象唤起自己对三野的印象，她并未目睹上里最后沦陷的惨况，因此无法亲身感受，然而来到此地，令她毛骨悚然的事实就在眼前。

这片焦黑死寂的地方不曾保留任何曾在此居宿、营生、互亲互爱的人留下的痕迹，就连一抹温情也在炎噬中消融，徒留令人不堪面对的诅咒。远子简直不忍试想，这是一场多么惨绝人寰的毁灭。

"我绝不容许再有这种破坏出现，他已超乎我的容忍，根本不可理喻——对他我只剩下憎恶。"

菅流伸手按在远子肩上，"一时冲动跑去挑战可要吃大亏喔。若要搏命一战，至少也得等最后关头才值得。你必须先搜齐勾玉，对吧？"

远子将头一摇，束发随之晃动，"我管不了那么多，小碓命就在这附近哟，把握机会哪里不对？尽早解决不就能减少大蛇剑的破坏吗？现在赶去一定——"

"慢着！"菅流再次阻止她，"你不是也出身巫女世家吗？那我想问你知不知道勾玉为何会发出叮叮的响声？"

讶异的远子仰望着突然讲出怪言怪语的菅流，"什么叮叮的响声？我不晓得你在说什么。"

"我也不知道啊，感觉像是——听不见声音的铃铛在响，自从前晚给大家看勾玉时就开始响了。"

菅流从袋中取出勾玉，白昼下的玉石只见浅泛薄光，玉心仍散发绿辉。

"果然比先前的感应更强，这玩意儿真让人挂心，烦死了。"菅流嘀咕着，一会儿朝这头，一会儿转那头，终于指往某个方向，"错不了，这个方位的感应最强，该不会有什么东西存在吧？"

远子为这奇异的现象震惊，于是注视着菅流。当然她毫无任何感应，因为只有让勾玉发光的玉主才能听见这种呼唤，这点她无法与玉主取得共鸣。

"要不要去勾玉指示的地方瞧瞧？"

扶锄和今盾凑来，一听之下都瞪大了眼，"菅流简直是鼻子灵光的猎犬嘛。"

"别把人比作狗，你们给我记住！"火大的菅流仍率先站起身，循着他感应的路径带领大家一同出发。

勾玉指的方向是朝东方山际直行，饱受调侃的菅流并没有猎犬般追踪气味的能耐，因此入山后的领路工作相当吃力。他们不时陷入荆棘丛中，又常遇到无法攀登的山崖被迫绕道，就在艰苦奋战时日影偏西，筋疲力尽的四人决定露宿溪畔。此处水流澄澈丰沛，今盾接连钓起鳟鱼，众人顿时忘了疲劳，个个喜形于色。

"虽然大丰收，不过可别狼吞虎咽地吃光，还得留下明天的食粮才行。"既然今盾如此说，大家便将留存的几尾鱼用大朴叶分别细心包起。只要有关食物，今盾就是最可靠的帮手，三名年轻人对远子这女孩的野炊能力早就放弃希望了。

最令人没辙的是少女不仅对剖鱼一窍不通，一旦守炊，过不了半刻还会让火苗全熄灭。远子深感歉意，然而大抵说来既不擅长就没必要逞能，因此她主要专心地大快朵颐。

这天，远子一边佩服地望着今盾拿叶包鱼的利落动作，一边自己努力铺床，她觉得至少该好好安歇维持体力，不要输给其他人才行。尽管旅途中锻炼了不错的体力，但与男性伙伴一起远行时毕竟吃力，不过既不想被人认为像个女孩，便不愿因女孩的身份在人前示弱。对坚硬的床铺早就习以为常，因此远子蜷起身子后随即进入梦乡。

就在阗夜中，一阵叫喊声将远子从睡梦中惊醒，黑暗中似乎有人在激烈争执，发出踢散小石子的噪响，一瞬间让她以为士兵趁夜偷袭。

"什么事？大家怎么了？"远子尖锐地颤声问着，随即感到后悔。只见营流手中正持着火炬，迅速用脚将快熄灭的营火拨旺。

"今盾，发生了什么事？"是扶锄的声音。

"没什么——这小贼猫想偷我的鱼，啊，还抓伤我。"

三人都平安无事让远子暂时松了口气，就在营流高举的火炬下，她凑前窥看引起骚动的家伙。只见今盾按住一个矮小乌黑的身影，那身影正狂乱扭动着，原来不是野兽而是个小孩。

"小鬼，偷东西是不对的喔。想吃鱼就说一声，为什么不直接讲呢？"今盾质问着，泪流满面的小孩却不停挣扎，脸孔和手足都脏得漆黑成一团，头发则乱如杂草。

菅流蹲下注视着小孩说："别这样，他只是个小家伙，没哭完是不会把你的问话听进去的。"

今盾将手一松，小孩跟跄地跑起来。然而菅流抢先迅速伸出长臂，将那包鱼递在小孩的鼻尖前，"拿去吧。"

小孩一把夺过就冲进草丛里，草丛一阵沙沙作响，半天才恢复闃静。

"这样好吗？"扶锄望着菅流，只见他点点头。

"没关系，反正先耐心等待吧。若是猫就不会回来，不过那孩子绝对会再来，只要不再害怕而能冷静下来的话。那小家伙或许是在害怕士兵吧。"

菅流坐下来开始在篝火中添柴，其他人也完全清醒，因此一起围着火堆等待。果然如菅流所料，好一会儿后，刚才的孩子带着别扭害羞的表情从草丛里露出脸来。

"嗨！"菅流以远子都为之刮目相看的轻松语气，对小孩说，"还有鱼喔，想吃吗？"

受到吸引的小孩从草丛现身，还是带着随时逃跑的戒心。不过篝火正旺，这次可以看清他的外表，原来是个五六岁的男孩，有张眉毛浓黑醒目的面孔，虽然看似饿得发慌，眼瞳却十分澄澈无邪。

"……可以拿回去给我娘吃吗？"小孩终于开口发出尖细的声音问道。

"当然可以啰。"

"娘在肚子痛，从昨晚就没外出，所以我必须——"

"这麻烦可大了，没人给你母亲药吃吗？"

男孩摇摇头。

"你爹呢？"

男孩又生气似的摇摇头。

"只有孤儿寡母，这怎么行啊。"菅流边递给他一包鱼，边说，

"听到有人生病我就不能坐视不管。我们带药草去好了，虽然或许没什么效用。你的母亲在哪呢？"

小孩警惕地瞅着他，"这是秘密——不能讲。"

"傻孩子，先治好你娘的病才最要紧吧？"菅流蹲下说，"那么就告诉你有关我们的秘密吧。虽然我们来自异国，其实是橘氏族人，并不是士兵，懂吗？"

小孩抱着鱼，几乎要看穿菅流面孔般注视着他，终于露出可以相信他的表情。"……嗯。"

"那么我们走吧。你叫什么名字？"

"安毘。"男孩答道。

于是他们跟随安毘一同前往，不过男孩穿过的密道对身形大小不一的四人而言似乎有些吃力，而且几乎完全置身草丛中，无法使用火炬。所幸菅流有发光的勾玉，否则路途的确难行。

就在中途休憩时，菅流对远子轻声说："我觉得勾玉在指引我们去安毘的母亲那里。"

远子一惊抬起脸庞。"真的吗？勾玉又叮叮作响了吗？"

"简直响翻天了。嗯，既然已为人母还是得考虑一下——不过我也欣赏熟女。"

"你到底在想什么啊？"

菅流满不在乎地说："我在想象美貌的巫女和自己的勾玉彼此呼唤，真让人动心呢。假如在无声的唤问中默默将自己择妻的心意向对方表达，那么这段浪漫佳话传到玄子玄孙都讲不完。"

远子简直懒得理他，不过却寻思着勾玉之间或许真能彼此呼唤的问题。单独一块勾玉也具有潜力，但聚集起来能创造出更强大的力量，如此想来，或许勾玉本身也渴望能够齐聚。

又继续前行了一会儿，四人终于来到安毘母子隐居的地点，是一个在光秃山壁上挖凿的小洞穴。入口以常春藤巧妙遮蔽，洞内并不深邃，里面点燃的火影映照在洞壁上，作为潜身之处显然不太安全。

安毘拨开常春藤跑进洞里。"娘，有鱼喔。"

一个惊慌的女子声音传至洞外。"你这顽皮孩子，到底溜到哪儿去了？娘可担心死了。外面是什么声音？"

远子制止菅流等人多言，说道："这时她若看见男性反而会受惊吓，我先去说明情况，你们在此等一下吧。"

轻轻掀起常春藤，远子看见洞里的情景。安毘正乖巧地坐在横卧的母亲身边。洞穴相当高，内部却窄似树木窟窿，光是让大人横躺便显得十分局促。躺卧的女子以手肘撑起身，苍白的脸上双眼正炯炯注视着远子。她仅将褪去的衣衫覆盖上身，因此坐起时露出汗湿的丰乳，远子暗自庆幸没让菅流等人在场。

"请别害怕，我叫远子，是来自三野的橘氏一族。我至今奔走四方寻访同族人氏，目前和持有伊津母勾玉的玉匠菅流以及他的友人一起同行，我们希望能去拜见日牟加的橘氏大巫女。如果一开始知道您身体不佳，就会更早来这儿的，今夜是因为与安毘相遇，才由他带来这里。您的病情如何呢？"

安毘的母亲频频眨眼，似乎终于了解了远子的来意，于是表情变得和缓，将那仿佛在地上波浪起伏的黝亮散发拨整。女子开口所说的内容让远子大感意外。

"啊，那么——原来就是你。岩夫人在逝去之前还不断表示将有一位来自东国的少女请求协助，我们必须为她奋战，因此河上彦才会举兵失败。"

"为了我？是真的知道我会来吗？"

"是的，岩夫人知道的。"

"这么说……"远子涩声说，感觉背脊起了一阵寒意，"战争是因我而起？假如我没来这里，熊袭也不会变成焦土——"

"不，是我们时运不好。由于岩夫人仙逝，众人在重要时刻失去心灵依归，也算是河上彦太肤浅——绝对错不在你。"

安毘的母亲似乎也是具有相当身份的女性，从语气中可确知她是河上彦（曾经身为熊袭武尊）的妻室或亲属，在悲惨境遇中还能如此屹立不倒地侃侃而谈，真让人敬佩不已。女子仿佛看出远子的心意，就轻轻微笑。

"熊袭的百姓即使分散各方，也不会就此毁灭，因为岩夫人即将转生。你今夜能来真是太好了……因为——"蓦然住口的她脸孔发僵，接着逸出呻吟，额上冷汗直冒，似乎忍受极大的痛楚。

"娘，娘！"安毘几乎哭泣般频频呼唤。

"请振作点。"远子正想轻抚她拱起的背脊，这才留意到情况当真非同小可。原来女子并非有病在身，而是大腹便便即将临盆。

"再不久……我就要生了。"母亲嘶哑地说，"拜托……请帮助这个婴儿。"

这次换远子冷汗直冒了。

生产？生小孩？我当产婆？

菅流等人听见痛苦的呼唤，正想走进洞穴。

"远子，怎么回事？她的病情不妙吗？"

"不行不行，你们绝不能进来。"远子气势汹汹地将满脸错愕的三人阻挡在洞外，摆出吓人的表情告诉他们，"她即将生产，这里是产房喔，男性绝不能进来，也不准偷看。"

"生产——就是生孩子？"他们面面相觑，突然露出狼狈的表情，"这种时候该怎么办？"

"我也不知道。"

菅流以胳膊顶了远子一下，"不知道就麻烦大了，能依靠的只有你啊。"

"可是……"远子努力回想真刀野和妇人们以前帮邻人接生时的该有步骤，然而她原本就不太关心此事，而且这时又处于惊慌失措中，因此脑海一片空白。

"不要紧，我这是第二胎，大概知道如何处理。如果方便的话，能否请你帮我准备洗净婴儿用的清水呢？还有，若能帮忙削一片切割脐带的小竹刀就更好了。此外，如果能照顾安毗——这孩子毕竟是个男孩——之后我应该都能自行处理。"

远子将所有事情吩咐菅流等人后，又说服安毗来到洞外，接着忐忑不安地询问女子："真的不需要其他帮助吗？"

"谢谢，请你镇定些。"

反而是远子受到安慰，在阵痛暂歇时，女子甚至看似从容不迫。

"我对生产一点也不担心，这孩儿绝对会生下来，因为在肚里的正是岩夫人。夫人仙逝之后，我立刻就怀了这孩子，因此便带安毗独自躲起来，绝不能在生产前丧命。"

"您相信转生吗？"远子问道，女子就笑起来。

"你身为橘氏怎么如此问呢？先在一旁看着你就会明白，这孩子应该会带着勾玉出生，也就是会握着象征岩夫人身份的'生玉'出世。大巫女的生命绝不会消失——只是反复转生罢了。"

"勾玉也会随婴儿出生吗？"远子不禁扬声问道。她简直难以想象，然而菅流曾说勾玉会彼此呼唤，看来也未必是他的误解。

"来自真幻邦的那批人企图夺取这块勾玉，而对真幻邦阿谀奉承、为求保住国长地位的杵津彦，知道岩夫人转生时会带着勾玉重现世间的这件事，因此我担心产后不知该如何是好。"

"难怪士兵会搜捕妇女和小孩。"远子感觉眼前昏眩般喃喃道，"这么说来——小碓命也在寻找勾玉呢，为什么？他要勾玉有何目的？"

"这全是受到大王指使。"安毗的母亲喘息着说，"让势均力敌的强者互相厮杀——这岂不是很过分？"

阵痛的间隔逐渐缩进短，女子终于忍不住发出呻吟，一旁的远子简直不忍待在现场，自己无法为她减轻疼痛，脑中净想着对方既然遭受这种痛苦无比的煎熬，该不会就此衰弱得一命呜呼吧。

就在呻吟最激烈时，安毘的母亲突然猛地张开眼，以黑亮的眼瞳直直仰望远子，发出冷静到令人惊讶的声音说：

"请告诉我，为何你会来此？还有你对大巫女的请求是什么？"

远子虽感到惊异，不过觉得自己不该犹豫，就连忙道："我需要能击败大蛇剑的玉之御统，想请大巫女拜赐勾玉，并恳求她指点迷津。没有任何人告诉我勾玉究竟是什么，还有我是否能成为一名战士——"

女子以凛然严峻的眼神望着远子，"若对自己没有十足把握，就无法获得玉之御统。如果你的自信只能靠别人来认同，那么我劝你该打消此念。"

远子连忙补充说："我当然对自己有把握，打倒小碓命的人非我莫属，我无法忍受别人代行这项任务。"

女子追问道："小碓命这么让你憎恨？"

"是的——我恨他，"远子答道，"他夺去我太多了。不过这还不要紧，最可恶的是他竟不顾我的感受，擅自断绝我们之间的牵绊。他随皇子前往都城后，我还能感受这缕牵绊，曾在梦中感觉他的存在，知道他就在那里；可是自从大蛇剑出现，我就再也感受不到了——他已变成陌生人，一切都是因为持有那把剑的关系。因此若不消灭那把剑，我就不能安心。"

安毘的母亲低声说："你必须知道大蛇剑究竟为何物，所谓剑，就是斩断变化——拒绝让世态转变、命运变迁。然而与剑相抗的勾玉，反而能为变化推波助澜，由生而死、自死复生，催使变化流转。你能明白这道理吗？"

"不——太明白。"远子率直答道，心想，若对方能更具体一点说明勾玉如何对付大蛇剑那就更好了。

"现在的你或许还不能体会，不过若想追讨大蛇剑，有朝一日还是必须明白这些道理，我这就指点一二吧。昔日辉与暗的力量曾经有过一次融合，如今这两方力量之所以不同于昔日的明暗对立，全是由于水少女和风少年成亲的缘故。至于玉之御统，则是从前离散各处的勾玉唯一的一次全数聚集，作为五个氏族献给女神的贺礼，成为新娘水少女的胸前装饰。"

远子感到畏惧犹如陡起的寒意般袭来，此刻开口说话的人究竟是谁？就连丰青夫人都不曾提过此事，能保存这些远古记忆的人绝非凡者。

"您是岩夫人？刚才说话的是岩夫人吗？"

突然安毘的母亲发出一连串似乎永不停止的叫唤，原来已进入了生产的最后阶段。婴儿的头部明显可见，远子虽想帮忙，但看见汩汩的鲜血简直不知所措，甚至以为产妇的身体会因此支离破碎，只能啜泣着望向生产者与新生儿的严酷奋斗。

由生而死、自死复生——

远子觉得黎明像是等待了十年都不曾到来，不过拂晓时刻终究来临，她颤抖地拿起小竹刀割断女子的脐带，刚出生的婴儿奋力颤身哭泣，那皱瘪模样实在看不出个人样，好在手脚俱全，一看就知道那便是生命体。

"如果清洗过婴儿后，请让我抱她。"这位母亲轻声说道。

她精疲力竭到泛起黑眼圈，却露出陶醉于婴儿顺利出生的喜悦表情。经过清洗后的婴儿变得安静，远子战战兢兢将她递给女子。接过婴孩抱在怀中的母亲轻轻拨开那紧握的右手指，取出一块勾玉。在射进白曦的洞穴中，玉石发出恰如卵黄色的微光。

"你看。"

"可是，她看起来完全不像是大巫女。"远子一边注视着婴儿的大眼睑和塌扁鼻，一边如此说道，于是女子露出好笑的表情。

"她还是婴儿呀，就算记着许多远古以来的知识，还要好些时日后才会说话。"

"可是，我刚才与大巫女交谈过。那就是岩夫人吧？"

这位母亲讶异地注视着远子，"你在说什么呢？"

女子好像完全没有任何印象一样。

将婴儿裹在布里抱出洞外，远子终于涌起欣喜之情。总之母女均安，远子达成协助生产的工作。旭日照射在晓霭迷蒙的枝梢上，清新的空气涤净了脸庞，菅流和安毘坐在树荫下无所事事，不过一见到远子就不约而同地一跃而起。

"生了吗？是男孩还是女孩？"菅流问着，语气仿佛是孩子的父亲，逗得远子差点没笑出来。

"娘呢？我可以进洞里吗？"

"你母亲情况很好喔，不过正在熟睡，所以稍后再进去吧。"远子安抚男孩，又对菅流说："这婴儿持有勾玉，正是大巫女转世呢。你说得没错，果真是个女孩，这一定是宿命的邂逅。"

"这孩子？不是她母亲吗？就算是个女孩好了，怎么头上没毛、又没有鼻子呢？"

"长大后绝对会有啦。或许会变成美人——再等上十五年的话。"

"少胡扯了，再等十五年，换我冒白发了。"希望落空的菅流叹着气，"谁会大老远跑来这里观赏婴儿？我到底在穷忙些什么？"

"最重要的就是发现勾玉，因为从真幻邦来的那批人也想得到它。"

就在这时，踏断灌木丛小枝的扶锄和今盾惊慌失措地出现了。

扶锄开口说："好像有点不妙，士兵发现我们的火堆余烬，正带着狗直奔这里而来，不赶快走就会遇上他们。"

"怎么会有这种事！"远子屏息道，"不行，安毘的母亲目前根本无法动身。"

"如果留在这里准没命。"

就在情势遽变危急的仓皇中，远子将安毘的母亲摇醒，女子一听到这消息就镇定自如道：

　　"我不可能逃走，只盼你们能救救安毘和婴儿，我的事请不用担心。求求你，请带孩子们逃往安全地点，守住婴儿，别让新生命消失。"

　　"不行，您不能放弃自己，身为孩子的母亲，您也必须活下去。"远子想说服女子，但她只是脸上泛起笑容却坚决地摇头。

　　"我早有心理准备，你们才必须活下去。赶快逃吧，若有耽搁就前功尽弃了。"

　　与对方僵持不下的远子又急又恼地走出洞外，将包在布里的女婴交给菅流。

　　"由你来守护她吧，既然她是你命中注定的人，那么就请别让这孩子和勾玉落在任何人手中。"

　　"啊，傻瓜，这么小的家伙别丢给我，万一压扁怎么办？"望之却步的菅流说道。的确，婴儿仅有他的手掌大小。

　　远子又转身蹲下对男孩说："安毘，你要保护妹妹喔，就跟这位大哥哥一起去，虽然他很强又不怕士兵，不过还是希望有你帮忙，好吗？"

　　安毘睁圆了眼瞳，懂事地点点头。

　　"趁追兵还没来时，大家快逃吧。"

　　"远子，你到底打算怎样？"

　　远子转头望着菅流，一脸严肃说："我不能抛下那位母亲不管，也不能任她一人被士兵带走。我和她留在这里，你们快逃，对方的目标是婴儿。"

　　扶锄开口说："那么由我们迎战好了，只要有菅流在，小孩们会很安全。"

　　"不行。"远子摇摇头，"我不想让任何人牺牲，你们还有比在此丧命更重要的事可做。"

她将插在自己腰带上的短剑连鞘一起取下，交给营流。

"拿去吧——我不想将它交给带着猎犬的家伙。"远子又将短剑推向他，频频催促，"快点拿去。"

"好。"营流突然下定决心道，单手接过剑，此时犬吠声已清晰可闻。"喂，你们快跟我来。"

"喂，营流，这样好吗？"扶锄连忙说道。

然而望着营流的背影，他知道拦阻也没用，就边走边回望着远子离开，凡事沉着镇定的今盾则挥手向她道别。

远子目送他们消失后，回到安毘的母亲身边，她看见远子并没有离去，感到十分震惊。

"为什么留下来呢？不是说过我有心理准备吗？"

这位母亲手中紧握着一把极小的怀剑，样式与明姬以前所持的极为相似。

远子语气沉着道："我不会让您寻短见的，就在刚刚您不是才让我目睹生命和生存的可贵吗？不能让您死去——就算为了小婴儿也好。"

"可是，追兵绝对会过来，与其让他们处置，还不如自我了断得好。"

"不，您要活下来，无论有任何磨难，只要活着就有机会。婴儿还需要母亲，即使能哺育的人再多，生母也只有一位。我希望您能活着再抱一次那孩子，否则——"

远子感到嘴唇颤抖，逐渐难以保持冷静说话。

"您就像我的母亲，她也是在战乱中让我脱险，自己却留在了战场。当时我无法说服并帮助家母，也不知她如今是生是死。然而——我想帮助您来弥补不能为家母所做的事。希望您能活下去，创造新生命的人应该最清楚生命的宝贵的。"

女子将怀剑放下，伸出双臂朝着远子，远子毫不迟疑地跃进她的怀里。尽管知道自己投在安毘母亲的怀抱中,不过想象中仍觉得她就是真刀野。于是安毘的母亲感同身受似的抱紧远子,像是对待安毘一般抚着她的秀发说:

"可怜的孩子,独自承受这么悲惨的遭遇,真可怜啊。对不起,让你想起悲伤的过去……"

犬吠与人声愈来愈喧杂,感觉近在咫尺。松开手臂的远子叮咛这位母亲留在原处,独自走出洞口。

"就在那里。"

"别让人给逃了,快包围起来。"

远子等发现自己的士兵彼此叫嚷着聚拢而来后,伺机用力吸了一口气。

"等一下!你们想找的勾玉不在这里,里面只有一位刚刚生产而不便行动的妇人。安静一点啦,反正我们没有人会逃走的。"

这时远子才留意到原来自己发出的声音如此洪亮,犹如一群孩子霎时被震住一般,这批士兵不禁为少女的声量和气势所迫,刹那间裹足不前。

"……这小鬼是怎么回事?"

"喂,把藏在洞里的家伙揪出来。"

远子对想将自己推到一边的士兵厉声道:"我不是说过里面只有一个刚生产完的妇人,你们难道耳聋了吗?不善待产后的妇人可会遭天谴哟,因为,第一,只要想闯进产房的人就会先被煞到。"

群兵于是感到十分为难,毕竟他们都知道男性不宜窥探产房的禁忌。确认了只有一位母亲正在歇息后,没有立即逮捕她,只询问远子道:

"刚生的婴儿不见了,到底抱去哪里了?"

"无可奉告。"远子如此说道,于是一名士兵揍了她一拳,轻盈的少女立刻被打得飞撞到树干上。

然而,眼见士兵抓着安毘母亲的手臂正准备拖她出来时,倒在地上的远子大叫道:"你们若杀了她,就休想拿到勾玉!"

不料，在远子身旁有位穿着一袭黑服的指挥官，却以异常柔和的语调对远子说："小姑娘真有勇气，你见过那块称为生玉的勾玉吧？它与婴儿一同在此出生——是吗？"

按住出血的嘴唇，感觉到腥味而秀眉一蹙的远子答道："没错，不过它不会落在专杀女人或小孩的家伙手中。"

"看来你误会了，熊袭的女人都是自行轻生的，我们真幻邦的人还不至于强逼良民至此。"

远子仔细打量此人，只见对方长发轻束，不像士兵之辈，那清秀的面容却似曾相识。从混乱的记忆中浮现了池岛上燃烧的凶焰，还有飞蹄震响、全速奔驰的马驹。

想起来了。这个人——就是策马的那名男子，还载着小俱那直奔真幻邦的阵营——

"你曾到过三野吧？"远子不禁脱口问道，男子面无表情地望着她。

"我是影子，可说无所不在，也未曾存在。"

3

指挥官命几名士兵留下护送远子她们到杵津彦的府邸，自己却率众兵循着猎犬嗅迹，继续进入山中搜寻。他特地严格交代部属确保两人安全以便接受审问，尤其必须注意那位母亲，因此两人才没受到苛酷待遇。安毘的母亲是由担架运送，并没有绳索绑缚，远子则双手被缚，不过她并无逃跑之意，士兵们也就没有蓄意刁难。

整整走了一日，终于看见在河流下游建造的杵津彦府邸和村落，从旁流经的大河正是今盾捕捉鳟鱼的溪流下游。村落筑成守寨形式，还建有瞭望塔和壕沟，可以看见栅栏内有多间稻草屋顶的房舍。此刻已是夕暮，民房里灯火通明，东张西望的远子穿过两侧皆是瞭望塔的大门，即使身为俘虏也不免略感高兴,因为自从离开伊津母后已许久不曾见到这种景象了。

而且——小俱那就在村里某处。既然与他在三野同行的那名男子出现了,那么小俱那一定也在此,或许能在这里找到他。

连短剑都交给菅流的远子此时已是手无寸铁,不过能深入敌腹,也足以让她振奋精神。在三野只是惊鸿一瞥,远子希望这次能在心中更深刻地留下他的身影。然而事与愿违,她们直接被送往偏远的小仓库囚禁。

远子沮丧地听着门闩扣上,就向安毘的母亲问道:"您身体还好吗?"

衰弱的母亲横躺着被搬运进来,经少女如此询问,便坚强地微笑说:"虽然会痛,不过这种状况还不算太糟,谢谢你帮我求情。"

双手一旦自由,远子就揉着手腕环顾仓库,只见空间狭窄干燥,内侧角落散放着几捆稻草,此处的用途应该是储放饲草吧。附近似有马厩,可闻到马骚味,然而作为俘虏牢狱并不算太差。远子搜集稻草铺在地上,将担架上使用的破布摊开为女子铺成床铺。

"这样比躲在山里时铺的睡床还豪华喔。"女子笑着轻声说着,立刻进入了梦乡。

远子望着她胸脯起伏,寻思不知婴儿的哺乳该怎么办,菅流一行人如今也不知置身何方。她坚信他们一定能摆脱追兵,下山到村里找寻可哺育婴儿的民妇,不过还没有任何迹象证明他们已平安脱险。那群年轻人可能无法像以往那样轻易摆脱敌人。至于遭捕囚禁的她们两人,今后的命运也同样没有保证。一旦多虑就烦恼无尽,毕竟她身心俱疲,因此在不知不觉间也从坐姿渐渐卧倒睡去。

翌晨,饥肠辘辘的远子升起一股无名火,不禁伸拳在扣闩的门上敲打一阵,又高喊了三声,门才终于打开。一名穿着粗简的年轻姑娘手持土锅，穿过持矛的士兵走进仓库。

"请恕奴婢迟来，昨夜诸事繁多，实在无暇抽身来此侍候您。"

她的语气十分恭谨，远子不禁感到诧异，安毘的母亲在身后说："江受女，你不是江受女吗？"

"是的，速来津姬夫人，您能安然无恙真是太好了！"跪地的年轻姑娘呜咽道，原来是个熊袭人。

远子重新打量她，只见对方一身褴褛却仪态优美，有着浅黑色的肌肤和浓密的睫毛，是个姿色不错的美人。

这位被称为速来津姬的母亲问道："你原本不是留在上游的府邸吗？真没想到我们还能活着相见。同族之人除了你，还有谁幸存呢？"

"像我这些身为奴婢的仆从约有二十人，其他还有大概六十人被关在牢房里，是下游的国长命令我们照顾俘虏的。也有人因拒绝成为阶下囚而自尽，不过我告诉大家一定要活着见到岩夫人转生才行。夫人，奴婢看您——莫非岩夫人已经转生了？"

"嗯，是的。"安毘的母亲信心十足地点头，"岩夫人已经平安回到世上，只要有老夫人在，我们绝不能低头，请代我转告其他族人。"

"大家不知会多欢喜呢。"江受女频频以袖拭泪说，"真是太谢天谢地了，还请您别放弃希望。民女以奴婢之身有幸活到今日，夫人，真是谢谢您。"

安毘的母亲也眼眶泛红，"你一定吃了许多苦吧。我能活下来传达这项消息，这才是万幸。"

远子插嘴道："还有，今后如果要活下去的话，就必须填饱肚子喔。"

"是啊是啊，还请趁热用粥。"江受女连忙打开土锅盖，在碗里添什锦粥，香草和干贝也熬煮其中，滋味可说芳香可口。

此时的远子本来就无论尝什么都美味十足，因此一直吃到锅底见空。

"这位又是谁呢？"江受女惊奇地望着她，询问速来津姬。

"她是三野的远子小姐，就是岩夫人曾说会从东国来访的人。若非她鼎力相助，我和安毘及婴儿还不知会沦落到什么下场。"

"啊，就是这位小姐吗？"江受女惊讶得有点夸张过头。

远子一愣，仰起脸孔。

"不好意思，请别放在心上，我以为您是少年……"

"没关系，以前就常有人这么说。"

远子如此回答，江受女叹气道："上游的国长没瞧出破绽而铸下大错，那才更严重，竟将小碓命错认成来自东国的公主。"

面露诧异的远子望着她，"小碓命不是公主而是皇子，你到底在说谁呢？"

"奴婢正是指那位皇子。真幻邦的皇子不但没带随从及佩剑，就独自来到府邸，而且他垂下长发，还一身绢裳装束，连我们瞧见都只当是位美女。"

惊愕的远子目瞪口呆。

速来津姬则板起脸孔说："我也还未听过事情原委，从山边府邸匆忙过来禀告的使者也不知实情。江受女，由你来说明吧。那人就这样把小碓命当成美女请入府邸？"

江受女自觉失言，又重新调适心情说出事情经过。

"岩夫人在逝去前已经清楚指示过，因此谁还会存疑呢？如果老夫人当时还健在，就绝不会发生这种事，可惜我们却毫不知情，大家都对他的来访深信不疑……国长就这样在府内深处惨遭杀害。其实我并不清楚发生了什么事，府邸在瞬间遭白色火焰包围，我正巧在庭院里才幸免于难，可是随后也……那种惨况实在不忍向您说明。"

江受女边说"请看伤势"边撩起衣摆，只见从纤细的小腿肚以上净是灼痕。

"能轻伤幸免于难真是万幸，因为连池水都滚沸蒸腾，那绝不是寻常火焰，实在恐怖极了。"

两人听了这番话不禁默默无言。

不久，速来津姬语气苦涩地轻声说："河上彦的最大缺点就是喜好美色，最后果然中了美人计。可不知是谁向真幻邦皇子献计的？"

远子心情变得恶劣透顶，或许该平心静气后再重作思考。

"……你知道小碓命如今在哪里吗？"她询问江受女，而女子摇摇头。

"府邸中心是不准靠近的。虽然我是个弱女子，不过假如能接近那群家伙，我一定会为家人复仇。"

连过数日，两人仍被囚禁在小仓库里，除了江受女以外不曾见过任何人，菅流等人和婴儿究竟如何也音信全无。没消息就表示他们不曾落入敌手，算是值得庆幸，不过她仍十分不安。江受女曾有一次耳闻真幻邦的追兵远赴火山，但是否真有此事亦不得而知。

这日闷热异常，空气沉滞到让人觉得关在密室里更加忧郁，如受压迫般喘不过气。夜晚也酷热难眠，翻来覆去的远子好不容易迷迷糊糊即将睡着，忽然听到一声如雷巨响，就在天摇地动间，她清楚地感觉到是从地下传来的震撼。

"那是什么？"飞跳起来的远子询问，速来津姬就静静答道：

"——恐怕是火山神苏醒了。"

"火山神？"

"从这里也看得到，山顶上有一条发出红辉的巨蛇在舞动。蛇神愤怒时，就会朝山脚的村落撒下石雨。"

"大家不怕吗？"

"当然怕了。"她低声笑道，"不过不知杵津彦会怎么想呢。"

翌晨，速来津姬的话语仿佛得到了验证，一早士兵就来表示要将带两人去见国长。两人双手仍然被缚，但还是宁可来到户外。一片混浊的天空难称清爽，然而光是能仰看就令人心情舒畅。不久，穿过小巷，面前即是国长府，在这座广邸后方的群山中只见火山醒目耸立，虽然期待山顶上有赤蛇现身，不过如今唯有喷烟猛冒而已。

诡异的浓烟让远子看得汗毛直竖，与其说是烟雾，倒不如说是不断冒出的软体生物，从山顶上露出硕大胴体，直升天际才扩散开来，吸取这层烟幕的天空因此沾染薄黑。目睹这幅奇观，不免感觉眼前的国长府实在微不足道。

远子与杵津彦会面时，觉得他并不是什么了不起的人物。虽然身躯高壮且蓄须，却出乎意料是个年轻男子。远子猜想小俱那或许就在某处，因此环顾四周，却不曾发现踪影。

他在哪里呢？

远子觉得一阵空虚，偏起头纳闷着。

速来津姬紧盯着杵津彦开口了，恢复体力的她挺起胸膛，即使双手反缚，依然女王般堂堂而立。

"你看看这大威神怒，听听这土地怨号，这就是背叛同族、与真幻邦之辈联手篡夺国长地位的下场。"

难掩狼狈之色的杵津彦仍浮现有备而来的笑容。

"速来津姬，你的想法错了。神怒不是针对我，而是对你。你不是将转生的大巫女及勾玉交给外人了吗？原本该交由我们日牟加人保管才对，火山神就是为此发威震怒。"

"我们日牟加人？你指的我们是谁？"速来津姬轻蔑地笑起来，"你向真幻邦卖主求荣，不过就是条走狗！你想得到勾玉，目的是要献给大王吧？竟然还有脸指责我？"

"你错了，如今我身为日牟加国长，了解生玉应该留在国内才对。我若发誓绝不将勾玉交给真幻邦，你愿意协助我吗？"杵津彦如此说着，速来津姬便沉默了半晌。

"那你打算如何向小碓命交代？"

"他已离开此地，受大王御旨即刻出发征讨他地。至于留下的'影子'一行人，据传也已前往火山，音讯全无，他们恐怕会遭受神谴吧，现在大可不必听命于真幻邦了。"

远子一听就泄气不已，原来小碓命还是不在这里。不过失望之余，奇怪的是反而心下一宽，即使感受到他完全不在场的空虚，却还是觉得小碓命若在此现身，自己将毫无自信面对。

速来津姬失望地摇头，"你还想再次背叛我？杵津彦，从小你就是个骑墙派，我总为这种懦弱担心……我不会与你合作，你没有独撑大局的本事，若想独裁、动摇这个国家，那就试试看吧。"

"姐姐！"咬牙切齿的杵津彦挤出声音说，"如果你说得如此绝情，那么身为国长的我只好不再借助你的力量，自行打理平息神怒的祭祀仪式。我要献上活祭——就从在熊袭的俘房中找出十个年轻女孩，"他指着远子说，"第一个就是这女孩，下一个是江受女。你就在仪式现场目睹吧，我要教你后悔莫及。"

远子和速来津姬被迫分开，这次被关进非常标准的牢房，是一座墙壁渗水的地窖式土牢。不久，士兵也带江受女和其他八个少女进来，她们大多在悲叹垂泪。江受女虽没哭泣，却一脸苍白地望着远子。

"让你也受连累……"

"活祭的人会受到什么处置呢？"远子问道。

"我不知道，假如大巫女还在此，绝不会允许这种事发生。不过……我们若被当成供品，就会被押往称为'由津棚'的岩地，从那里被抛下去——从山崖丢到深谷底。"

两人身旁的号泣更加响亮，远子暗想，又惹得她们更伤心了，因此故作开朗大声道："就算神明很重要，本姑娘可不想白白送死。人家又不是供品，还有非完成的任务不可，人生绝不能就这样玩完了。"

"我也不想死。"江受女有气无力地，"我有恋人……虽然同样是俘房。"

"我们会获救的。我有十足把握——菅流一定会来救大家。"远子说得比心意更坚定,"因为他最喜欢英雄救美,总想找机会大显身手,这里一次就能救出十个美少女,他才不会错过这种大好机会呢。"

"可是……"江受女半信半疑说,"他怎么会愿意出手救异国人呢?"

"没问题,只要是美人,那人绝对赴汤蹈火。"远子拍胸脯保证。

哭泣的少女们怯怯地望着她,表情像既心存一线希望,又不敢相信她的过于乐天。远子打算逞强到最后,只可惜就算想歇息也无法入睡,她卧在湿漉漉的牢房地上,听着身旁阵阵低泣,只能一直茫然望着黑暗。

才不想死呢。现在绝不可以,怎能在这种鬼地方送命?

远子咬紧牙关,想起小碓命不在熊袭的现实,他已离去,并不知道自己在此受难。那人浑然不知自己是以何种心情来到日牟加,又继续出征别地大举破坏。如此想来,满腔失望愤怒的远子几乎喘不过气。

当时为了必须赶抵日牟加的心急如焚,其实并不纯粹为了勾玉,而是得知小碓命已出发来此。为了保护速来津姬而不惜成为阶下囚,或许也是无意识在追求能更接近他的地方。岂料,远子在这极西的国度努力到这个地步,小碓命仍丝毫不察地飘然离去。

绝不能在此送命!

4

黎明前,少女们从土牢中被拉出,两两绑缚着分别被塞进几顶类似长箱的轿内,由穿戴整齐的数名男丁列队抬轿朝山道出发。配合仪式的整齐踏步虽然缓慢,但对手脚都被绑住的少女们而言依旧是苦不堪言的旅程。由于抵背相缚的对象是江受女,远子为此吃足了苦头,因为这熊袭姑娘实在人高马大,有几次让远子被挤扁在轿壁,害她险些窒息,只能拼命挣扎。

尽管境遇糟透了，不过在尚能感觉痛楚时还是必须暗自庆幸，倘若被推落谷底，那才真不知痛为何物了。脸受擦撞挂彩的远子于是想起菅流等人。

他们……真的会拔刀相助吗？

远子对他们会来救援深信不疑，以那几个人的个性绝对会如此。可是假如偏偏没有获得消息该怎么办？不知那几个人究竟在火山遇上什么事，菅流等人可能也未必平安，或者已逃往远地，就算有天大本事，也不可能飞檐走壁前来相救。

不，我不能放弃。

紧闭双眸的远子对自己说道。

即使到了最后关头，我都必须相信能逃离险境。我的命运不该在这里完结，非打倒小碓命不可，如今他还在丰苇原挥动破坏之剑……

突然间，轿子底部如遭撞击般飞弹起来，两个少女跌作一团，不仅迎头相撞，更挤向轿子角落，这次远子又被压得七荤八素。

"真不好意思，您还好吗？"就在江受女虚弱地表示歉意时，轿外忽然喧嚷起来，那是一种不寻常的喊声，远子感到抬轿的男丁吓得脚步凌乱。

"怎么回事？"

"是偷袭。"江受女一问，远子便毫不迟疑地答道，她的声音不禁透着活力，"好像打得正热闹呢。"

从声响判断似非单纯的小冲突，而是双方率领众多人手在对决激斗。远子等人突然随轿被抛了出去，原来是男丁们纷纷弃轿逃之夭夭。被撞得几乎掉泪的两人只能保持头下脚上的姿势，半分动弹不得。说时迟那时快，立刻有人划破轿壁让她们重见天日。

"你还好吧？"扳开破壁，朝她露出笑容的正是今盾。

远子望着那张熟悉的面孔不禁百感交集，虽然坚信他们会仗义相救，但实际获救的感受毕竟不同。

"又见面啦。"态度悠然的今盾割断绑住远子的绳索。

"你太酷了。"远子微笑说道。

"我也这么觉得。"

身体总算重获自由,离开轿子后,远子看见其他将被献祭的少女坐轿也被抛在现场,队伍早乱成一团。纵然有人不忍弃战,可是全副武装的押轿队伍看起来已落居下风,突袭的这方人手皆属热血青年,参与者多达数十名。

或许正是潜伏在此的熊袭民众,而来自伊津母的活泼年轻人也一同参战。决斗当然发出了剧烈声响,还可见到有少女倒在青年怀中抽咽,至于被迫乘轿上山崖的速来津姬也获救从轿中脱困。

在树林另一头的扶锄挥舞长矛击退敌人后,也朝此处走来。

"嗨,远子,原来为了抢回美女而情愿殊死一战的西国人也跟我们没两样嘛。"

"嗯,不过……"远子环顾四方,诧异地问,"怎么没看到菅流?那人本来最会不计代价抢回美女的,他怎么了?"

"别担心,那家伙很平安。"扶锄露齿而笑,"他也想在此大展身手,不过背着婴儿赶来救美实在太逊了。"

远子听了不禁睁大眼眸,"是由菅流在照顾婴儿?"

"都是他在照顾。"

今盾补充说:"那婴孩没有菅流不行,就算交给乳娘也不成,当然我们更没法子。只有让菅流抱着才不哭不闹,还真玄哩。"

远子更加惊奇了,然而扶锄又说:"偶尔少让那小子出风头反而是为他好,最近他还为睡迷糊的安毘一直叫自己'娘'而头疼得要命。"

远子不禁为自己能活着畅快欢笑,实在喜悦到震颤,即使对菅流有点失礼,不过还是好笑至极。

扶锄等远子笑饱后才说:"不过菅流毕竟有两下子,除了照顾婴儿,说不定正在筹划惊天动地的计划。"

望着两人别有用意地互使眼色，远子觉得他们似乎知道什么隐情，然而正要询问时，只见数名熊袭青年疾奔而来，边喘息边懊恼地说：

"国长杵津彦逃走了，据说那些家伙突破围攻逃回村里。"

"怎么办？他们绝对会派追兵攻来。"

扶锄却不以为意地摇摇头，"追兵不会再来了，那人回到府邸铁定吓得脚软。那么，我们也去见识一下菅流到底发挥了多大本领吧。"

"到底菅流做了什么？"远子疑惑问道。

他们只露出莫测高深的笑容，却不回答。

"反正有好戏等着瞧啰。"

走下山道相当费时，他们不同于仓皇逃命的国长部属忙如丧家之犬，而且少女中还有好几人依旧虚弱难行。不过就在日影偏西时众人终于穿过森林，眼前出现平野景致。从高台向下俯瞰，只见山麓地形向西延展，从此处也能望见杵津彦府邸所在的下游村落——照理来说本应可以看见——

"喂，快看！村子不见了。"

熊袭民众纷纷发出惊嚷，瞪大眼睛一看，果然不假，在夕日西沉的河流边围造的村落无影无踪，只剩一片汪洋水泽，形成河川异常泛滥所造成的扇状池塘。

混浊的泥水流淌在刺眼的火红夕照下，连远子也怔住般凝望这幅光景。既无暴风雨，也不曾落下雨点的朗空下，今早分明毫无异状的村落此时却在洪水中淹没。

"你们该不会说这是……菅流做的好事吧？"远子虽笑着对今盾说，声音却颤抖不已。

今盾耸耸肩，也不否认。呆望着这场破天荒异象的一行人变得沉默寡言，只能继续前进。就在更接近村落时，他们发现菅流正立在低丘上俯视泛洪，他的手里抱着裹布的婴儿，身旁还跟着安毘。

不知何故，这幅景象令人凛然一惊，高挑帅气的青年与婴儿并不只是奇妙的组合而已。菅流小心翼翼抱着婴儿，却露出沉思般肃穆的神情俯身望着洪水，夕阳从正面迎照他的红发，灿烂如火。一瞬间，他的超凡形象让远子望而生畏。安毘靠着菅流的长腿伫立，婴儿宁静沉睡，形成了宛如三人一体的神圣塑像，实在是不可思议的光景。

然而，远子的敬畏在刹那间消失，原来菅流回过神注意到她，那回头开口的模样，依旧是远子熟悉的菅流。

"嗨，远子，你看来还不错嘛。亏你将婴儿塞给我，让我整整瘦一大圈，连晚上也没法子睡好觉。"

"啊，是娘！"安毘叫道。

速来津姬拨开众人走出来。

"安毘！"含泪的速来津姬紧抱住飞奔而来的男孩，"你能平安……一切无事……"

"该把婴儿还你了，她的状况好得很，一哭就惊天动地。"菅流赶紧将婴孩还给这位母亲，两手一摊笑起来，"呼，真好。啊！终于解脱了。"

然而远子怀疑起自己眼前所见，这洪水景象又是怎么回事？

该不会只是我一时头晕眼花……

不过，事实并非如此。

扶锄质问菅流道："我可没听你提起过要发大水喔，不是只淹到屋脚而已吗？"

"没想到水位涨那么快，其实我也很慌。"菅流耸耸肩。

"牢里的那些人都避难了吗？"

"是啊，全都没事。"

远子于是掩住口，"那么，真的是菅流让整个村落都陷在水中，究竟怎么做到的？"

"就靠这个。"菅流在她面前伸出右手并张开手掌，只见掌中有两块勾玉，就是他自己的嫩叶色婴玉，还有岩夫人的浓金色生玉。

"你借用勾玉的力量？"

"岩夫人将生玉赐给我，所以你看，它在我手上会发光，而且两块勾玉能凝聚一块产生的强大力量。我姑且一试，结果变成这样。"

菅流朝泛滥的景象一挥手，又蹙起眉头，神情没有丝毫玩笑之意，似乎也感受到事态严重。

"勾玉既能引发涨潮，当然也有退潮的力量。现在我正在退水，否则这样下去就惨了。"

"你怎么会控制……玉的力量？"远子不由得悄声问道。

她畏惧眼前的异象，仿佛唤起昔日亲睹大蛇剑发出诡异光芒造成天云变色的回忆。

"我是听岩夫人讲的。"

"婴儿说的吗？"

"不，是安昆说的。不知什么原因，他好像能懂婴儿想说什么。"

饱受震惊的远子一时还不能调适心情，与其说勾玉造成的现象怪异，倒不如说是因自己被这种不可思议的力量隔绝于外。菅流和岩夫人都是玉主，理所当然拥有这份神秘的力量来源，然而远子只是一介平凡的橘氏族人，不可能获得这种神力的恩赐。

或许我没有搜齐玉之御统的资格。我不是玉主，即使想当战士，恐怕也无法如愿……

陷入沉思的远子一片茫然，因此突然被人抓住手时，简直吓了一大跳。原来正是安昆，不知何时他来到远子身边，纯真的圆亮大眼正仰望着少女。

"什么事呢？"

"婴儿说呀……"安昆开口了，"远子也要快点找到自己的勾玉才行喔，这样的话，你也可以拥有玉之御统。"

我的勾玉？

远子听到这句意想不到的话，不禁认真追问安毘："婴儿说什么？她说我有勾玉吗？在哪里？三野明明失去了勾玉，而且落在真幻邦大王的手中。"

满脸惊讶的男孩倒退几步，"我不知道，是妹妹这么说，我才告诉你的。"

"啊，对不起……确实没错。"远子后悔自己语气太冲后，又想到，透过安毘或许可以再与岩夫人沟通一次。

真的好想知道自己是否可以达成心愿，希望有人指示，我选择的是正途……

"安毘，我们去婴儿那里吧，我希望她能多告诉我一些事。"

远子寻找着速来津姬，只见她在江受女等人的随侍下，正坐在稍远的树荫下哺乳。女婴正专心吸乳，完全不睬远子和安毘。只不过是个寻常小娃，完全看不出她能向安毘诉说慧语，远子只好将原委告诉速来津姬。两人在遭监禁时，远子已向她提过岩夫人曾借身托谕，因此这位女子能实时领会。

"虽然我不能和安毘一样解读岩夫人的话语，不过还是认为老夫人是向你宣告该继续朝此路迈进。"

"为什么安毘能听懂呢？"

"或许是因为人家说小孩在七岁前有神通力吧。远子，你一定能拥有玉之御统。"

"可是……"远子此刻需要的并非安慰，却又不便表明。

就在迟疑不决地望着婴儿时，安毘突然开口了，不过婴孩仍继续吃乳，安毘也照样玩弄着母亲的头发，这种奇象简直匪夷所思。

"……如果要找勾玉，下次该去的国家是忘名国。哇——'忘记名字的国家'耶，就是都城。娘，你知道吗？都城没有名字喔。"

"有名字的，叫作'真幻邦'，古代曾有辉神在那里留下足印，因此才有这个称呼。"速来津姬告诉安毘说，"不过，那里在成为真幻邦之前到底是什么样的国家，其实大家全忘了，因此才称为忘名国。岩夫人在辉神降世以前，就熟知这片大地的事。"

"真幻邦就是'忘名国'吗？"远子愕然插嘴说，"那么您是说真幻邦也有橘氏存在，而且在大王统治前就守护着勾玉？"

"神圣的土地都会有所谓的共荣共存，即使势力交集也不奇怪。"速来津姬略加思索后说，"可是大王对勾玉势在必得，留在真幻邦的玉石难道不会被夺走吗？"

"近在眼前反而不易察觉，不过，毕竟事不宜迟。"

就在远子感到焦躁不安时，安毘仿佛鞭策她似的说："婴儿也说你最好快点出发，而且先回伊津母才要紧喔。因为啊，真幻邦的皇子正往那里去，伊津母会有人死翘翘，跟这里一模一样——"

远子跌跌撞撞地飞奔回来，告诉伊津母的三个年轻人事态紧急，然而总是行事利落的他们却露出踌躇的表情。

"岩夫人说要尽快动身喔。"

"可是我们也不能就这样抛下这里不管。"菅流说道，指着开始退洪的泥沼地，"河川只要一夜就能恢复水位，但是民众的生活却不能如此，我们仍然什么都没解决，毕竟不能就此推卸责任吧。"

"而且真幻邦的那批人如果返回，势必又造成纠纷。"扶锄插嘴说，"就像我们在火山脚下摆了他们一道那样，而且这次还将熊袭人也卷进是非。虽然大显身手是很爽快啦。"

听了他们的意见，远子也不再多言。他们看似玩世不恭，却有自己坚持的原则，此时不顾一切离去未免太卑鄙，可是——

"你们的心意我心领了。不过，还请各位回故乡吧。你们必须为自己的国家尽力。"

速来津姬抱着婴儿走近四人，那凛然威仪是至今以来最充分展现的一次。

"我不会忘记你们的尽心尽力，但是你们并不需要为此地负责，这也不是真幻邦的责任，而是我们熊袭人自己该负全责。一切灾祸都由内乱和软弱所引起，上游村落遭受火焚，下游村落饱受水患，我认为这是天怒神怨。可是即使失去一切，只要有岩夫人在，我们仍会再度团结一致，只要她还存留世上，我们就能从头开始，我会带领大家努力的。"

女王——在场的众人都明白熊袭的新领导者于焉诞生，速来津姬必然会重建一族，不再向真幻邦的压迫低头。

"我们没戏唱了，回去吧。"今盾对菅流说道。

"真没趣。"在众人惜别不舍中，远子四人被硬塞满赠礼踏上归途，菅流嘀咕道，"我到底为什么来日牟加的？好不容易被婴儿饶过，正想没牵没挂好好认识姑娘时就打道回府了，那不是没得到半点好处？这怎么行？"

"回故乡可以大大炫耀啰，就说有刚出生的女娃对你很着迷。"今盾悠然答道。

"那个哪算女人？刚才明明有个漂亮姑娘——"

远子知道他是指江受女，"真不巧，人家有对象喔。幸好那人在菅流引发洪水前就脱险了。"

"你呕什么啊？"感到意外的菅流望着远子。

"原来这就是你不想回伊津母的真正理由，我还一直在想你很有责任感呢。明知家乡情况危急，你还有闲情逸致钓姑娘。"

菅流头一缩，对扶锄说："喂，远子很不爽喔。"

扶锄小声笑道："都是你惹她的。晓得吗？在你认识的女孩中，态度一直没软化的只有远子喔，她够厉害吧？"

"少胡扯，她也不算女人吧。"

"我再也不跟菅流说话了。"远子大嚷说道。

"顶多三天。"扶锄悄声说，望着今盾。

"我觉得两天吧。"今盾忍笑答道。

他们从岩下顺利拖出小俱那号,在详细整备检查后再度航向汪洋。西方尽头的大地消失在青波彼方,离开此地,曾经逗留的时日仿如过往云烟。

的确,究竟是为何来日牟加呢?远子倚着摇晃的船身寻思。当然目的已经达成,在夕日西沉之国寻获岩夫人所赐的生玉,而串联御统的第二块勾玉如今正交由菅流保管。

可是,那是菅流的东西,并不属于我,难道他才是成为战士的人选,而不是我?

远子还没获得成为战士的明确指示,这是造成困惑的原因,然而她唯有前进,倾尽全力追逐剑主小碓命。

5

归途顺着海流而行,较前往时更快速,小俱那号没有遇上海难,顺风逐浪回到伊津母。然而,即使船速再快也为时已晚。

"真幻邦的皇子杀死了我们的国造大人。原因?我哪晓得,大概是伊津母太富强才引起真幻邦眼红吧,毕竟都城只要一处就够了……可是也真明目张胆,大家还只顾想着如何向皇子表示敬意呢。"

就在远子等人抵达伊津母港口时,真幻邦的那批人又已离去。这国家如遭暴风雨席卷般混乱异常,他们自己也仿佛身陷其中似的飘摇不定。尽管如此,远子等人还是一脸狐疑,试图前往国造府亲眼确认。曾经眼见的那座青翠树篱围绕的府邸已面目全非,残存的仅是烧黑木桩兀立的焦野,此处与河上彦的府邸遭遇了同样的命运,凄惨的景象简直不忍卒睹。

远子只觉作呕,站在日牟加的焦土前,她愤怒到浑身发抖,然而这次连愤怒都显乏力,仅感到胃部吃了一记闷棍。

"喂,远子,你怎么了?"

若不是发觉情况有异的菅流连忙扶住,她真会晕厥过去。过了半晌远子才终于舒服些,睁开眼眸,只见三人面带忧色正窥望自己,她觉得必须说明自己担心的缘由,便沉重地开口道:

"象子也应该在府邸才对,可是连丰青夫人的孤殿也烧光了,那么夫人和象子也……"

"混蛋!"突然菅流发出谩骂。

略感惊讶的远子仰头望着他,第一次见他流露真正的愤怒神情,这是他在至今任何决斗中所不曾有的表情。

"真可恶,竟敢趁我离开时大肆破坏——"

就在菅流大发雷霆时,突然有人静静出声:

"象子小姐很平安,她与丰青夫人安全离开,如今置身别处。"

四人一惊回头,只见一位态度沉着的青年朝他们走来。那是一张陌生面孔,因此菅流等人皆保持警惕盯着此人,只有远子还依稀记得他的容貌,不过脑海中仍一片昏乱,一时认不出对方是谁。

青年朝远子微笑道:"远子小姐,您忘了我吗?"

"啊,你是'耳从'?"

"是的,小姐别来无恙。"

"他是谁?"菅流蹙眉轻声问道。

"丰青夫人的亲信,不是可疑人物。"

耳从说:"夫人正盼着你们回来,如今在日河的某个隐蔽地区过着深居简出的生活。国造大人逝世后,夫人在揣测纷纭中抽身隐退,不过若是各位,还请允许在下领路一同前往。"

"你走得动吗?"菅流询问,远子立即点头。

"没问题,我想尽早见到象子。"

在行往日河的途中，耳从尽力详述自己所知在国造府发生的事。虽然身为丰青夫人的顺风耳，他仍表示真相难以大白。

"……至少在最后见面的瞬间为止，国造大人与皇子之间并无对立之意，大人甚至觉得这位在远征途中暂临此地的贵族相当投缘，不但共进饮膳、偕同策马出游等，招待十分热络，还造访你们曾经前往的玉造村。皇子似乎在找寻献给大王的秀玉，可能是一无所获，最后国造大人才从自己宝库中取出玉石献上，然而那也绝不是被威逼胁迫的关系。"

远子突然问道："真幻邦的皇子是——女装打扮吗？"

耳从面露诧异，菅流等人也失笑地望着她，远子不禁面红耳赤起来，"没什么……请继续说。"

"最后一夜究竟发生了什么纠纷，我们都无法得知，不过一定有什么造成决裂的关键。皇子原本预定翌晨将圆满离开伊津母，可是就在深夜时府邸陷入一片火海。我没有尽'耳从'的责任打探消息，只尽全力抢救丰青夫人和象子小姐。"

不久，众人抵达一间有柴篱的小民家，此处位于深山寂幽之地，是十分洁净雅致的好场所。经耳从呼唤后，一名代为接应的年轻姑娘出来，原来正是象子。

"远子，欢迎回来，找到勾玉了吗？"

微笑的象子显得十分清丽，多日不见，她带着昔日欠缺的沉着，仿佛不曾受到炎祸波及般，一袭美染红裳和配合时节的轻衣打扮，比起风尘仆仆而归的远子实在华丽不下数倍。

"我看过府邸才来的，幸好你能安然无事，也真难为你了。"

"是啊，虽然发生不少事情，不过一定没有你的经历艰苦。我稍微变得丰腴了些，远子，你好像又瘦了一点。"

"是吗？"

"丰青夫人很想见你，近来她连日伏卧在床，现在通报说你到了才起身呢。拜托，可不可以立刻去见夫人呢？她比先前更容易疲倦了。"

象子语气不再尖锐，或许是在丰青夫人身旁生活受到潜移默化吧。

远子颇感惊讶地点头，依她的话匆匆走向内室。

然而就在远子离去后，象子突然板起脸，原来是冲着菅流而来。

"你们往那边，不过没什么好招待的。"象子冷冷抛出这句，正想移步领路时，全然没放心上的菅流朝她微微一笑。

"你能平安真要谢天谢地，而且还比以前更漂亮了。假如象子有个三长两短，我一定毙了小碓命。"

象子眸中怒光闪闪，瞪着青年，"就会嘴上说得天花乱坠，明明根本没想起我。西国的美人一定多得是吧？"

"我才没忘记你呢。"菅流说道。

"骗人。"

"没骗你啦，其他地方再也找不到连甩我三巴掌的女孩，我怎会忘记？那时你劲道十足，还带点我爷爷的味道。"

象子这次羞得满脸通红，紧紧握起双拳，原本以为她大概会当场给菅流一记，不料却突然背转过身跑向屋内。

"你这家伙真坏。"扶锄望着他有感而发说道。

"我觉得果然还是象子好看，发火的样子更美丽。"菅流愉快地答道。

今盾则无精打采说："菅流，看样子我们得喝西北风了。"

内室呈现与外界隔绝的样态，丰青夫人仍同先前在孤殿般处在微暗之中。她从床铺坐起身，肩披薄衣的姿态依旧瘦弱。远子轻声走进房内后紧张端坐着。

"虽然难表心中哀悼之意，不过能再次拜见您，真是万幸……"远子略显生硬地开口，丰青夫人却突然直接切入正题。

"远子小姐，你曾称呼小碓命是'那男孩'，还表示与他从小一起成长吧。不过，你并没告诉过我此人的性情如何。"

夫人的声音依然如拂风轻喃，却带着以往不曾有的凛然魄势，让远子感到讶异。

"夫人——"

"我与皇子见过面，彼此也有交谈，不，并不是谈什么重要话题，皇子自始至终都彬彬有礼。啊，不过小碓命和你以前一起生活时，就是那样的声音吗？"

不知何故，远子感到心弦一震，悸动也剧烈起来。

"我不懂您的意思……"

"是啊，你不可能和我一样完全凭声音来辨别他人，不过我在听到小碓命的声音后想法完全改变了，即使他杀死我的兄长国造，我本身也因此差点命丧火海，不知为何我竟然——"丰青夫人发出悠长颤抖的叹息，"很想替他的处境掬一把同情之泪。"

远子显得更加惊慌失措，因为丰青夫人其实已饮泣起来。

"我忘不了那声音，是多么孤苦无依，为何贵为真幻邦的皇子会有这种语调呢？实在比失群沧鸟、离枝落叶还更悲惨凄凉。他必然失去了什么才会深陷绝望，若是平常人绝无法活下去的。"她以袖拭眼后，继而又道："即使没人发觉，我还是能察觉，因为我们可说同病相怜，都能体会活在这世上却因超凡而忍受孤独。我没有安抚他心灵的力量，也无法传达同情或悲哀，能做到的唯有流泪罢了。"

远子踌躇了半晌，突然下决心开口，"丰青夫人，虽然我这样讲很失礼，不过请问您是想对我表示什么呢？"

"远子小姐，你会同情小碓命吗？"丰青夫人问道。

"不。"远子毫不犹豫答道，"他是该被击垮的对手，是我的敌人，如果同情敌人就不能讨伐。"

"说得也是。"丰青夫人又叹了口气，"你就像是清流，只要有强韧和健康就行……你不放弃目标，一定坚决贯彻到底，因此至少请容我对那位皇子略表同情之意。"

不能释然的远子从丰青夫人的内室离开，头昏脑涨的她独自来到庭外让烘热的脸庞清冷些。在迎风片刻后，远子才终于对自己心情不佳的原因，恍然大悟。

丰青夫人见过小碓命，对他的观感也极好。唉，真惊讶，夫人反而在婉转责备我的不是，怎么会有这种事情……

远子觉得好不公平，自己多么千辛万苦坚持这项唯一目标，可是夫人却全然不知，压根儿都不了解自己也是孤苦无依，因此才更想赌上一切，势必解决小碓命。

这时，象子总算发现远子了，看见她孤零零立在那里，象子惊讶地道："我到处找不到你，究竟怎么了？晚饭准备好了。"

远子露出苦恼的眼神望着她，"象子，我接下来要去真幻邦，不能耽搁时间，必须尽快寻找下一块勾玉。"

"你在说什么？该不会现在就想启程吧？"

"就是现在。"

象子脸上的笑容消失了，"远子，你的身体状况有点不对劲喔。"

摇着头的远子坚持说："非赶快动身不可，否则来不及——会太迟的。我一定要趁改变心意前取得玉之御统，绝对要得手才行。"

象子不由分说就将手放在她额上，叫道："你在说什么傻话！都烫成这样了，你这人哪，简直就像小孩，一点都不懂照顾自己。"

"远子的情况怎样？"扶锄见到菅流回房便问道。

"高烧不退，喝了一点葛粉汤后睡着了，有象子在旁照顾她。"菅流露出懊悔的表情，"白天她曾晕倒，那时就该留意才对，她是勉强撑来这里的。"

"毕竟——归心似箭啊。"扶锄说道。

今盾则说："远子从不示弱，所以我们也忘记多加关怀，可是她毕竟是个女孩啊。"

"她没这种意识吧。"

"不——"菅流开口说，"是刻意不想变成女孩，问题就出在这里……"

明月高悬，月影映入房内，随意坐卧的三人半晌无言。

不久，扶锄开口说："接下来该怎么办？"

"远子说要去真幻邦，梦话也这么念着，大概阻止不了她吧。"

今盾突然说："你的勾玉为什么不能转让给远子？就像岩夫人转让给你一样。她想要勾玉都快想疯了，你的给她不就好了？"

"是啊。"扶锄也说，"伊津母既然一片混乱，速来津姬不是曾说希望我们为国尽力吗？橘氏的使命就交给远子吧，或许她能达成任务。"

菅流将下巴搁在交抱的胳臂上，一时并不回答，不久才慢吞吞说："不要，我——不想给她。"

"为什么？一旦掌握力量就不想放手？"

"不是，我不想让远子得到这种力量，她太莽撞又盲目冲动，一心只顾打倒小碓命，根本不晓得和他决斗会是什么情况。就算她气势过人也终究像个孩子，刚才的情况你也看到了吧，根本就是逞强。"

"那么你打算陪她旅行到底？"

"这很难说。"

"你不会是认真的吧？"

菅流直起身子说："这与我大有关系，至少以玉主身份来看，她不单纯只是寻找勾玉的伙伴而已。如果远子想讨伐剑主，我也必须从旁协助；当她无法完成使命时，我必须代她执行任务——尽管或许她不愿如此。"

隔了半晌，今盾略带提弄说："你走的话，我就去追象子喔，到时你可别抱怨。"

"我才不抱怨。"月影中的菅流自信地笑笑说，"不过，事后等着瞧我怎么痛扁你。"

第七章　盗贼

1

　　晴朗午后的碧空已现夏意，青嫩茂叶日渐浓翠，吸取金灿阳光的时间与日俱增。渡洋的海燕流云般轻身飞掠，此时正值生命跃动的季节。病愈的远子仍无精打采，从伊津母出发已过三日，分明是启程迈向真幻邦，她却没来由地意兴阑珊，菅流似乎敏感地察觉了她的心情。

　　"喂，今天就到此为止，去找个地方打盹吧。"青年在日头仍高时就如此说着，立刻跳下马背。

　　"你也未免太浑了。"远子不满地望着他，"再走一点路吧，天还这么亮。"

　　"听我的话吧，这回昏倒可没人照顾喔。"

　　听到菅流一派自作主张的语气，远子只好嘟着嘴下马。虽然恼他率性而为，不过如今只有两人相伴，与前往日牟加时有扶锄和今盾的热闹旅程大为不同，这也是造成远子情绪低落的原因之一。

　　牵着坐骑的菅流开始说，"你真的有欠活力喔。女性的生命力很强，想想看那位速来津姬，无论是胸啦腰啊都充满生命活力，所以看起来才魅力十足。你也该学学人家嘛。"

"我就是太扁怎么样！"远子赌气顶回去，"你想和有魅力的女人在一起，别跟来不就好了……现在还来得及，要不要回去陪象子呀？"

"才不哩，人人都说城里美女如云，怎能放弃这大好机会？"菅流面露微笑。

"又在瞎说了。"

即使知道自己认真生气也无济于事，远子还是不免发作。离开伊津母之后，她比以前更在乎象子的心情，而且为此内心纠葛不已。象子不曾表态，甚至可以说避免提到菅流的名字，因此反让远子心情更加沉重。象子亲自看护高烧不退的远子，就在四五天只能卧病在床期间，她从这位表亲的行动中看出了一些蛛丝马迹。

象子回避菅流是一种感情相反的表现，她一直喜欢菅流，现在依然如此，虽然见面时不理不睬，但目光还是暗中追寻他……

然而，远子为无法替象子促成恋情而痛苦，因为自己也需要菅流——这位玉主，现有的两块勾玉在他手中，若缺少它们，追求玉之御统的旅程就变得毫无意义。结果远子只能装作视而不见，康复后就尽快从伊津母启程，出发当日的早晨，她意识到在篱笆后方一直目送他们离去的正是象子……

对不起，象子，我才是比你甚至任何人都更任性。

远子做了一个梦，在深夜里蓦然惊醒，梦境的印象十分强烈，因此让她霎时不知身置何处。周遭是一片冷暗阒静，独独自己还活着，那连续的梦境仿佛充满失望，承受不住的远子哇的哭泣起来。

小俱那不见了，到处都找不到……

"怎么了？"听见哭声的菅流惊问着，她才终于想起自己并非孤身一人，此处也不是不见光明的黑暗，而是森林边的空地。

"你还没完全康复，象子说你会梦呓哭叫，是做噩梦吗？"

菅流靠近她并蹲下身，语气中不带玩笑只有担心，因此远子不禁紧抱住他，而菅流也拥着裹在盖布里的少女。远子迫切需要慰藉，即使认为自己在他眼中就像安毘或婴儿一样，还是感到莫大的安慰。菅流一直等她逐渐感到暖意不再啜泣后，才说："你做了什么梦，说来听听吧。"

"是有关小俱那的梦。"

于是，远子娓娓道来，觉得有人乐意倾听实在值得庆幸。

"——应该说是小俱那不见的梦。我找寻他，内庭、草丛、水池、山间，来回走遍了上里各角落，这种情况有好几次，因为他会独自躲在某处哭泣。可是梦中无论怎么找都找不到他，然后我突然恍然大悟，他已从这世上消失了，而且，连上里也不见他的身影——"

远子的泪水又夺眶而出，不过这次并没有激动到失态。

菅流字斟句酌般缓缓说："小俱那就是你先前说的那位一起玩耍的童年玩伴吗？"

"是啊，我们一直形影不离。小俱那从小就和我个性相反，他很少哭泣，忍耐力又超强，连手臂骨折都没掉眼泪。所以，大家都说小俱那从出生以来就没哭过。其实才不是呢，他当然哭过，只是从不让人看见而已。他会躲起来——不告诉任何人，就连小野猪被杀的时候也是这样。"

远子说着，仿佛昔日光景斑斓浮现眼前——府邸的宽广庭园，大批青年群集，雄鸡昂首阔步的内庭，仓库，与府邸后方相连的小山，可以共享小秘密的搭档——就是能与她交换眼神，彼此会意忍笑的小俱那。

"我们偷偷养过小野猪，它和母猪走散，在小山里迷了路。我和小俱那暗地里喂养它，可是在府邸出入的那些年轻人却将它宰来吃掉。我又悔又气，在大家面前跺脚哭闹，他们吓得慌忙道歉……可是我发现原本在身旁的小俱那却不见人影，他默默走开了。我立刻不再流泪，因为知道他比我更悲伤，他想哭时，就会独自走开。多半是我受到他的安慰，不过小俱那也有强忍不住的时候。"

远子叹了口气。

"所以这时就换我去找他，逐一搜寻可能隐藏的地点，因为就只有我能帮助他呀。知道他大概躲在何处，而且还能找到的就只有我啰，那男孩是不会明说的……"

"他不在这世上了吗？"菅流平静地问道，远子于是缄默无语，沉默到以为她不想回答时，这才喃喃说："可能吧。"

"他是个不错的家伙，才能让你这么在意。可是追寻死人并非好事，还是赶紧找个像喜欢小俱那一样喜欢的对象吧。"

他消失了，到处都没有踪影。远子在心底呐喊着。

因为说出这场梦境，此刻才觉得小俱那仿佛在某处哭泣，倘若果真如此，远子无论如何也会去找到他……

但是不可能，因为梦中的小俱那消失了。我们共有的遥梦牵绊，如今也消逝不再，小俱那已永不存在。

该是舍弃回忆，武装应战的时候了。

又过了数日后，两人来到乍看即知是历经无数行迹遍踏的大路。极目眺望这条显然人马来往频繁的主道，其实正朝两人东行的途径绵延直越山岭。

"这是向真幻邦都城纳贡时的必经之道喔。"菅流以下颌示意说道。

"纳贡呀……"远子轻蔑地开口，"三野国也献纳贡品，不但年年必献，而且数量可观，可是真幻邦的士兵还不照样攻来。都城的家伙就是如此无情无义，纳贡给这些人可真蠢。"

"强者必胜，你也听过玉造村的传说吧。"菅流说得十分干脆，似乎并不以为意，"总之只要循着这条路前进，绝对能抵达都城。要走吗？"

"当然要走，再没有比这条路更通畅的了。"远子回答后才发觉不对劲，就望着他，"有什么不对吗？"

　　菅流轻轻一笑，"没什么，除了会遇上盗贼以外。"

　　远子这才想起近来盛传抢匪出没频繁，潜伏在山中，伺机向前往都城而途经此地的驮马下手。她一瞬间有些畏怯，不过立刻用力耸肩。

　　"我才不怕呢，因为我们又没驮马，若要尽早赶抵真幻邦就该走这条路。"

　　"的确没错。"

　　菅流的笑容让远子看了颇不是滋味，大抵上他这人若有两条险道，就绝对会走风险较高的那条，因此远子必须深思熟虑后才能跟着他行动，可惜这种费心总是没什么用。

　　算了，总之船到桥头自然直。

　　在道上策马前进的远子决定不再杞人忧天。

　　平安无事地又经过数日，本来此时就不是纳贡期，道上连人影都寥寥无几，在他们以为能顺利到达真幻邦时，却事与愿违出了状况，一伙盗贼在两人面前现身了。

　　在横渡山谷间的宽阔草原上，只见夏草高茂足以掩至马膝，不知何时在此潜伏了七八名男子，冷不防地朝他们射箭。由于事出突然，两人大吃一惊勒马，右转折向原路驰去。

　　"为什么？难道看不出我们没东西可抢吗？"

　　"最有价值的抢手货就是马喔，只要是骑马的奢侈旅行就有足够理由被洗劫。"菅流边低头避过疾箭边说道。

　　"早知如此，你该早点说嘛。"

　　"不该走回来时路，否则这样只会正中他们下怀。"菅流突然命令般严肃说道，"听好了，若不想马被抢，就一口气向前冲。不要害怕流箭，那只是威吓，那些家伙们也不会想伤害马。"

　　虽然远子讶异屏息，却也知道他的话有道理。至于菅流本人，遇到这种情况竟然眼睛一亮，对他而言，盗贼出现是一桩值得兴奋的事。望着他一副不将盗匪放在眼里的神情，远子也觉得勇气大增。

"走吧。"仿效菅流俯身贴紧坐骑，远子也一起策马飞驰。

就在接近眼前准备袭击自己的盗贼时，她不禁闭起双眸，结果竟然平安突破重围，盗贼也大感意外，菅流的计策果然奏效。

"怎么样？"菅流十分得意。

"给你这种人当玉主，真不知是好是坏。"冷汗直冒的远子说着，觉得和他一起将来的下场该不会很惨吧。

"为什么？比我高招的好汉可是打着灯笼都找不到喔。"菅流感到意外说道。

远子知道他是认真的，于是住口不语。

翌日，两人再度遇上昨日那批盗贼。这次他们骑马过来，在确认两人形貌后，仿佛等候多时般直冲而来。

"好烦人的家伙。"

"一定是觉得被我们摆了一道。"

他们连人数都增加了，这次只有溜之大吉才是上策。两人奋力驱马奔驰，却眼见一身轻的盗贼们纵马愈迫愈近。

"远子！"菅流高声大吼，"快冲向森林，绝不能停下来。"

前方的幽暗森林逐渐逼近，远子一咬唇就拼命策马冲入林间。

"回头见。"

她惊讶地朝身旁一望，只见菅流的红发随风轻曳而去。他为了让远子脱逃，竟打算引开敌人。

可是，他要怎么……

菅流这样是以寡敌众，怎能单挑十人以上的盗贼，就算武艺高强也毕竟能力有限啊。远子不由得勒住马缰，自己绝不能如此独自逃离——这时她脑海里浮现的是一个人弃上里而去的情景，忆起当时那种切身孤独，实在不忍就此舍弃同伴，于是她调转马头，朝原路反追菅流而去。

盗贼眼见两人冲来,便迅速散开重新包围而上,一脸愕然的菅流回头望着尾随的远子。

"笨蛋,叫你别来的。"

然而为时已晚,远子眼见几名骑马盗贼朝自己逐渐围拢,群马在眼前交错奔驰,看不清菅流人在何处。就在远子的坐骑惊恐高举前蹄时,数根绳索一齐投向她,原来盗贼想以网生擒。

他们以结实的手臂抽网,并将网结立刻收紧,远子和坐骑因此无法挣扎。好几名男子冲向摔在地上的远子,让她简直无暇抽出短剑防御。少女心想,这次绝对性命难保,只好闭目等待命运裁决。

然而,远子等了半晌都没挨剑吃拳,唯有激斗的声音响彻四周,竟没人动她一根汗毛。正觉诧异地张开眼眸,这次她更惊愕得目瞪口呆。

只见一个闪闪发光的身影正狂爆发威,群马发出惊惧的高嘶后纷纷抛下主人落荒而逃,盗贼们一一被击倒在地,仿佛历经旋风扫荡,但是并没有血溅三尺的惨相,原来那人手中所持的并非铁器。

远子终于仔细看了清楚——那人持的是一把木刀,卷上青藤看似剑鞘,其实只是虚张声势,不过就是一根木棒而已。又恢复冷静观看之下,发现那令人毛骨悚然的人正是菅流。为何才不消片刻,自己就觉得这名青年有如鬼魅般判若两人?远子不禁愕然,毕竟还是对此时的他多少感到一些惧意。

就在菅流击垮最后一人满脸痛快之色走来时,远子不禁缩起身子。

但是青年仿佛调侃似的说:"远子真不听话,那么想黏着我啊?"

远子看他仍是平日模样才完全放了心,几乎为此眼中噙泪。

"原本想帮你的忙……可是,我看得出来你用不着帮手。"

"会怕吗?"菅流在倒地的远子面前蹲下身低头问着,少女就默默点头。

"现在还怕?"

远子仰望着他的面孔，反问道："你从以前就……知道自己有这种力量？"

"嗯，是啊，因为在火山时曾和真幻邦来的家伙交过手。"菅流似乎有些尴尬，摸摸鼻头，"我想远子大概不能接受，而且一定会怕，所以不太想让你瞧见。"

"是勾玉……的力量？"

"嗯，因为有两块。"

远子叹气说："我终于领会到玉之御统的威力其实很可怕呢。"

"那当然，勾玉之力随着数目增多而增强，所以若得到三块，甚至四块时，玉主到底可获得多大的力量实在难以想象，光是两块就让我神力无穷了。"

远子注视着他，倘若对方不是菅流，她觉得自己真会吓昏，因为是他才毫不在意地接纳，正因为菅流是玉主才对他的情况有所领会。

"气馁了吧？"菅流突然咧嘴一笑，"别找勾玉算了。"

"才不呢，这点小事有什么好大惊小怪的。"远子愤然起身，拍落衣上沾的草屑泥土，"既然要打倒剑主，当然要有强大的力量才行啊。无论情况如何，我一定要得到玉之御统，所以……"

略微踌躇后，远子下定决心说："菅流，你也来吧。希望你能坚持到最后，我需要你的帮助。"

菅流只咧嘴笑笑，然而看似相当满意。

群贼仍旧不省人事，可是远子和菅流的坐骑却随匪徒的马群一同逃走了。两人对此束手无策，马似乎受本能驱使而有集体奔逃的习性。

"马走失就一切免谈了。我们去找找看，或许还在附近。"菅流说道。

两人认为坐骑会循来路奔逃，因此退回原路穿过暗林，再度来到旷野。然而不妙的是他们遇上一群成排站立的汉子，手中还架弓持刃严阵以待。这群盗贼之多远超过菅流的能力所及，简直是令人瞠目的庞大集团。

2

远子知道身旁的菅流跃跃欲试，但是这次的对手有三四十人以上，尽管他骁勇善战，她还是觉得该适可而止，既不愿菅流用这种方式来测试自己的能耐，也不希望他的体力超过极限。

双方对睨片刻后，盗贼团或许了解菅流的身手超凡，一时并不敢攻来。然而就在此时，有人发出惊异的声音，划破剑拔弩张的气氛。

"远子小姐？是三野的远子小姐在那里吗？"

"现在说话的是谁？"惊讶的远子不禁环顾四周。

从盗贼中走出一名高大魁梧的男子，只见他目光锐利，浓眉高鼻，年龄不甚年轻，那从容不迫的态度显然是群盗首领。可是远子认识他，尽管她怀疑自己看错了人……

"七掬。"远子涩声说，"当时您没有随皇子殉难？"

"果然是远子小姐。"他深深叹口气说，"真没想到会在这种情况下和你见面，我实在无颜以对。正如你说，我是该随皇子同赴九泉，但不知是否因命运作弄而无法如愿……如今仍苟活世间，远子小姐必然对我如此偷生感到不耻吧。"

远子霎时茫然呆立，这并非七掬的话语使然，而是深受他的声音所震撼，这唤醒昔日多彩多姿回忆的声调，将远子再度拉回从前和七掬、快活的大碓皇子、清丽的明姬共度的情景。她回过神朝七掬飞奔而去，如小鸟栖在古木上般扑到大汉身上。

"怎么这样说呢？您活下来，还能如此重逢，我实在太高兴了，您还真能认出是我。"

七掬虽感吃惊，但也不禁动容，他由衷地说："远子小姐……你一点也没变啊。"

成排而立的盗贼眼见两人不是攻击对象，便纷纷撤下弓箭，以略带困惑的表情频频瞥着菅流，却无人插嘴询问七掬。

菅流的震惊也不在话下，他交抱起胳臂，语气不耐地呼唤远子，"既然是熟面孔就一切好说，告诉他快还坐骑，我们想赶快离开这地方。"

七掬向他道："冒犯之处还请见谅，如果知道你是远子小姐的朋友，我们必不会如此贸然行事。本人也是首次见识能这么轻易独克群豪的人物，本人的山寨就在这附近，因此想小备酒宴化解刚才的误会，不知意下如何？"

"本少爷可不想与盗贼为伍，我还没堕落到那种地步。"菅流答得毫不领情，"远子，快走吧。"

七掬望着远子，"那位强如鬼神，胆识过人，还有一头红发的小伙子究竟是何方神圣？"

大汉的语气中甚至含着钦佩之意。

"他叫菅流，是伊津母人。"远子答着，觉得自己必须充当和事佬，便对菅流说，"我还有许多事情想向七掬请教，所以想接受他的邀请。他是个豪侠义士，这点我很清楚。"

"一路上唠叨催人赶路的是你，可不是我喔。"

"是我没错，都是我在绕远路，那你也没必要急着赶路吧。"

菅流的心情坏到谷底，不过还是随她而去，于是两人由七掬领路前往盗贼的山寨。

实际上，七掬就是这批规模庞大的盗匪团头子。远子经他介绍来到这座堪称岩城的山寨后，不禁大吃一惊。

"没想到曾身为皇子部下的您，竟然有这样的一面。"

"在承蒙大碓皇子相救成为随从之前，我原本就是绿林出身。"

裸岩上穿凿的几处洞穴之间有绳桥相通，可以来去自如，还有瞭望台及马厩、厨房等设施。他们是七掬的上宾，受到特别礼遇被领往高处的一间穴室。虽说只是洞穴，在远子看来还是舒适完美，岩床铺着毛皮，室内有篝火，十分干燥。

　　"这种买卖维持不了多久的。"菅流有话直说，"袭击无辜的旅人，你们倒过得挺惬意嘛。"

　　"我们的确是靠抢夺献往都城的贡品维生，不过除此之外并没有多行不义。"七掬郑重地说道。

　　"可是你们根本就要置我们于死地嘛。"

　　"那是——"话说一半，七掬突然沉下脸，"因为你本领太强，我们也不能就此罢休，而且误认为你这等非凡身手极有可能是真幻邦派来的密探，走此道也是为了向都城告密。"

　　"就算密探又怎样？"

　　七掬以犀利的眼神注视菅流，半晌才说："我不打算一辈子当草寇，而是在培养实力赴都城讨伐真幻邦的大王。"

　　菅流和远子不约而同大吃一惊，"讨伐大王？"

　　七掬望着远子说出原委："在此的同伴中有好几人都是当时奋战的幸存者。大家都爱戴大碓皇子，而且也是与我有同一志向才聚集在此，全都是宁可抛家弃室，甘愿沦为盗匪的伙伴——我们不会就这样了此残生。"

　　"您想讨伐皇子的敌人？"远子悄声问道。

　　"这是我唯一的心愿，皇子先走一步后，我存活的理由也只为了这个，绝不吝惜自己的性命。"

　　感觉眼眶润湿的远子说："我明白您的心情，我的心境也是一样，如今在此抱定同样的决心。只不过您想讨伐大王，可是对皇子下手的人却是小碓命。"

　　"我起先将小碓视为敌人……"七掬低声说，"无法接受他如此背叛皇子，因此也企图追杀他。可是……不久之后……我认为真正的元凶是大王，那种让自己亲骨肉冷酷相残至死的家伙才是怪物。"

"可是挥剑的人是小碓命！"远子抗议似的说，"那把剑才是祸害，它让命运丕变，导致大家牺牲。如今不止三野，剑主在各处酿成悲剧，若不阻止破坏，不全力打倒他，后果将不堪设想。"

七掬的表情充满意外，声音中透着难以置信，"远子小姐，你想亲自讨伐小碓？"

远子露出事到如今怎么还不明白她的表情望着对方，"我没向您提过吗？这趟旅行，目的就是为了找寻能击败大蛇剑力量的玉之御统，我接下来就要前往真幻邦。"

"可就算这样，你并不适合这项任务。"

"或许您会这么想，但是不对喔，这是橘氏一族肩负的命运，我们氏族自古就为了镇伏大王一族传承下来的大蛇剑，因此才拥有这种力量。"

七掬的脸上仍旧蒙着阴霾，"我不是指这件事。远子小姐真的想除掉——你的小俱那？"

"请别说这些。"远子立刻道，七掬却不住口。

"我们曾在乃穗野见面，那时你哭得很伤心。既然为他痛心流泪，就绝不该有杀死他的念头，这简直是毁灭你自己啊。"

"小俱那早死了。"认真起来的远子倾出身子，"因为悼念他，为他哭过，我才如此行动。为了判若两人的他，这是我唯一能做的事，我绝不会将这项任务交给他人。"

七掬终于领略沉默是金的道理，就转换话题，命备妥的肴盘和酒坛端上来。盗贼连饮食都十分豪华讲究，高堆的烤肉和卤菜陆续摆开，远子的心情也大为好转，毕竟在旅途中总是没什么像样的食物。

他们在频频劝邀下大啖美食，感到十分开心，不过对少女而言到底不胜酒力，不久她就头晕眼花，连谈话都难以继续。

"真是太大意了。"七掬发现情况有异，慌忙将她手中的酒盏取走，然而还是太迟，烂醉如泥的远子闹了一顿酒疯后，被抬回山寨中少数妇女使用的房间，在那里睡得不省人事。

相反的，酒量极佳的菅流坛坛皆空，却毫无一丝醉意。七掬暗暗咋舌，仍继续向面不改色的青年劝酒。

"虽然我并不建议你做盗贼，不过以你的好身手和气魄，若无用武之地也未免可惜。今后你有何打算？要不要为世间尽一份心力来推翻大王？"

"我才没改造世间的兴趣。"菅流将酒盏一饮而尽，答道，"我想在伊津母娶亲，继承家业，何况家里还有老人家健在。"

"果真如此，为何你会和远子在这里旅行？"

菅流停顿片刻，突然说道："刚才你们说的话真让我摸不着头绪，小俱那和小碓命究竟有什么关联？听起来好像是同一人。"

"没错。小俱那就是小碓，小碓就是小俱那。"

"你确定？"

"千真万确，大碓皇子从三野带小俱那返回都城时，就替他取名为小碓。"

"那丫头……"菅流恼怒地嘀咕着，"竟然瞒着我。早知这样，我也自有打算。"

"应该是难以启齿吧。不，她本人可能也没去想这问题。"七掬语气沉重道，"我在三野初次见到他们时，远子和小俱那就像一对鸳鸯般同样笑脸迎人。但是小俱那前往都城后，一切都突然改变了。他得到大蛇剑成为大举进攻三野的统军大将，远子因小俱那而丧失祖国和所有亲人，会恨他也在所难免。"

"这下该怎么办？"菅流仰望着天井，"那么你现在说的小俱那就是今后要去解决的小碓命啰？远子只有在提到小俱那时才会显露出独特的温柔表情，还说什么他死了，简直胡说八道，那丫头的脑袋瓜到底在想什么？"

"我不会让远子杀死小俱那的，假如真要如此，宁可由我代她出手。"

菅流不禁望着七掬的面孔，他吐露心声道："小碓从十二到十六岁是我的徒弟，他虽沉默寡言，却是个优秀的少年，我们相处也格外融洽，因此主子大碓皇子遭那小子杀害时，我自认责无旁贷，心想，无论如何也要亲手除去他，没有战死沙场的理由或许可说是因为这个缘故吧。我带领余党逃往西国，由于在伊津母南方有支持皇子的聚落，所以潜伏于此伺机行事。"

菅流点点头："我曾听说此事，偷袭小碓命一行的家伙就是你的同伴吗？"

"正是。那么，想必你也听说过下场有多凄惨吧。无人能招架那把剑发出的闪光，我能活下来真算是奇迹，那里只剩一片焦野。不过——"七掬拭着脸继续说，"深烙在我眼底，至今始终在脑海盘绕不去的景象，并非火海浩劫，而是闪光遍照前的瞬间，那小子望见我的神情，他终于认出我是何人了。直到那一瞬间为止，我才知道自己对他来说是多么少有的珍惜对象，在他心中算是绝无仅有可以信赖的人。可是太迟了，我的杀气传给他，于是剑光四射……"

七掬发出深沉的忧叹，举起酒盏一饮而尽。

"可能是我在刹那间滚落沟中才保住了性命。我再度死里逃生，就思考着——究竟是谁将那小子逼入这种苦境，有哪个胜利者会像他有那种绝望的眼神？终于，我发现罪魁祸首就是大王，因此我不会让远子去冒险送命。"

不知何时，菅流手中玩起鸡骨，默默在指上使劲儿，骨头应声而断。

凝视着折断的鸡骨，菅流开口说："远子不懂凡事该有转圜，若一时莽撞就像这样——轻易没命。即使只是口头上也很难说服她，老实讲，我还真拎来了一个麻烦呢。"

翌日，远子在午后才总算清醒过来，所幸没受宿醉影响，身体也恢复舒服，只清晰记得自己曾借酒闹了一场。她去向处理炊食的几位妇女致歉时，着实被她们取笑了一番。

"小姐将会唱的歌全唱光啰，第一次喝酒吗？怪不得。"

好丢脸，我真的在七掬和菅流面前乱唱一通吗？

难为情的远子带着反省之心来到七掬那里，不料他绝口不提此事，只说：

"远子小姐，昨夜我和菅流商谈后，决定也和你们同行前往真幻邦。你认为如何？"

远子没料到他会提出这种要求，当场愣住，七掬又继续说：

"或许我能提供在真幻邦搜寻勾玉的线索。菅流的话让我想起辞世的皇子部属中，有一位名叫宫户彦的男子，他出生在真幻邦西南一处称为葛木的地方，那个古老家族确实是世代祭祀玉的祭司，或许可问出有用的消息。虽然他也在战乱中殉难了，但如果去拜访故居的话——"

远子不禁合起双手，"真是求之不得，您真的愿意协助我们吗？"

"我原本就想在都城布线寻找根据地，反正是顺便，你不必放在心上。"

这番话真让她勇气倍增。七掬长年处在真幻邦，当然与出生以来首次到都城的远子和菅流情况全然不同。

不过好险……远子由衷庆幸着。看来我没在七掬房间里唱歌呢，真是太好了。

对七掬而言，远子毕竟是人称公主的世家千金，乱发酒疯唱歌仍然有失体面。

这时菅流走来，远子摆出一副若无其事的表情，他看在眼里也不曾上前取笑，远子总算安了心。不料，他冷不防伸手往她头顶一按。

"你呀，真是可怜虫啊。"

"怎么了？"远子吓了一跳。

"酒席上能不能唱些比儿歌更像样的小调啊？"

3

这里是沙尘漫扬，车水马龙的都城大道，来往杂沓就连怯弱的小草都不敢强出头。远子一行人终于进入真幻邦，大道尽头是岔路，还有一座充斥着南北货的市集。三人牵着驮放素烧陶器的畜马直朝市集走去。七掬提议这种装扮的原因，是因为外地人在城里有这种打扮最不惹人起疑。

好奇的远子不断转眸四处打量，这也在所难免，因为他们即将前往的，正是人潮云集的真幻邦中最热闹的地点。那里是绚烂缤纷，五光十色的旋涡，人海，人海，净是人海，任谁都竞相争艳，昂首阔步。

"果然热闹。"菅流纵情笑着，"哦，可别给吸走了。"

从开始走大道后，菅流真是如鱼得水，整个人都生龙活虎起来。

远子可十分清楚原因，因此一边听七掬做各种解说，一边用眼角余光注意菅流的举动。

"看到左方远处有一扇大门吗？对面那头就是大王的宫殿，前面那座屋宇是大臣府邸，这边的森林是陵寝所在地。那边是……"

菅流会乐飘飘也不无道理，远子发现近来已经忘记他在人群中有多引人注目了。这名青年不仅饱览人潮，本身也是极受瞩目的对象，凡经过他身旁的行人都纷纷回首。高挑，红发，明瞳，潇洒摆动的修长双腿，菅流在蜂拥人潮中也毫不费劲地吸引一切目光。而且令人头疼的是他本人也乐在其中，连七掬都留意到他引发的效应而稍感为难。

远子对菅流说："如果你再不收敛点，那么爱引人注意，那我们只好分开行动了。难道你不明白我们为何要苦哈哈地牵驮马来这里吗？"

菅流并不以为忤，反而干脆地说："那就各自行动好了，反正有七掬在，远子的事就拜托你了。"

正当远子惊愕得无言以对时，菅流亲密地拍拍七掬的肩膀，"多谢你能一起来，终于有人可以接手带孩子了。我好久没有大展身手，这就偏劳你了。"

"谁是你带的孩子啦？"

"两天——不，放我三天假，然后大家再碰面吧。我好久没找乐子，至少给我点空闲嘛。"

远子霎时情绪一落千丈："这个浪荡子，我真错看你了，来真幻邦的目的难道就只为了挑姑娘？"

"都有啦。"菅流微笑地说，"我也不会忘记找寻勾玉的，所以我说给三天时间嘛。"

七掬点点头，"只要有三天，就能调查葛木的祭司家况，那么到时在市集见了。"

"七掬真是的！"远子责备道，大汉耸耸肩。

"除此之外也拿他没辙，不是吗？"

"你真了解我。"菅流笑着挥挥手就离去——只留下远子。不消说，少女绷起一张脸。

"唉，他可真了不得，酒量好，武功强，又有女人缘。"七掬并非全出于安慰她似的由衷说道。

"他就是那种会引起骚动的人，竟然还将他野放在外，我可不管了。"

远子恼火的原因，是菅流竟将她当成手中包袱般丢给旁人保管，不过这种怨气毕竟说不出口。倘若没有七掬在场，或许不会发生这种事情，因此她的心情十分复杂。

"算了，跟我来看看吧。这里也有好处，市集不只是交换物品的地方，还是聚集各种小道消息的讯息广场。在市集旁有我的藏身处，还有几名部下潜伏在此搜集情报。"

两人来到市集，在占好的地点做个样子摆好货后，只见七掬坐下来摇身一变成了和蔼多话的大叔。即使暮色已深，大汉依然稳坐不动，摆出一副对他人闲谈洗耳恭听的表情。在旁的远子这才恍然大悟，不以买卖为题却滔滔不绝说闲话的其实大有人在，想探听消息的人则如钓客般，等待欲知道的消息上钩。

"去见识一下各种稀奇古怪的事物吧。不过别忘记仔细聆听，这样才能获得重要讯息。"七掬对远子说道。

最想知道的是有关小碓命的传言，这就去搜集看看吧。

远子一边思忖着，一边穿过市集人群离去。

她还不需选定目标打听，小碓命的名声就遍响耳际。与宫殿近在咫尺的市集里，不知宫内底细的民众对这位武功彪炳的年轻皇子敬若神明，虽然他们偏袒自己国家的皇子是理所当然，不过远子听了却心烦气闷。

她真想对这群口口声声称他英雄的民众说，去看看大蛇剑酿成的可怕灾祸吧。当远子激动地四处走动时，留意到另一件事，那就是人们之所以维护小碓命，不知为何竟是出于义愤难平，原来据说大王非但没有论功行赏，反而对他十分冷落。

他遭大王——自己的生父排挤……

对于小碓命其实并未获得完美的荣耀，远子原本大可幸灾乐祸，但不知为何她丝毫没有窃喜之心，反而只想了解为何大王会疏远他。

此外，让她更在意的，是众人谈论小碓命时的语气，仿佛他不曾逗留真幻邦。既然刚从西国凯旋回都，那究竟还会前往何处呢？远子返回七掬的藏身小屋时，大汉已掌握一切必须探询的消息。

"小碓命似乎再度启程离开真幻邦，连回宫后都无暇休息，大王就又命他去镇压东方叛乱，真不愧是除去眼中钉的好法子。"

"怎么会这样？"远子喃喃说着，七掬就愤怒道：

"大王从以前就用这种手段巩固真幻邦的统治，就像对待大碓皇子那样。借由派遣出征远国来铲除皇子在中央形成的势力，目的是为了避免万众归心。"

远子信誓旦旦地说菅流会挑起骚动，果然不出她所料，就在约定会面的第三晚将结束时，他引发了闹得满城风雨的大骚动。

隐匿在市集边的树林中，远子等入正人梦乡，却在夜半听见喧闹阵阵传来。

奉七掬之命前往探查究竟的部下半晌后回报："路上到处是高举火炬的私人军队，听说竟有人夜闯大臣府。"

"没想到都城也有身手了得的大盗。"七掬起先还优哉说笑，再经详细询问后，脸上的笑容一扫而空。

"没有共犯，据说只有一人所为。事情的真相好像是那人潜入大臣府内暗寻一名小妾，最后竟将她劫持而去，听说正被迫逃往西边。谣言传得满天飞，有人说那人是只妖怪，不但法力高强，外貌还是个红发青年。"

远子猛然屏息，那幅光景宛如浮现眼前般连续展开：燃亮的炬火映着面带微笑的菅流，他带着一派玩世不恭的表情飞越重重瓦顶泥墙，臂弯搂着都城第一美女——

"那人脑袋瓜里到底想些什么？简直莫名其妙嘛。"远子的语气已超越忍耐极限。

"假如真是菅流，我也不能弃他不顾，必须尽快帮助他逃离此地才行。"七掬开始整装准备。

远子却阻止道："不用帮菅流了。不，我不是因为生气才这么说，而是我知道他不会轻易就擒。万一不慎害您暴露身份，那样反而不好。"

其中一名部下也说："既然让人看见首领及小姐曾与那位青年同

行，还是请两位尽快离开这里以保安全，至于其他事情请交由我们处理。"

七掬仍有些迟疑，不过终于点头说："我明白，那就决定先前往葛木吧。虽然不清楚宫户彦的家族情况究竟如何，不过到那里必然可问出一些线索。"

于是两人只能让菅流自求多福，三更半夜时离开大道市集。虽然心中为他担忧，不过到目前为止，远子仍属这次最气菅流。更不可原谅的是那人竟自私到滥用勾玉，而且还弃同伴于不顾。

"美女真有这么重要吗？我再也不相信那人了，他根本不配做玉主，我当时还有点认同他，真是够傻了。"

远子愈想愈恼，愈恼愈想，倒是七掬干脆不担心菅流的去向，全神贯注于前往葛木后该采取的行动。在途中，七掬向远子说明自己担心的理由。

"宫户彦是在大碓皇子起兵却行迹败露时，让皇子逃往三野而舍身成仁的义士。然而从都城的立场来看，他就是个逆贼。像我这种天涯独行的单身汉还不打紧，但是他的家属却在真幻邦，想必受到了极大牵连啊。据我的部下探查所知，那历史悠久的神社祭司家族已遭破坏，亲友也四散各方，就连他的家人也下落不明。"

凡是惹怒大王天威者，绝不会再有人想与他们攀上任何瓜葛。三野刚沦陷时，远子和象子也同样为此事心下忧惴不安，因此远子也有心理准备，明白这次寻玉恐怕很难轻易达成。

凡去找寻勾玉的守护者纷纷遭大王迫害，虽然真幻邦企图阻挠搜齐御统的确让人气馁，不过寻玉的抉择却是正确的……

七掬在即将抵达葛木里之前，来到一处无人小屋，决定以此当作藏身之地，并作为活动据点，然后从翌日开始暗中查访消息。

远子觉得让偶然重逢的七掬照料自己实在过意不去，于是考虑至少该自己准备炊食才行。然而，无论起炉升火，还是将淘米放入炊笼煮熟，这些看似简单的工作其实却相当棘手。她忆起昔日真刀野曾说，炉灶有神明必须毕恭毕敬，不过远子总是不讨灶神欢喜。她急了起来又吹又扇，频频探头窥看，因此没有及时发觉背后有动静。突然间，一阵轻笑响起。

"瞧你这么起劲，小心火太旺全焦了。"

"菅流……"

只见这惊动全城的妖怪正一脸悠然地立在那里，完全没因超过三日不归的爽约行径而有丝毫反省之意。远子一时无名火起，片刻无言以对。

"我要吃饭，从昨晚就肚子空空，来得真是时候啊。"

"休想。"远子绝不轻饶他道，"你根本就不知道我们有多——"

菅流没听完就打断说："拜托，别谈这些，来的不止我一个。"

远子吃了一惊。就在菅流探头进来时，她见到门外隐约有衣缘翻飞，原来还有一名身穿薄紫罗裳的女子。

"难道……就是大臣府的……"远子压低声问着，菅流爽快一点头，将那名女子拉过来推向远子。

"没错，这位是加解姬。小姐，她就是我提过的那位橘氏的远子。"

加解姬与远子想象的绝世美女还有相当差距。她的年龄看上去约有十八九岁，虽然颇具姿色，不过在远子眼里，还是容貌姣美的象子更胜一筹。

这名女子面容青惨，完全不似象子娇靥灿然，远子实在不了解菅流冒险抢夺她有何用意。不过加解姬显然精疲力竭，从昨日就不曾进食让她的确饱受煎熬。

"真是打扰您了，因为受到菅流鼓励，才决心来此……"神情如牝鹿般的加解姬小心翼翼地说着，让远子听了觉得无法就此怠慢。

"别客气，请好好休息吧，不过我的厨艺真的很糟。"

远子不愧直言不讳，炊饭果然成了锅巴，不过仓促逃来的两人在品尝时并无异言。出生以来远子首次下厨招待他人，对自己也能做菜感到十分欣慰。

就在这时七掬返回，看见菅流来会合并不讶异，反而望着同行的女客面孔，说："你该不会是宫户彦的——"

"您认识亡兄吗？"

"当然认识，你们的面貌很相似。"

就在几人为不期而遇频频惊奇时，只有菅流露出不值得大惊小怪的表情。

"才不是巧遇呢。"菅流望着远子说，"我走在大道上时，感应到与勾玉有关的人就在附近。勾玉呼唤的力量比以前更厉害了，不过加解姬并不是玉主，据说她的家族是世代祭祀拥有勾玉的神明。"

加解姬静静点头，"身为祭司的家父有意培育我成为巫女，却因家兄之事而遭剥夺司职，家父在失意中亡故后，只留下家母和年幼弟妹。他们要求我以身相许作为交换条件，才愿意让母亲等人平安渡往阿轮，因此我只好同意到大臣府里……"

"怪不得你们下落难寻，原来是遭遇这种变故啊。"

"我原本放弃了一切希望，既然作为侍妾，就无法恢复巫女之身。可是，菅流在府邸的众多女眷中一眼认出我来，他表明是受到勾玉指引，在了解这种不可思议的因缘后，我决心重新为自己的光荣血脉继续尽力。"加解姬说着，以满怀感激的眼神投向青年。

于是菅流微微一笑，对远子促狭说："你在误会什么？要好好反省喔。"

远子头一缩，无法反驳他的话语。她有些不甘愿，觉得菅流其实为了英雄救美在暗自得意，若非如此，加解姬那种含情脉脉的凝望又该如何解释？远子仍然认为都该怪菅流的不是。

一会儿，加解姬在几人询问下谈起葛木的祭祀神社。

"在我们乡里深处有一座连峰高山，神明就住在最高峰，那是一位性情狂暴且动辄降祸的蛇神，就连有人踏入山里也会招惹神怒。我们家族从先祖各代以来就在镇伏神怒，在登往山坡的尽头设有祭坛，那里会摆设供品祈福以求乡民安全。原本严禁擅闯峰顶，无论是祭司或是任何攀登者触犯禁忌，绝对会当场送命。据说某代大王对峰顶的神明感到好奇，因此有意上山征伐，可是还未到山顶就没命地落荒而逃，从此留下御旨表示再也不会向那位神明挑衅。所以，从来无人目睹峰顶的神明之姿——除了远古的首位祭司以外。"

远子信步离开小屋，在附近林间沉思漫步。她独处思考的时间变长，是由于彻夜未眠的菅流和加解姬需要休息，而七掬则为了向部下更改指示匆忙外出。

加解姬的话语令远子愈想愈觉得匪夷所思，勾玉在这儿已不再由人守护，反成为祟神的保管之物。同样身为橘氏一族，她不知该称这种行为聪明，还是为此感到难堪，不过可谅解的是，在这片已遭大王横夺的土地上，应该是保护勾玉的唯一可行之道。

现在问题在于，该如何从那位只要有人接近就格杀勿论的恐怖神明手中取得勾玉。加解姬说连自己家族的人都无法直接面对神明，那么非亲非故的远子等人也不可能顺利前往。

假如能请教三野的大巫女不知会有多好，我对神明的知识一窍不通，连橘氏的使命是以何种方式延续存在的也一无所知，不知道的事情实在太多了……

忧郁的远子偶然来到小河畔蹲下，这时已近暮晚，浅川从山端曲折流过，在水面长映一道银光闪烁。她茫然注视了半响，多少承认自己心闷的原因之一是来自菅流带来的加解姬，她发觉自己不但一无是处，而且反成了青年的累赘。眼看玉主能因勾玉遥唤牵系机缘，要让她保持自信简直不可能。

"怎么，原来你躲在这里？害我到处找不到人。"

远子回神转过头，只见菅流走近身边。周围已漫起薄暮，原本陷入短暂沉思的远子吃了一惊。

"你醒了？"

"当然不能不告而别嘛。我是来向你说一声，我要跟加解姬立刻出发前往蛇神所在的山峰。"

惊愕的远子刚想开口，菅流就先发制人地说："你别跟来喔。我也对加解姬讲明了，不过她说有向神明祈求及镇伏神灵的义务，因此坚持要去。"

"你怎能叫我别去？我当然也非跟不可。"怒气冲冲的远子音量不觉提高。

"喂喂，别不懂事好不好？哪有路上还得带小鬼头同行的？"

"少跟我瞎说！"远子的怒火却烧不到菅流，他只轻轻笑道："那就明说好了，这次去取勾玉，远子是插不了手的，而且不只是你，甚至任何人都一样，这不是普通人能达成的任务，因为保准会丧命。只有我能面对他，所以你别冒险，就待在这里吧，我是为你好喔。"

"你不是答应要跟我同行吗？"远子反驳说，"你以为是谁想搜齐勾玉？需要玉之御统的人是我，要打倒剑主的人也是我。事到如今，我才不会光为这点危险就吓退呢。"

"远子，你也该清醒了。"突然菅流正色说，"别再对大家都一目了然的事实还假装视而不见。你不能成为御统之主，也杀不了小碓命。我明白你有强烈的执着，但只是因为难忘小俱那罢了。即使变成剑主，他还是小俱那，你现在仍喜欢那小子啊。"

"不！"远子叫道，"我才没喜欢他，我恨他，恨到非亲手除掉不可，事到如今你在胡说什么？难道不知我无路可退吗？"

"由我来收拾他吧。"菅流的声音平静异常,"就让我解决一切,相信谁都会觉得御统战士非我莫属。我也明白让小碓命留在世上是个祸害,就交给我来处理吧。如此,远子也能忘记这种违背自己真心的执着,否则这样下去,你会一辈子脱离不了小俱那的阴影。"

远子颤声说:"绝不允许你这么做,别剥夺我的使命,若不是我去找他就没有意义。"

"假如你肯去表白喜欢他,我就能了解你会这么执着的理由。你怎么会搞不清楚自己究竟在追求什么?"

菅流的话语让远子感到昏乱,这种情绪连带着引起了她的愤怒。

"不要以你的标准来衡量我,人家才不想跟你这种被美色冲昏头的家伙混为一谈。"

"真是死爱逞强!"菅流终于彻底放弃她了,"别当跟屁虫,不然揍你一顿屁股。"

"菅流!"

远子又想追随,菅流就蓦然转身直指她的鼻头。

"听好没?你可不是玉主,根本没资格要他的命。有勾玉的人不再是普通人,不用说就是脱离常轨,你的小碓命也不是凡夫俗子,而你,只是个女孩,好好用脑筋去想想这问题吧。"

菅流的语气简直要拒人于千里之外,远子觉得被他离弃了,可是实在没有追上去的勇气。青年正眼都没瞧一下哭泣的远子,就穿过树林离去——走向正等候的加解姬。

笨菅流!

号啕大哭的远子倒卧在地,紧揪着草叶,痛心自己的处境难堪透顶,完全没料到菅流会如此背叛自己,他竟扬言不需要自己,声称不是玉主就别跟来冒险。

然而在备受打击,几乎失去希望的同时,仍有某种想法鼓惑着远子的内心。

这不是找借口,虽然也不是因为有什么证据,可是,总之我必须去找小俱那,只有我才行。只要我有勾玉,就能确切证明我可以拥有这份笃定……

忽然间,远子在暮色渐深中眼眸一亮,有个异想天开的点子飞进她的心坎里。

勾玉当然有啰,除了加解姬的玉石以外,绝对还有另一块在真幻邦。就在宫内,也就是大王的王殿,明姬姐的勾玉还放在那里。

4

七掬为了与山寨的部下取得联系,便再度回到原先的大道市集。

在这位首领外出期间,发生了几件必须待命的事。他在藏身小屋与部下交谈后过了一宿,翌日决定动身到葛木,因此早晨当他见到远子立在门口时,不禁大吃一惊。

"你怎么会在这里?菅流他们去哪了呢?"

双眸红肿的远子微笑着说:"他们两人去会见峰顶神明了,因此我自行彻夜走来。"

"这样多危险,你就不能乖乖待在小屋里吗?万一遇上盗贼被拐走怎么办?"如此说着,七掬想起自己其实也算草莽大盗。

远子觉得有趣就笑起来,不过笑声似含一抹凄怆,七掬马上察觉到事情非比寻常。

"为什么你不等天明再来?"

"没什么呀,您不是说过要讨伐大王吗?而且还提过因此安排部下潜伏在市集。所以我在想,是否能从您和部下那里得知如何潜入宫殿的方法。"

七掬慌忙抓住远子的手臂,将她拉进藏身小屋,然后关起门。

"这种话可不能随便挂在嘴边,否则小命难保。你怎么会突然有这种念头？"

"我想从大王那里取回明姬姐的勾玉嘛。"远子眸中精光闪烁道。

"你打算潜入宫里取走？"

远子点点头。

"这绝对行不通。"

"我知道不行，不过也未必不可能。即使大王再有权有势也毕竟是人，与菅流即将面临的神明不同。如果是人，我当然也能对付，你可不能断言我得不到勾玉哟。"

七掬逐渐了解事情的症结所在，"你和菅流闹翻了？"

"这不是问题。"远子注视着他，态度毅然到令七掬吃惊，"菅流照自己的想法去赌命寻求勾玉，我不能怪他。至于他蓄意回避我，仔细想想也是出于顾念。菅流不是自愿打倒剑主才来的，可是，我无论如何都必须成为御统之主，不能这样接受他的好意。因此，我也要照自己的方式以命相搏，假使没有奋力尝试，就不知道自己是否有资格成为战士。"

"你非做到这种地步不可？"七掬叹息道。

远子就简短答道：

"这是一场赌博。"

远子想到以往总是责备菅流等人喜欢打赌，可是自己也终将孤注一掷，坚持到底，挑战这无与伦比的大对决……

"你有坚定不移的眼神，是豁出一切也能坦然而笑的人才有的眼神。"七掬又断断续续道，"这让我想起明姬，她也有过这种眼神，就在与皇子一起逃难的最后关头，她流露出一种炫目的美感。原本我该憎恨这位造成皇子步向毁灭的公主，却还是无法产生恨意，光看两人相惜相依的情景就是一种无上喜悦。"

半晌不语的七掬耽溺于沉思中，怀想起明姬的远子也陷入缄默。

突然他又道："据说明姬的遗物留在大王那里，我认为东西留在残忍对待公主的人手中实在没道理，辞世的皇子也一定会心怨难平。"

"那么……"远子不禁一阵悸动，问道，"您愿意帮助我吗？可以告诉我如何潜进宫里吗？"

"就由我来引路吧，因为我曾与皇子走遍宫中各个角落。"七掬说着，诡笑一下，"盗贼也得顾面子，绝对要找到那件遗物把它夺回来。"

七掬在黄昏前调派部下，实时决定大略的行动步骤。

"我从以前就派了少数几名互通声息的密探潜伏在宫中，你进宫时，他们应该会来照应。另一方面，我猜宫里有三个地方可能放置明姬的勾玉……"

七掬唤来远子并慎重说道："就是设有宝物殿的寝殿后方高仓，大王的珍宝几乎都收藏在那里。还有妃嫔所属的女官内殿，那里应该有大王常用的饰服御品。最后，就是大王的王座了，不过究竟王座设于何处，除非潜进殿中实际确认，否则无法得知。宝物通常会有典册登载，因此可以暗中查询。"

"我们何时潜入？"

七掬仿佛察觉了远子的迫不及待，说道："就是今夜。"

"真的吗？"

"有消息说今夜宫中将举行盛宴，趁着人心松懈之际，绝不能错过这大好良机。"

"可是灯火通明又耳目众多，很容易就会被识破吧？"

"那么，我们就乔装前往。远子小姐扮作女官，我装成武官，既然人多杂沓，只要人群拥向筵席，素昧平生的人可说比比皆是。"

一名部下奉七掬之命已将衣装准备周全，远子佩服地凝视不知从何处取来的衣物，那的确是货真价实的绢裳。

结着丹线的上衣衬着翡绿，含刺绣的长衣裙摆如蝉翼轻盈，连朱漆插梳和簪花也一应俱全，即使在三野，远子也不曾穿过如此奢华的衣裳。原本她就抗拒裙裳而偏爱裤袴，从不曾穿过像样的女装。

既然是乔装，那也没有办法。

远子如此自言自语，但还是不免有些跃跃欲试。第一次穿着轻飘飘的裙裳，只觉得足畔没有安全感，又担心踏到裙摆而不敢阔步行走。

然而这还有办法解决，倒是远子对手中握的花簪可真傻了眼，因为她总是束发轻简，从不曾亲手结髻。

七掬来探望她的准备情形，眼见少女与发魔困斗正酣，就笑笑说：

"哎，梳子给我吧。"

他以骨节粗大的手指帮忙梳发，意外的是手艺实在高超，将远子的发丝巧妙地梳整光亮，插梳固定在挽髻后，最后还插上簪饰。

"七掬真是万事精通呢。"远子大感佩服说道。

"我离开家乡后就自行打理大小事了。"

"您的家乡在哪里呢？"

"是在此地无人知晓的遥远国度，叫作日高见。"

远子记得曾听过这个名称，于是紧接着高声说："就是旭日东升的日高见国吗？"

"是的，在极东的偏远地方。"

"那里应该有橘氏的后裔，而且还守护着一块勾玉。"

兴奋的远子将勾玉的由来娓娓道来，七掬却毫无头绪，最后只摇头说：

"真遗憾，我出生的地方从没听过这种传说。日高见有此处没有的广大土地，还有辽野，雄山，那里或许真有你说的橘氏一族。我曾住在与称为'虾夷'的异族混居的地区，假如有机会，真想让远子小姐眺望野风刮过日高见那片无边无际的芦苇原，还有晨雾中群鹿和野马奔驰的景象。我的故乡就是那样的地方。"

七掬声音中蕴含的思乡情绪让远子深受感动，由于他平日绝口不提故乡，才更能感受到那份撼烈。

短暂无言后，七掬又附带说："我也曾对小碓谈起芦苇原的鹿群，当时皇子仍健在，我曾想，若告老还乡，就打算回日高见。"

远子猛然想起小碓命已经启程远征东国，在他心里，是否也为昔日七掬的话语而有感于心呢？

七掬协助整装完备的远子站起身，仔细检视装扮有无破绽。远子望见他脸上浮现叹服之情，不禁期待他夸赞自己一番。

于是，七掬边点头边说："你要有信心，远子小姐，你这样看起来真像个女孩子。"

菅流和加解姬不约而同驻足，仰望着腐朽的鸟居。两人爬上坡道来到荒废的祭坛前，山坡仍往高处延伸，峰影在云海中隐然不见。云层随着他们愈登高愈厚，呈现不稳定的翻涌，如今云色完全黑沉，犹如威吓般直逼头际而来。

加解姬开口说："这座祭坛正是临界点，从此处开始就是神域，一旦踏入便无法回头。"

"我很明白，那么，请你帮忙向神明祈求吧，免得他大发雷霆——也许要他不发火恐怕很难。"菅流眺望着云海说道。

就在他没做道别就准备前进时，加解姬极力说服他道："即使触犯神怒招致天谴，你也非去不可吗？宁可做这么大的牺牲，也势在必行？"

"不必为我担心。没问题，我——定会拿到勾玉回来。"

加解姬摇摇头，"我怎么能不担心？峰顶上的神明可怕极了，假如你一去不返，我会自责一辈子……"

"我又不是没有胜算就随便乱闯，因为这身体已不再是凡躯了。"

菅流朝她笑笑，"你也知道的嘛。"

加解姬并未显出笑容，只悲伤地凝视着他。

"在大臣府相遇时，我就认为你不是凡人而是神，是从旋风中现身的神，站在我面前。当你抱着我远走高飞时，我依然坚信不疑，这一切实在让我永生难忘，神明真的降临了。不过……"她垂下眼眸，"你的手却好温暖，还有情有泪。我无法仿效巫女只向神明祈求而已，我害怕你将与残酷的峰神对决，真的好担忧。"

"你的心意令我很高兴，但是我不会认输。以前就从没输过，这次也绝不会。"菅流十分乐观，因此加解姬取出自用的赤色短刀。

"那么，至少请带它去，这是祭司世代相传的护身符，假如不慎招惹神怒时，请将短刀抛出去，就能获得唯一一次保护机会。"

"谢谢，我会带着它。"

在觉悟自己无法阻止菅流后，加解姬语气十分落寞。

"我若是真正的巫女，就能与你随行，无论发生任何事都能共患难至最后关头。假如我的身体洁净如昔……不曾在大臣府内受污的话……"

"别钻牛角尖，你本来就是洁净的。"菅流以毫不以为意的态度鼓励她，"巫女就是一种毅力的表现，感觉不洁只会让自己意志消沉，既然不是心甘情愿去府邸的，你的心就依然纯洁无瑕。只要有自信认为本身纯净，神明反而会因你的勇气而甘拜下风。不过，我一个人去挑战就够了，我说话算话，你就在此等候佳音吧。"

他将手中的赤色短刀潇洒挥动一番，接着含笑走向山峰。立在祭坛旁的加解姬一直目送菅流的形影消失，仍痴心凝眸眺望，仿佛他的离影犹在。

5

今夜，大王的宫殿里举行赏萤之宴。寝殿南侧有广庭，建有可泛舟的宫池及河川，在此展开的华宵夏宴重头戏，便是让从荒野聚集来的无数萤火虫齐飞。除了从宫殿大门送进宴肴外，尚有装放虫笼的驮马和载车川流不息。

"正如所愿。"注视这幅景象的七掬满意一笑，"赏萤时会熄灭灯火，群众前往庭园后，殿内警备就会松懈。"

远子也点点头，这仿佛是为他们安排的夜晚，只能说天助其势。

他们等到日暮后才绕往宫殿后侧，紧随一名假扮宫婢的部下引路，顺利潜入宫殿。虽说如此，高墙环绕的宫内有手持锐矛和哨子的侍卫在各方待命，跟随那名部下谨慎避过侍卫的同时，远子深深领悟到，若没内应就想独闯宫殿，那简直是飞蛾扑火。

"要领就是照我说的，千万别勉强行事。今夜以先找到藏放勾玉的地点为目的，就像现在这样，我们之后可以再伺机潜伏进来，盗玉仍有的是机会。"

七掬对远子再三叮咛，远子显得十分紧张，为自己身负的任务感到忧心忡忡，只深深点头表示答应。

于是三人分别潜入宝物殿、女官所在的宫殿，以及大王寝殿。远子前往的正是寝殿，因为她身穿随侍大王的女官服，据说唯有宫妃和女官才可自由进出这座难以接近的寝殿。

步步走近庭院，人喧乘着夕风，与为演奏准备的丝竹笙笛的优雅声飘入耳内，应该有众多乐师受召来此吧。精心调律的乐音似乎诉说着今宵宫宴的热闹，就连无暇欣赏的远子都微感兴奋。她不觉吸了一口气，感受青叶夏水的香息。

真没有闲情逸致观赏凉夏夜景啊。

远子如此私忖，对她而言，不应惋惜时光流逝，而是该超越争取，观赏美景尚须留待日后。

渡廊即在眼前，这是一道通往大王寝殿的绵长屋宇回廊。七掬走向宝物殿后消失了踪影，远子与那名部下交换眼色，彼此点点头，从这里开始，她就必须独自行动了。钻过树丛，环顾四周后，抓住渡廊栏杆攀爬而上，轻巧的她毫不费力一下子翻上回廊站稳，将拨乱的衣摆整理一番。

那么，接下来就是关键了。

瞥向树丛，已不见那名部下的踪影，于是远子直视目标前方。渡廊尽头有转角，直接通往左侧的大屋宇之下，大王的王座应在那里……

慎重踏出几步，远子突然吓得僵住不前，原来屋宇下出现三个女子，正盈盈向此处行来。虽说夕晚薄暗，远子还是慌得六神无主。

转过廊角的女子们留意到她，就趋前问道："你是谁呀？大王已经驾临夜宴了，新来的早该到外面列席等候喔。"

若不回话，绝对会引起对方怀疑，就在远子努力想开口时，旁边另一位说道：

"别管这傻丫头，我们要是再耽搁可会来不及呢。灯火都熄了，若错过坐船就麻烦了。"

所幸这群女官行色匆匆，也不再追问少女就衣裙簌簌离去。远子叹了口气，安抚着胸中狂悸。

进入寝殿，此处虽更显幽暗，却反而听见庭院传来的阵阵欢喧。

灯火既灭，应该放起萤火虫了，然而远子窥见内室尚留一盏灯台，透着薄帐光晕朦胧可见。她屏息等待多时，不曾感到任何人声动静，于是鼓足勇气将手伸向帐幔。

果然空无一人。掀起浓紫皱褶的褶幔，空荡荡的房间映入眼底，略高的台阶内侧有一座镶嵌珍珠贝的黑椅，恐怕就是王座吧。座旁有一张小桌，放置水瓶等物，日常御用之品也仅止于此。远子因此大感意外，没想到王座原来这么煞风景。

这就是君临真幻邦的大王平日作息之处……

远子觉得此处豪华却泛着冷清，没有一丝人居应有的温暖，这里不可能会有明姬的勾玉，大王应该不会将所有用品都留在身边才对。

远子走过王座前，正准备走进内侧的寝室，突然有某种感觉让她驻足不前。

　　起先，远子对这种感觉凛然一惊，却又茫然不解。那并非看得见、听得到，也不是危险讯息。然而，就在她改变主意正要迈步时，又再次产生那种感觉，仿佛是一阵音色清澈的金铃在身畔摇响。她不由得朝那方向倾听，然后忆起一件事。

　　菅流说过……勾玉在呼唤时会发出叮叮响，该不会是指这种感觉吧。

　　远子内心开始悸动，重新仔细审视王座，她的目光停留在帷帐半隐而不曾注意的小桌角落，那里放置着一只小盒。就在亲眼看见此物的刹那，远子突然明白了，至于为何她能如此笃定，就连她自己都诧异不已。

　　勾玉在呼唤我，若非如此，绝不可能发生这种事。

　　满心喜悦的远子思忖着。三野的勾玉，明姬的玉石，它正属于远子，而勾玉也同样呼唤着自己，犹如她寻寻觅觅一般——

　　远子拾阶而上，伸手探向小桌上的小盒。接着，她浑身怔住。

　　"你在做什么？"

　　原本不应有任何人的背后，却无声无息地蓦然响起一个男子的声音。远子感到全身血温尽失，回过头来。

　　"盛宴正在进行，你在做什么？"

　　那人似乎是一名武官，腰间佩着长剑。

　　于是远子慌忙以袖掩面，"因为没点灯火，才来不及——"

　　"你是新来的女官？"

　　远子松了口气，不过，也只是一时之间而已。男子大步走近，还不待少女呼喊，就一把抓住她的手腕，以强劲力道将她拖过去，又毫不客气地拉往灯台旁，硬托住她的下巴，让少女的面貌暴露在灯火下。

　　"果然是你，这张脸我还有印象。"男子低声说道。

　　远子停止挣扎，惊讶地仰望对方。灯畔的武官面容清晰可见，背后束着长发,而且那面貌对远子而言也是记忆犹新。此人曾在三野有几面之缘,又在日牟加不期而遇——她竟在敌人面前形迹败露,这后果简直不堪设想,她再也无法以女官身份为掩护脱身。

"我没想到你从火山回来了。"远子震惊之余说道。

"我也没料到你会在此。"男子使劲儿扣紧她的手臂,相反的,语调却异常轻柔。"日牟加的小姑娘今夜在大王王座玩什么把戏,且慢慢说来听吧。"

流萤群起飞舞,点点渺光浮映水面,载乐悠扬的游船上,身着华服的众人笑语频频。然而大王早就索然无味,近来鲜少有事物能长久引起他的兴趣,赏萤也只是乘一时之兴,重头戏过后就与平时的年中宴景并无二致。

无聊,这世间尽是无聊的充斥。

大王并不曾刻意寻找什么来填补内心的空虚,也因此,他倾听着一名悄悄过来藏身暗处的密探报告消息。

"听说宿祢捉到一只随今夜流萤混进来的灯蛾。"大王向身边的大臣述说,喉底发出了笑声。

大臣望见主君终于露出笑意,就奉承问道:"不知是什么样的灯蛾?"

"或许有点意思,本王这就去瞧瞧。"大王旋即起身,命令大臣说:

"宴席由你主持,本王暂时返殿。"

离开众臣,大王步上寝殿台阶,进入王座内室,宿祢已在此候命。

在他脚边,正坐着那只身穿女官服饰且双手被缚的灯蛾,乍看之下,是一张稚气未脱的面孔。

"哦,是她吗?"大王俯视着少女,或许是初生之犊,对方毫无怯意地回望,那闪闪发亮的黑瞳,仿佛细细沉吟般凝视着自己,大王顿时发觉眼前之物可比萤火虫还异常罕见。

"她是何人？"

"这女孩应该没有能耐独闯宫内，但是她不肯松口。不过，属下对她为何夜闯寝殿的理由略知一二，恐怕是为了盗取陛下所有的勾玉。属下曾在日牟加国见过这女孩，当时她就出现在我们搜寻勾玉的附近地点，还企图阻止大家行动。虽然不知她的来历，然而的确与勾玉密切相关。"

宿祢做了说明。少女听着他的叙述，待他说完就开口道：

"我不是什么见不得人的宵小，如果那么想知道我的来历，就照实奉告好了。我出身三野橘氏，是大根津彦的女儿远子，明姬就是我表姐。我不是来偷勾玉的，而是来要回它。明姬的勾玉是我的，大王留着一点用处也没有，因此，请还给我吧。"

大王与宿祢都微微一愕。这般有话直说的盗贼还真罕见，只是少女的语调透着明畅，没有丝毫处心积虑，这究竟是大胆，还是天真……

然而意外地，大王反而变得心情愉悦，的确许久不曾有人令他开怀了。

她是明姬的……

如此说来，少女的神韵倒与明姬有几分相似。然而明姬从来不曾直视大王，而是与多数婢女一样诚惶诚恐，至今胆敢以这种紧迫盯人的眼神望着自己的，也唯有皇妹百袭姬而已，因此大王有意让少女多讲一些身世。

"宿祢，你在帐外待命，本王有话问这女孩。"

大王下令将略感诧异的宿祢驱离在外。

宿祢退下后，大王从腰间拔出黄金柄的长剑，远子瞬间浑身冻结，却又感觉绑缚的绳索被解开。

不知何故，远子第一眼见到大王就印象颇佳，如今又好感倍增，明知他是该切齿痛恨的人物，为何还会产生这种情感，实在百思不解。

远子所见的大王，与其说让人望而生畏，倒不如说他是阴郁骇人；若说狰狞，毋宁说是悲愤凄绝。眉间纵纹深刻，年轻气盛已不复见，纵然如此，大王的形貌威仪端整，让她追思起大碓皇子。

"你说你叫远子啊，那么本王问你，既然说是为了取回明姬的勾玉才来本殿，那么要勾玉有何目的？为什么你需要它？"

"我需要身为玉主的证明。"解开绳索的手腕渐渐血流顺畅，远子的头脑也跟着活络起来，她只避重就轻地说："那个小盒里有勾玉，我是玉主所以才能得知。拥有力量的勾玉在对我呼唤，因为我和明姬姐是同样血脉。"

"拥有力量？不可能。"大王语带苦涩地说，"留在这里的是死玉，已不会发出光辉。的确，当明姬进宫时，这块玉石曾自行发光，不料那位公主声称愿意奉献给我，却没有真心付出，就在祈诵祷文时，勾玉突然消失光芒，此后无论在谁手上都不曾再现光辉。虚伪的心意玷污了誓言，玉光才会死寂。"

"明姬姐没有错，是您不对。"远子毫不犹豫地说，回望着因惊讶而瞪视她的大王，"您根本没有比皇子更爱明姬姐，不是吗？她曾告诉我，大王的内心早有所属，却只会责备她的不是呢。"

大王缄默了半晌，接着缓缓伸手拿起小桌上的小盒，打开盒盖，神色阴郁地注视盒里，突然将小盒递到远子面前。

"那么，这就是你说非看不可的东西，你若有本事能让这块死玉复活，那就试试看啊。"

远子总算见到那块勾玉了，折叠的绢上放置着一块半透明的剔玉，然而——在她眼中只是石头而已，完全无法与菅流的那两块相比。远子突然变得不安，感觉方才的自信渐失。

"你说自己是玉主，既然如此，就让勾玉恢复光泽让我瞧瞧吧。"

大王进而催促道。

远子不得不遵照旨意，下定决心拿起勾玉。

起初，似乎没发生任何异状，但就在远子失望之际，忽然玉心微泛点点光明，接着，只见光辉刹那间扩散，亮澈，在远子掌上形成比灯台还明晃的光，照耀整间室内。那是纯白，是飞沫白瀑，是浴阳莹雪，比银色更清净闪耀的白。

女神啊……

浑然忘我的远子由衷满怀感谢，这就是显玉，是她的勾玉。或许过于专注凝视玉芒，她的眸中泛起泪光。

"这是怎么一回事？"大王愕然地喃喃道，"多美的色泽……"

远子回过神，将泪水拭去，"您应该相信我的话了吧，这块勾玉的玉主就是我，它只为我生辉，因此，您一定要将它归还给我。"

大王注视着远子，望着这个年轻到足以做自己女儿，还拥有率直眼神，宛如勾玉散发的纯白光芒的少女。

"看来是你赢了，好吧，你可以取走它。"大王不疾不徐地说着，就在远子露出喜悦的表情时，大王又补上一句，"不过，你不能离开这里，我召你入宫，就当作代替明姬的任务，你必须留在本王身边。"

远子的面颊逐渐转为苍白，她一时会意不过来，只定定望着大王。

"您这是什么意思呢？"

"就是说封你为妃。"大王答道，脸上浮现远子初时看见的那抹笑容。"倘若当初遇见的不是明姬而是你，那不知该有多好，或许也不会造成三野毁灭。若是你，我就用不着费尽心血去寻找这份魅惑。以勾玉来满足我的心吧，你，一定能做到。"

远子面对这大出意外的结果，只能茫然僵立原处。

接近峰顶时大雨骤然倾下，呼啸的狂风卷枝翻叶，暴雨点点横扫在身。菅流顷刻间就浑身湿透，脚程却不曾稍减。周围暗如夜临，波涌云下开始闪起不稳的光芒，菅流以手半遮仰望天空，体会到神明降祸是如此猛烈惊人。

"这个吗？"

说时迟那时快，菅流拔出加解姬给的赤色短刀，朝前方抛去，霎时一道巨雷划裂空中劈中刀刃，震耳欲聋的轰响和地鸣将菅流震飞，连打数滚才站起身，望着那把腾冒焦烟的短刀四周，他从心底发出惊叹道：

"乖乖，被劈中脑门可不好玩哩。"

树林在风雨飘摇中沙沙作响，某种东西透过林响宣告道：

"滚吧。"

菅流假装充耳不闻，打算继续向前冲刺，于是树林又说：

"保命的赤刀只有一次机会喔。"

"这点我懂！"菅流朝头顶的枝丫吼道，"要是个当神的，就别唠叨人家知道的事，还不快快给我现身。"

冷不防又是一道霹雳雷落，这次劈中的目标不是菅流的脑门，而是他身边的一棵树木。巨响和激光冲击下，菅流再度被掀倒在地。他咬紧牙关抬头一望，只见成为牺牲品的树干转成焦黑，火焰正包窜着枝丫，这幅场景真让人吓得肝胆欲裂，不过更骇人的是舔舐着树枝的火焰向上延伸成形，在菅流的眼前缠绕住焦木，变成足足一人环抱的粗蛇。那蛇身带着朱炎色，双眼则化成凶焰。

"见过本尊的人休想活着回去。"蛇眼炯炯发光，"不过，能让本神现身的人物倒也罕见。青年，你来自何方？看来不像个凡人。"

"没错，"菅流泰然自若地说，"我叫菅流，拥有伊津母还有日牟加的勾玉，是为了来拿你保管的勾玉才到这儿。"

蛇神只是咻咻吐着蛇信，于是菅流交抱起胳膊。

"告诉我怎样才能得到那块勾玉，我需要玉之御统。"

"勾玉永远不会给你。"神明无情地答道，"数百年前，有位巫女把它托给我保管，自那时起本神就发誓绝不会交给任何人，这项誓言至今未改。"

"世事多变——话虽如此，这种道理跟神明说不通啊。"菅流像在自言自语，"也许只能以力相拼了。"

"亏你还敢来挑战，可知本神是什么来头？"蛇神昂首说道。

"啊，完全不知。"菅流的眼瞳闪耀，表情忽然振奋起来，"我还没试过把勾玉力量发挥到极限是什么情形，反正对付你绰绰有余，就尽管放马过来吧。"

打从一开始，菅流就跃跃欲试，一旦有绝佳借口可以大展火玉般的激昂斗志，那最高兴的事也莫过于此，这样一来就能向想象中最强大的对手决斗了。他合起双手，重复吐纳数次，将两块勾玉释放的力量引入体内，不久光芒和力量充满四肢，他的眼神也与蛇神同样精光闪现。

"那么，就来搞清楚到底谁适合拿勾玉吧。"青年摆好架势说道。

菅流与蛇神在山峰的岩地上对决，胜负却不见分晓，在昼夜难分的暗云下看似一场永无止境的僵持。天空时而出现闪电，此处已形同超越时空的异界。

"你与本神势均力敌，不过，你输定了。"浴在闪电中的蛇神说道。

"谁是赢家还不知道呢。"

"神明不知倦战，就算斗上一百年也无所谓，然而你只是人身。"

菅流假装没听进去，事实上他简直忘记了此事，因为他已单纯化为闪电的迅捷和强烈的斗志。但是在决战中，原本不以为意的小伤正逐渐增加，尽管一些擦伤让他反生奋起之心，可是时间一久就逐渐消磨他的拼斗速度。

"力量总有耗尽的一天，你休想得到勾玉。"蛇神宣告说，"以力相搏者不知天外有天，暗神的玉之御统，不会让你这种家伙得手，你太狂妄自大了。"

菅流伸出受伤的手臂擦拭面孔，又舔着沁血的伤口说："你又晓得谁狂妄自大了？"又再度挑衅道，"你才自以为是呢。"

无论是否承认失败，总之唯有等死一途，但菅流绝不认为自己会死，也从没想过这种念头，以他的个性是一旦打赌就绝不反悔，只会决斗到底，然而——

闪电劈向岩地，菅流飞身避过。他注意到蛇神将袭击目标转向别的地方，因此惊讶地凝目细看，发现竟是那把护身短刀，没想到有人将他扔置的刀再次抛了出去。菅流望着意外的景象，倒吸一口凉气，因为面容苍白的加解姬正紧握赤刀立在那里。

以旁观者来看都知道加解姬显然浑身发抖，然而她那毫无血色的面容浮现出拼死一搏的决心，眼眸眨也不眨，目不转睛地望着面前的本尊——有着烈焰昂首的火蛇。

"请您别再伤害他。"加解姬开口说，"没有必要决斗了，我的先祖曾在峰顶祭祀您，因此请听我一言。如今您已没有必要守护勾玉，为了这位玉主，还请将勾玉交还。"

盘绕的蛇神频吐蛇信，怒瞪着加解姬半响。女子与蛇神相隔咫尺，就算菅流有多大能耐也无法出手相救，尽管他气急败坏却动弹不得，而加解姬虽看似几乎晕厥，却丝毫不肯让步。

蛇神终于说道："我在数百年前立过誓，不可将勾玉交给他人，除非是那位巫女的后裔来此才能归还。"

蛇神缩起舌信，不知何时嘴中衔着一块小黑玉。

"过去，从没有任何一代祭司能不惜性命登上山峰，与我正面对视，只有你才是令本神心服的勇敢巫女，这就解除誓言吧。"

加解姬接过勾玉，那仿佛是一块朗澈夜空的小碎片，深沉暗色中恰似银河繁星细缀，犹如从遥远彼方来的点点晶光在她掌心辉耀。

"本神任务已了，这就回去暌违已久的老巢。"

"还没决定胜负就想开溜吗？"菅流忍不住说道，感觉十分扫兴。

"小伙子，算你命大。"蛇神对菅流说，"不过本神许久不曾这么开怀了，今后会记住你的。"

作为神言，这或许是一种赞美。蛇姿消融般失去形影，随着电光一同返回云际。过了片刻云散雨止，一切归复宁静，光线从云缝间透出，从日照高度来看，与菅流入山的时刻几乎未变，因此让他十分惊奇。

原来与神决斗是这么一回事……

加解姬来到他身边，热泪盈眶地望着他。"你流了好多血，我早该赶来才是。"

菅流经她提起才留意到身上染血，而且有好几处皮开肉绽，衣衫也破碎稀烂。

他正想说伤势不深没有大碍，却感到疼痛而浑身发软无力，于是他苦笑道："受女人搭救才保住一命，这跟以往简直大不相同，真是怪没面子的。"

"请别这么说。"加解姬泪中含笑说，"你说我是洁净的，因此我才生起信心。因为有你，才让我有这份勇气。"

"不过，你还真有毅力登上峰顶呢。"

对于这位容色青惨、愁眉未展、不时以泪洗面的悲情女子，菅流实在刮目相看。正因为只能哀怜她的身世不幸，当时才会考虑将她带离大臣府，完全没有料到在她内心竟然蕴藏了如此的大胆坚毅。

"我不能让你平白牺牲，虽然了解招惹神怒必定立刻丧命，可是我相信你能做到的意念战胜了自己，不，其实是我完全不在乎下场如何。"

"你终于克服了。能与蛇神对峙，仅仅几句话就让他离去，再也没有比你力量更高强的巫女了。"

加解姬这次拭去的是化为喜悦的泪水，"是你让我成为巫女，因此或许我……就是你的巫女。"

菅流坐到岩石上，尽管有欠英勇，不过站着实在体力不支。

"我可不是神喔。"他蹙眉说道，"经过这一次我总算了解什么是狂妄自大，就算不服气，但我真心体会到了。"

加解姬将自己的衣裳撕成几条细布，为菅流绑好手脚上的伤口，悉心照料伤势后，不经意地将手递向他。
　　"这是你的东西。"
　　菅流不禁惊讶地望着她，只见掌上正托着如星夜灿烂的暗玉。
　　"这样好吗？"
　　加解姬点点头。
　　"这应该要交给你才对，既然你为这块勾玉赌命到底，我当然也愿意为你搏命争取。换句话说，它是你的，不过……"她略微低下头。
　　"你拿走勾玉后，就会离我而去了吧？"
　　即使是菅流，一时还是无法立刻取走玉石，他左思右想了片刻，终于说：
　　"我想如果能留在这里帮助你就好了，但是搜齐玉之御统的任务还没完成，在与剑主对决前，我不能丢下远子不管。那家伙的情形，可不像帮你摆脱大臣束缚那样能轻易办到。你已重获自由，还领悟到如何发挥自我力量，就算不用我插手，今后也能坚强地活下去的。"
　　加解姬露出沮丧的神情，然而还是点头同意，"我知道与你无缘，能与你邂逅，必须把它当成一种缘分。可是我不会轻忘的，我将永生铭记……"
　　女子将勾玉放在菅流手中，暗玉即使在他手里，星辉也不曾黯淡。
　　"也请，勿忘我。"

　　菅流的状况需要暂时休息，因此在有力气下山时，已是日暮渐近。
　　两人借着勾玉的光芒照亮夜路下山，来到熟悉的鸟居前，只见对面暗处点燃了一束火炬，原来有一名男子手持火炬立在那里。
　　在杳无人烟的荒山脚下会出现这番景象十分反常，于是菅流眉头一蹙道："在那里的家伙是谁？"
　　那名男子虽是个汉子，但在生平头一遭目睹奇光自山而降后，吓得魂不附体，连回话都牙齿咯吱打战。

"请问您就是菅流吗？首领命我在此等候一位叫作菅流的人，并且有话转告他。"

"我就是菅流。怎么，你是七掬的手下？"

男子似乎松了口气说："首领要我转告，在他事情办妥前，还请您先在葛木等待。首领和远子小姐今夜潜进大王宫殿，若有任何结果，会再与您联系。"

"你说什么？"菅流怀疑自己的耳朵，"你是说远子也跟去了吗？事情怎么会演变成这样？"

"听说小姐表示想取回明姬公主的遗物。"

菅流吼了起来，"那个笨蛋是要给我好看吗？稍不留神就马上出状况。"

菅流咕哝骂完，就仔细开始询问那名男子，"你说是到宫里，那宫殿在何处？他们要如何潜入大内？"

"详情我不清楚，只要你少安毋躁，稍后就有消息来报。"

"谁能少安毋躁啊？"

加解姬听见两人的对话，不放心地说："留在此处不是比较好吗？……你的伤口还没愈合呢。"

在山上时，菅流开玩笑说若得到三块勾玉就会伤势痊愈，但此时似乎毫无半点康复迹象。

"请稍事休息吧。即使立刻赶往宫殿，也只能明早到达，就算你神通广大，也无法去协助他们。"

"不！"菅流突然果决地说，"我有办法。"

因为此时他感觉到第三块勾玉的力量确实涌入了身上，在聚精会神后，一种至今无与伦比的震撼再度召唤他，那是一旦专注地意识玉的呼唤，就会被它吸引的强大力量，倘若任由身体跟随，那种牵引的感觉就仿佛鱼儿上钩。

"菅流。"加解姬险些发出惊叫，他的身影有如白气游丝般渐薄渐透。

青年虽然吃惊，却立即浮现笑容望着她，"不用担心，这就是勾玉的力量。我想也许能找到进宫的方法，我这就去试试。"

他的眼神充满喜悦，当加解姬百感交集时，菅流的身影再度模糊，最后终于消失不见。

他走了……

留在原处的加解姬凝视着了无影痕的空旷，茫然想着他在离别时也势如旋风。

6

"我才不想当什么王妃，我不会成为女人的！"远子愤然对大王说道。

"那么就收为养女吧，本王想留你陪伴身侧。"大王更加坚持。

"这简直岂有此理！您对三野橘氏的所作所为，就算遭人暗算也不为过喔。"远子毫不避讳地说道，于是大王脸色稍变。

"你想杀……本王？"

"若将我留在您身边，难保不会发生这种事。"远子一边思考着七掬曾说的那番话，一边如此答道。

"那也无妨。"大王极为干脆地说，"本王累了，虽然四下遍寻能长生不死的勾玉，不过如今也无所谓了。百袭姬已不在人世，身为玉主的橘氏族人如果想要本王性命，倒也未尝不是好事。"

远子简直不敢相信，此话竟然出自高居权力顶点、尊为真幻邦大王的人物口中。究竟这人有何不满，竟对尘世如此厌倦？

就在她惊愕之余，大王继续说："听说三野橘氏是世代侍奉大王的氏族，若非大碓惹出乱子，也不会招致出兵镇压。本王对此心里确实过意不去，至今仍无法平复内心的空怅。不过既然遇见你，能让勾玉重现光辉，想必你会具有弥补本王内心空虚的力量。"

是啊，三野的大巫女也曾说过，为了守护大王御族，我们才得以延续至今……可是，我来此的目的却是……

忽然间，远子觉得自己或许真有抚平大王伤痛的力量，因此开始心生退却。难道代替明姬让勾玉生辉的意义就是如此吗？在远子眼中，大王的确身陷不幸，难道这才是指示她必须履行的任务吗？

"来本王身边，以你的勾玉净化我吧。"

远子觉得自己仿佛遭受咒语束缚，被大王的眼神牢牢盯住而动弹不得。

就在这时，周遭倏然发生异变。起先远子感到无所适从，不禁蜷起身子，那是狂风骤起的感觉，让她霎时闭起双眸。再睁眼时，菅流已立在眼前，而且模样十分吓人。只见他头发凌乱，浑身浴血，上衣既脏又破，唯有手脚各处缠绕的藤紫色绷带华丽得抢眼。

看到远子吓得魂飞魄散，菅流就咧嘴一乐，说道："调皮丫头，老是给我惹麻烦。"

"你从哪里来的？"

"葛木。"菅流让她看自己胸前的饰物，只见颈上串挂着三块勾玉，"我拿到第三块了，真是花费了不少力气。"

青年发出灿烂光辉，让一时目眩的大王惊慌得以手护眼，然而在明白菅流现身后，就大声呼唤："宿祢在干什么？刺客啊，有刺客闯进殿内。"

宿祢旋即佩上长剑飞奔而来，接着又有数名隐藏在侧的护卫一拥而上。他们在炫灿中不禁一时却步，反倒是宿祢在认出菅流后火冒三丈起来。

"你就是在火山愚弄我们的那个混蛋——"

"好久不见啰。"菅流悠然地说，"念在上次过招的情分上给你一点警告，最好还是快闪远点，这次跟在日牟加吃瘪的情况可是大大不同喔。"

他的眼神危光烁烁，接着转望大王，"你就是真幻邦的大王？能面圣是我三生有幸，不过有人告诉我，说你挂了就会天下太平。"

大王在浑身发光的菅流面前突然显得渺小许多，脸色也生气尽失。远子感受到今夜的菅流实在非同小可，的确超乎常人之理。

"别这样。"远子拉住菅流的手臂说道，"算了，我们走吧。拿到勾玉，这座宫殿就不再有任何意义。我已取回自己的勾玉，这就够了，我们还有其他该做的事。"

菅流难以置信地望着她，"只要教训大王一顿，你心里不就爽快多了？"

"走吧。"远子又坚持说道。

"别走！"大王不禁脱口而出。远子注视着对方，突然升起一股怜悯之情。

"我不杀你。"远子咬牙切齿地说，"我心里挂念的，想以这双手亲自解决的，是你的儿子小碓命，我只想对付他。为了葬送剑主，我才成为勾玉之主的，因此我必须去追寻他。你的生死与我无关，对你来说或许这就是报应，不过也是咎由自取。"

就在宿祢等人飞扑袭来时，远子和菅流早已消失无踪。错愕的护卫四处搜寻，警哨响彻宫内，引得宴会中的达官贵人一片骚乱。

"七掬等人平安逃离了吗？我想他们应该会万无一失。"远子喃喃说道。

"那人也真莫名其妙，竟然赞同这种轻率的计划。"菅流抱怨道。

两个人坐在可俯瞰宫殿的半山腰上，望不见山下的宫中萤火，只看到侍卫所持的无数火炬，游移着发出赤光。或许宫内上下正纷纷攘攘，然而从远处眺望，只觉得美不胜收。夜风轻抚发丝，他们正眺览着这番景象。

"你在哭什么？"菅流听见她啜泣就问道。

"不知道。"远子以绢袖拭脸，感到抑郁是因为一时千头万绪涌上心头，即使自己也厘不清究竟愁为何事。"不过……我们总算取得了四块勾玉，得到'死'的玉之御统。"

菅流并不回答，转而问道："你最后对大王说的究竟是什么意思？"

"大王想将我和勾玉留在身边，还表示要让我做他的妃子或养女，好来填补他内心的空缺……"远子想尽量保持平静地说明，"于是，我多少了解这位遭明姬姐拒绝的人物他的内心世界，如此而已。"

"你这家伙真怪，竟连大王也同情，这样还能彻底追杀小碓命？"

"三野的勾玉有平复人心的力量，并不是我很特别。"远子辩解说，"何况我的敌人只有小碓命，与他人无关。即使或多或少有其他状况，我也不愿深究。"

"你这么想除掉小碓命？"

菅流叹了口气，又望向远子持有的那块在黑暗中闪闪发光的勾玉。

"就算我说想要那块显玉，你也绝对不会答应吧……"

远子仰起脸望着菅流，纯白的光芒点映在他的眼瞳中。

"你明明知道我必须持有御统才行，还有那是我必须完成的任务。"

"为什么？"

"你的想法只是想代替我执行任务，可是若没有我，你根本不会杀死他，不是吗？"

被远子一针见血道破，菅流感到一阵心虚。

"没这回事。"

"你太心软了，原本对任何人都太亲切就是你的弱点，不过这项任务是不能假手旁人的，只有我才能完成，我想让他得到解脱。"

满怀坚定的远子逐字逐句说道。得到勾玉之后，连菅流也不得不承认远子的确增添了神采和自信。

"我想帮他摆脱剑主身份的束缚，这是为他净化，然后我才能获得解脱。这份心意只是希望让他能重返天上。"

"如果有四块勾玉，就算对方是剑主或许也能轻易击垮。可是，持有玉的人也将不再是普通人。"菅流低声说，"即使这样你也愿意？你认为杀死他，还能恢复原来的自己吗？"

"我不在乎，为了成为玉主，必须要有所取舍。"远子的声音中仍没有丝毫不安，"给我玉之御统吧，我会承担一切后果。"

忽然间，菅流想起峰顶的蛇神曾说，以力相搏者不知天外有天。

然而，远子并不是这样的人。她的态度恰似与蛇神对峙的加解姬，仿佛就是那位巫女，或许远子才适合成为御统之主。

青年终于干咳了几声，承认自己甘拜下风。

"如果你能遵守约定，我就把御统交给你。"菅流死心似的说，"第一，解决他之后不可以轻生。第二，借用御统的力量后就立即不再碰它。第三，任务完成后跟我回伊津母，那里还有象子在，生活应该有着落吧。然后，从此把小俱那忘得一干二净。你能做到吗？"

"一言为定。"远子点点头，"这个约定太好了。"

菅流解开颈上的绳结，将玉串交给远子。"你的勾玉也串在一起吧，这样就能成为玉之御统。"

婴，生，暗，显，远子获得了串联着彩光舞动的四块勾玉——玉之御统，虽然它唤起"死亡"，却满溢着光明美妙。远子终于得到了这份力量，通过不断追求总算达成了心愿。

"你现在感觉怎么样？"菅流问道。

"没什么差别，跟平常一样。"

"就是这么回事。"

远子面露微笑了。这突然涌起的笑意，是一抹纯粹的喜悦，自己和小俱那之间已没有阻隔,亦没有任何心焦难耐。

"我必须记住刚才的飞行方法才行,小碓命已出发东征,若有玉之御统就能立刻追上吧。"

"现在就要开始行动?"菅流有种败给她的感觉。

"我要直接去找小碓命,终于如愿以偿了,还有什么比这件事更重要呢?"远子眼瞳中闪现光彩,心情开朗地说道。为了此时此刻她抛弃了一切,毫无理由再迟疑不决。

第三部　白鸟的行踪

　　相武原野，炎祸中立，爱兮
夫君，询吾安否。
　　　　　　　　——《古事记》

第八章　亡灵

1

　　远子来到黎明时刻的海滩，太阳从正面云间透出，朝霞染成赤空，金澜层层如波。就在这片织锦般的明空下岛影犹暗，带着刺鼻潮息的波浪从紫霭的彼方而来，海雾迷蒙的岸边不见船影。这是一幅恬静海滨、静谧拂晓的景象，连人影都不曾出现，此处仿佛理当不会发生任何事情般，只有平稳的潮来汐往。

　　然而景象与事实相反，来到此地的小碓命为了征服东方的虾夷——已与他率领的军队从此处海湾乘军船出航。对于威震八方的皇子而言，不免令人觉得此趟出征过于低调，而且都城竟然也没派人前来送行。那时，真幻邦人民对东行之举并不赞同，毕竟东国是民智未开的蛮荒地带，与都城的人民相比，只不过是没有瓜葛的化外之民居地罢了。

　　对远子而言，这种情况并不成问题，她来到海边后伫立片刻，深吸了口气眺望着海平面上的浓雾。就在彼方，那艘恰巧一两日前出航的军船正浮在海上，而且最重要的莫过于——小碓命正乘坐其上，远子终于接近他了。

与她一同在场的还有菅流，他虽将勾玉交给远子，不过对于"飞行"一事，少女发觉自己完全没概念。明确来讲，应该是说远子没什么方向感，光凭御统的力量也无法矫正她，能够抵达此地其实全靠菅流。

"我们慢了一天，若少出一点状况，就能在他们出航前做个了断。"

微笑的远子回头望着语气显得失望的菅流。

"海上又有什么关系？我们有可以驾驭风和水的玉之御统，差一天行程算不了什么。"

"你打算追到海里？"

"这样反而比较好，万一与大蛇剑交锋也不会殃及四周。"

"在海上飞行很危险，不仅如此，甚至还会分不清楚方向。"

"那就坐船去吧，我会让小船前进如飞的。"

"船的话……"就在菅流考虑时，远子突然认真仰望着他说，"菅流，拜托，最后还是让我去吧。虽然结果还是请你带我到了这里，可是必须由我来完成。是我该做个了断，相信一定会圆满达成的。我就是为了这项任务才一路辛苦至今，所以成全我好不好？"

菅流望着她表示同意，"御统之主既是远子，我就不会干涉，毕竟有约在先啊。"

"对不起。"

"不用道歉啦，只要你也能守约就行了。"

他们发现一艘拴在海滩上的老旧平底船，便决定借来使用。那是一艘仅容单人乘坐的灰色粗陋小船，远子还穿着那袭潜入宫中的鲜艳绢服，因此坐上去与船身显得极不搭调。

"没问题吗？"

"嗯，船还算牢固。"

菅流的明亮眼瞳和自然随兴的语气中，感觉不到丝毫担忧，然而远子还是了解他在知道结果前不会离开此地。远子想起自己总认为他是这世上最玩世不恭的家伙，不过，也无人能像他直到最后关头还会留在她身边，成为她的依靠……

"菅流，真是谢谢，假如没有你，我根本不可能从伊津母来到这里，也无法成为御统之主。有好多事……总是给你造成困扰。"

菅流耸耸肩，"别说这种像是世界末日快来了的话，接下来才是挑战的开始吧？赶快去了却这桩心事。"

"我想趁现在说，因为对你，实在没有任何事物足以表达我的感谢。"远子略微迟疑后，问道，"明明有象子在，为什么你还愿意跟随我来？我又不能像她一样回报你。"

"我没想到你会操心这种事，小不点儿也一下子长大啰。"

远子稍微不悦道："真会损人耶！以前我就在想这个问题，只是从来没向你开口嘛。"

菅流眯起眼睛，低头望着她。

"我啊，是哪里有人需要帮助就会插翅飞去。跟象子比较起来，是你的担子重得多。无论如何，达成一族的使命是件了不起的大事，我身为同族人就该尽这份心力。回报固然重要，不过你也不是期待小碓命的回报才去追寻他的吧？"

"……不是。"

"就是嘛。"

远子不禁朝菅流会心微笑，感觉胸中的纠葛已解。

"那么，我走了。"

"别留下遗憾，好好奋战吧。"

远子右手高举玉之御统控制水的力量。在日牟加时，河川漫涨让村落变成水乡，然而此处却是汪洋，海流改变方向控制住小船，即使不划桨船也向前迅如疾箭，离岸后直向海心冲去，驶向旭日升起的东方……

渐行渐远的少女身姿在逆光中被渲染成金灿光辉，立在海滩上的菅流一直目送她化成点影消失，然后轻声说：

"直到最后,她还是个孩子啊。"

远子回望着萱流所在的峡湾消失眼底后,便将船朝目标方向驶进。在碧波汪洋中,她迎风吹面、柔发飞舞,胸中澎湃到悸痛。当然她不曾忘记恐惧,那种感受正无情占据内心,浑身也因不安而战栗。尽管如此,这一刻她有即将获得解脱的预感,这样一切终将结束。

让小俱那解脱,借此远子也能从自愿背负的使命中获得解脱,至于之后会发生什么已超乎想象,也不愿去试想。她只盼能再次回归原点,这就是她与他对决的终极目的。仅仅为了这个理由,她带来了玉之御统,还有那把三野的短剑。

来到这里,真的好漫长……

离开故乡后的漫长旅程在记忆中苏醒,就像小俱那不再与原先一样,远子历经长途跋涉后,亦不再是以前的自己,也因此才能成为御统之主,具有对抗大蛇剑的力量。不过即使有这种想法,远子仍知道自己并非全为了完成替一族复仇的使命才接受任务,而是她想履行承诺,也就是为了个人的小小约定前来。若非如此,远子在海边寻找敌船时就不会那么心跳加剧。

粼粼波光中,轻舟如飞鱼般破浪前进,这让远子重拾昔日两人放流远子号和小俱那号的记忆。

我们都不约而同来到海上,或许这里就是结束思念最恰当的地方……

远子以超乎想象的速度驾舟前进,发觉前方出现一片障壁般的雾霭。天色晴朗,陆地上空也不见云影,这异象实不寻常。直觉有异的远子仍将船驶进浓雾中,头顶的艳阳霎时消失,浓密到几乎透不过气来的迷雾飞进口鼻,视野一片白茫茫,连眼前的海面都分辨不清。

突然间,一道青白闪电发出骇人的轰然巨响,划破雾霭直劈而下,远子不禁抱住头，这时闪电劈落在更近的船边，发出震耳欲聋、令人浑身发麻的轰隆怒吼。

这是大蛇剑的力量——绝对没错。

感到闪光中的激烈敌意，惊讶的远子顿时恍然大悟。剑力感应到了御统的力量而发出威吓，这种威胁足以驱走远子的轻敌之心。他们既是劲敌，即将展开的就是殊死战，感伤只是幸存者才有的特权，她绝不能功败垂成。

远子咬住嘴唇，借着玉之御统的力量加以还击。四块勾玉串联的御统已能对付大蛇剑，借着操纵风力和水力搅散雾气，成功地封住闪电。海上高波迭起，远子在小船剧烈摆荡下感到头晕眼花。她咬紧牙关靠毅力支撑，渐渐掌握该如何应敌了。她知道必须制伏发生闪电的根源，也就是要锁定大蛇剑的位置所在，倘若漫无目标乱闯则会无法发挥威力。

天云变色，如今此处一片暗黑，波涛则耸若岩山，连续闪灭的电光返照在远子肩上油光发亮。她鼓起勇气从浪底奋力跃上浪头，几次暗想真是千钧一发，随后已驾舟滑行在翻浪上。接着，她终于把握良机，望见军船船首出现在波浪之间。

就在那里。

远子感觉高风骤刮似的将小船吹向远方，船身周围形成一股巨大旋涡将海水愈卷愈高，随着水柱形成的龙卷风直冲向天，闪电因此逐渐减弱，不久雷声全息。终于封住大蛇剑了！而且剑力连同军船皆被封在龙卷风中，丝毫没有施展的余地。

止住小船的远子不禁脸泛红潮，凝望这大快人心的景象，虽然浑身湿透，她却毫不在意。拨起水滴频落的发丝，远子镇静地从怀中取出短剑，接下来的使命必须靠它完成。

她将短剑柄贴在额际，闭起了双眸。

守护橘氏的女神，请您庇佑我。大巫女，请指引我方向。明姬姐，请与我同在……

已经无法回头了。远子盯着龙卷风,将船驶向那道激烈卷升的水壁,终于穿越而入。小船仿佛被抛向空中般旋转直上,最后远子连脚步都站不稳,从海上高处坠落到旋涡中。然而御统感应到旋涡中央有一道向上直吹的暖风,因此轻盈的远子飘然借着那道垂直风势,仿佛划泳般缓缓降落。她十分放心地徐徐降下,紧盯着下面那艘军船正逐渐扩大逼近。

我来见你了,如今才终于能来达成这个愿望……

2

小船在水壁形成的旋涡中央固定不动,令远子意外的是龙卷风底部并不幽暗,原本就算一片漆黑也不足为奇的景象,竟然透出朦胧薄亮,而且比想象得更寂静,或许是由于风将各方的轰响吹向空中了吧。远子如翔鸟自天上翩飞而落,却无法如飞鸟般自在着地。

她在湿漉漉的甲板上滑了一跤,发出的声响传遍整艘军船。这是一艘盾甲成排、可容二十人乘坐的备战用大船,然而在远子降落的甲板上仅出现了一个身影。少女一跃而起,不禁剧烈喘息,因为她一眼看出那唯一的身影正是自己此行的目标。

那人单手握着发出薄青辉光的剑刃——照亮龙卷风底部的原来就是这把剑发出的光芒。剑主在望见她时,也大吃一惊却步不前。

"远子?"

她无言以对,只是牢牢注视着小碓命。他一袭白衣,身形在薄辉中显得格外鲜明,身上不但没有披甲,也毫无任何象征皇子的穿戴,只有那把剑显示他的身份。然而此时,小碓命连手中的剑也松落了。

"是远子……"

他自言自语般再度喃喃重复着,似乎不知所措。

"真的是远子,你怎么来的?"

就在刚才两人还以惊天动地的神力争斗，如今彼此相对，仿佛木偶般互望凝视。远子感到慌乱起来，因为眼前的小碓命没有任何防备，让她大感意外。

原本认为等待她的必然是穷凶极恶的真幻邦皇子，是将她抛在脑后、忘得一干二净的家伙，身边簇拥众多家臣。没想到对方竟抛下剑，以昔日小俱那的声调呼唤她，甚至单独一人在此面对她！远子重新调整心情，暗想绝不能被此蒙蔽了双眼。

"剑光再也不能引发闪电了，因此最好别白费力气。你的属下人呢？"

"这艘船上只有我一人，其他人在剑力发动以前就撤离到别船了。不过，我简直无法想象你能来到这里。"小碓命错愕地答道。

"我来不行吗？"远子挑衅道，"你用那把剑杀死大碓皇子，逼死明姬姐，让三野化成焦土，我来复仇是理所当然。在我手中的正是串起代表橘氏各族勾玉的玉之御统，为了战胜那把大蛇剑，我才会寻求御统至今。我一直期待有朝一日能亲手打倒你——简直是迫不及待。"

"是吗？"小碓命悄声说，"是啊，这是当然了。"

"更何况你还在伊津母和日牟加大肆破坏，这些我全都已目睹。你的力量太邪恶了，根本是不惜毁灭丰苇原的大祸害。"

小碓命突然恢复平静，"的确没错，这把剑带来的就是憎恨和破坏，无人阻止得了。"

远子暗忖，果然如此，他的心因不断杀戮而变得麻木，光凭她宣读罪状也不会因此动怒或受伤吧。泛起的泪光刺痛了双眼，她频频眨眼驱走痛意。如果小俱那沦落到这个地步，那么自己的想法才是对的，必须狠心结束他的性命，此时要做到也并非难事。

"我好想见你，真的一直想见你。我来这里，目的就是想亲手解决你，因为只有抱持这种想法才能与我的小俱那重逢。"

玉之御统不到一瞬间就将远子带往小碓命身边，她只需精确掌握短刀即可，只要感觉刀刃不会脱手就能达成心愿。

远子紧闭眼眸，等待那永恒的一瞬间过去。

然后，小碓命缓缓开口："这样死不了的，远子，你不能闭着眼睛啊。"

远子愕然睁眼，小碓命几乎向她扑倒般立在眼前，原本应该一下插入心脏的短剑，却深深刺中他的侧腹下方。他的身材远比想象更高大，较同样站立的远子足足高出一个头。狼狈万分的远子踉跄后退，霎时鲜血四溅，神情痛苦的小碓命压住伤口，白衣逐渐染成赤红。

"你在做什么？不快点解决我不行。"他闷声催促远子，"不是说要杀我才来的吗？"

"怎么回事？"远子不禁叫起来，"你——打从开始就希望我这么做吗？"

小碓命靠着船边撑住身体，面色虽惨白，仍正色道："快点！"

"为什么？"远子这才感觉手在发抖，他流的鲜血强烈烙印在眼底。那么温热的鲜血、多么痛楚的颜色。

"刺客不该多问的，远子，你来得好迟，原本打算不说这些只求你替我了断……"

小碓命黯然的眼瞳仰望远子。

"一直都在等你。我明白的，因为丰青夫人曾提过一切，从那时起我就——但还是觉得不可能，想说自己恐怕再也无法与你相见了。没想到你反而借着御统的力量来找我，来到这么偏远的地方。"他喘了口气，声音逐渐微弱，"若是有人……不管是谁都好，真希望有人能阻止我，能替我达成自己做不到的事，正巧就是远子为我而来，所以真的好高兴。"

远子原本认为他不可能是小俱那，可是那声调语气又是她再熟悉不过的人。小俱那总是掩饰自己的伤痛，在无人泣诉下独自躲藏，无论对方有何表示总是淡淡应对。她明明知道小碓命绝不可能是这样的人——

"你杀了我吧。"小碓命说,"这样一切都会结束,就照你的意志完成吧。"

这正是远子衷心所愿,而对方也期待如此,事情再清楚不过,远子却怎么也狠不下心将高握的短剑一举刺下。

我做不到……

"好痛!"突然远子小声叫着弯起身躯,按住自己的下腹。

起初,她还不了解那种恐怖感觉究竟是什么意义,然而异变十分明显,随着一阵钝痛而来的沉重苦闷,沿着她的身体向下形成一道血痕,蓦然显现在裙摆上。

远子倒退几步,浑身僵麻般紧盯着甲板上的血迹,茫然听见昔日自己的声音:

直到你回来之前,我绝不会变成女人,会留在这里等下去,你要回来喔。

远子的震撼及心慌马上出现具体反应,原本封住大蛇剑的御统力量竟然开始动摇,水柱形成的龙卷风猛烈摇晃起来,原本静止的军船也随之激烈倾斜,船上的两人冷不防滚到船边。

"小俱那。"远子不自觉地叫喊着。

船身发出难听的嘎响又倾向另一方,简直无法站稳脚步。

"剑——"他呻吟似的说,好不容易抬起头,发现少女面色苍白如纸,"远子,你受伤了。"

嘴唇颤抖不已的远子默默无言。

"发生了什么事?剑又能发挥力量了,我还是无法一死。"他将手伸向态度骤变的远子,"你若不肯动手,就将短剑给我。"

"不行,我不能。"远子避开身,嘶声叫道,"我做不到!"

她相信唯有自己能让小俱那解脱,坚信自己才是唯一的御统之主,因此才不辞辛苦来到天涯海角。然而,抱持信念的远子却在紧要关头背叛了自己,连小碓命本人都唯求一死解脱,可是能为他达成心愿的人竟不是她。自己能做到的不过是赴约而已，如今心愿已成，就再也没有任何力量……

军船摇晃愈来愈烈，海水汹汹翻腾而来。泪流满面的远子绝望地凝视着小碓命——小俱那。

"不行……我输了。"

"为什么？"

远子对他的疑问充耳不闻，只激动地摇头，"那么我至今所做的一切都算什么？连到底是为什么才这么做都不知道……"

就在小俱那惊觉地向她伸出手时，远子已当场消失无踪，狂风巨浪的轰隆巨响，就连呼唤远子的喊声也一并席卷而去。

菅流感觉有人呼唤自己便睁开眼睛，接着慌忙起身，原本坐在沙滩上注视海浪，不知不觉就进入了梦乡。手似乎触到了某样东西，不经意拾起来一看，却让他心底陡然一凉，原来玉之御统竟在自己手中。

为什么御统会在这里？为何变成在我手里？

他一时不能会意，以为是远子留下勾玉离去，不过不可能！婴、生、暗、显四块勾玉在阳光下轻泛淡光，表示自己仍具有玉主的力量，而且浸过海水的串线也犹湿未干。

菅流不相信玉之御统会轻易地更换主人，既然他诚心表示不再过问御统之事并交托给远子，她也同样决定欣然接受，那么玉之御统会回到他身边，恐怕只能推测是远子发生了状况，若非她本人自愿放弃，是绝不可能发生这种事的。

那丫头遇到什么麻烦了？大蛇剑当真强大到连御统都难以抵御吗？

"坐船吧。"跑了一阵子后，菅流又心念一转，"不，船太慢了。"

性急的菅流想出更激烈的方法，他紧握御统飞向海面上空，尽量升往可能达到的最高处。当然一旦浮起来后就开始下降，不过高度已足以穿过云端所以暂时不必担心,在海面四下搜寻船影还绰绰有余。这招果然奏效,从高空上能清晰望见风平浪静的海上显现御统和大蛇剑对决发威后的痕迹。菅流的视线追随乱了序的海流,发现一艘被巨大旋涡海潮吞噬即将沉没的军船。

是那艘吧……

头发迎风飘飒的菅流点着头,大致推想出此处曾发生多么壮烈的激斗。他不得不再度称赞远子的本领,大蛇剑已由她唤起的力量封住,菅流手中仍继续保留那光辉灿烂的力量。他在认清状况后停止飞行,开始下降,锁定目标飞向军船。

落下来站定一看,只见船身已损毁破败不堪,龙骨既折,不久将面临瓦解的命运。然而菅流知道这艘船不会轻易沉没,因为那把发光的大蛇剑仍在,无论如何封锁,剑仍不忘护主。他蹙眉俯视被抛在一方静静闪烁青辉的长剑,就拿起御统往刀身一碰,剑光瞬间摇曳后随即消失,变成一段平凡钢刃。菅流板着脸拾起剑,突然一耸肩,将剑从船边抛向海里。

"别啰!大王家的剑闹得大伙儿鸡飞狗跳,这样就可以瞬间解决了。"

至于那位剑主还倒卧在船首角落,菅流走了过去,发现他虽负伤但一息尚存。

到头来远子还是没杀他……

低头俯视的菅流想着。她毕竟不忍杀死小俱那,虽然早就料到会有此事,不过菅流还是对自己糊里糊涂听信她的鬼扯而负气起来。

把这家伙也丢到海里算了。

内心十二分不爽的菅流一瞬间认真想到,反正对方不省人事,自己不过是替远子来个临门一脚罢了。然而仔细注视对方,他的同情心油然而生,这位造成天大威胁的持剑皇子,原来也有孱弱到毫无防备的时候,就像个断枝残干般横倒在地。如此看来,他的面貌还与远子一样稚嫩，而且若想知道远子下落，也只能询问他而已。

海水漫至足边，菅流终于心意已决。失去大蛇剑的军船下沉之快出乎意料，他无暇耽搁就抱起小俱那借着御统之力离去。

3

沿着海岸线飞行一会儿，菅流发现在峡湾的小高丘上有一间弃置的小屋，原本好像是作为升狼烟用的监哨小屋，如今看似乏人问津。他庆幸着走进屋内，顺便将搬来的累赘——那名伤员抬了进去，毕竟菅流还没笨到拖着那小子走过整个小村。

菅流喘了口气，接着检查伤员沾满血迹的腹侧，伤势并没想象的那么糟，应该无性命之忧，只是也非轻伤，若化了脓则后果不堪设想，最好能准备干净的布和疗伤药。

到附近村落逛一圈，总有办法的吧。

菅流稍加考虑。不过自己外出的话，少年或许会恢复意识，既然特地将他带来这里，若纵虎归山就前功尽弃了。因此，小心翼翼的菅流暂时将少年关在小屋中，将他连手带脚绑在一起后，便精神抖擞地出门寻找疗伤用品。

懂得待人接物的个性真是占尽便宜，旅途中，菅流可说几乎不曾与人发生嫌隙，无论所到何处，只要面带笑容就有人上前招呼，不须特意强求，便会有人现身主动提供帮助。

虽然受女性欢迎是他的最大优势，不过即使并非如此，他也喜欢接近人群，享受与人天南地北闲聊的乐趣。他几乎极少情绪不佳，因此自然广得人缘，这次也靠着掌握人情要领得到了必需品，甚至还抱着大包小包粮食回来。就在哼着歌儿矮身走进小屋门内时，屋里的小俱那抬起头，以激愤的目光瞪着他。

"哦，你醒了？"菅流语带佩服道，"没想到体力还不赖嘛。"

少年似乎怒火正炽，这也在所难免——手足被捆在一起让他感到不快。这种愤怒是尊严受损之人特有的怒意，那神情与昏迷倒卧时的形象简直判若两人。

"这算玩什么把戏？"少年蹙紧眉头，以惯于发号施令的语气说，"假使知道本人是什么来头，你还敢如此无礼，那我可不会善罢甘休。"

"搞不清楚状况还转什么劲，真蠢！"菅流蹲在他面前，低头优哉道，"我知道你是什么人，就是真幻邦大王的皇太子、率领东征军的小碓命嘛。姑且不管这些，你该先仔细想想为什么会变成阶下囚。"

"你是谁？"

"菅流。"

略微犹豫的小俱那气势稍挫，注视着红发青年，"怎么掳走我的？"

"因为你在船上睡得很香。我告诉你，那艘船沉了，还有那把剑也一样成了海藻。"

大受冲击的小俱那不禁目瞪口呆，仅仅一瞬间，他的表情露出了破绽，泄露出与实际年龄相符的少年表情。

菅流一口气接着说："大蛇剑再没半点用了，玉之御统已封住它的力量，你也一样没任何能耐，要怎么处置你，全凭本少爷心情，现在就是这样。我不是远子，所以杀你不会手软。"

菅流恶意地紧盯着小俱那的面孔，然而少年的傲然不屈超乎想象，只狠狠回瞪着菅流，闷不吭声。

"我留下你做活口还带来这里，只为了一个理由，那就是问出远子的去向。那丫头把玉之御统还给我，明明她已封住剑力，怎么还是手软杀不了你。她到底怎么回事？究竟到哪去了？"

小俱那并不回答，只愤怒地别过脸去，"这跟你没关系。"

"混蛋！"菅流不由得大声咆哮，一把揪住他的衣襟连人拖起。"我比你还跟她大有关系，我和她都是橘氏的勾玉之主，为了搜齐御统不惜远渡到极西的国度。远子的事，我可比你了解太多了。"

小俱那发出轻微的痛苦声音，菅流仍不肯松手，只见他的面色逐渐惨白，菅流这才惊觉自己忘了对方负伤。

这小子怎么这么倔啊。

青年放手后，小俱那差点又晕过去。虽然菅流觉得自己忘记对方受伤也未免太疏忽了，不过就是因为他那副不动声色的态度才让自己一时疏忽。

"笨蛋！这样对你可没半点好处。"菅流嘀咕道，开始动手为他处理伤口。

然而当小俱那再次清醒时，望见他正在治疗，脸色乍变。

"别碰我，你在做什么？"

"只是疗伤，不要动。"

"别碰伤口！"

菅流板起脸盯着他，"应该诚心接纳别人的善意，别在那里转起来瞎猜。"

"我不需要疗伤。"

"如果放着不管伤口就会恶化，到时你可会没命喔。"

"要你管！"

遭到小俱那的顽固拒绝，菅流略带厌倦地问道："你是不想活了？"

"这伤口绝不能让任何人碰。"小俱那说着俯下头。

菅流忽然觉得既然如此更要非替他疗伤不可，当然这也带点捉弄味道。

"说过叫你别碰的！"

"少挣扎了，不然只有自讨苦吃。"

即使青年这么说，小俱那仍顽强抵抗，然而不用说，手足被绑着实在难以使力，不过在卷完绷带之前，菅流还是大大费了一番劲。

"你以为我在包扎时抹了毒吗？皇子这种家伙真讨厌。"感到厌烦的菅流语带奚落。

小俱那早已耗尽力气，只能流泪望着青年，"明明是远子——的伤。"

菅流不禁失声反问："你说什么？"

"远子唯一留下的只有这伤而已。"小俱那喃喃说着，然后精疲力竭似的闭上双眼。

菅流注视半晌，在知道少年入睡后，就替他手足松绑。

怪哉……

菅流一想到自己不仅抢救剑主，竟然还替他当起看护，就不禁质疑起自己所为。这全归因于远子失踪，才让一切都狂乱失序。

小俱那尚无法行动，伤势引起高烧而终日昏昏沉沉。既然事情发展至此，菅流也不能弃他不顾一走了之。

这家伙不过是个小鬼。

倘若在船上发现的是个堂堂威武的军人，那就不会怜悯至此，可能是风闻的小碓命盛名与实际目睹形象差距太大的关系吧。菅流搔着头想着：

又被作祟了，我就命里注定是给小鬼缠身，倒霉死了。

从向小俱那问出的两件事情来看，不忍下手的远子将他留在船上，自己却借着御统自行飞走。菅流虽不知御统能移动多远距离，不过他心里有数，恐怕能飞遍天涯海角。再加上远子没半点方向感，菅流所持的四块勾玉纵然威力无穷，却不会指示玉主行踪，连远子的显玉也不曾有任何感应。

菅流并未放弃远子可能突然返回的希望，每日依然前往那片海滩，徘徊走遍各个角落，却始终一无所获。然而就在第七天时，他发现一件不曾见过的东西，原来海边遗落一只发梳。他拾起一看，与远子发上的插饰极为相似，他不禁望着海面。

她已随波而去了？

他觉得这像是远子表示自己已投身大海所留下的遗物，虽然尽量避免去胡思乱想，不过这片汪洋极有可能将她吞噬。

难道她想留下这个遗物—死了之？

如果回到伊津母告诉象子和同伴这件事，那简直糟透了。菅流不禁在原处蹲下，瞠视着海面半响。

回到小屋探视小俱那，只见他稍有起色，并且重新坐起身。他不但退了烧，伤口也在愈合康复中。菅流就将得来的饭团递给他。

"吃吧。"

小俱那略一踌躇，但毕竟饥饿难耐，还是伸出手，如今他也明白不能就此死去。虽然警戒态度不改，却不再以锐利的眼神投向菅流。

小俱那咀嚼着，就在菅流发怔之际，突然开口问道：

"有远子的消息吗？"

少年似乎敏感察觉情况有异，这是小俱那首次主动开口，因此菅流微微一惊。

"没有，只捡到漂流到海滩上的梳子。"菅流不禁难掩内心失望，"说不定早就灭顶了，她连御统都撒手不管，有什么三长两短也不意外。"

小俱那垂下眼，又犹豫着说出惊人之语。

"我知道远子没死。"

"有什么证据？"

突然小俱那露出落寞的表情，"没有证据，不过……我做了梦，这种牵绊已被遗忘了许久。我曾经害怕去思念远子，但如今是她不愿正视我。可即使如此，我还是知道她没死，而且正在某处。"

这两个家伙……

菅流再度感到哭笑不得。他们之间有着令人称奇的强烈牵系，彼此却又不了解对方心意，甚至不曾思考为何会有这份牵系存在。

小俱那难以启齿似的继续说道："我没资格去找她，可是若是你，一定能发现她，所以我希望你去寻找远子。"

"你不说我也会去。"菅流注视他半晌后说，"假如发现远子，知道她不再对你抱持杀意，那时我就会马上解决你。毕竟不达成使命的话，一直留着玉之御统也没有用。"

"我明白。"小俱那并不畏惧，"我不会逃避，也不会放弃剑主身份。"

"别忘记你那把剑已沉到海底啰。"菅流提醒他说。

可是小俱那并不动摇，反而百般苦恼地道："剑只不过是栖宿的对象而已，光靠弃剑就能遏止剑力的话，就不会造成众人不幸了。"

菅流离开他，走向户外思索起来。

他不幸吗？……的确不幸啊。

老实说，菅流从不曾想过小俱那对身为剑主有何感受，倘若无法认同自己的行为，一味地反复被迫从事破坏，那么失去生存希望也在所难免。假若无法借他人之力来扭转宿命，那么干脆立刻杀死他或许还更慈悲一些。

我还真是自找麻烦……

若与小俱那这号人物素昧平生，或许可以过得更惬意点，因为少年的身份即使贵为皇太子和东征将军，但说穿了，其实不过是一个彷徨少年……总之，还是先找到远子才是当务之急。

菅流决心再度搜索海岸，就飞向峡湾的最尖端，岂料却发现意想不到的景物。原来是两艘与他见过的军船十分相似，也有成排盾甲的船只正准备停泊。菅流从身旁的岩下仔细观看，只见下船的一行人果然是真幻邦的兵团，而且绝对是小碓命率领来的队伍，恐怕是在搜寻皇子吧。

他暗想,这批人并没有逃返都城,不愧是纪律严明。

略微迟疑后,菅流直朝那位指挥官的身后奔去,此人一脸惊讶地回首望着唐突上前搭讪的年轻人。

"你们到山丘上的监哨小屋看看,就会找到要搜寻的人。"

"你是何人?"

菅流并不回答,只挥着手。

"最好快去,就在山丘上,走路的话可要耗不少时间。"

指挥官瞪着他,与身旁的部属互使眼色。

"这家伙看来很可疑,把他捉起来。"

然而就在士兵们重新举起矛枪时,菅流已不见了踪影,在远方的岩棚上朝众人扮鬼脸。

下次就给我来一场感恩的重逢,这样也不坏吧。

没有必要先取小俱那的性命,因为他曾扬言既为剑主就不会逃避,而且菅流知道,无论他继续东征或是如何,都不可能逃远。

4

此后过了一个月又一个月,谨奉大王御旨继续东征的小俱那,这次顺利率领船队进军称为"狭贺武"的蛮荒东国。来到此地,只有部分豪族对真幻邦表示忠诚,民风仍强烈显出独立不羁。此外,北方尚有不同语言的异族虾夷根据地,他们完全不认同真幻邦的统治,并对边境造成威胁。

小俱那一行人所到之处备受欢迎,然而这种示好何时转为暗算也并不奇怪。狭贺武的人民会对这群辉神后裔有何表示仍待观察,因为此地有别于西国,大可毫无顾忌地试探他们一行人本领如何。

尽管如此,虽说是偏远极东之地,不过因土地相连仍让风闻一传百里。执有神剑的皇子威名远播,民众备感敬畏,小俱那等人也善加利用这点，避免大动干戈而让对方主动臣服，然而还是无法完全顺利通过此地。

如今，真幻邦一行人纵穿狭贺武国，正隔着彼此肩头眺望大河滔滔，溯着荻穗渐生的河岸朝北而行。既是幽然秋意，夕映彩照的天空抹去霓彩缤色，已是虫蜩鸣叫的时刻，众人若想赶在天黑前抵达目标的乡里，就必须加快脚程。先遣士兵已提早前去预备，与里长一同整顿住宿并恭候皇子莅临。暮晚中只见这批队伍穿越原野，风朝他们徐徐吹动草波。

就在寂静的辽野中，他们发现有一人正静立着直朝此处张望，仿佛等待某人路过似的。此时正是即将云染茜红、恰可清晰看见景物的时刻，那红得过火的头发显得更加鲜明，无论是发色、姿态，还是富有魅力的微笑——他正是一眼见过即无法或忘的那名年轻人。

与皇子并骑而行的指挥官武彦认出青年后，不禁惊叫道："你这家伙何时来的？为何在此？"

菅流莫测高深地咧嘴笑笑，并不搭腔。领先的两人在青年面前勒住马，接着全队都站定原处。武彦待要询问，小俱那制止了他。

"够了。他有事情想和我商量，这我明白。"

武彦讶异转头，"命尊，这人究竟是——"

小俱那平静地说："我欠他人情，必须与他一谈。你们先继续前进，我随后赶去。"

"您打算单独留下？"武彦更觉得不对劲，小俱那却不待他异议。

"我和他先前有约，谈完就会立即前往，你们先走一步。大家若再耽搁，夜深了也到不了目的地。"

勉强同意的武彦十分疑惑地望着菅流，然后才继续策马前进，队伍陆续通过，最后驮马也离去。目送一行人远离后，小俱那旋即跃下马，在着地时，头上所戴的行军用轻型头盔发出金属微响。

"你看来不愧有大将之风，连命令属下离去也架势十足。"菅流这才开口说，"尤其知道我有要事相谈时还态度从容，这气魄倒值得夸奖。"

小俱那注视着他，"远子——"

"不在了，我没找到她。"

少年露出失望的表情，在此之前即使发现菅流，他也完全不让对方看出内心的任何动摇。

"找不到？"

"是啊，我到远子可能会去的地方全找遍了，还去过三野，到她的故居和曾有斋宫的山里，然后回到伊津母，她也没在那里。我甚至飞往日牟加，见过生玉的玉主岩夫人，又去了一趟真幻邦，在市集和葛木里搜寻，可就是没人见过她。远子根本没去这些地方，我实在没辙了。"

菅流语气中透着徒劳无功的疲惫，愤怒实在无处宣泄。

"没有任何显示远子还活着的消息，我自认个性不会轻易放弃，但并非不懂何时该死心。假如她不在了，就该为她下葬了结。无论为谁都该如此——你懂我的意思吧？"

"真不敢相信……"小俱那喃喃自语。

"如果远子不在人世，我就要回伊津母了。我必须回家，而且还有同伴在等待，所以……在那之前，我必须为那丫头做个了断，因此才来这里。"

狂风骤起，吹乱两人的头发，太阳隐没在地平线下，暮色剧转变暗，群鸟鸣啼而归。他们彼此相对，菅流的态度和声音都平静异常。

"你说过绝不逃避，该不是虚言吧？"

"是的。"小俱那点点头。

"那么你就在此纳命来吧。只要留着你，远子遗下的使命就无法完成，她的思念也永无止息。虽然迫不得已，但是我也无可奈何，你就乖乖让我解决吧。"

"不行。"

"你说什么?"菅流惊愕屏息,没料到小俱那竟会一口回绝,"死到临头突然反悔吗?是你自己答应——"

小俱那望着菅流正要出手,也跟着摆起迎敌架势,说道:"远子一定还活着,我想再见她一面,因此不能——死在这里。"

"少胡扯!"怒气冲冲的菅流叫道,"大丈夫一言既出,驷马难追。我才懒得管贪生怕死的家伙会怎样,可是就讨厌那种说话不算话的混蛋。少在我面前求饶,真丢人现眼!"

"我不是想求饶,可是……"小俱那按着腰间挂的长剑——不是原先的大蛇剑,而是新配的武器,"我不能让你夺去性命,之前并没有考虑清楚,但是只有远子能杀死我,只有她才可以。"

"那也行,不过你想抵抗也没用,我说过要将你送去跟远子在一起,这么做你反而会感谢我。"

菅流感觉玉之御统正凝聚力量,是一种与大地或海水一样,孕育无限生命、同时也足以毁灭一切的力量,他想立刻解决这个少年。

一瞬间,周遭充满激烈冲击,菅流不禁感到一阵晕眩,仿佛身受一道无形障壁撞击。令人难以想象的是,他竟被某物阻挡,岂止如此,甚至直接反弹回来。就在还搞不清楚状况时,一回过神,菅流已坐倒在草地,有如被闷棍敲中脑袋般眼前星花直冒。他仰起头,小俱那正离他不到半步的距离,握刀俯看着他。

"希望你能了解……"即使占上风,小俱那仍浮现恳求的表情。"请别逼我用剑。远子一定在某处,让我再去找她一次。"

"剑不是早就封住了吗?"菅流惊声说,"御统的力量应该凌驾在你之上才对。上次你明明完全无力抵抗,难不成只是虚晃一招?"

"当时我的确无力抵抗,并没有欺骗你。"小俱那略带忧伤地注视他,"你可能不知道,当时我是初次靠自己克制了力量,在此之前从来都无法以意志操控剑力。就在与远子相见,领悟她来的目的时,我才第一次凭意志做到了,因此当时或许很容易——就能丧命。"

"那么，你是指剑力并不是被御统镇伏，而是由于你自愿克制它？"

"目前剑还没将力量完全发挥，可是那份力量却已在我的血液中奔流。保护自己的本能会优先于我的意志，而且——将与我的体力同时增强。"

菅流明白了自己过于轻敌，就一咋舌道："我只顾想着随时都能除掉你，没料到立场全变了啊。对方没力时不乘机解决，还在慢慢磨蹭，我真是蠢得可以。"

"真对不起，可是这非由远子来完成不可。"小俱那心怀歉疚说道，便收起长剑，在菅流面前单膝跪下，"我不明白远子为何不远千里追来，却又半途放弃离去。这不像她的作风，你知道是什么缘故吗？"

菅流不禁仔细打量着少年，这张看似世故的面孔突然显得生嫩，此人实在难以捉摸。

"你那么在乎是不是由她动手，所以才不想死吗？"

小俱那声音渐轻渐渺，"那时远子让我明白大蛇剑的问题是出在我自己，也初次了解原来我一直屈服于自己，只顾想着逃避。因此……好想再见她一面，虽然不知她为何离去，不过这次我绝不会重蹈覆辙。"

"你这么深信她还活着啊。"

"远子一定在某处。"

听到此话，菅流发现自己似乎松了一口气。原本打算结束一切所以才来找小俱那，尽管如此，或许内心还是不愿接受远子已死，依然想再次确认少年抱持的那份笃定。

我也未免太消极了。

菅流一边心下暗想，一边注视着少年，没想到历经两个月，小俱那会振作起来，不过这种感觉并不坏。既然这位剑主比自己年少，又还处于身心理当急速成长的年纪，因此菅流对他下意识地抱着期待。

"假如我有心靠自己消灭剑力，主动协助你们的勾玉力量，或许真有解决之道。得到剑力原本就非我所愿，若能消灭它，实在是求之不得。"小俱那以认真的语气说着，一边观察菅流的反应，"就算是为了远子，拜托，一起尝试看看好吗？"

菅流思考着他的提议，不久就一耸肩说："我刚说自己懂得何时该死心这句话，就当没讲过吧。我这人，怎么这么好商量啊。"

四周陷入全暗，小俱那为追上武彦一行人而频频快马加鞭，菅流也紧随在后。他对少年的劝诱感到兴趣，不过想尝试这项提议的真正原因，其实是真的厌倦单独旅行了。意外地，连鬼神都敢挑战的菅流其实有个不为人知的弱点，他自己当然不肯承认，那就是喜欢找伴。

孤独漂泊根本违反菅流的本性，需要同伴、领导后辈才是他的一贯作风。如今遍寻不着远子让他愈发寂寞、心情更差，即使不曾深思这种情况，其实内心还是想照顾小俱那。这位少年尽管孑然一身，却能努力追寻希望之途，菅流不得不以至今未有的关怀之心重新正视他。

火炬的赤光开始在黑夜浮现，小俱那终于追上在乡里入口处等得心急如焚的部属，会合整队后匆匆进入里门，并由当地屈指可数的一位豪族里长到门侧静候相迎。菅流随后跟了进去，同时不由得大感佩服，这位白发苍苍的里长身形魁梧依旧，从额上的疤痕显示昔日轰轰烈烈的经历。

不过，小俱那的应对可不是盖的，简直看不出一点少年幼态，他将款待的大盅好酒一饮而尽后仍露出从容微笑，风度不下于同席在陪的里长。

原来如此，这就是所谓的皇子……

菅流细细观察着，然后里长邀他到自己府邸的主屋厅堂，武彦等众部下也来到备好酒宴的中庭。

"喂！"武彦抓住菅流的肩膀，将他反转过身，"你对命尊说了什么？虽然他宽大为怀，不过别以为你能当作没事。命尊若有三长两短就无法挽回，要是闹出什么乱子，我绝不会跟你善罢甘休。"

立刻有几人将青年团团围住，菅流注视着武彦，只见这个约莫三十岁的古板人物，虽不年轻，但也还不到凡事都能明练判断的年纪。此时，武彦脸上流露的是疑惑和些微的嫉妒，从相貌即可辨知此人乃一介武夫，个性刚直不阿，而且还是那种一旦承诺就誓死效忠的人物。

于是，菅流夸张地耸耸肩，"没什么大不了的。只不过你们的命尊问我要不要同行，所以我才过来，如此而已。"

"你说这话谁会相信？"武彦咄咄逼人地问道，"你究竟是什么人？上次也在我们面前出现，指出命尊的栖身地点，你到底跟命尊有何关系？"

菅流一派轻松的表情答道："就是两次都想行刺他的关系，第三次会变成怎样要看着办了。"

"什么？"武彦勃然变色，一名年轻士兵正好在此时跑来向他呼唤一声"队长"。

"命尊吩咐属下传令给队长，希望您能亲自款待今日加入队伍的菅流大人，命尊曾受他鼎力相助，还表示曾两度获救于他。"

一瞬间，武彦与菅流面面相觑。就在青年猜测武彦会有何反应时，只见对方表情倏然一变，"……你这人还真会说笑，早知如此明讲不就好了？既然命尊都说你是恩人，我们岂有不欢迎之理？"

啼笑皆非的菅流不禁一咧嘴，武彦重修旧好般连拍了几下他的肩膀。

"好，来喝酒吧。今晚一起干个痛快。"

5

篝火在中庭正中央冒着熊熊赤焰，成串鱼肉和鸡肉烤得喷香。里长频频招待好酒，因此真幻邦的士兵们个个欢天喜地，甚至载歌载舞俨然成了热闹的酒宴。这种场合菅流不可能放弃与大家同乐,不一会儿工夫,他就与众人仿佛旧识般打成一片。

"小伙子,你家乡在哪?"武彦问道。

"伊津母。你呢?"

"木微。怎样,都很近嘛。再喝再喝。"武彦似乎认定菅流是个好人,"你我都离乡背井来到这种鸟不生蛋的地方,陛下竟将皇太子派遣来此,起初我简直不敢相信。"

"小碓命为何会被派遣来东征呢?"菅流试着随意问道。

"命尊是自愿来的,他受过许多委屈。"武彦沉默半晌,继续说,"自从斋宫姑母辞世后,命尊就失去了唯一的后盾,陛下的态度又极为冷淡。我真不知大王为何讨厌这么善良的人。"

"我在都城就听过小碓命的评价。"菅流举起酒盏说,"据说跟随他简直是伴君如伴虎,还说几时遭火焚身都不敢有异议,可是你却称他心地很善良。"

"至少在命尊麾下效命,我们都从来没受过任何苛待。"武彦语气肯定地说道,"我也是跟随远征出发许久后,才了解命尊为人的。即使有任何谣传,以武将来说,他都是值得敬仰的楷模。"

夜渐沉,篝火化为炭烬。武彦扬言来到新地方的头一晚一定要守更,结果反而是菅流主动代为值夜。原来菅流不但没醉反而更清醒,相形之下,不胜酒力的武彦早已脚下踉跄。众人返回宿处后,星光明照的庭内突然显得阒寂许多,银勾细月斜挂在大山毛榉树梢,草丛中铃虫鸣响遽然清晰。

对菅流而言,守更不算苦差事,自从持有玉之御统以来,睡眠就不太重要,同样地,即使几日不进食也不会饥饿。然而缺少食睡乐趣的生活,他丝毫不觉得有何快乐可言,尤其等待漫漫长夜结束更是难耐。今夜,许久不曾与大伙吃喝欢闹一番的他心情开朗许多,谈笑的愉快持续到众人熟睡后的深夜仍余韵犹存。

　　不知过了多久，从屋檐仰望星空的菅流正想计算时辰，听见背后发出声响，似乎有人蹑手蹑脚地走过。他将扛在肩上的矛枪重新持好，为了终于有机会打发无聊而兴冲冲起来。

　　是刺客吗？武彦说这种人多到满地跑……

　　菅流步步潜近府邸角落，然后伺机一跃而出。不出所料，一个可疑身影被他出其不意的举动惊得向后退跃。

　　"是谁？"

　　"这声音是……菅流？"

　　对方惊讶反问，菅流一愕垂下矛枪。

　　"皇子吗？三更半夜到底在做什么？"

　　此人正是小俱那。少年似乎也十分意外，仔细打量着手持矛枪的菅流。

　　"你受托在替他们守夜？"

　　"算我自愿的。"

　　"我一直以为是武彦在此。"

　　"他可是烂醉如泥呢。你这是怎么回事？有什么不对劲的事吗？"

　　"也算吧。"小俱那全身只穿一袭轻衣，看似直接离开寝处的模样。"夜半殷勤来上门，还真让人受不了。"

　　"有刺客来过？"

　　小俱那勉强答道："刺客倒还好……是里长的女儿投怀送抱。"

　　菅流迸出笑声，又急忙遮口，"你……就这样逃出来？"

　　小俱那并不回答，神情显得十分不悦。

　　"大概是里长唆使的，献上女儿也是一种亲善行为吧。你逃避的话反而弄巧成拙喔。"

　　"我真不懂为何会有这种事，里长的女儿一定也很困扰吧。"小俱那气愤地说道。

菅流必须极力忍住以免放声大笑，他实在难以想象这位少年就是刚才与里长泰然应对的那个人。

"这招到现在还是很管用啊，对象若是大王皇子，考虑献上女儿牵出一夜情的家伙想必大有人在吧。可是你竟然没有这种经验？真的一次也没有？"

"我不想做这种事，与女子相会太过危险。"

菅流明目张胆问道："你是害怕吧？虽然我想不可能，但是莫非你连一个女人都没碰过？"

小俱那原想辩解，不过还是忍住不语。

菅流觉得有趣极了，简直乐不可支，"你每次都这样从房间溜之大吉？"

"我常在外面过夜。"小俱那终于答道，"与监哨一起等到东方发白，有时还会出巡探查。"

"不过，你该为那位姑娘的立场想想，她可会因此蒙羞喔。"

小俱那稍显迟疑，不久才认真说："我知道自己谈感情只会招致更多不幸。皇兄曾深爱一名女子，却因那场恋情让两人都走向毁灭。亲眼见过这段始末，我不能重蹈覆辙。"

"如果能为唯一深爱的女子舍弃前程，我倒觉得还挺不错的。"菅流回顾起自身经验，说："没想到大王族人也是百种千样，你皇兄怎么死的？"

小俱那以暗郁的眼神望着他。

"没听说吗？是我杀死的。带我离开三野并给予教育的正是皇兄，然而最后讨伐他的人却是我，而且还听说明姬姐也追随他归于九泉之下。我这种人怎么可能配谈恋情？"

他们坐在星光璀璨的夜空下轻声交谈。小俱那无意回房，似乎坚决在外过夜直至天明，于是他点点滴滴说起了自己的过往。

"我能成为将领的一切表现全得自皇兄，御影人的教育至今仍根植我身。与其说以这双手杀死皇兄，不如说是必须就此抹去那人的残影，不论是出征熊袭、日牟加还是目前东征的所有举动，都可说是为了这个理由。"

"你的意思是自己想成为武将大碓的替身？"

小俱那沉默半响，又说："如今我仍是个影子，即使表明毫无谋叛之心，大王也从不表示信任。就算明白自己遭真幻邦疏远的理由全是借口，可无论大王下达任何命令，我仍然只能唯命是从。"

"那是因为你有能力执掌大蛇剑，就连大碓也不过只是个凡人，我能体谅大王的心情。"菅流毫不留情应道。

"别人的畏惧和憎恶，我早习以为常了。"小俱那低声说，"尽管如此，我希望自己至少能避免与大王为敌的心愿能让他了解。我对自己原本就没抱任何希望，但是大王却连一点都不想了解我和母亲大人。"

母亲大人？

菅流思索片刻后，就迫不及待地说："我从没听任何人提起有关你母亲的事，武彦确实说过你的后盾是斋宫夫人，据说已经亡故了。"

小俱那幽幽道："她就是我的母亲。"

"是姑母吧？"

"是母亲。"小俱那别过脸避开菅流说，"你终于可以了解我为何能让剑力发挥的原因吧？我流着不该有的、过于纯粹的辉血……就是这么回事。"

这不祥的禁忌让菅流不禁战栗屏息，于是小俱那决定结束话题。

"现在别谈这些，这种场合不该提起的。"

"喂……"菅流出声叫唤，却忘记该说什么，原来就在顷刻间，他被府邸角落树林下出现的某样东西吸引。

那是一只牝鹿般身形苗条的异兽，全身散发莹白微光，它的美让菅流看得目瞪口呆，却透着诡惑妖异，在树荫下宛如燃烧着的青白光焰，那伫立着朝此凝神观察的模样也十分骇人。

"那是什么东西？"菅流压低声音悄问着，又以下颌示意。

然而令小俱那感到惊奇的不是异兽，却是菅流。

"你看得见它？我以为除了自己，谁都看不见呢。"

"别小看御统之主。"菅流更小声道："真是令人头皮发麻的妖兽，让我去确认它的真面目。"

"别管它。"小俱那捉住他的手臂，"必要时由我出面吧。那东西陆续在我前往的地点出现。"

"你说什么？"

"别当一回事就好了。只要无隙可乘，黎明前它会离去。"

菅流察觉小俱那还有许多不为人知的隐情，他提到多半在外过夜的原因，难不成与这只妖兽有关？

"以前就能看到它吗？"

"不。"小俱那答道，接着面带迟疑地望着他，"从母亲去世后它才出现。在西征途中看到它时，我接到了母亲亡故的噩耗。"

菅流不禁转头重新望着那只异兽，就连那双眼瞳都冷白如月，充满灾厄的视线令他觉得仿佛被死神凝视。小俱那将他的注意力拉回。

"不能看它，否则那东西会一直靠近你。我知道它今夜会来。"

"你怎么知道？"

"今天我与你对峙时动用了部分剑力，因此——"

小俱那话未说完，牝鹿似的异兽就从树下窜出直奔过来，流焰般火速踢踏地面的猛势锐不可当。小俱那制止菅流后，迎面对上疾冲而来的异兽。震惊的菅流只能频频眨眼，连全身血液凝冻都浑然不觉……

只见异兽冲向小俱那的腹部，青白身躯与他化为一体，一瞬间后又穿过少年身体朝背后跃去。菅流简直不敢相信眼前所见，而异兽继续向后方奔驰，从他的视野中消失。

过了半晌小俱那才叹了口气，开口说："已经不要紧了，今晚它不会再来。"

"那到底是什么？"菅流不由得拉开嗓门。

"就是剑力。"小俱那无力地说，"你们借由御统封住的力量已脱离我而汇聚成形，而且徘徊着想重回主人体内，不过刚才我却没让它得逞。"

"剑？那不是光附在剑上的东西对吧。所谓剑力到底指的是什么？至少玉之御统也不能单独地来去自如。"

小俱那突然浮现泫然欲泣的神情，他竭力压抑情感，连旁观者都为之心痛，然后他道：

"长期以来我也一直思考剑力究竟是什么，还有为何它会凌驾我本身的意志守护我。将剑交给我的是身为巫女的母亲大人，可是如今我却觉得真正的剑主或许是她。"

菅流眉头一蹙，"你不是说母亲大人过世了吗？"

"她留下会一直守护我的遗言自尽，就是在出发前往日牟加之前发生的，我与母亲大人起争执，坚持不想再使用那把剑，因此她表示为了保护我的性命，即使奉献生命也在所不惜。我应该早点考虑到她的巫女身份，就在我离开后她就真的——轻生了。她执意牺牲至此，我实在无法怨她。然而，那只异兽正是母亲的化身，就是母亲大人。"

小俱那交抱胳膊说着，连菅流听了都觉得毛骨悚然。

"简直疯了。"菅流含怒道，"如果这算母爱，那根本是疯狂，这就叫作执迷不悟。虽然我娘早逝，不过这点道理还能懂。"

"或许我们母子全疯了。"小俱那语气落寞地说，"可是自从与远子重逢后，现在我不想再让那股力量返回身上了。"

6

到了清晨，小俱那若无其事地走在部属们之间逐一问安。在白昼时他判若两人，不但洋溢着自信活力，甚至可说是朝气蓬勃，连微微倨傲的态度也与皇子身份十分相宜。菅流认为他能获得武彦和众部属的爱戴并不足为奇，士兵中没有任何人知道小俱那还有不为人知的另一面，竟然会在深夜与亡灵见面。

不过，他不该逞强，强打精神是撑不了太久的……

菅流如此想着。然而几日后他改变了想法，小俱那似乎能胜任这一切，至少他已习以为常，并不会让人感到一丝勉强。

小俱那等人以大王之名组织讨伐北方虾夷族的征讨军，身为里长的尾之于是征召狭贺武当地的士兵，虽然不是正式的征召，但聚集人数却超过五百名。在备齐兵器，反复训练到遵守指挥行动为止，又耗时一个月，无意受真幻邦军队管束的菅流拒绝收编入队，就在附近闲晃着，漫无目标地搜寻远子。

这日竖起染旗，吹响出征螺号，在里民群集的送行中，士兵踏着井然有序的健步出发。菅流于送行群众中眺望队伍，回想黎明时小俱那曾来表示自己绝不用剑。

"我要靠自己的意志来抵制它，不战而胜。到目前为止有过几次这样的经验，我相信应该可以做到。"

他特地来告诉我这件事，难道其实是对自己没有把握？

此时小俱那是瞩目的焦点，正高坐马上从众人面前通过。结着朱红绳穗的磨亮头盔在阳光中辉煌闪耀，显现着辉神后裔的武者风采。

菅流所站位置就在军队住处旁，可以清楚望见里长府邸的众人立在庭中。女眷们也相偕而出，因此立刻引起他的兴趣。他早想知道遭小俱那冷落的里长女儿相貌如何，倘若姿色不错，那就上前搭讪也无妨。

于是菅流怀着不纯动机，一步一步走上前想隔着柴篱偷瞄，不料就在这时，背后突然有人大声喝道：

"你在那里做什么？"

他连忙掩饰尴尬回头，只见一张带有额伤的威严老脸正猛瞪着自己，偏偏这么不凑巧被里长逮住盘问。

"你不是皇子的属下吗？身强力壮的小伙子为何不出征？"

"谁是他属下？本少爷向来我行我素。"无论对方是谁，菅流都以一贯气傲的态度答道。

里长高高扬起眉毛，"既然不是属下，那是什么来头？"

"算是客人，不是跟来打仗的。"

"老夫若是你这年纪，才不会计较立场，而是去冲锋陷阵。"胡须飘冉的老者说着，语气中满是遗憾，"这回还是头一遭从阵前退了下来，本来这把老骨头还能再战下去，只是立场不容许啊。看到那么壮丽威武的出征阵容，你难道不动心吗？"

"依我的个性，除非自己当上大将，不然不去应战。"

"小伙子口气真大。"

老者以锐利的目光打量着菅流，似乎对他颇有好感，于是消了怒气，开始与他攀谈起来。

"不过，这里还暂时不曾出现能超越那位皇子的将才，因为他的禀赋是与生俱来。尽管谣言纷纭，不过老夫一眼就能看出皇子气宇非凡，年纪轻轻就有如此卓越的率军能力，而且还那么清心寡欲。"

菅流想起里长女儿一事，险些偷笑出来，"是啊，清心寡欲。"

"皇子表示无意占领新地，而是想开垦让大家共同分享，真是多么非凡、多么高贵的人物啊。不过年少时就如此淡泊名利，反而令人忧心，也许他会英年早逝呀。"

没错……的确如此。

听了里长这番话，菅流突然了解自己为何对少年抱持一种莫名的不安。因为小俱那遭受某种与他本身努力上进无关，而是类似阴霾袭身似的凶兆所困。虽然菅流为此心焦气躁，却又无法遏阻情势。

小俱那曾说对自己没抱任何希望，或许真是如此。

狭贺武的老者继续说："有时会出现一种人物，就是天生拥有超越他人一切的优越条件，但却欠缺欲望和执着心。这种人总是活不长久，就像上天迫不及待想早日召返，又如迅飞之鸟不顾一切逝去，正是所谓的早夭之相啊。那位皇子也现此相，以我活到这把岁数来看，甚至觉得恰似昙花一现。"

假如小俱那死去，搜齐玉之御统的目的就不需亲自动手完成了。然而，这时菅流内心并没有大感意外，也绝非谢天谢地。

"里长，"他突然说，"我还是随军队去看看情况，偶尔是该听听老人言的。"

菅流怀着不妙的预感追来，然而率军北进的小俱那队伍在他面前却有大出意外的进展。异族眼见军队压境，只发动小纷争后就撤退逃走，接着节节败退，终于被小俱那的军队逼困在城寨中，于是两方在寨前展开和平交涉。对方村长旋即屈服投降，可说是一场和平镇压。日暮时分，小俱那下令不准队伍踏入村内，士兵仅能在野地宿营。

来到大将的帐篷，菅流见到难得神采奕奕的小俱那。

"你威风凛凛出征的架势连我瞧了都感折服，没想到真幻邦来的人竟有这般能耐。"

"对我来说不过是依计划行事。"

或许是策略奏效大感兴奋，小俱那似乎颇引以为豪，继续的谈话中带着平时罕有的振奋。

"不过，我知道今后才是难关，虽然阻止了对方的战意，问题却出在我方的战意。目前率领的众多士兵都怀着高昂斗志而来，尽管没有酿成战祸，但也无法轻易安抚他们。为了避免情绪爆发，势必要有办法排遣，这可是避免战争的一大工程。"

他突然会心微笑，"首先，既然集合了这么多人，不该在有效运用前就全部解散，因此我在想——来时途中有经过一片沼泽围绕的湿地，那是我在布阵勘查地势时发现的，那片沼地是河川蜿蜒留下的水路经断绝后所形成。"

小俱那一边拾起木棒在地面迅速画起简图，一边又说明道："如果在这里建造一条最短的水路，就能让水流畅通，若有五百名以上的士兵，那么只需半个月便能完工，然后这片土地就会有良田了。不仅能让水流疏通，兵心也能获得慰藉。"

菅流以初识陌生人般的眼神，望着他的面孔，"你在率军行动时，都在想这些事？"

"这是我原本的喜好，因为我这方面比较在行……"小俱那突然害羞起来，伸脚将地图抹去，"与其指挥作战，我实在比较喜欢建筑，而且还能造福百姓，虽然大家全把我当成远征大将。"

不过，就在夜半竟然惊传异变，因不战得胜而安心休兵的小俱那阵营遭到夜袭，而且袭击目标只精确锁定在军阵中枢——小俱那的帐篷。箭如流雨，卫兵在奋力闯入的偷袭者面前纷纷倒下，他们的奇袭手段之高明，连毫无睡意的菅流也在箭落时才开始察觉不妙。

小俱那的和平镇压毕竟太轻敌了……

这种完全信任异族及避免调查村内的行径真令人不敢苟同，结果菅流也被卷进这场纷争，逼不得已拿起身旁的矛枪。

身上的御统发出光辉代替已熄的火炬，将黑暗照得通明。袭击者看似寥寥无几，菅流却一眼识出这些人个个武艺精湛，他在从容反击之余，四下寻找小俱那。虽然周围陷入一片混战，倒还不至于形势逆转。不久，当士兵得知有突袭而从他地赶来支援后，敌人眼见不能恋战，就如退潮般迅速撤离。

"快追！别让任何一个跑了。"武彦发号施令的声音响起，黑暗中混乱异常，推挤的士兵撞成一团。

菅流心想，如此一来，绝对会让对方有隙可乘。

小俱那在哪里？

倘若主将被暗算，混乱就不会轻易平复。好在菅流还是找到了小俱那，只见几名部属围着这位统帅争论不休,最后他还被强拉回帐篷内。

"必须先查看伤势,还请您千万别移动。"

菅流上前探视他,"受伤了吗?"

眸中精光闪烁的小俱那抬眼望着他,"没什么,只是划伤,倒是没抓到他们可不行。"

果然如小俱那所言伤势轻微,尽管如此,配备齐全的军队将领亦为此挂彩,敌人也算达到了目的。

菅流说:"大概抓不到吧,没想到虾夷人竟有这么大的本事。"

"不是虾夷人。"小俱那的语气忽带一抹苦涩,"虽然假扮成异族模样,但并不是他们。想趁战乱取我性命的情况已不止一次了,那些家伙或许正是来自真幻邦。"

"你是指有袭击者混在同伴中吗?"大惊失色的菅流高喊着。

"不……是刺客,大王派来的。"

"那是什么缘故?难道真幻邦的大王命你讨伐虾夷,其实却希望你战死沙场?"

"我的部属也都明白,可是狭贺武的士兵并不知情,一口咬定就是虾夷人所为,还冲向已经压制的村中扬言要找出元凶。"

小俱那的担忧变成了事实,他接获士兵返报后立即匆忙前往,只见虾夷的村里方向已冒出火舌。

"我又背负了一项污名……"小俱那凝视着火焰,喃喃自语。

菅流发觉愤怒的少年正浑身颤抖,接着连他自己也吓了一跳,原来在小俱那对面距离不到十步的地方,正立着那只优美宛似牝鹿的白兽——

双手按着眼睛片刻,小俱那并未哭泣,不久静静垂下手,注视着那只异兽。即使它就在另一头,小俱那也没有显出丝毫惊慌之态,只定定望着那燃烧青白光焰的眼瞳。

菅流不禁上前抓住小俱那的肩膀,似乎明白他将作何打算。

"别理它，你不是不想再靠剑力了吗？"

"事到如今，我别无选择。"小俱那喃喃说道。

菅流猛力摇撼他，想将他的注意力从异兽拉回般大吼道：

"别为这点挫折就屈服！你不是说要靠自己意志来抵制它吗？如果想阻止军队，就由我来吧。千万不能让自己沦为野兽！"

菅流终于硬将小俱那扳向自己。

"别看它！那东西是什么我可清楚得很，那就是疯狂，假如你不封住它就会发疯。"

"可是……那是母亲大人。"小俱那答道。

菅流也不是不能感受剑与剑主难以割舍，尽管小俱那了解该恨那把剑，但毕竟无法拒绝它。对小俱那而言，剑是无法完全否定的事物，即使拒绝它却仍给予自己慰藉，能让他抚平心灵的创伤。

母亲吗……

虽然菅流了解的心情，却无法寄予同情，于是就语气更严厉地说："你这年纪不该黏着娘了，若不收拾它，你就不能恢复正常喔。"

小俱那的眼神微微一变，"收拾它？"

"自己做个了断吧。如果不忍心，就由我来替你解决它，我就是因为这样才留在这里的。"

菅流光想着引开小俱那的注意，竟没留意到异兽的举动。当异兽发觉是菅流在唆使，就一蹬地面直扑他而来。他凛然惊觉时，白焰燃烧的兽体已出现在眼前，从下颚露出恶狼般的獠牙清晰可见。他在胸膛吃了前蹄一记摔倒后，以御统护身，好不容易避过攻击。异兽踢中的部位有如火噬般剧痛，他一想到咽喉差点没被咬断就毛骨悚然，原来牝鹿的形象不过只是外表罢了。

都是这只妖怪……

菅流从摔倒的地方重新站起身，抓起矛枪摆好姿势时，异兽已消失踪影，只有小俱那独自站在那里面无表情望着他，身影全包围在青焰中。

"混蛋！"菅流怒吼着。

异兽与小俱那在各持不同的意愿和考虑下终究合为一体，两者毕竟无法成为交锋的劲敌。

"别阻止我，我去那里只是为了阻止军队闯入虾夷村。"小俱那低声说道。

"我怎么能让你去？你打算不分敌我将一切全都毁灭吗？就连部属也会死光光喔。"

"别阻止我！"小俱那已听不进任何劝言，此刻驱使他的只有一股冲动，那股激烈的情绪正征服其他意念，于是菅流觉悟到唯有与他决一死战了。

将意志凝聚在玉之御统后，四块勾玉发出更强烈的光辉，开始聚集风力，接着封住剑魂的强烈意志，将力量集中于一点。御统不仅能让玉主飞行，还有创造其他空间的能力，换句话说，就是消灭剑所释放的力量，借此让玉主逃往别的空间。倘若面对能集中同样力量的对手，御统便能让对方彻底消灭、无影无踪，之所以需要四块勾玉，是为了将这份力量升华到"死"的境界。成为玉主的时日愈久，菅流愈能自然领会这种神力，不过至今他还没将力量发挥到极致。

逼不得已了……

两方的力量激烈冲突，周围的林叶全都扯飞。菅流下定决心对抗到底，却无法轻易封住剑力，明知不能就此低估剑主，不过对付小俱那还真是棘手。打斗时先贬低对方是菅流的一贯作风，但是这次他发觉这招行不通了。

而另一方面，菅流其实内心还有难以释怀的迟疑，那就是远子的事情。他觉得杀死坚信少女还活着的小俱那，等于是一并夺去远子的性命。此外他的内心已深深接受了小俱那，不能再否定或消灭这个少年，换句话说，就连菅流本身也开始莫名地欣赏他。在这迟疑的一瞬间，剑的杀气已到，封剑的防线既破，菅流被震破的力量直冲激飞。

好厉害……

菅流愕然暗想着。御统的串线承受不住力量应声而断，小俱那的力量或许胜过四块勾玉，因为那正是跨越死界、附在爱儿身上的母亲所给予的力量。

菅流望着断线的勾玉散落，霎时火冒三丈，他发怒不为了自己，而是想起远子。

"醒醒吧！"菅流朝小俱那大吼道，"你觉得远子会怎么想？你不是想见她一面吗？"

原本即将跃向菅流的青白光焰突然消失，全神贯注的小俱那表情仿佛大梦初醒，终于认出青年而注视着他。菅流一时之间心里还戒备着等待应战，不过小俱那已不再陷入疯狂，逃脱了异兽的掌控。

这次菅流慎重地开口："你不是下定决心要靠自己消灭妖力吗？"

"我试过好几次。"小俱那垂头丧气答道。他完全恢复正常，对自己的行径感到羞愧，因而十分消沉。

"跟妖兽划清界限吧。"

"我知道……"

小俱那的身体不再浴着青白光焰，黑暗中只有菅流拾起的勾玉泛着光辉照耀两人。如今在御统的光芒中浮现的小俱那，既不是灿烂光辉的皇子，也没有勇将的叱咤气魄。

"白天在属下面前那么呼风唤雨，一旦恢复自己就完全走样？就是你那副没自信的样子才会遭妖魔附身。"菅流忍不住呵斥，小俱那看起来就像迷途的羔羊。

"白天的人不是我，是皇兄。我知道若是皇兄就会有什么举动，或希望该如何行动，我曾向他学习过所有事情，表演得恰如其分，至今也是如此。"

"那么，你想告诉我，你没机会向皇兄学习该如何跟母亲相处吗？

你这算什么，傀儡啊？"

小俱那挨了一顿痛骂，却只凝视着菅流。

"我不了解自己……"他喃喃说着，接着突然流露被逼到绝境般的语气道，"我很明白自己千不该、万不该被生下来，不应该留在这世上。但是母亲大人并不希望如此，为了让我活下去、能够守护我，她才牺牲自己，这些心愿都化身成为那只异兽。我是有母亲大人的守护才活了下来，若非如此，早就被大王铲除了。前往日牟加和伊津母时，父王的刺客和密探也随后而来，每次也都是大蛇剑助我脱险。我明白绝不该这么做，可是只要我一息尚存，就没有抛弃母亲的资格。"

小俱那沮丧地继续说："如果我想与异兽一刀两断，或许可以做到，不过那时我又留下什么？只会在抛弃骨肉之情、互相残杀的地点留下自己，独自一人——"

"你希望自己是什么样子？"菅流问道，"该不会是照着兄长的意愿、母亲的期待活下去吧？如果有意振作，为什么不去实现目标？为什么不正视自己的心愿？"

小俱那悄声说，却欲言又止，"我不能这样任性——"

"先别管立场问题，你就是没有自我主张，才会任由利欲熏心的家伙摆布，到头来简直善恶不分，因此就别在意他人，坚持自己的选择吧。反正如果误入歧途，我们也不会坐视不管，维持现状只会让你找不到出口。直接讲清楚吧，你到底打算怎么办？"

小俱那咬住嘴唇，接着说："我想再见一次远子，为了见她，我想活下去。"

"那就不要有所顾忌，去达成愿望吧，让我瞧瞧你靠自己的实力找寻她。远子也是一样的喔，她为了找你表示要搜齐勾玉，也是实践目标的一种。"

"远子总是比我坚强。"突然表情转为缓和的小俱那说着，菅流觉得一瞬间见到了昔日的少年。"虽然一旦毁约就难以弥补，不过无论她在天涯海角，这次就由我去与她相逢。"

能感化这小子的人，也许只有远子……

菅流如此想着。小俱那既然可与死去的生母所依附的剑力相抗，就不会弃远子于不顾。菅流的四块勾玉尚无法封住或断绝少年拥有的力量，他凝视着断线的御统，突然想起应该还有一块勾玉。

远子曾说丰苇原有五块勾玉，而且是由橘氏的五个氏族守护。若加上最后一块，不知结果会变如何？

远子在某个国家提过这件事，不过菅流完全没印象了。他虽遗憾不曾仔细聆听她的话语，然而后悔已来不及。

无论如何，只要远子不在，就一切免谈……

菅流略感焦虑地想着。

第九章　重逢

1

　　皇子率领的军队悉数歼灭威胁狭贺武国的虾夷族，虽然这不是出自小俱那的本意，但他的声望仍如日中天，最后只能顺应情势接受众人喝彩。于是他在民众的敬畏中继续推动水路建设，里长尾芝和当地百姓都对小俱那为狭贺武的热心奉献感到惊奇，甚至觉得超乎常情，真正了解他为何尽心推动的人似乎也只有营流而已。

　　开凿水路的计划顺利得超出预期，劳力们也十分配合，在短时间内就大功告成。小俱那将结尾的工程自然地转由尾芝负责，并开始准备启程。

　　里长以难以置信的语气说："这全是皇子的功劳，小民岂能擅自居功！真幻邦的大王也一定不会默许我们的行动，还请将这片从虾夷夺回的土地以皇子之名纳入您的领地。"

　　小俱那毫不犹豫地说："之前我已讲明这片土地是属于拓荒的各位所有，既然有言在先，就轮不到真幻邦插手，这便立据为证吧。"

　　里长望着小俱那半晌，才毕恭毕敬地说："今后无论您前往何处，我国人民必会永远对您表示爱戴之意。只要告知一声，随时乐意为您效劳。"

"你们的好意我心领了，"小俱那淡淡一笑说，"不过，大可不必将此事放在心上，应该要好好耕种才是。或许直到最后——我和部属都会漂泊异乡也不一定。"

军船再度在峡湾整装出航，小俱那与依依不舍的民众告别，登上船后不禁舒了一口气般发出叹息。

"你相当受人尊敬嘛。"菅流见状，就半调侃道。

小俱那发现他一副理当同行的模样随同登船，表情就稍显开朗起来。

"我只是别无所求地离去，有这么值得敬佩吗？"

"一般来说无论是谁都做不到吧。"菅流随口道，"强者往往贪名图利，那老人家说你太清心寡欲，准会提早挂掉。"

"是这样吗？"小俱那听了很不舒服，就说，"我的欲望不过是专注在其他事情罢了。这么说来，你才活不了多久呢。"

菅流不禁皱起眉头，"你在鬼扯什么？"

"你没得到任何好处，却宁可跟在我身边。既然与我非亲非故，却又嘘寒问暖像个亲人，完全没有任何期望。"

"少说蠢话了，我这人是光凭喜好行动，七情六欲多到没处发泄。"菅流愤愤地说，"何况我可是出生在长寿的家族喔。虽然我爹运气差一点老早就挂了，可是爷爷直到现在还很健朗，我的梦想就是活到那把岁数，可以好好含饴弄孙。"

"含饴弄孙……"小俱那突然笑起来，那抹笑容让他看似开朗到仿佛换了一个人似的。

菅流突然觉得少年逐渐对自己敞开胸怀，虽然只是渐有转变，不过以前从来没察觉到这种变化。

"那太好了，我真想和你交换人生。"稍微透露心声的小俱那说，

"如果能有个自己的归宿就好……"

"既然搜集了勾玉,就不能不做个决断,因此我必须把御统带回去,只要有它就能飞回家乡吧。"

"再不久就能抵达目的地啰。"

"你怎么知道?"

"我们等一下越过狭贺武后,将会进入日高见,那里就是东征的最后目的地,也是与虾夷领土相连的极东之国。是否能达成远征,或许要视情况而定,不过大王对我们的表现十分期待,而且我还感觉到远子就在日高见的某处。"

"你说日高见啊,"菅流不觉提高嗓门,"我有听过喔。对了,是日高见,保存勾玉的另一个国家叫作'旭日东升的日高见国',我总算想起来了。"他望着小俱那,"为何远子会在日高见?难不成在寻找勾玉?"

"我不知道。"小俱那平静地说,"不过,我昨夜梦到远子站在某处,背景里有着朝阳。我们的目标是东方,日高见虽然幅员广大,不过我相信一定能在某处与远子重逢。"

小俱那和部下乘坐的三艘军船日夜朝东前进,不久发现一处仿佛海湾的大河口,就将军船长驱驶入。由于日高见的岸边地势低洼,形成浅滩不易停泊,军船反而轻易上溯这条宽阔的河流,直往内陆而去。在前进中,众人极目所见的尽是连绵至远方的枯芦苇丛,还随处可望见发光的沼泽,只是不见山影。

"的确——好辽阔啊。"尽情远眺着白耀生辉的苍穹和大地边界的小俱那说,"我想起七掬说过,这里可以看到一望无际的原野和群鹿的角林,当时听了觉得很夸张,果然要亲眼见到后才会懂。"

菅流瞥了他一眼,"听起来你还蛮怀念他的嘛。"

"七掬教了我所有的事,"小俱那停顿片刻,"……不过他永远不会原谅我杀死皇兄。"

"意外的是，事情并不像你想的那样喔。"菅流说着，小俱那的眼睛立刻睁得滚圆。

"你认识七掬？在哪里遇见的？他还活着吗？"

"我看到时他的精神好得很呢，而且还领了一批喽啰，在都城附近当起了盗贼头子，听说正在策划打倒大王。"

"……果然像他所为。"小俱那轻声笑道，接着又面色凝重沉默不语。

菅流眺览着无际的原野，辽阔到让人感到空荡，若想找寻目标还真不知该从何处着手。

远子真的会在这片原野的某处吗？

船边的士兵来向小俱那禀报："已经发现人影了，属下认为狭贺武的民众所指的轻野里应该离此不远。"

"好，这就派先遣使者前往吧。"小俱那回过神来，神情紧张地说，"将船靠岸。"

一行人在上岸的岸边等待使者回报，由于人生地不熟，众人不敢轻举妄动。

"这里无论发生什么事都不稀奇，因为连河水都逆流而上了。"武彦对菅流说道。

"鬼才信呢。"

"你没注意到吗？"武彦随手折下草茎丢到水里，只见草在近岸处漂浮，而河中央的水流确实将草穗推往上游。菅流睁大眼睛，注视着逆水而上的断草。

小俱那站在身旁轻声笑着，"这也不算稀奇，只不过受到涨退潮的影响。这条河流速度太缓，一定是涨潮形成逆流的吧。"

菅流对他能轻易说明，不禁稍微另眼相看，"你的头脑很不赖嘛。"

"我想前面或许有大沼地或湖泊，甚至可能有内海。这还是我生平第一次遇到这种地形。"小俱那将手捂着唇边，陷入沉思后说，"必须找个高处勘查这国度的地势才行，我们并没有日高见的地图。"

武彦插嘴说："可是这里到处都是平地，要到能眺望四周的地点还需走上好几日。"

突然，小俱那回头望着菅流，目不转睛地注视他。

"为什么这样看我？"

"真羡慕你啊，你应该能在瞬间来回两地吧？"

"是没错啦。"菅流装作若无其事地说道。

"你的力量能帮助人，可是剑却无法做到。"

"我可没说要帮助人之类的话喔。"

"你总是行侠仗义。"

菅流瞪着小俱那，"捧我也没用，要本少爷去帮大王镇压边民，一切免谈。"

然而实际上，菅流的个性还是喜欢别人奉承的。

于是，小俱那诚恳地道："我不会让你去打探消息，只是若能像你一样飞行，不知该有多好。"

菅流的内心突然升起一种调皮念头。

"我可以带你飞行，不过下不为例，就到能勘察地形的地方吧。"

"真的吗？"小俱那雀跃地重新回头看他。

菅流见到他的表情，不禁咧嘴一笑。

"别想叫人帮你，到时吓得两腿发软可跟我无关喔，御统的威力可是超乎你的想象呢。"

"谁会怕啊。"

"好，算你有种。"

菅流挟抱着小俱那飞起来，一下子升上高空——不知何时已到达远可以眺览海景的地方。

两人所在的位置极高，空气稀薄，冷如寒冰，下降时身躯仿如遭划裂。小俱那不知自己置身何处，只听见菅流在耳边叫唤：

"你想看的风景就在下面，如果昏倒我可不负责喔。仔细瞧瞧吧。"

从下方的云隙间可见大地犹如一片沉灰铺毡，小俱那凝神一看，终于发现自己眼下的景象，惊叫了一声："天啊！"

两人穿过云海，令人叹为观止的无垠大地尽收眼底，看见了至今唯有飞鸟才能望见的光景——这国家拥有宛如虫蚀凹刻的海岸线。他们原先所在的河流只呈一弯银带，从外海延伸至内海滩，并不是一条源远长河。平野则更为宽广，越过沼地直伸入北部和西部丘陵，此外，还有几处森林，洼地上点缀着民居，这一切景象似乎能探手掬起。

小俱那屏住气息快瞧痴了，从这蒙雾尽白的高处遥望，人实在显得微不足道，甚至觉得疯狂追逐土地的支配权是多么愚蠢——

少年变得太过安静，菅流就仔细端详，以为他当真吓晕了，不过却发现他只是双目大睁盯着下方，似乎连惧高也忘了，实在让菅流大感意外。

"已经瞧够本了，下去吧。"

"不——再等一下。"

"你想就这样摔到地面？"

正考虑要回去的刹那间，菅流留意到一种熟悉的微妙感应，仿佛铃声轻响在呼唤自己。

刚才的是——

然而这一瞬间，他们已站在地上，感应也随即消失。菅流回过神，望见刚刚抱着的小俱那正开心笑着，不觉大吃一惊。

"你真有本事。"小俱那上气不接下气地说，"没想到御统这么神奇。你说得没错，我好惊讶，实在太棒了。"

婴儿伸出双臂被高高举起,就会露出这种笑容吧——菅流忍不住想着,少年的确笑得十分纯真。

"不玩了。"菅流冷淡地说,"御统不是用来取乐的。"

"你常这样飞行吗?"

"是啊,也没什么大不了的。"

小俱那由衷地说:"我常希望能像鸟儿一样自由飞翔,真想从身为人的束缚中解脱,在空中任意翱翔。我愈了解自己,就愈觉得身不由己——似乎注定了人生就该如此,因此时常觉得不能松懈呼吸。"

菅流忆起远子屡次说起"解脱"两字,或许借着那缕不可思议的牵系,她感应到小俱那心底暗藏的深深绝望。纵然相隔遥远,或许远子仍能感受到小俱那因过浓的辉神血脉,难以在世间找到归宿。

"我倒明白自己为何不想杀这小子了。"菅流自言自语着。

"今后我会另外行动。"菅流突发惊人之语,"我要带着御统在日高见各处闯闯,最好能找到远子,而且说不定能找到第五块勾玉,刚才我就有这种预感。"

小俱那并没有异议,"这是你的自由。"

菅流意犹未尽地看着他,"至少说声自己也会去找之类的话嘛,你真的想见远子吗?"

小俱那以有口难言的眼神回望着青年,"如果我能自由表达心意,还用得着羡慕你吗?"

在经大浪侵蚀的那片绵长延伸的白滩上,一名年轻的渔夫正轻快地走着。他的名字叫真太智,晒得黝黑的手足和脸孔洋溢着在海浪潮风下孕育的活力。今日他听海边的同伴们谈起一个惊人的消息,此时正兴奋地踏上归途,脚程也自然加快了许多。

穿过防风的黑松林,家门即在眼前。他住在这个海边的小村落,家中尚有老母,而且约在三个月前还来了一个人——

"娘，我回来了。"真太智以讨海练就的洪亮声音说着，急忙环顾家里，"咦？那女孩呢？"

"宫儿在屋后喔。"灰发梳理整齐的母亲从针线活儿中抬起头来，蹙眉望着儿子，"太阳还高挂着就回家，又不是顺道来探望，自从宫儿来之后，你就变啰。"

真太智只装作没听见。

"您看，是金眼鲷。"取出鱼后，真太智迫不及待地说，"而且我还听到不得了的大事呢。听说有一批人坐着军船从内海滩的水路来到咱们这儿，那位大将竟是个穿着闪亮铠甲的皇子，这里从来没发生过这种事，我要去跟宫儿说。"

"身穿闪亮铠甲的皇子？他到底有何目的？"

"我才想问问呢。"真太智说道，就匆匆出门打算离去。

"真太智！"母亲尖声唤住，先制止他说，"别去打扰那孩子，她只是寄住在我们家而已，毕竟是从龙宫来的姑娘啊。"

真太智赌气瞪了母亲一眼，就走向户外。

来到家后方，只见少女正蹲在小田圃里，掸去蔬菜上沾的泥土，准备作为过冬酱菜。对真太智而言，那女孩连极其平常的工作姿态都令他十分感动。被这对母子称作宫儿的少女比附近海边的姑娘更纤巧白皙，第一次发现她倒在海滩时，仿佛一朵萎折的花儿。

感觉有人走近的少女回头一看是真太智，就微笑说："欢迎回来，真太智。"

不经意的一句问候，就让这名年轻人喜悦不已。大约一个月前，她还连话都说不出口。

"傍晚了，不冷吗？"

"不会，没关系。"宫儿举起芜菁让他看，"长得很大吧，这是我刚来时第一次播种的菜喔。"

真太智心里好想与她拥有一些共同的话题，如此一来才会更了解对方。不管她打从何处来，如今宫儿就在这里。

"听说皇子的队伍来到角折滩，很风光耀眼喔，你想不想去看？这附近的年轻人全说要去呢。"他提出邀约，宫儿就睁大眼眸。

"皇子？"

"据说是从遥远西国都城来的皇子，而且还是神明后裔喔。"

少女的表情突然僵住，原本轻松的态度骤然一变，像是刚来家中时对任何人的询问都闭口不答般毫无反应。真太智吓慌了，赶紧撤回提议。

"不然算了，如果你不想去就别勉强。别放在心上，不要生气嘛。"

宫儿淡淡一笑，"我怎么会生气，只是有点惊讶。"

真太智看到女孩的笑容后十分满足，又变得精神百倍。

"宫儿该到外面透透气喔，这阵子看你气色好很多，如果放开怀点就会更棒。你对这附近还不太熟悉吧？"真太智想起母亲的叮咛，于是略一踌躇又说，"希望你喜欢这里，我也想介绍同伴给你认识。如果你愿意的话，其实可以永远留在这里。我知道你跟平常女孩没什么不同，既然如此，一定会很寂寞吧。"

宫儿低头不语半晌，又望着年轻人说："你说得没错哟，我跟大家没什么不同，只是个平凡女孩。"

"那么，"真太智不禁声音充满喜悦，"我们明天一起去，好不好？"

"去看皇子吗？"

"看什么都好。"

"我想去看皇子。"宫儿仿佛痛定思痛般说，"想跟你们当地人一样去看个究竟。"

"太好了，这样娘就不会来干涉了。"

"少说傻话了，"不知不觉间，那位母亲已立在他们身后，手叉在腰际,"到角折的那点路程还难不倒我老人家,我也想去瞧瞧呢。"

2

"伯母。"为了煮早饭在添柴的宫儿突然唤道。

真太智的母亲以为她又失败了,便回过头,因为少女的手艺实在不太高明。

然而并非如此,少女含糊地说:"我……是否可以做您的女儿呢?"

老妇脸上并未显出惊讶,只注视着少女。她依稀知道宫儿昨夜至天明都未曾合眼。

"你真的这样想吗?"

"如果——您愿意收留我的话。"

"你喜欢真太智吗?"

宫儿脸上飞红起来,"他很善良,而且对我有救命之恩。"

"我不赞成呢。"这位母亲直接反对道,语气中带着讨海妇女的直爽,"你是好孩子,不过嫁作媳妇又另当别论。无论过去发生过什么事,你都不该在这种偏僻海边当渔夫的妻子。我亲眼瞧过暴风雨当天龙王护送你过来,有神明关照的姑娘是不可能甘心过这种生活的,为何你会提出这种要求呢?"

垂下眼眸的宫儿将十指交叉。

"我想忘记过去,现在的自己只是个没有能力的普通女孩。我好想重生,在被你们收留的这个地方重新开始。"少女的声音略显颤抖,"否则……我也走投无路了。"

于是,这位母亲的表情和缓下来。

"如果想不开,你的身体又会不好喔。现在别急着行动,慢慢再做打算吧。今早的事就当我没说过,我也很少对真太智讲重话,因为知道他太乐过头了。"

　　宫儿点头不语，然而表现却相当反常，不但难以掩饰不安，甚至还显得十分焦躁。

　　老妇突然心念一动，问道："你该不会认识这次来的皇子吧？"

　　宫儿霎时屏住气息，接着静静吁了口气。"不，"少女格外压低声音答道，"不认识，所以才想去看看。"

　　就在前往角折滩的小俱那队伍面前，菅流突然现身了。数日不见，少年还不曾招呼就一眼看出他的搜索并不顺利，菅流露出愁眉苦脸的表情。

　　"我不想放弃。"小俱那命令队伍稍事休息后下马，于是菅流对他大吐苦水，"我感应到勾玉在呼唤，可惜只有第一次跟你飞行的那次而已，以后无论到哪儿都没有感应，为什么会这样？"

　　"你问原因，我也不明白。"小俱那认真答道，"假如那一次飞行就有感应，或许当时遇到的状况与其他时候不同。你能不能再试一次？"

　　菅流突然抓住他的衣襟，"那就来吧。"

　　"我也要试吗？"小俱那不禁露出吃惊的表情。

　　"只是试飞一下而已，马上结束。"菅流不由分说就自作主张，"当时唯一的不同就是跟你在一起啊。"

　　他们再次来到上空俯瞰这片国度，菅流这次总算掌握状况了。他感应到这时又有铃声般的呼唤，绝对错不了，这是因为和小俱那在一起的缘故。

　　"你又不是橘氏的人，到底响个什么劲？"

　　"我怎么知道？而且，首先，我什么也没听到。"小俱那大感困惑地说道，即使菅流质问也茫然不知，的确错不在他。

　　"那你为何选择北上征讨？为什么决定要去角折？"

满脸惊愕的小俱那回望着他,"我直觉地认为该这么做,没有特别理由。"

菅流感应到的呼唤的确来自北方,于是他沉吟着交抱起胳膊。

"算了,我大概知道。"

那是远子的呼唤,或许——小俱那下意识中直觉的事情,御统已有所感应。

"你明白什么?"倒是小俱那充满兴趣地追问他。

"就是跟你同行效率会更高一点,一起去角折吧。"菅流答道。

滩上的民众密麻如潮,老弱妇孺、邻里乡亲全聚集来此迎接皇子的驾临,这群对真幻邦极有好感的人民仿佛美梦成真。真太智母子称宫儿是从"龙宫"——海底龙王殿——来人间的女孩,他们会欣然接纳宫儿,正因为龙宫及都城皆属超凡之地,因此就像真诚地接受异界般,他们也同样欢迎这位皇子。

"娘,我背您好吗?"真太智问道。

由于人多拥挤,他们站在相当远的松林土堤上。来自真幻邦的一行人身影小小的,隐没在人海中,仅略微露出头部而已。

"我看得很清楚呀,皇子的脸上金光闪闪。"这位母亲说道。

"那不是脸,是头盔啦。"

立在一旁的宫儿缄默不语。她表示不想挤入人群,因此三人就留在原地。

"有点太远了。"真太智窥望着少女的表情说道。

宫儿拉回紧盯到入神的视线,表情也转为柔和。

"嗯,这就够了。"她自言自语般继续说,"远远看他就好,这样的眺望距离我就能认出来。来到这里的是一群与平静度日无缘的人,跟海边村民的生活完全不同。"

"也许吧。"

宫儿又轻轻说:"我能体会那种绚丽的人生……但是却很悲凉。"

真太智四下环顾松林后,拍拍母亲肩膀说:"您看,隔壁村的利根在那里,你们不是好久没见了吗?"

就在母亲和熟人谈话之际,真太智乘机牵起少女的纤手,"你觉得很无聊吧?我们到那边好了。"

滩边涌来的波纹泛起白沫,白颈鹤轻踏细足,跑走着叼衔饵食。来到可畅览海景的地点,真太智就停下脚步,重新凝视少女的灿容。宫儿对他的心意不知是否明了,总之她故作无心似的,目光只追寻着白颈鹤。

"宫儿,"真太智充满热情地说,"你就一直留在我家吧。我会努力工作,不会让你伤悲,无论你从何处来,我都不在乎。虽然娘说你总有一天会离去,可是我不这么认为。你会留在这里吧?会想加入我们,不是吗?"

宫儿无言以对,以近乎哭泣的表情望着真太智。

"让我来帮助你,只要宫儿愿意,我会一生珍惜的,就答应我吧。你讨厌我吗?"

宫儿犹豫了许久,终于开口说:"我……"

然而,那时她究竟想说什么,已永远无从得知。少女突然屏息,浑身如坠冰窖般动弹不得,简直像撞邪一样。

真太智感到有人影便回过头,只见眼前蓦然出现一个青年。他的身材高挑、束发火红显眼,颈上还挂着五颜六色的玉串首饰。

"没想到你在这里。"那人沉声说,"真教人……找昏了头。"

少女的面色转为惨白到近乎透明,她缩起身子无法动弹,就在这个青年想上前拉她时,少女回过神拂开他的手,逃到真太智身后。

"不要!"

"宫儿,他是谁?"真太智尖声问道。

"我不认识。"

"你在装什么蒜？"青年愤愤说道，"远子，这到底怎么回事？"

"我不认识你，我不是远子。"

真太智护着少女，大喝道："不要缠着她！没听见她说不认识你吗？快滚吧。"

菅流狠狠瞪了他一眼，"给我闪开。"

真太智立刻火冒三丈起来。性情刚烈的渔民往往容易冲动出手，他的火爆脾气在同伴中尤其出名。

"住手！"就在宫儿失声高喊时，真太智早已猛拳挥出。

菅流轻易一掌就握住他的拳头，让对方丝毫动弹不得，菅流瞪着神色惊慌的真太智，说："少来碍事，远子还有任务必须完成。"

"你才碍事呢。"真太智喘息叫道，"谁想把宫儿交给你？她一辈子都要住我家，是我的新娘。"

"……你说啥？"菅流首次露出气怯的神情，错愕地望向少女。

宫儿扭绞着衣袖，吞吞吐吐说："我不是你要找的女孩，对不起……"

"混账东西！"突然菅流火气涌上心头，朝真太智大吼，"统统给你搞砸了！"

惊慌的宫儿连忙抢到两人之间想要阻止，"别这样，菅流。真太智没做任何事，不是他的错。"

"你不是叫出我的名字了吗？"菅流表情冷峻地说，"为何要说不认识我？你以为说忘记一切就能这样蒙混过去？"

宫儿顿时哑口无言，原本想扶起被击倒在地的真太智，此时也住了手。

"你以为抛弃一切、换副面孔就好过日子了？没想到你是这种人，也不知道我上山下海找得有多苦。"

"可是……"她轻声低喃着，忽然泛起泪水哭泣起来，"如果不这样做……无论是你还是其他人，我都无颜再见了。"

略感困惑的菅流凝视着少女，她抽泣着说："为什么要找到我？明明就希望你能忘记，以为我不在人世……"

交抱着胳膊半晌，菅流说："至少该说明理由，我想听你解释为何变成这种局面。"

"宫儿，"终于能开口说话的真太智握住少女的手臂，"别走，我不想要你跟这家伙离开。"

龙宫来的少女哭红了双眸望着真太智，说道："我也没有别的地方可去，只是我必须让他知道事情经过。"

菅流带着远子飞往人迹罕至的海边尽头，两人独处后，青年缓缓问道：

"你真的打算跟那人一起生活？"

"我不知道……"远子无力答道，"我还无法适应这里，也不知道今后能不能入乡随俗。"

"变成女人的人才会说想嫁丈夫喔，你什么时候变成这样的？"

远子默不回应，低着头以足尖轻玩沙上的贝壳。

"你打算就这样让一切付诸流水？明明那么奋勇地去追寻小俱那，现在态度却来了个一百八十度大转变。的确，在这里宫儿不再是以前的远子了。"

"就算被你责备，我也认了。"远子轻声说，"尤其对你，我实在无话可说。但是，以前的我总是无知地勇往直前，无论对自己或是别人全都毫不了解。"

"那你想说你现在了解了什么？"

"就是知道自己有多么微不足道，根本不配当解决小俱那的战士。我自认是除掉他的不二人选，这种想法真够愚蠢，甚至以为能和他以对等的实力相战，其实我只是个平凡的小女孩罢了。"

菅流不禁仔细打量她，"这就是勇闯大王宫殿、夺回勾玉的家伙所说的话吗?"

"我当时是情非得已。"远子叹了口气,"为了打倒小俱那才不得不那么做,非拼命达到目的不可。可是没想到事实并非如此,当我领悟时,所有心防都瓦解了。"

菅流紧蹙起眉心,"那你为什么不来找我?这还算同伴吗?不管结果如何我都会支持的,没想到你却只把御统丢来,我最火大的就是这件事。"

"对不起,我没想那么多,只能狼狈逃开,因为我无法容忍自己的失态。"

菅流坐在岩石上,眺望海面半晌后又问道:"……你是怎么来的?为什么来这里?"

"那时我的情形就算死了也不奇怪吧,溺水那一刻我以为没救了,现在想起来简直如梦一场,我竟然与巨大的蛇神相遇。"远子忆起当时情景,缓缓说,"蛇神看到玉之御统,就说它不但见过勾玉还长期守护过,如今任务转交正要返回老巢,还问我为何拥有御统。"

菅流原本在膝上支着头,于是放下手臂,"那不就是峰顶的蛇神吗?它的故乡原来是大海呀?"

"当时我只觉得活着没有意义,不过很在意自己不该带着御统葬身海底,因此请求它拿走御统,将它还给留在沙滩上的你,而蛇神也答应了。"

"原来如此。"

"然后蛇神问我今后打算如何,我表示想忘记过去,当时就只有这种念头。蛇神说要去探访一位住在东湖的旧识,就顺便送我一程,还让我坐在它的后颈上。等我清醒时,已到了这片海滩……"

远子凝眺着岸边,仿佛望见倒卧在沙上的自己。

"是真太智和他母亲救起我并带回家中,他们对来路不明的我非常亲切,刚来这里时我还举止有些反常,连话都说不出口,多亏了他们的善意照顾才恢复正常。如果留在这里,我觉得似乎能忘记你……能遗忘小俱那而活下去。"

"忘记那小子就好了吗?你能舍弃曾经追寻的小俱那,忘得了他吗?"

面对菅流的质问,远子只有静默不语。

他接着又说:"那么你为何要来角折?若打算忘记小俱那,就应该不想来看他。"

"这又另当别论了,我是基于身为这里的村民才来的。"远子落寞地说,"我不知道他长途远征到此地,不过还是可以把他当作来自不同世界的皇子。忘记三野也好,一直怀念逝去的过往也是枉然——"

"你是想放弃为故乡的亲友报仇吗?不但没能打倒敌人,连三野橘氏世代继承下来的勾玉使命也没办法完成。就算大王的后裔再发威造孽,你也坐视不管吗?"

菅流的一字一句刺痛着她,于是远子按住胸口蹲下身。

"是啊,我就是这么肤浅的女人,没半点能耐,不像你那么坚强。橘氏只要有你不就好了?所以,最好让我忘记——"

"真傻!"菅流突然说,"你可知道小俱那就只想奔来这里?那小子一心一意想再与你相见,就连我都没察觉,他却感应到你的所在之处。没想到远子竟然如此消极,让我忍不住想同情他呢。"

远子一脸茫然注视着菅流,对她而言,从青年口中听到这番话实在太意外了。

菅流发觉她十分惊讶,就耸耸肩。

"自从你失踪后,我和他相处了相当长的时间,如今总算了解他的处境,反而是你对他一无所知。毕竟你成为女人了……跟以前的远子不同,变得平凡无奇。"

远子不由得满脸通红,"平凡无奇又怎样?不过我真不敢相信你和小俱那一直在相处,这究竟怎么回事呢?"

"我本想解决他，事情却自然发展成这样。而且，也因为只有他一人始终相信你绝对没死，所以我们才四处找寻你的下落。"菅流又补充说，"我从旁观察他，发现这辈子从没见过这种怪胎。最怪的就是，那小子竟然没有主见。"

远子随即插嘴道："不是没主见，是不擅于表现。"

"现在这样可不行，剑力的意志比他强过太多，因此那小子只能任凭摆布。他本身没有足以让剑力屈服的心灵支柱，而且也不曾拥有。如今他能脱离大蛇剑，远子，都是因为有可以与你重逢的信念在支持，其实他正处于岌岌可危的状态。"

菅流又努力道："那小子除了你以外是一无所有。去看看他就知道了，你会惊讶在他眼中有多晦暗，有那么多人簇拥着，受尽百般尊荣，却没有丝毫能留驻于他的心中。没有任何人能分担他的心事，连我也无法让他解脱。剑力可不是轻易就能驱走的，若有机会达成——也只有远子才能做到。他追求的唯一，就是你。"

远子俯下脸，陷入长长的沉默中。

菅流起身走近她，语气并不带责备，只道：

"该是承认自己感情的时候了。你们明明这么思念对方，还一点也不了解双方的牵绊有多深。你就别再逃避不忍杀死他的事实了，你喜欢他的程度足以抛弃复仇和使命，不是吗？"

远子霎时僵住，眼神避免直视菅流。

"你一定觉得我像个不懂事的傻孩子吧。可是，我也考虑了很多，从那天起我就一直不断思考着——在船上和小俱那相遇，看到他时，我很清楚自己下不了手。"

背对着菅流，远子面向海说："……小俱那没改变，可是也算变了。不论改变或不变，我都无法憎恨他，对他只有爱和思念。我好喜欢他，喜欢他胜过任何人，从以前到现在唯一喜欢的人就是小俱那。可是，这样不行，我无法为他付出任何事。"

远子的语气中没有犹豫，也没有难以启齿。菅流怀疑是自己听错，便凝视着她。

"假如陷入恋情，我就会和明姬姐一样重蹈覆辙，明知会遭遇不幸仍执意去爱，最后只能踏上殉情一途。我在很久以前就知道了，三野的大巫女曾说，小俱那也是武尊——就像身为武尊的大碓皇子一般与长寿无缘。他和大碓皇子像极了，真的好像……我们的恋情也只会有令人唏嘘的结局。假如不能亲手解决他，我还不如远遁他方，就算想殉情，我也实在不忍见到他在自己身旁结束生命。"

了不起……菅流低吟般自语。女人就是这点让人刮目相看，突然就来个女大十八变。

"因此，请别告诉小俱那有关我的事，拜托，别跟他说我们在此见面。"

菅流低声问道："你打算再也不见他了？就算了解他的心意，也决心如此？"

远子咬紧唇，答道："我比不上明姬姐有气魄，连她都不能阻止的事情，我也无法做到，求求你别再为我费心了。"

"如果小俱那就这样无药可救地死透了，你也不管？"

"我能管什么？"远子突然怒道，气势汹汹逼向菅流，"你好过分，我只是个女孩子呀。你这么想逼我走上绝路？难道我就不能追求平凡生活的幸福吗？"

"小俱那需要心灵支柱。"

"你从何时起变成替他说话？真奇怪，明明你就是玉主。"

菅流认为自己的确反常，事态不该演变到如此局面……

"我猜你是无法忘记过去才想平静度日，我完全不懂你指的幸福是什么，不过，你认为好就好了，我实在不该干涉，这样立场不够超然。"

菅流将前发一拢，似乎死心道："还记得你说过日高见国有第五块勾玉的事吗？这里就是'旭日东升的日高见国'喔。虽然我本来不想继续当御统之主，不过既然背负使命就只能完成任务。今后我要去寻找它，只要搜齐地上的五块勾玉串成御统，也许就有办法解救小俱那。既然远子拒绝，那我也不会再来打扰了。"

远子一瞬间露出有点不服的表情，却默默起身，不久又喃喃说："你不会原谅我吧？"

"这无所谓原不原谅。"

离去前，菅流再度正视着远子。

"人生是由自己抉择的，旁人不能多言，就算你将来抱怨也无济于事。"

3

菅流消失后，远子暂时独自留在海边，心底空虚无限，仿如寒风穿彻。

这样就结束了……挥别过去，另一个我才真正从头开始。

原本以为菅流会狠狠教训自己，如果他劈头呵斥一顿，在盛怒中分道扬镳，或许还能将昔日完全忘却。可是意外的是他如此善解人意，远子因此有被离弃的感觉。下定决心不再相见固然惆怅，不过对他的内疚恐怕一辈子也不会消除吧，当初是自己主动找菅流离开伊津母，现在却推卸一切责任只知逃避。

可是，除此之外我别无他法，只能这么做……

远子哀伤自己的处境好艰难，哭泣一会儿后，总算走回原先来看热闹的地点。虽然不想面对人群，但还是十分担心挨了菅流拳头的真太智。

远子似乎在海滩独自发怔了好长一段时间，不知不觉已日影偏西，于是她快步穿梭在斜长树影间寻找真太智，观看皇子队伍的人潮开始散去，如此反而难以寻觅。

远子在附近稍感尴尬地向人问道："请问有看到矢田来的真太智吗？"

她感觉得到大家投来的好奇目光，只能佯装不知，但即使她背转身去，仍然听见一阵窃窃私语。

"就是那个姑娘，住在真太智家里……"

"听说是龙王带来的……"

"没想到很平凡嘛……"

"不，还是有点……"

第一次离开屋舍站在众人面前，远子知道自己成为了话题人物，仍旧感受到一种被另眼相看的滋味，这种隔阂何时才能填补，连她也毫无头绪。

就在远子甚至猜想真太智母子可能弃她而去时，终于发现两人还在此处，眼前那个熟悉的身影似乎急得快哭泣了。

真太智发现远子走近就蹦起来，直朝她飞奔来。

"宫儿，你去哪里？我到处在找你呢。"

真太智的单边眼皮有些浮肿，不过并无大碍。远子放心地勉强挤出笑容。

"我也在找你，以为你一气之下回家了。"

"那家伙呢？"

"他走了，以后不会再来。我该向你道歉，真对不起，伤很痛吗？"

"只是小伤，你会留在这里吧？虽然我打不过他，可是你不会走吧？"真太智焦急地问道。远子默然不语，却点点头。

"我喜欢你。如果你离开，我会崩溃的，真的真的好喜欢你。"

"我是从龙宫来的神秘姑娘，这样你也喜欢？"她轻声说，"将来也会——"

"那当然，我会一直喜欢你。"真太智爽快保证，拉起少女的手。"跟我来，刚刚我才告诉村长有关我们的事呢。让我来介绍你，如果有村长支持，我们很快就能结为夫妻。"

真太智带着远子来到村长面前，只见对方是个典型的讨海人，语调也粗声大气得让少女以为他在发怒，不过那张软如皮革的脸上皱起无数笑纹，说："原来你就是来自大海的少女？"

"他们叫我宫儿，在矢田村承蒙许多照顾。"

深感兴趣的老者将远子从头至脚打量一番。

"原来是这么漂亮的姑娘，真太智家里捡到宝贝，也难怪惊动邻里啊。"村长说着，就朝真太智看一眼，"或许遭人眼红会造成一些困扰，你就低调点吧。"

真太智露出喜悦的笑容，因为他明白村长并没有蓄意挑剔。然而，事后才知道其实这时老者早对两人另有打算，不过是在他们返回矢田村的翌日以后，情况才急转直下。

"宫儿，你在哪里？"

真太智又在日照仍高的时刻返家。远子听见他的声音透着不太寻常，察觉事态有异，不禁手还捧着钵盆就跑去迎接。

"怎么了？"

气喘吁吁的真太智突然说："宫儿，快逃！跟我一起走。"

"究竟怎么回事？"

"我们不该去角折的，带你去就错了。也不知是谁向真幻邦皇子通报你的事，据说皇子大感兴趣，还率领家臣前来这里，村长因此打算把你当成献礼。"

远子感到脸上血色尽失，真太智抓住她的肩膀用力摇撼着。

"这算哪门子的怪事？气死人了！虽然你从大海过来，但为什么非得当成稀奇贡品献给皇子不可？"

少女手中的钵盆滑落在地,裂成两半,面团沾了一地,两人却无暇顾及。

小俱那会来这里与我重逢……

"我绝不允许你被带走,我们逃吧。不然就现在成为夫妻,我怎能将你交给别人呢?"真太智激动说着,就想抱住她,远子回过神,慌忙推开他的手臂。

"等等。"

"放开宫儿!"突然有人喝道,原来真太智的母亲正站在门口,"别做出丢脸傻事,脑袋瓜给我冷静点。"

"都是娘不对!"真太智恼怒地回吼母亲,"为什么同意让她走?"

"因为我认为必须如此。"母亲泰然答道,"我和宫儿还有话说,女人家有私密要谈,你就到外面去吧。别在这里闲晃,不然成了邻家笑柄,真是的。"

"宫儿,娘说的话你可别当真喔。"真太智气冲冲道,然而家中毕竟由母亲掌权。

将他关在门外后,这位母亲说话不再声势夺人,只和气问道:"我听真太智说你和一位在来角折之前的旧识见过面,那人怎么称呼你呢?"

"远子……"她悄声回答。

"是吗?那么从现在起我也叫你远子,因为这才是真正的你。"

"不过我想舍弃这个名字,而且不会再有人来找我了。"远子显得有些认真地说道。

可是小俱那会来与我重逢……

"你应该心里明白,真太智也必须认清事实,你的命运不该留在这里,就像那位皇子暂时驾临一样,你也有别的宿命因缘。"

"我不知道,我与他不同,只是个没有能力的女孩。请帮我拒绝村长，我无法面对皇子。"

真太智的母亲沉默半晌后，说："远子，这里是宁静的小村，从我出生以来这里就没有改变，我丈夫不幸遇难早亡，这也不算稀奇，因为毕竟是海边常有的事。然而你出现的方式是多么奇特，之后过了不到三个月，大王的皇子也来造访。我认为这两件事情的确有潜在关联。"

远子无言以对，于是老妇又说："村长说起这件事时，我就认为你该去见皇子喔，我觉得你才是皇子盼望的人，甚至觉得你就是为了这理由才从龙宫现身的。"

"怎么会这样？"感到恐惧的远子不禁无言以对。

老妇从她前面走过，坐在放置于房间最里侧的一个长箱前，打开箱盖取出绢裳。

"这是发现你时身上穿的衣裳。"她将折叠整齐的绢裳放在远子面前，"稍微浸到海水，不过颜色还是很鲜艳，就像天仙的衣裳。虽然有仙女在羽衣归还后就返回天上的传说，但还是必须将衣裳还给你。"

这位母亲注视着远子的眼瞳说："你也可以选择真太智，不过这样将会造成大家的不幸。村长一旦颜面扫地，真太智在此地将会难以立足。或许村长可以再找别的姑娘献上，但是皇子可能不尽满意，而那个姑娘说不定也有自己的意中人。"

远子拿起衣裳凝视半晌，突然俯下脸，眼前浮现了在船上的小俱那，他的面孔、声音，还有流淌的鲜血——远子终于觉得再也无法逃避面对他了，终于又回到从船上逃走的时间和情景。

"我不是讨厌或想赶走你才这么说的，你要明白呀。"老妇平静地说，"我们发现折翼的海鸟飞不动时，就会出自怜悯来照顾它；可是当它康复了，便会放回天空里。这样做是为了彼此都好。"

"是啊。"远子吸了一口气说，"或许我真的明白自己的怯懦，只想求得依赖而已。可是我还是好害怕，到现在仍然如此……只是再怎么怕也不能解决事情。"

"你是说害怕皇子吗？"

"是我自己。"远子幽幽说，"不过，我不想留在这里对周围的人造成困扰。如果到皇子身边最恰当，那么我会去的。"

真太智的母亲叹了口气，"我想你一定会这么说。虽然你心里很不舒服，但是这绝对是最妥善的方法。想穿这件衣裳吗？我来帮忙吧。"

远子点点头。虽然无意绫罗装扮，然而觉得既然不再是宫儿，那么就该恢复来时的模样。

老妇一边将绢裳披在远子的肩头，一边说："这三个月来，你变得愈来愈美了。我也不是不了解儿子的想法，他这阵子可要寂寞了。"

皇子在召唤……我无法抗拒这场重逢，仿佛是明姬姐的化身。

突然间，远子忆起夕日中的白鸟，还有明姬在新年叙述梦境的情景，几年来她都不曾想过这些事了。当时感到是不祥的预兆，如今她终于深有体会。白鸟正象征着优美却不祥的辉族，若与他们有所牵连，甚至可能因此丧命。或许明姬姐心里有数，而大巫女也有预感，可是她们依然默默承受宿命。

我不懂这些，也没受过巫女教育，无论是预言还是任何暗示全都消失了，可是我只认清一件事……

那就是，他是小俱那。

屋外可听见人声喧杂，或许是皇子一行早已抵达，也有可能只是先遣使者来到，可是远子已经迫不及待。

"别急，在皇子驾临前先耐心等待吧，使者会来通报的。"老妇规劝她说道。

"我不喜欢被动地等待厄运，宁可自己主动飞身上前。"远子相信明姬姐也是如此，"这些日子真是谢谢您的照顾，若有机会我一定报答恩情，永远不会忘记您的善意，后会有期了。"

远子轻轻走出门口，就在抬起头时，发觉有众多人聚集在场，皇子几乎已来到屋前。

他不曾穿上铠甲，只有数名部属跟随在后，而且也没有坐骑，只一路步行过来。全村民众都出来观看，在四周围成人墙，然而远子却对这一切视而不见，连任何一名随从也没映入眼底，目光只凝聚在他身上。

小俱那见到从屋舍中出来的少女并不惊讶，似乎确信她就是远子才来这里。

"我直觉是你，因此想来确定——"小俱那这才开口说道，声音透着深深的安慰，"我很想见你。虽然不该这么做，可是实在想见你，我相信你仍然活着。"

远子屏息凝望着小俱那的面孔，即使非常了解曾经发生过多少不幸和罪孽，但这一切都抵不过此时此刻他的一瞬表情。自己还期盼什么？怎能舍得让这缕牵绊断了线？如今，小俱那前来履行昔日遥远的约定，来与远子相会了。

远子发觉自己正拥抱着小俱那，仿佛在三野时常有的动作。然而如今的小俱那高大修长，反而是她被包容在臂弯里。村长和随从惊异地注视着两人相倚相偎、重影相迭。

小俱那在她耳畔轻轻说："我不能不去寻找，因为你是我的唯一。即使知道自己没这份权利，还是不得不去寻求。"

"为什么你会没有其他一切？"远子将脸颊埋在他怀里说，"一无所有的人应该是我，连守护你、让你解脱都无法做到，玉之御统也没有了，我唯一能做的，只是喜欢你罢了。"

"我只会让远子伤心的。"小俱那说着，有这种不祥预感的人并非远子一人，"明知如此，还是忍不住来这里。我好想见远子，希望有你为伴……像从前一样。不过，这是我的任性要求，我不该有这种奢望。"

"我知道我们没有将来，不过，算了，没有关系，因为我明白自己的感情已经无法遏止了。我喜欢小俱那，今后无论有任何困难都会一直喜欢你，我会留在你身边——"远子泪眼婆娑笑着，"一定陪伴你到最后。"

真太智的母亲从家里眺望着外面情景,此时走近背对着户外的儿子,"我就觉得事情会这么发展,看来我还是有先见之明啊。"

"别烦我!"闷闷不乐的真太智咕哝道。

"别怨她了,就当作是一场美梦吧。你没有失去什么,不过那孩子却失去了归宿,必须面临更严酷的情况。虽然路途艰险,那却是她原本该去的地方。"

4

小俱那带女子同返,在部属间引起了不小的骚动。从他目前为止的行为看来,这简直是破天荒的事,众人于是面面相觑,议论纷纷——

"究竟怎么回事啊?"

"这种海边姑娘……"

"你有见到吗?真的那么美吗?"

"哪里比得上都城的名媛千金,实在不晓得命尊在想什么。"

"不,听说是从龙宫派来的姑娘哩。"

"龙宫是哪里,你倒说说看。"

队长武彦突然出现,喝道:"吵死了!别胡说八道。"

一行人停留的角折村,由于投宿的民家不足,因此仅有高阶长官能住屋中,其他人皆露宿在临时搭建的营帐里。士兵们倒并没有异议,毕竟这是常有的事,而且与真正的野外相比,只要能接近民家就让他们欣喜不已,反正沾皇子的光,无论去何处都受到不少欢迎,也因此除了小俱那之外,其他人对各地女性都阅历相当丰富。

"说话该有分寸,竟然批评命尊的行为……"武彦一边嘀咕着,一边交叉起胳膊陷入沉思。

在他眼中的小俱那突然有了明显转变,从那朗澈的眼瞳看来,那名姑娘的存在确实非同小可。

有时都忘了命尊还年轻……

武彦暗想着，感到一种莫名的不安。

这种转变只要不是坏事就好，到目前为止，命尊的处境仍绝对大意不得。

另一方面，远子还无暇顾及那群部属的想法。小俱那的皇子生活让少女感到新鲜，光看他在人前的言行举止就令她心跳加速。望见他的面孔，便觉得自己能守在他身畔实在太不可思议了。在他身旁总有众人环绕，因此两人几乎无法交谈，不过倒也不必急于一时，只要能凝视对方、时而相视微笑，就感到心满意足了。这种飘飘然的喜悦一直延续到黄昏，然而就在夜晚降临时，远子不禁开始考虑自己的立场，原来她听见村长在晚饭后来禀报寝处已整理妥当。

没有准备我的睡床……是理所当然吧。

这时远子才察觉此事。

我是受到皇子召唤才来……

突然间，远子显得十分狼狈，自己确实抱定决心跟随小俱那，可是与遇上这种情况又是两回事。

谈论明日预定事宜的几位亲信逐一向小俱那告辞离去，然后他终于说：

"我们也离开这里吧。你很拘束而且很惊讶，是吗？不过我和他们一直都是这样商讨战情的。"

远子随他来到只有原先房间一半规模的狭小室内，仅点亮一盏幽暗的油灯。两人原本大可畅所欲言，她却格外紧张，即使有许多话题想聊，此时却丝毫想不起该讲什么。相较之下，小俱那显得十分镇静，至少在远子看来如此。

"你能来，我好高兴。"小俱那由衷地说，"我以为当初的愉快时光永不复返了。我……做出让三野民众切齿痛恨的事，有时也无法忍受自己的所作所为，可是我还是忍不住常常想起三野。那个时候的我天真又快乐，而且远子也在——"

"我们还常吵架呢。"远子略微踌躇后说，"我很任性，时常大发脾气。打架也是，总是我先去找人算账。"

"是啊。"小俱那发出短促的笑声，"你就是这个毛病，结果别的小孩揍了我，你又跑去讨回公道。因为你很男孩子气，都轮不到我出手。"

"现在你成为统帅了。"远子说着，觉得内心不知为何剧烈跳动起来，真担心会让他听见，"而且还拥有最强大的力量，跟以前的你完全不同呢。"

"你真的这么认为？"小俱那叹息着说，"那都是假的，我甚至希望你能分给我一点勇气。坚强的人才能替人设想——就像远子为我所做的一样，可是我却自顾不暇，从以前就是如此。"

他走到远子面前，凝视着少女，"我没有履行约定，你一定觉得很过分吧。至今也没做过可以勇于面对你的事，但是太不可思议了，为什么你还愿意喜欢我呢？我应该让你避之唯恐不及才对。"

"你问为什么——"就在远子吸了一口气的同时，突然感觉内心一轻。她的心仍激烈跳动，不过语调却变了，"或许因为我是你的唯一吧。"

"对我来说——"小俱那话说一半，突然犹豫地住口。

远子感到似乎有某种晦暗的隐情存在，虽然不了解他眼中浮现的那抹感觉，但那绝不是充满光明的希望。

然而，小俱那仍温柔地望着她。

"你累了吧？今晚就睡这里好好休息。"

远子惊讶极了，因为他正准备离开房间。

"等等——我在这里休息，那你睡哪儿呢？"

"别担心，我常在外露宿。"

小俱那走后，远子不禁感到泄气，觉得自己太多虑了，实在不值得。不过将床位让给她而主动离去，的确是小俱那的作风。

我也没有心理准备……

远子不禁独自羞得满面通红，就拉起被子盖紧。如此想来，以前为了是否去当巫女闹得不可开交，却反而漏听了母亲谈起这方面的知识。

象子应该知道吧……那当然了，瞧她那副很有自信的样子……

不过，远子的担心是多余的。从翌日起，小俱那照常在外夜宿，而接下来的每一日也都如此。远子终于发现，他从来不在房内待到天明。

前来讨论今后进军路线的武彦环顾四周，确定在场人数不多后，就向小俱那沉重开口问道："属下想请教，命尊对那位姑娘有何打算？"

"你是指什么意思？"小俱那似乎相当意外，便反问道。

"属下是指她今后还会随您同行吗？"

"当然了。"小俱那注视着他说，"你为何会有这种疑问？有何不妥吗？"

"不，属下绝无此意。"

小俱那于是偏起头，"带她同行很奇怪吗？"

"不，只是说——"吞吞吐吐的武彦终于说出心中的疑窦，"属下是对您将她留在身边的原因感到不解。您若对她有好感，却不见两位感情有任何进展。"

"原来如此。"小俱那爽朗一笑，"没事的。对我来说她绝对是最重要的人，我不会让她独自留下来。对了，你可以将我们想象成是烽火离散的兄妹。"

武彦虽打算避人耳目地讨论此事，却还是让远子无意间听进耳里，她听完两人的对话后就匆匆离开，装作什么事都没发生。向小俱那告退后，武彦经过远子面前，若有所思地望着她，少女依旧装出一副若无其事的模样。等他离去后，远子不禁交抱起双臂。

果然大家都不能理解呀，是啊，我们这种关系当然会让人觉得奇怪，无论是谁都猜不透为何我会跟来这里嘛……

远子本身也开始思索来此究竟有何目的，她逗留在此只会让立场更暧昧，应该是说无论是谁都不免对她起疑。这群部属对这位小碓命的意中人表达敬意的同时，他们眼神中也微露出难以认同。远子对小俱那而言是唯一挚爱，可是他除了也是远子心仪的对象之外，还是全体属下景仰的人物，他们全为了小碓命才奉献热血、远赴边境。若想留在小俱那身畔，不仅得到他一人的允诺，或许还需获得部属的认同；然而以他们的标准来衡量，远子的地位只算是无足轻重。

首先，远子在这里简直无所事事，白天小俱那为诸事忙碌，几乎无暇与远子交谈半句。来谈话陪伴她时也仅限于夜里，而且又立刻外出，连续几日交谈下来都不过三言两语，远子不由得钻起牛角尖来。

小俱那说我们是兄妹……

远子认为他很可能纯真地渴望过去的回忆能够重现，或许他只想如此而已。可是从远子来看，兄妹之间的感情才不可能这么亲密，更何况就算两小无猜，也没有生死与共的必要。

小俱那好迟钝！

远子愤然放下手臂。

人家抱定多大决心才来这里，他却一副不痛不痒的样子。

她想着那小子若真不了解自己的心意，那她打算一直提示他到点醒为止。

小俱那丝毫没察觉到远子的情形，也没想到她听见了自己与武彦的谈话，即使知道少女听见，他八成也不会去深思她的反应如何。就在这夜，小俱那照常只谈起幼时种种，接着准备离开房间。

"请等一下，"远子声音硬涩地唤住他，"我还有件事想说。"

小俱那首次留意到远子语带怒气，就吃惊地折返回来。

"怎么了？"

"我想问一件事,你半夜都在做什么?外出吗?既然身为皇子,你该不会像菅流一样在别处找姑娘吧?"

小俱那显得更惊讶了,"你怎么突然问起这些?"

"回答我。"

"我和尖哨在一起,有时去巡视附近,如此而已。"

远子斜眼瞅着他,一脸不能置信。

"我才不信你每天晚上都这样。那么你何时就寝?说来说去,你为什么就想丢下我一人?"

"女孩子深夜外出很危险的。"小俱那困惑地说道。

"那你就留在房间里嘛。至少一次也好,我希望你待在这里。人家明明希望能在你身旁,却从早到晚连轻松开口都没机会,我真不知道这样下去还有什么意思。"

若态度软化就无法表达真正的心意,远子于是一鼓作气道:"为什么不能留在这里?床铺都准备了,你不是很想多跟我在一起吗?"

从过去以来,小俱那就偶尔会说出不太机灵的话惹恼远子,这次当然也不例外。

他经过深思熟虑后,终于说:"如果我在夜里留宿,会有损你的清誉喔。"

"你把我当什么了?"远子霎时怒气爆发,"你知道大家会怎么想?事到如今就少说这种蠢话,你究竟打算怎么样才叫我来的?如果关系总是这样暧昧,干脆让我走好了。"

"别这样。"小俱那慌忙挡在门口,"别走!"

"你从来就没说过喜欢我,只有我一个人说什么喜欢你,都是在单相思!"

"我喜欢你。"

"太晚了!"

"那要怎么样呢?"束手无策的小俱那说,"我喜欢远子,也希望你在身边。只要远子在，我就有勇气；只要有你，我甚至觉得能面对各种难关。我不想再失去你。"

远子凝视着小俱那，语气变得和缓下来，"……如果这样，那就将你的内心世界告诉我吧。我们现在和以前每天生活在一起的情况不同，彼此不了解的事情实在太多了。"

"你想知道什么？"小俱那轻声询问，"的确没错，我们自从离别后经过太多风风雨雨，在我内心，也只有对远子的心意没有改变。"

"没有改变？和以前一样？"远子谨慎地问道，"如果那样的话，就表示你对我没有爱意。我变了，不再是以前的远子，你并不想了解这种变化，只要你愿意就能轻易了解，可是你不肯。"

小俱那感到无言以对，于是静静不语。

远子又盛气凌人地说："请你让我知道自己留在这里的意义是什么，我不要什么回忆，那都是静止的，可是现在和今后都有方法可以改变。"

"方法是比如——"小俱那突然伸出双手捧住远子的脸庞，她还来不及惊讶，就感到双唇交叠，"——这样吗？"

不待回答，小俱那就将远子紧拥入怀，深情地吻着她。即使天塌地陷，也不曾让她如此震惊。小俱那假装不懂女人心，其实比远子说的还更能心领神会，说不定连她自己都不曾发觉的事也了如指掌。突然失去优势的远子感到焦虑，甚至对小俱那抱存一丝畏惧，他的腕劲超乎想象，即使远子有意抗拒，倘若他恣意强求，就真能为所欲为——

"放开我。"远子心想在这种时刻不该示弱，但心中确实起了怯意，她作势推开他，"我懂了……求求你。"

小俱那霎时松开臂弯，他抽身退开，深深凝视着远子说：

"我不会再这样对你了，只是想告诉你也有这种了解对方的方式，可是这样就会失去远子。我对你的珍视胜过一切，不能让你沦落受那把剑的迫害。"

小俱那转身离去了，感到天旋地转的远子并没有阻止，在回过神跑向门口时，他的身影已消融在暗夜中。远子怔怔望着户外的幽暗半晌。

我忘了……怎么这么傻呢？小俱那当然也改变了。

他不再是在远子催促下才敢行动，也不是跟在她后面的那个柔弱男孩。至今依然保留昔日面貌的，或许正是她自己。

这种变化究竟与剑力有何关联……

她忍不住想询问，但就在踏出户外时，黑暗中出现晃动的身影，一个熟悉的声音对她说：

"实在令人不敢领教啊。在下希望你能留在屋内，免得听侍卫的闲言闲语。"

原来是武彦，他的语气并不友善，在客气中甚至隐含一抹轻蔑。

远子生气地望着那个身影说："让皇子独自在危险暗夜中巡行，难道这就是你们的例行任务？为何不阻止他？"

"命尊身份特殊，而且常有庇佑相随。"武彦说着，并趁此机会直接挑明道，"希望你别怂恿命尊，也该是让你了解状况的时候了。"

"我——怂恿他？"

"比如今晚的事。"

恼怒的远子几乎感到窒息，"你竟然偷听，是吗？"

"因为在下实在无法想象呢。虽然很清楚你与命尊是青梅竹马，但是关系也不过如此而已，希望你能识大体，了解身份悬殊的道理。"

"你又了解小俱那什么？你根本就对他一无所知。"

武彦不疾不徐地说："的确命尊不曾向属下们谈起私事，但即使如此，在长征中朝夕随侍就能知道他的行动。命尊在夜里是与神明相见。"

远子不禁连发怒也忘了，"你说他去见什么？"

"你应该知道命尊得到了不凡的剑力吧？那是承蒙命尊姑母——也就是尊贵的斋宫夫人——所赐的神物，才让他的御体获得这世上最强大的辉神力量。不过或许正是这个原因，命尊似乎继承了姑母的遗志，从来不曾接近女身。"

远子一瞬间几乎喜形于色，继而一想又觉不对。

"你是指小碓命不是与女子过夜，而是和神明在一起？"

"既然获得神明垂青，自然要付出代价。在下仅将所见禀告而已，希望你别蛊惑命尊的心志，这是为了我们全体、甚至整个丰苇原，你不能只顾全自己而破坏一切。"

远子差点被对方说服了，自己等于被宣告毫无立足之地。

"你是要我……离开这里？"

"你的相貌相当不错，即使不是命尊也能获得许多男子的青睐，安稳度日也是为你好。"

远子深深吸了口气，又徐徐吐出。并不是因为对方称赞自己容貌才会有此反应，而是突然对这个心直口快的武彦产生一些好感。

远子将话锋一转，直接切入正题。

"……那么你既然知道自己不可能安稳度日，为何还选择追随小碓命？你应该预料得到他的未来命运吧。假如我珍惜生命，就不会待在他身边了，至少这种程度的觉悟我还明白。而且，我还必须说，你们若是因为剑的关系才尊敬他，那就大错特错了，尤其更不该日夜随侍在将领身边，却不知道他的痛苦。那把剑只会导致毁灭，最糟糕的是造成他的自毁。你们打算袖手旁观吗？丰苇原不需要剑，你们的命尊比任何人都更清楚这件事情。"

武彦惊讶地默默无言，过了许久，他才终于喃喃说："这好像是出自巫女口中的话啊，在下以为你只是普通女孩。"

远子突然浮现了笑容，"我就是普通女孩，不过却是为了你们的命尊才下定决心过来这儿，即使牺牲生命也在所不惜。这份心意，绝不输给你们任何人。"

武彦欲言又止，接着略显不自在地说："我会再考虑看看，过去对你有太多偏见了。"

　　远子微笑地望着他离去。武彦也是为小俱那设想，光从这点来看，对他有好感也并非坏事。

　　那个人与我同样关心小俱那，并不是因为他贵为皇子或剑主。

　　在了解小俱那获得周围爱戴之后，远子变得十分振奋。她深深察觉一件事，本来向武彦表明自己即使舍命也在所不惜的想法，在此刻有了转变。

　　……还有比牺牲生命更加重要的事情。无论现在还是未来，我都想活着，也希望小俱那能活下去。我知道这是违背宿命，我几乎不可能战胜剑主，尽管如此，还是希望能活下来。我喜欢小俱那，希望他能活着……

5

　　"只要挖井就没有问题。"小俱那果决说道。

　　真幻邦一行人至今看到的日高见皆是辽阔无际的平地，以及人烟稀少的稀疏村落。居民散落各处生活，村落之间更是难以联系的连绵旷野，进入内陆后这种地形尤其显著。即使逗留在村内，连让一小队人润个喉的水都找不到，根本无法提供充足的水源。

　　"与其到远方低地的河川汲水，还不如掘井。我们有足够的人手可以帮忙，而且从长远来看，村民的生活会变得更便利。"

　　就在召集村民调查水脉之际，当地的占卜师也同来勘查，因此造成不小的骚动。附近居民全都立即出来观看工程，原本宁静的挖掘地点因人潮出现而自然活络起来，小俱那则被民众层层包围。

　　远子也兴致高昂地观看，小俱那至今仍对建筑热情不减，让她不禁感到十分有趣。另一方面，从村民的立场来看，也是同样兴致盎然。在他们眼中，理所当然觉得真幻邦一行人是如此光辉灿烂，率领队伍的皇子更像是神明自天而降。

这就是辉神后裔的氏族，无论到哪里都引人瞩目、受人尊敬。

远子如此想到，微笑地望着与部属同样满脚泥泞的小俱那。幼时的他并不受注目，或许归因于他老是怀抱着身为孤儿的自卑感——

小俱那看起来自信又开朗，这绝对是他原本个性的一面。在三野时他没有归属感，或许当时的他并没有想象得那样幸福……

如今，远子觉得在日光下的小俱那才最接近他自己，率领众人从事自己有兴趣的工作时，他的眼瞳闪闪发光。然而小俱那背负着某种包袱，让他痛苦到只能靠怀想三野来获得慰藉也是事实，这一面或许只会在夜里出现。

即使没有剑力，小俱那也能领导民心。不是靠武力强求，而是众望所归。

远子思索着，不觉将手握紧。

倘若不是剑主，他不知能为大家带来多大的幸福啊，而且他本身也可以同样获得幸福，我明明就觉得他有这份希望……

掘井顺利完成，在众人的欢呼声中，从深掘的井底涌出清水。士兵彼此互泼泥水大肆嬉闹，小孩们则欢笑着四处奔跑。即使知道流血大战即将展开，所有兵民却同时分享此刻的喜悦，他们感谢大地的恩赐、感动着涌泽的奇迹，彼此的心情化为一同。

远子望着脸上沾着污泥、衣衫全是泥渍的小俱那笑了起来。

"有泉水是很好，不过马上就有堆积如山的衣服等着洗呢。快洗掉泥巴，不然可瞧不出来谁是皇子了。"

小俱那以手背拭着脸，说："泉水若只涌出一点就枯竭的话，那可麻烦了，我们就只能光着身子了。"

"没问题，井水不会干涸的。"注视清水的远子保证着，"即使没有玉之御统我也知道，如果有御统就能立刻掌握水脉位在何处，可惜之前没有用它帮忙。"

突然间，小俱那露出好奇的神情望着她，"你们的勾玉就是这种力量？"

"是啊。风力和水力会传至身体并融合为一，那一定是慈悲的大地女神所拥有的力量。"

小俱那左思右想后，问道："一旦曾经有过这么强大的力量，你不会想再拥有一次吗？"

远子略微思索一下。

"不会走火入魔的，有御统的时候会很害怕，因为自己不再是普通人。"远子的发丝轻轻飘逸，继续说，"拥有御统后，就会深刻体会到大地之力流转的奥妙，了解风、水和生命的生生不息，能体验过一次这种感觉真好。至今我仍觉得自己比拥有御统之前更能深切感受许多事，其中最重要的便是觉得世界变得好美，一切在我眼里看来都美不胜收，眼前所展现的尽是自然精妙调和的结果，就像这井水也是如此哟。"

"……真好。"小俱那幽幽地说，"这与我理解的力量差距太大了。菅流能对御统淡然处之的原因就在这里，而我却无法如此。"

"你割舍不了剑力吗？"远子悲伤地问道。

"剑属于我的一部分。"他低声说，"若要舍弃它，就只能将我劈裂。可是……时机来临时，就算被劈裂我也心甘情愿。"

"你是指你不惜毁灭自己？"

"可以这么说。"

远子感觉他的语气平静异常，因此感到痛心极了，"那就不要割舍好了。"

"别提这些吧。"小俱那轻柔地抚着她的面颊，"你看，脸变成这副样子，大家看见会怎么说呢？"

远子伸手一摸脸，再看手上时才恍然大悟，"讨厌，连我的脸也沾上泥巴了。"

于是他含笑朝武彦走去，村女们望见远子就毫不掩饰地笑了起来，应该是看出两人的感情相当融洽之故，远子也不禁露出笑容。

独自回到帐篷的远子心里有数，觉得愈陪伴在小俱那身旁，就愈恐惧有朝一日会失去他，她从重逢后就有这种预感。在两人相聚的日子，无论是欢笑、活力，还是民众的好意，她都能充分感受；尽管如此，纠缠小俱那的是没有未来的虚无，即使他的笑容开朗，也觉得形影日渐淡远，远子几次不禁想抓住他，阻止他离去。

即使悲伤、恐惧，也只能畏怯地等待他消逝吧。

远子不认为自己拥有对抗宿命的力量，但是她的个性终究不会坐以待毙。

小俱那在夜间会见的神明正是拆散两人的力量，远子认为必须了解剑的真面目才行。

小俱那感觉到夜色已深，就照常离开住处走进林中。今夜明月莹晰，散落的枯叶上映着清光淡影。他静静走着，踏过的落叶发出簌簌微响，仰望着梢上的满月，他却不由得紧张起来。皎白的妖兽宛如与月化为一体，在满月时威力无穷。

当他蓦然止步时，发现背后有些微动静。即使对方身轻如燕，在枯冬的树林间还是无所遁形。

又是刺客？

小俱那心想，趁着暗夜来袭倒也正好。大王的密探无所不在——他早就习以为常，与其说愤怒，倒不如说是厌倦，于是他朝对方叫道："给我出来！"

从几步外的树干下出现一个娇小身影。小俱那仔细一看发现不是刺客，却震惊得内心一凉。

"远子，你怎么会在这里？首先，你是怎么溜出来的？"

"你忘了？我们以前最会偷溜了呢。"远子走过来，笑眯眯地说，"唔，好冷。"

"你又做傻事了，小时候明明常跌得鼻青脸肿，现在却还这样。"

"哎呀，你错了，我顶多摔下来过两三次嘛。"

小俱那的脸上没有笑容。

"现在不是闹着玩的时候，快回去。这里——不太安全。"

他将手搭在远子肩上，感到十分犹疑。这时能折回去吗？还是该让她一个人离去？

远子仰头望着小俱那，认真说："这我明白。可是我想留在你身边，想知道你如何过夜。"

"知道就惨了。"焦急的小俱那匆匆说，"你根本不晓得我会变得多么异常，现在正有一只异兽来到这里，它就是'力量'，也是'死亡'。那东西原本属于我的一部分，是为了与我合为一体才来的。虽然我的情况危急，可是在场的其他人更危险。"

"异兽？"

"以前菅流曾遇过一次，但是他有勾玉守护，你却没有，竟然还跟着我来，真是太鲁莽了。"

然而远子并不惊慌，只坚定地说："你每天晚上都独自面对它、与它决斗？没有人分担你的烦恼吗？了解状况才能同甘共苦哟。虽然无法为你做些什么，但是有我分担，就不会这么懊恼了。"

从没想过她会说出这番话，小俱那一瞬间变得不知所措。

"为什么想为我分担？我是个祸害——"

"当然想了，因为喜欢你。"远子说得十分明白，"喜欢的心情就是不再孤独喔。你应该要知道自己并不孤单，因为有我在。"

"我很高兴，可是……"反复犹豫一阵后，小俱那不知如何是好地说，"我能让你分担吗？就因为是远子，我才不愿意让你陷入危险。异兽想排挤你，已经开始凝聚一股愤怒的力量，它知道你在我心目中的地位愈来愈重要。"

"……它想独占你？"远子终于察觉到自己与异兽关联匪浅，武彦说小俱那不能接近女性，原来另有他意。

小俱那又说:"今晚是满月,因此异兽的力量会变得格外强大,稍有疏忽就会被它击败。希望远子别怀疑我珍视你胜过一切的心意,但是我应付它时会分身乏术,必须全神贯注对抗才行。"

一种想法袭上远子心头,她觉得自己的存在让小俱那很为难,甚至将他逼入万劫不复的险境。

"……它简直像善妒的妻子嘛。"

"不是妻子,是母亲。"小俱那悄声说,"它就是最疼爱我的亡母化身。对母亲来说我是她的一切,即使死去也依然如此。"

远子不禁感到背脊发寒。

"怎么会?母亲不该是这样的。"

"母亲大人的身份特殊,我的出生也不单纯。"

远子无言以对,于是陷入沉默。

小俱那凝视着她,不久悲伤地说:"你也知道我找到了亲生父母,因此无法逃离羁绊。"

"那又代表什么?"远子几乎高声叫道,"我当然知道这些,你难道不懂我就是了解,所以才不顾一切前来吗?"

忽然间,小俱那的手指使力扣紧,按痛了远子的肩膀。

"异兽来了——来不及躲避。"

小俱那喃喃说着,情急之下突然抱紧远子,少女的头压在他胸前几乎喘不过气来。

"无论发生任何事都绝不能离开我,懂吗?你现在没有地方能逃。还有,千万要闭上眼睛,假如看到它就会被摄走魂魄。"

远子暗想,自己真没胆量,脚下不听话地颤抖不已。果然还是害怕极了,觉得紧闭双眼反而更加恐惧,她感到小俱那的心房正剧烈狂跳,自己的心跳也怦怦加剧,就在两人紧紧相拥、彼此的惊惧化为一体时,出现某种东西逐渐迫近的气息——远子也清楚感应到了。那种气息引起周围空气异变,令人毛发直竖。

我竟想靠愚蠢的方法来解决愚蠢的问题。

此时这么想，已经太迟了，远子觉得抓紧他的自己，就像是当时掉落水池般无助，而且这一次的关键在于小俱那是否有能力救她。

远子感觉到搂住自己的小俱那正凝视着远方，异兽已近在咫尺。

"放开她。"

远子听见一个女性的声音在命令小俱那。

"不，我不准你碰远子。"

"她不适合你。"女子的语气森冷而低沉，"关心你的女人只要一位就够了，那正是我。这世上最接近天神的人就是你，因此你根本不需要凡间的姑娘，由我来守候你，只要注视我一人就行了。"

"我不会让你达到目的。我不是神，我是和远子一起在三野长大的，那些日子绝不可能抹灭。"

"你就为了这点才拒绝我？真愚蠢！无论在哪里成长，你与我的血缘将会永存，回忆不过是一段记忆，我们之间的牵绊可是流在你的血里，你就是会属于我。"

"就算如此，我也希望——"

那声音似乎想压制欲言又止的小俱那，蛮横地继续说："回到我这里，没什么好烦恼的。你应该清楚得很，母亲怎么可能不处处替你设想呢？"

远子不禁用力环抱住小俱那，她了解异兽正想尽办法动摇他的意志。

"给我放开她！"突然女子尖声嚷着。

"不行。"

"那女孩会瞧不起你的，她是祸水。"

谁才是祸水啊？远子暗想着，原本恐惧的她霎时怒气冲冲起来。

"杀了那女孩。"

"假如要杀远子……我连你也杀。"小俱那突然发出声音说，语调低沉却坚定异常。

"杀了我，你也活不成。"

"那也非杀你不可。"

"你杀不了母亲的。"异兽的语气可说是十分沉静，"你斩杀皇兄大碓皇子的惨痛心情，我可相当了解，难道你还要为了这种黄毛丫头杀死亲生母亲？"

远子可以深深感受到小俱那的痛苦，她无法忍受这种折磨——为何非对小俱那苦苦相逼不可？她不是为了让小俱那受这种煎熬才来陪伴在身畔的。

然而，小俱那开口道："即使如此，我也非杀你不可。母亲大人若想与我化成一体，也只有做鬼才有可能。原本我就不该被生下来，根本不该存活在丰苇原。"

"你若坚持己见，那也好。"异兽突然欣然同意了，"这样总好过你被人家夺走。你就杀了我，回到我这里。如果回到出生前融合一体的状态，或许你我都能返回天界。"

谁来救救我们……

远子从心底发出悲愿，但是无人能改变他们的苦境，能做到的，只有她自己。

"别再说了，算了。"她终于对小俱那说道。

"远子。"

"不要为我做这么大的牺牲。"

睁开紧闭的眼眸，远子正面对着异兽。眼底飞入的是一道白影，原本以为是野兽模样，看到的却是一名女子。白裳曳着长摆，身段高挑纤细，乌发如暗夜覆在身背，那容貌是如此高贵，即使透着妖惑气息，仍感到姿态优雅。远子心想，她生前必然是一位美妇，容貌与小俱那还有些神似。原来她就是小俱那的生母啊，对远子而言，是长久以来最想亲睹的人物。

"你的勇气可嘉。"女子开口说，"敢与我对视，真是个狂妄的丫头。"

"我不会让小俱那死的。"远子朝亡灵清楚表明,"你应该也希望如此吧。你不是向来就用剑在守护他幸免于难吗?"

"那当然,而且我也能继续守护他。不过,这孩子有其他意中人让我很不甘心,我为他尽心尽力到这步田地,却好像反遭他遗弃。"她朝远子伸出惨白的手指,"只要没有你就好,他根本不需要你,这孩子只属于我。"

远子望着亡灵扑向自己,不禁缩紧身子,一种心惊胆寒的念头掠过脑际——魂魄该不会就这样被摄走吧?但是就在此时,突然出现光芒四射。

小俱那的母亲受到光照的一瞬间显出畏怯之色,蹙起眉头以手遮住刺眼的光芒。

"怎么回事?"

远子回头想看光源发自何处。不知何故,光线竟是从远子后方相当遥远的地方如疾箭般射来,那光芒让她记忆犹新,而且还听到一个熟悉的声音。

"远子,我在这里,快回来!"

她暗想,即使想回去,也动弹不得啊。

小俱那在哪里?应该在身边才对……

刹那间远子恍然大悟,就在她明白时睁眼一看,发现与刚才所见的景象完全不同。

小俱那依然在她身畔,远子发觉自己不省人事地倒卧在他怀里。

"我……"远子话说一半,便望见自己胸前挂着闪烁生辉的玉之御统,接着,她又看见凑近观察她的菅流。印象中发光的就是御统,呼唤她的正是菅流。

"真拿这家伙没辙。"青年说着咧嘴一笑,看似十分得意。"我实时来救火,你可欠我一份人情喔。"

第十章　最后的勾玉

1

武彦为首的一行人在知道菅流突然现身后并不惊讶,这是至今为止常有的事,不过在得知远子也认识他时反而相当讶异。

"嗯——"武彦让两人并坐在自己面前,仔细来回打量后,沉声说,"你们真是愈来愈难捉摸了,不过你们绝对是命尊的重要同伴,只要他不介意,在下也只能赞同。"

"我是没关系,至于远子的话你大可放心,因为这丫头为他什么笨事都敢做。"菅流说道。

远子原想伸脚踩他,却发现武彦对自己露出刮目相看的表情。武彦离去后,远子重新面对菅流,在灿烂的阳光下谈起昨夜的恐怖经历,实在壮胆不少。

"假如你没有来,我就会灵魂出窍——绝对死定了。真是没脸见你,告别时还说了那么绝情的话。"

"实在好险哪。"远子由衷表示感谢,因此菅流高兴地答道,"原来你早知道回小俱那身边会性命难保,那么我也不便多说什么。"

"我是知道，而且跟一般人同样地爱惜自己……"她想起与菅流道别时的海滩情景，"我原本下定决心离开小俱那，可是看到他时又动摇了。无论遭遇任何事、会有什么结果，我都只会追随他而去，我们的宿命就是如此。"

昨夜远子睁眼时，看见小俱那正在哭泣，他会在自己面前哭泣，大概还是从五六岁时以来的第一次了。远子不禁将自己的心情暂且抛到一边来安慰他，小俱那本来就比别人容易强烈自责，因此事后的反应让她很担心。就在庆幸两人没有丧命的同时，远子深深体会到如果真是为他着想，自己就更不该比他先离开人世。

"昨夜的事让我了解到自己想活下来。"远子一边望着山茶叶上的晨光，一边缓缓说，"我承认昨天深夜的行为真的很蠢，可是幸亏有这次经历才让我有所领悟，也稍微了解剑的力量究竟是什么东西，还知道那只象征'死'的异兽纠缠着小俱那不肯离去。或许我没有胜算，但是不想逃避，我想试着坚持到最后一刻，不再逃避它地生存下去。"

"这种刚强的个性才最像远子，这下子你总算了解自己了吧？"

"是吗？"

远子觉得自己并没有转变太多，只是顺应情况做改变而已。

"我是这么觉得。"菅流突然说，"不过先别管这些，我还有话问你，就是有关御统的事，我们已经搜集了四块勾玉，剩下一块是什么颜色？"

他突然转移话题，让远子有些困惑。

"……等等，我想起丰青夫人曾说过——女神的首饰串着八块勾玉，分别是明（红）、暗（黑）、幽（蓝）、显（白）、生（黄）、婴（绿）、辉、暗。女神保留暗玉，并由夫神保管辉玉作为神物。至于留在地上的勾玉中，幽玉已交由水少女和风少年，只剩下五块——"

菅流以手指轻触着挂在胸前的勾玉。"这里有婴、生、暗、显。"

"那么就剩下明玉了，这块玉应该在旭日东升的日高见国某处受到保护。"找出答案的远子高兴地说着,可是菅流却语出惊人。

"据说三野守护的那块就是明玉。"

远子不觉高声说:"我不是已从大王宫内取回三野的勾玉了吗?那是显玉啊,绝对没错。"

"可是,三野的勾玉原本是明玉。据说明姬就是因为玉石的色泽很美才取这个名字的。"

远子更加惊讶了,"我第一次听到这种事,为什么你会知道?"

"那是因为——"菅流开始支吾其词。

"如果不是象子透露,你根本不可能会知道。是象子告诉你的吗?"

"是啦——"

远子交抱起双臂,"你见过象子了?我还一直以为菅流忙着在日高见寻寻觅觅呢。"

"那又没什么。"菅流一脸不以为然,不过显得有些慌乱,不像他平时的态度,"只要使用御统飞一趟就好了,我在找你时也曾飞回伊津母。总之,还是回到原来的话题吧,我想说的是根本找不到日高见的那块勾玉。"

远子为难地沉默下来。三野的勾玉是明玉,可是自己发现的、让它发光的却是显玉。一块玉石兼有两种玉性,这究竟意义何在?

"我完全不明白,这到底怎么回事?"

"传说勾玉是神物,与寻常石头不同,无论是色泽或光芒、力量,都会显出异象。"菅流有感而发地说,"就连我们所看到的勾玉,或许也并不真实存在,颜色会变化只不过小事一桩。"

远子不由得恐惧起来,注视着他,"你发现什么了?我不太懂你的意思。"

"其实……"菅流深吸一口气后,说,"我不是实时出现来救你吗?可是事实上我并不知道你在哪里行动,也不晓得你在小俱那身边,只是我听到玉的呼唤,知道你在求救。"

狼狈的远子脸上微微泛红,"我……没有呼唤你喔,人家才没那么自私呢。"

"可是我还是听到了,就像铃声在响,非常清晰。我的四块勾玉听不见应该存在于日高见的第五块勾玉呼唤,反而受你吸引,仿佛你就是日高见的勾玉。"

远子不知道自己该说什么才好,"……奇怪,怎么可能……"

"假设勾玉不只是石头的话,就一点也不奇怪了。我本来就在思考勾玉是什么,也回伊津母问过,原来所谓的勾玉,就是为了镇伏地上残存的邪恶神力才传留下来。就像现在呼唤剑力的妖物,还有小俱那拥有的力量正是如此。然而你并没有消灭剑主,反而想帮助他,对吗?而不知何故,玉之御统也同意你的做法喔。"

"为什么呢?"远子一脸不解地仰望他,"我只顾着自己,无论如何都执意喜欢小俱那,就算了解使命在身也置之不理,这样的我御统才不可能赞同呢。"

"是吗?……与其说是御统,或许该说是我想赞同你。"菅流说着就咧嘴一笑,"说来说去,没人能像你一样在这种进退两难中还可与剑抗衡。的确没错,远子的坚强足以抵得过一块勾玉呢。要不然,至少御统之主有可能原本就是你,就像你当初认为的那样。"

"现在我一点也不这么想。"远子连忙说道。如今她切身感受到自己只是个普通女孩,听到菅流如此说反而难为情起来。

"算了,那就暂时让我保管御统好啦,毕竟日高见的勾玉是否真的存在还是个未知数。"

菅流挥挥手,与士兵们叙旧一番后离去。留在原处的远子心中一片混乱,自己突然被拿来与勾玉相提并论实在有点困扰,此外,三野的勾玉还不是那块自己让它生辉的显玉,竟然是明玉——

那么明姬姐的明玉究竟怎么样了?难道更换玉主后就消失了吗?连

明姬姐的名字都采用自它的美玉，反而会在日高见发现吗？

远子突然想着，勾玉的美丽玉泽究竟代表什么意义？三野橘氏没有理由守护或隐藏那块玉石。就在判读占卜显示凶兆时，大巫女不是毫不吝惜地决定将勾玉献给大王了吗？即使那是秘宝，大巫女毕竟仍旧考虑要能物尽其用。

假如托给明姬姐的才是原来的三野勾玉，那么为何会变色？大巫女曾提过我们氏族的任务是在守护大王一族……

沉思中的远子伫立片刻后，只见小俱那从山茶树下走来，她一看那脸色就知道他十分消沉。远子心想，这也在所难免，依小俱那的性格来看，他遇到悲伤得足以掉泪的事情后，恐怕不会轻易抚平情绪。

"天气真好。"远子故作开朗说，"我后来睡得很饱，现在恢复精神了。"

"对不起……"小俱那叹了口气，"一想到若不是营流出手相救，后果简直不堪设想。"

"为什么要道歉？你可以生我的气呀，我任性跟踪你，又挑起危机。"

"我想道歉的是把远子带来这里。真不该带你来的，都因为自己的私心才想留你在身边，这是不对的。"他以阴郁的眼神凝视着远子，"我宁可身受重创，也不想再尝这种痛苦。我愈希望对方能接近自己，就愈伤害对方，事情总是如此。以为远子不会受到伤害的想法的确太天真了，只要你在我身边就一定会遭遇不测——不行，只有这件事最让我无法忍受。"

远子小声问道："你打算不理我了？"

"你有营流在。"小俱那的语气显得无力，"如果是他就能带你走，他的力量至少不会让你陷入不幸吧。无论是个性还是男子气概，他在任何方面都比我优秀——"

远子不待他说完，就反射般快速出手，啪的一声，清脆响彻四周。

"胆小鬼！"

"为什么骂我？"小俱那不禁生气道。少年不但被劈头骂了一句，而且多年来都没有人敢掌掴他。

然而远子丝毫不让步，"难道不是吗？没出息！危在旦夕的人是我，为什么你要逃避？简直反了，应该是你来安慰我才对。"

"难道你想叫我留你在身边？我怎能做这种事？我还没蠢到这么不识相。更何况其实你也很想走，我这么说哪里不对？"

"人家才没期待你收留呢！大笨蛋！"更加怒火中烧的远子叫道，"你说菅流比较优秀？有闲工夫说这种谁都知道的事，还不如拼命去赢过他吧。我也不想一死了之，可是还是下定决心为你牺牲，就算被你拒绝，我还是死也不走。"

"不行！"怄气的小俱那也回嘴说，"我不要远子在这里！若要眼睁睁看你死在这里，你还不如选在别的地方让我眼不见为净。"

"你这种人，怎么就讲不出我们一起活下去的话啊？"

"这么说就成了谎言，你也知道是自欺欺人吧。"

他们不禁四目相对，气氛一阵紧张。

"……就算谎言也希望你说啊。"远子语气变得落寞。

小俱那略微犹豫后，才又开始说："如果远子还像以前一样，或许我会叫你陪在我身旁，若是以前的你，应该就会平安无事。可是你不再希望只是两小无猜，而我也无法继续将你当成小女孩的远子。如今面对你时，我才发现自己做不到。"

"所以你才说不出口要一起活下去？"远子突然感觉面颊火烫，不禁为自己的反应感到羞恼，"我跟以前不同，所以你想丢下不管了？"

"我要说的只是，想在不受剑力威胁下将你留在身边根本不可能。即使生气也没办法，因为你是女人了。"小俱那感到不平道，"即使远子成熟了，我还不是一样喜欢你吗？如果能在一起……我也很希望，我想换作任何人都会这么想……"

突然，菅流从山茶树的茂叶中一下子冒出头来，"我以为发生什么天大的吵架，原来只是情侣斗嘴啊。"

气势大挫的小俱那面红耳赤起来，远子也同样满脸绯红。

"真过分，竟然来偷听！你什么时候躲在那里的？"

"就在你给这个清心寡欲的家伙猛然一巴掌的时候。"菅流一边悠然说道，一边望着小俱那轻笑起来。少年的一侧面颊上还留着指印。"你也真敢对皇子……不过正好能打醒他。"

"用不着你来多嘴。"小俱那沉着脸答道。

"你们吵架我才懒得管，反正我晓得一定很荒唐。不过我有言在先，你们两个事到如今也只能坚定决心。唉，我承认这场赌局情势不利，但还是挺有意思的，就赌下去吧！"

"不要拿别人的事来开玩笑。"远子愤而攻向他。

"我是说我要帮助你们啦，至少尽力而为啰。"

"这是什么意思？"小俱那略显不安问道。

菅流就以愉快的眼神望着他。

"既然要对付你那个可怕老妈，那我会当远子的后盾，这样应该可以跟那把剑实力相当了吧。不过，要击倒附在你身上的那只妖兽可不关我的事，而且也无能为力，因为面临试炼的人是你喔。"

2

远子觉得两人之间的关系再加入菅流实在有点微妙，虽然她非常在意那位母亲阻挠自己和小俱那在一起，但不巧的是，小俱那似乎也对远子和菅流的亲近心怀芥蒂。远子感到不解却又不便多做解释，因此觉得相当棘手。

自从承认彼此有情愫以来，两人的互动比以往更不自在了。远子发现小俱那有些冷淡，自己也就不特意接近，有时菅流在自己身边，她却不由得感到退缩。小俱那依然每日在外过夜，如今他如何抵抗剑力，远子已无法得知。

然而这些日常中引起的小别扭突然瓦解了，原来战火终于点燃了，小俱那的军队似乎已无法避免大动干戈。相较于狭贺武的和平解决，属于虾夷势力范围的日高见早就纷争迭起，小俱那进军来此显然只会让纷争愈演愈烈。据传报已集结数百名虾夷人，众人顿时感到危机四伏，已到了无法镇压而需武力征讨的地步，而且双方实力可说旗鼓相当。

小俱那向真幻邦的士兵宣告："这正是考验我们作战能力的时刻，就是为了突破这些困难，大王才派遣我们远征。只要在此获得胜利，就可让我军功成名就，大家谨记在心吧。"

望着小俱那彻头彻尾的统帅风范，远子暗想：

内外皆战，这就是他眼中所映的世界……

对远子而言，从三野点燃战火以来就从未安稳度日，她可说比一般姑娘更对烽火习以为常，因此在忙乱的人群中，远子几乎没有闲工夫独自发愣。

"怎么？瞧你这副装扮。"望着远子又像昔日那样扎起发束，身穿便于行动的裤袴，菅流惊讶问道。

"你在闲晃什么呀？"

"我并不打算加入大王的镇压行动。"

"既然供你吃饭，这样不是太忘恩负义了？"

"虾夷又跟我无冤无仇。"

"我也一样，可是总不能眼看大家在这里受难却见死不救。"远子直言不讳说道。

"你打算随行吗？"菅流服了她似的问道，"大家不会允许的。等你满腔热血转温后，我要带你离开这里。"

"我不会走的。"远子一口回绝，"只要每人都多尽一分努力，或许就会减少一人的牺牲。菅流，你也该出点心力嘛。"

决战前夕，武彦得知菅流也将参战，一脸讶异地望着他。

"你先前不是这么说啊，难道你改变原则了？"

菅流十分没趣地答道："远子不肯走，我也拿她没办法，那家伙一旦决定就不听人劝。"

"你是为远子小姐才留下来的吗？"

"既然说要保护她，总不能一个人一走了之吧……虽然我向来都不打仗。"

突然，武彦冲口问道："到底怎样？难道远子小姐和你是一对吗？"

"不是啊。"

"是吗？"武彦陷入沉思，"……我还是不了解你们两个。不过无论如何，多谢你来相助。只要有命尊在，我们绝不可能落败，但这种鬼地方还是很难说呢。"

小俱那宣布破晓时开战，于是从日暮起就将盔甲穿戴妥当，今夜没合眼的人不止他一个，全军上下尽皆如此，远子心想，他可能无暇应付那只异兽了。

大概连和我相处的时间也没有吧……

这几日还不曾和小俱那交谈过，其实就是因为想跟他谈心才留下来的——远子虽不好意思，但这才是她的心声，小俱那完全不知道这件事。愈喜欢他，反而让远子愈加不安。

我觉得以前凡事都比较单纯，喜欢就表明喜欢，光这样就能心满意足，为什么现在无法再这样了呢？

彼此冀求着对方，却因小细节而难以心灵契合。远子深知任何情侣都会面临这种烦恼，不过还是无法因此而获得慰藉。他们的恋情牵系着死亡，难怪远子会为短短时间内感情有多少进展而心焦如焚。

又到月末将近的日子，夜临时月影仍未现，反是冬星华耀光灿。远子在寒意中数着点点星光，听见金属相击声就回过头，原来是铠甲发出的声响。小俱那的甲胄在暗中犹如银河般星影倒映。

"大家都对你没有逃避战争感到很惊讶，你实在非常勇敢。"小俱那以皇子的口吻说道。接着略微停顿后，又说："可是我更明白战争会唤起远子的悲惨回忆，即使这样你还是选择留下，你的勇气无人可比。"

"三野沦陷时若哭泣了事，就不会有今天的我。"远子缓缓答着，内心为小俱那前来攀谈而悸动不已，"从那时起我就没有逃避，不但到各处增广见闻，身心也获得锻炼。如今即使讨厌战争，可是也不会只知恐惧。"

因为还有比战争更可怕的事情，只是程度上的问题而已。远子在内心补充说道。

"你给了我勇气，我应该向你学习才对。"

"你身为武将，能向我学习什么呢？"

小俱那凝视着远子。闪耀的铠甲让他难以亲近，远子觉得被注视的感觉十分不舒服。

"我会斩断那把剑的牵绊。"小俱那极为平静地说，"必须这么做才行，母亲大人在我心中的确重要，不过也的确是因为我的懦弱才让她变成异兽，必须让她安眠才可以。如今远子才是最重要的人，若想在你身边，我必须让异兽沉眠下去，封住剑力。"

远子吃了一惊，不觉尖声说："不行！如果杀死异兽，你也会死去，这样一切都完了。"

"不是杀死它，"小俱那温柔地说，"而是封在我体内成为自身的一部分。这恐怕要搏命一试，而且免不了遭受痛苦，至今我还没有尝试的自信。将剑当作自己，这样还能生存吗？……这样活着也好吗？"

小俱那眼神中透着认真询问之意，对他而言抱持一线生机是如此艰巨，光想到此，远子就不禁泫然欲泣。

"我曾说要一起活下去，心中也唯有这个念头。"

"远子愿意陪伴我，这是多么庆幸的事，你可知道吗？"

"我只是为了自己才这么说的，不过是想达成自己的愿望而已。"远子谦虚道。她的心情从未有过如此喜悦，刚才的忧郁仿佛不曾发生。

"我不会在这场战役中使用那把剑。"小俱那表明说，"我想不靠剑力战到最后，不过战事结束后，我想回到你身边——好吗？"

远子立刻明白了，但是他仍郑重其事说道："或许会一直待到天明。"

本想欣然答复的远子才开口，声音却细如蚊蚋，"我一定……会很高兴地等你。"

一身铠甲将她拥在怀里似乎有些不妥，于是小俱那仅对她轻轻一吻。随后远子不禁想逃走，不是因为亲吻让她害羞，而是觉得意犹未尽才难为情。

希望倍增，恐惧就更甚，当夜远子便有这种体会。小俱那发誓绝不碰剑，那么他将与凡人无异，或许一支箭就能夺去他的性命。侧耳倾听着众人在紧张的气氛中行动，几乎没有睡意的远子横卧在帐篷里，也不熄灭油灯。

然而就在她一瞬间迷迷糊糊时，忽然抬眼一看，只见灯焰中映照一名白衣女子，正是小俱那的母亲百袭姬——

"找我有什么事？"远子开门见山问道，"你必须消失才行，小俱那已向我表明了。"

这位长发而高挑的美丽女性说："我知道。那孩子想舍弃我，不过他大错特错了。"

"为什么说他错？你是鬼魂，一直这样下去才是不对的。"

"你可知道为何我要牺牲自己来保护我儿？"女子似乎在自问自答，"因为那孩子生命很短促，我是巫女，能预知他将被父亲杀死；若放任不管，就只有眼睁睁看他送命。可是只要我的力量存在，就能守护他免于父亲——那位大王的毒手。"

远子一时无言以对，"……父亲竟会杀死儿子？"

"陛下畏惧那孩子，看出能持大蛇剑的他如神明般天赋异禀。"

"怎么可能……这样一来，更不该让小俱那持剑才对啊。"

"若消灭我，那孩子就会被父亲杀死。"百袭姬冷酷地说道，"我不会轻易被封住的。如果他一心想与我断绝关系，我宁可去和想除掉他的大王联手，杀死那孩子，让他回到出生前的娘胎中。"

远子不禁浑身发抖，"你这么想将小俱那据为己有？"

"呵，当然了。那孩子是我的，我绝不允许他选择别的丫头。"

百袭姬伸出冰冷的手指攥住远子的下巴，浑身发僵的少女无法逃避，只能仰视着她。

"岂能为你这种货色被他冷落？"

菅流到底在哪里睡大头觉啊？远子暗想。说什么要当后盾，危急的时候偏偏不来帮忙。

百袭姬泄出一串轻笑，"不过，你也不是寻常女孩，让我一碰竟然没死，而且仔细瞧来，眉眼倒还长得挺可爱的。"

远子明白亡灵的心意宛如水影游移般变卦了，就心惊胆战地等她将话说完。

"你的躯体让给我怎么样？那孩子若疼你，我就变成你好了。我和你，不是都一样？都盼他活下去，期望常留身畔、渴望他的爱。怎么，不是相同吗？"

"不——绝对不同！"心想真是太过离谱的远子大叫道，"你是他的母亲，你到底对自己儿子怎么想的？"

"我想永远陪伴他、凝视着他，无法忍受那孩子想遗弃、忘记我，若是那样，我绝对要杀死他。不过，你若愿意退让，我就可以不动他的小命喔，我附身变成你，他就可以永远活下去。你应该不希望他死吧，我也一样。"

远子觉得恶心欲呕,对这亡灵简直有理说不通,这名女子只是一味地偏执疯狂。

"我不要,绝对不允许你这么做。"

"那就是你没度量了,光想霸占那孩子。都因为你一时任性,非要逼我杀死他不可?"

"才不呢。"远子摇着头否定,"总之彻头彻尾都不对,你那样死缠着小俱那究竟有什么意义?那已经不是亲情了。"

"真是不懂事的丫头。"百袭姬不悦地说,"他就是我要守护的心肝宝贝,想和我作对的话下场会有多凄惨,就姑且等着瞧吧。"

感到背脊发凉的远子不禁高叫道:"你打算怎么对付小俱那?为什么就不能好好安息呢?"

亡灵朝她投过不祥的一瞥,背后的暗影正如展翅般逐渐扩散。

"好好选择是要自己还是他,你能做的只有选择。"

直冒冷汗的远子睁开双眸,灯焰中已不见人影。她飞跳起身,冲出帐篷去找菅流,随即发现他的身影,原来正在附近烤火。

"菅流好坏,也不来帮我。"

望着好不气愤的远子,青年诧异地说:"怎么了?我刚才探头看你睡得很香,就没去打扰。"

"你该叫醒我呀,害人家在梦里给鬼缠身啦。她今晚没去找小俱那,反而冲着我来。"远子想起被亡灵触碰的感觉,突然浑身战栗起来。

菅流见状取出竹筒,"喝吧,心情会稍微镇定些。"

远子明知是烈酒仍照饮不误,接着咳嗽起来。

"怎么样?"

"好辣。"

"你喝太猛了,这是八盐折①啊。"

比起八盐折,菅流的实际关怀对远子更具安抚效果,于是她将百袭姬的话对青年娓娓道来。

"这就显示小俱那很想脱离母亲的力量重获自由,他的坚持让异兽只好赶来吓唬你,你不要上那种无聊诡计的当,别去理她。"想法相当乐天的菅流说道。

"不过,我还是……很担心小俱那。"远子觉得异兽不单纯只是要挟而已,听起来似乎别有企图。"战争即将开始,不知还会发生什么事。菅流,拜托守着小俱那,我不要紧的。"

"我就知道你会这样说。"菅流夸张地耸耸肩,"我才不想替情侣当差哩,你以为我非要唯命是从不可吗?"

远子完全不睬他的指责,毕竟恋爱中人才是所向无敌。然而,无论如何她都希望小俱那能平安无事,在此同时,百袭姬说过和自己的想法相同这句话蓦然浮现心头,让她胸口掠过一抹不安。

我们的想法究竟哪里不同?真的,她与我差别何在?

3

战况并不如预期般顺利,面临第一场苦战后,士兵个个愁眉苦脸,远子看出他们脸上难掩焦虑。在后方的远子原本对全队动向并不知情,不过却切身感受到情势变化不利。她在三野确实领教过这种有如湍流冲削松土般的败北感,因此觉得心脏似要蹦出胸口,只能以忐忑不安来形容。

异兽想改变小俱那的决心,将他逼向只能依靠剑力的绝境。他绝对

---

① 《古事记》的神明须佐之男命以此酒灌醉巨蟒以除大患,亦是一种经反复酿造的醇酒。

会屈服的，无论是谁都唯有屈服……

即使内心不甘愿，远子仍一筹莫展。纵然想借着御统飞向他身边鼓励一番，也还是不太恰当，小俱那的意志该由他自己决定才对。

何况就算他无法割舍母亲，少女也无话可说。另一方面，那位母亲与远子的确抱着同样的心愿……即使百袭姬守护他的行为令人嫌恶，但至少小俱那在保护下能免除性命之忧，可以继续生存下去。

自从百袭姬在梦中出现后，某种恐怖的想法一直盘旋在远子的脑际，她开始怀疑自己是否就是造成小俱那早逝的祸首。如今，他正为了远子在危难中抛弃剑力，即使远子深爱着小俱那，盼望他能长生，然而与心愿相反的是，她的宿命或许就像橘氏赋予的使命般必须毁灭他。

如果这样，我该怎么办？难道照他母亲说的让出自己的躯体来守护小俱那？但是我不愿意，根本做不到……

如同外面的兵火正炽，远子内心也在交战——而且是一场胜算极少的恶斗。为此远子暂时对外面的状况充耳不闻，只努力忙碌在杂事之间，直到听见撤退的传报时才终于回过神来。

"我们输了？"远子忍不住询问管理驮马的指挥官。

"不可能会输，只是暂时撤退而已。"他神情严肃地答道。

在连日深入内地后，即使一望无际的平野也开始出现起伏，山丘显得格外醒目。撤退的远子等人选择其中一座山丘后，在略高的地方扎下阵营。前锋作战的士兵乱了阵脚，几乎是狼狈而逃，看着惨不忍睹的景象，远子发现没有一名士兵不受伤。也不知战况究竟惨烈到什么程度，让他们如此身负重创，而且败阵回来的士兵比出阵时锐减了许多。

小俱那在哪里？菅流呢？

假如小俱那遇险，菅流应该会飞去救援——他随身带着御统，尽管菅流个性散漫，至少这种事应该会仗义相助。远子极力保持冷静，一旦陷入强烈不安，连对菅流也不免生疑，他该不会忙着在沙场奋战，连必须向她通知消息的事也忘了吧。

突然间,菅流出现了。

"啊,让你久等。不知不觉太投入了,简直不能抽身。"

"真是的。"远子忍不住握起秀拳。

"小俱那还在作战,正阻挡敌军好让我方士兵全部撤退,所以我也跟着忙昏了。"菅流快速说着,远子便不再动气。

"那么,小俱那没有借用那把剑的力量吧?"

"你没看到光芒?"菅流蹙眉问道。

"没有……山丘挡住了。"远子愕然地说道。

"我想小俱那并没有借用剑力,可是剑却发威了。真是岂有此理,就连这场仗也打得没有道理。先不谈这些,我来是因为小俱那拒绝让别人疗伤,你能去看看他吗?"

刹那间,远子屏住气息,"……当然了,快带我去。"

"战况真的好惨烈,武彦率领的先遣部队有三分之一牺牲,剩下本队的残兵也溃不成军,也许有些人无法返回这里。小俱那想整合他们一同撤退,可是那小子的伤势也不轻。"

远子和菅流在飞行时望见这一片宛如噩梦的惨象,士兵纷纷将树木横倒做成代为阻敌的屏障,成了一座称不上守寨的守寨。短兵相接的怒号响彻云汉,现场又抬来数名倒地不起的伤兵。

与三野的情形完全一样……

然而她无暇昏眩,就在菅流的催促下走进树林深处,只见两位部属陪伴在小俱那身边。其中一人撑着他的头部,面色苍白的少年勉强保持意识清醒,虽然穿盔戴甲,光辉的甲胄上却沾满血迹泥土,内侧单衣也浸血而发黑。

"你看,我带远子来了。"菅流对他说道。

仅仅一瞬之间,小俱那露出不该惊动她的眼神望着青年,但在望见远子后突然显得虚脱无力。

"所以说打仗交给我们就行,好好养伤吧。只要有我在,就不会让敌方有机可乘。"

"……造成这种结果都是我的责任，我必须负起全责才行。"

"先等你能站起来，再说这些也不迟。"

小俱那恳求般望着少女，"远子，伤员不止我一人。"

"看来伤势最重的人就是你。"远子毫不客气地说："别啰唆，快脱下铠甲吧。"

伤势是在右臂，远子等人正想替他解下铠甲，他已忍不住痛楚发出喊叫。虽然知道伤势严重，然而血肉模糊的伤口出现时，实在令他们大吃一惊，远子不由得猛然屏息。

"好惨……"

那并非刀剑之伤，而是从他手臂延伸到肩膀整片的严重灼伤，仿佛火焰从护腕里窜流而过。

"怎么会受这种伤呢？"

"真是罪该万死，属下等人不曾紧随在侧，才让大将遭受重创——"其中一名部属面色沉痛地答道。

"小俱那做了什么？"远子对部属问道。由于少年陷入极度痛苦中，实在无法回答。

"命尊与敌方的总帅相战，但在看到敌军时我们也不禁傻眼，简直感到莫名其妙。我们原是为了扫荡扰乱这片领地的虾夷人才来这里，可是竟然发现对方军与我军无论是装备还是阵式都一模一样，连敌方总帅的外形装扮，也与我军的命尊可说分毫不差。"

"你说什么？"远子高声叫道。

"虽然让人难以置信，不过是千真万确，无论盔甲还是所有装扮，简直就像同一个模子铸出来的。我们当然愤怒极了，连命尊也十分震怒，于是双方陷入混战，命尊与武彦率领的精兵将敌方打得落花流水，然而就在与对方的总帅正面交锋时，突然发出了光芒。"

"是剑的力量——"远子茫然地喃喃说道，垂眼望着小俱那的伤势。

"光芒不是为了命尊,而是为敌将发威。您不知道我们有多狼狈啊,那一瞬间,我们反倒成了对方的倒影似的。"

"哪有这么夸张的事?实在太不可思议了。"脑中一片混乱的远子正叫嚷着,躺卧的小俱那这时突然开口:

"我知道……"他只能轻声说,"即使断绝关系,也无法封住剑。"

远子握住他没受伤的左手,"小俱那没有使用剑力呢,你已经按照我们的约定断绝剑力了呢。"

小俱那仿佛以眼神表示同意,脸上却立即显出痛苦的神情。

"我认识那人……"

然后他就此失去意识,无法再得知他想说些什么。

菅流果然言出必行,经过一个昼夜后终于成功遏止敌方逼近,即使执拗进攻的敌军也仓皇退离。终于有稍事喘息的机会,不过众人心中的阴影仍难抹消,高烧不退的小俱那伤势严重,任谁看了都只能忧叹。

菅流唤远子来到旁边,踌躇了半晌才说:"我以前在故乡见过那种灼伤,若想保住他的命,最好早点切断那条胳膊才来得及。如果化脓就会传遍全身,到时只有等死了。"

一夜不曾合眼的远子已心力交瘁,眸眶霎时泛起泪光,"你说切断……手臂,那可是右臂呢。"

"就算独臂也总比挂了好吧。当然也许有人宁愿一死了之。"菅流这时偏又说得立场超然,"这两条路看他如何选择吧。"

"小俱那现在只能说着梦话。"远子啜泣道。

"那么,远子,就由你决定。"

远子一时只能哭泣,边哭边想起百袭姬也要求她做选择,看是选自己,还是要小俱那。然而远子无意把自己的位置让给那位母亲,换句话说，还是选择了自己，结果才招致不幸——

让小俱那身受重伤，难道都是因为我的任性？

突然远子胸中升起一股怒意，觉得这简直太不合理。

叫人家做选择的人才奇怪，被迫选择的行为也没有道理。两条路我都不服，我根本不想认输……

或许远子是不想败给宿命，或许是想向那股欲从自己手中夺走小俱那的势力宣告她绝不屈服，远子停止了哭泣望着菅流。

"怎么了？"他稍微一凛问道，感觉远子的眼神透着不寻常的热焰。

"菅流，让我再次使用御统好不好？"

远子连声音都异于平常，菅流更加警惕地问道：

"你要做什么？"

"我没把握……不过觉得会成功。看在我有显玉的分上，求求你，再借我一次御统。"

菅流为她的气势所迫，就将挂在颈上的串线解开，远子看起来仿佛是神明附身的巫女，他实在不了解这份力量从何而来。交在她手中的御统，仍然闪烁着玉光。

远子感到慈育大地的女神力量再度与自己结合为一，她感觉大地的安抚、清升、浊沉、形成、消失的力量，其中她直觉到的是疗愈之力——也就是治愈生者及濒死者的力量。通往疗愈之力的途径是如此狭窄，因为要齐聚五块勾玉方能让一切力量获得解放，然后才能与超越"死之御统"的力量相通。只不过，这条途径虽难寻觅，但确实曾经存在。

远子将御统挂在胸前后返回小俱那身边，黑暗的帐篷中充满勾玉的斑斓光辉，照亮着双目紧闭的少年睡容。

如果小俱那拥有想要康复的意志，打算活下来，那么御统应该会发挥神力。假如他有想回到我身畔的意念……

远子虔心祈祷着，轻触那片扎着布的溃伤。

暗之女神，请您庇佑我……

远子感觉到力量正在扩散，便努力保持专注不动摇，但是不知究竟维持了多久，只觉得时间漫长又似短促，直到耗尽全力后，她顿时失去知觉。究竟情况变得如何，她也只能等待翌晨苏醒后才会知晓。

远子之所以清醒，还多亏了菅流大惊小怪地冲进帐篷里。

"远子，你是怎么做到的？"他兴冲冲地跑过来说，望见远子正在揉眼，不免脸上稍显惊讶。

"什么事呢？"

"你难道不知道？守寨里的伤兵全都恢复活蹦乱跳，这是御统的缘故吗？"

远子猛然想起昨夜的事情，就匆匆解开小俱那臂上的卷布，发现他的伤势也痊愈了。虽然伤痕未消，但已不再发烧，而且气色逐渐好转。

"手能动……不会痛了。"小俱那说，"是远子帮我康复的，我知道是你的力量注入我的体内，玉主拥有的力量多么伟大。"

"我可不会玩这种把戏，我还是头一遭知道原来御统还有这种用途呢。"菅流说道。

"我也一样。"远子战战兢兢地触着少年手臂，接着难掩失望地说，"不过一定会留下伤痕。"

"那有什么关系？"小俱那笑了起来。

"可是人家希望能复原嘛。"

他的身上留下伤痕，这令远子相当遗憾，虽然不曾特别意识到他的外表，不过小俱那的确完美无缺，拥有辉族后裔特有的形貌端正。

"无论何事都无法恢复原状，既然受伤就必会留痕，无法加以消抹。"小俱那并不以为意地说，"我已经有许多伤痕了，每次负伤时，都知道自己有所改变。这里也有一处……"

远子望见他将手按在侧腹的衣衫上，就默默不语。

小俱那于是严肃地凝视她说："剑的确将我的手臂灼伤，就算将来不留痕迹，创伤曾在也是不争的事实。我告别了那把剑的力量，因为我一心希望如此。异兽对我说过，如果想舍弃它独自生存，它就会全力加入敌方彻底消灭我，而它也的确采取了行动。"

远子点点头，小俱那轻声叹了口气。

"……若没有远子，我是必死无疑。剑力至今仍凌驾于我之上，虽然与剑划清界限，不过若真的肆意猖狂起来，恐怕会酿成无法想象的巨祸。"

"即使如此，你还是跨出了求生的一步，这是靠你本身意志才能做到的喔，所以千万别后悔。"远子不禁认真说道。

"嗯。"小俱那点着头，回答却显得缺乏自信。

总算能返回阵营的小俱那，在接受众人安心的迎接后，首要之务就是为阵亡者下葬。尽管他对死亡很是习惯，却从未经历一夕间丧失这么多患难与共的部属，更何况武彦也在下落不明的名单中，让他为此十分消沉。

"都是因为我领军来此，才害他们客死异乡。"

极度灰心的小俱那独独对远子表明了心声。

"即使许多人察觉在我身边十分不利而乘机逃走，但这群牺牲生命的士兵直到最后关头仍信任我是真正的统帅，然而我却无法为他们做什么。他们被带到这么偏远的大地尽头，或许是在饮恨中死去的吧。"

远子了解对他而言统兵绝不容易胜任，必须承担士兵交付的生命重荷，这份重责大任有时足以压碎他的心志。远子不希望他再伤叹，事实却无法改变，小俱那为了生存而弃剑，结果失去无敌威力，更失去了众多部属。既然身为统帅大将，他不能原谅自己的作为也无可厚非。

这都是那位母亲一手策划的。她蓄意让小俱那感到后悔、决心动摇，打算诱他重踏歧途。

远子坐立难安起来，小俱那若是自私任性的人倒还好，偏偏他无论对部属或任何人都太过诚心。

　　菅流来到远子身边说："你该多用点心安慰他啊。难得康复了，你还满脸沮丧，这样可不行。"

　　"小俱那就是不知道该怎么独善其身，现在不管安慰他什么都没用。"远子答道。

　　小俱那即使无法像幼年时期般独自躲起来，但目前情况却与当时十分相似。由于大将陷入深深的悲叹中，导致全体士兵也沉浸在阴郁不振的气氛里，在得知剑力扬弃小俱那之后，不少士兵更因此离他而去。

　　"虽说不急在一时，可是我们根本无暇考虑东山再起嘛。"菅流说道。

　　远子也知道如今情势紧迫。

　　"我……希望得到第五块勾玉。"远子突然说，"我觉得若想解除折磨小俱那的力量，也只有这么做。如果不能超越'死'的御统之力，就无法与剑相抗。丰青夫人曾说'搜齐五块勾玉就能让一切复活'，若想从亡灵手中夺回小俱那，就必须要有这份力量。你说找不到那块最后的勾玉，我却觉得一定还在某处。"

　　"那就去找找看吧。"

　　御统如今仍挂在远子胸前，菅流并不要求归还，既然有他默许，御统之主还是由远子担任。

　　"假如是远子，也许真能找到它。虽然不晓得最后那块明玉的下落，不过相信你的执着会克服一切。"菅流对她期待地道，"就去找出勾玉，为小俱那打赢这场两个女人之间的争夺战吧。"

　　远子狠狠白他一眼，菅流却佯装不知。然而远子觉得他说得没错，自己正在赌上小俱那的生死，与那位母亲正面对决。

4

就在远子决心寻找第五块勾玉时,小俱那的阵营到访了三名轻骑使者。全副武装的三人并不下马,只戒备地宣告:

"我方由执掌辉神印证之剑的皇子率领,乃真幻邦军队,将制裁你们这些假借皇子之名的无耻骗徒,你们再没有余力反抗我方了。不过,慈悲的命尊无意取你们的性命,因此派遣我等前来,现在叫你们的代表出来谈判吧。"

众人一听不禁勃然大怒,分明自己这一方才是正规军,敌方却大言不惭地以正统自居。

然而小俱那制止了纷纷握矛搭弓的士兵,说:"且慢。"

使者见状又道:"我方已俘虏你们众多伙伴,其中还有一位自称武彦的准将。假如你们在这里对我等不利,俘虏可会全没命喔。"

"那就谈判吧。"小俱那答着,走上前,面对隔着栅栏的马上使者。

如今他与其他士兵几乎同样只穿一副皮胸甲,外表看似年少,态度却堂堂无惧,让原本保持优势的使者开始惊惶失措。

"你是……"

"我是真幻邦大王的皇太子小碓,你们为何说谎?"小俱那的语气甚至带着一抹从容。

使者们仔细打量他却默然不语,半响才回道:"我们的命尊才是真正的皇太子,你这打着我方命尊名号招摇撞骗的逆贼,在神剑面前已尝过立刻惨败的苦头,竟然还敢胡言乱语?"

"你们的将领的确能发挥那把剑的力量。"小俱那说道。他的声音不含激动,却感觉正压抑着某种情绪。"你们的目的是什么?将我方诬陷成讨逆的对象,究竟有何好处?"

"假冒皇子可是重罪,"使者无视于他的质问,"我们必须严惩主谋才行。不过，只要不再做无谓的抵抗，主谋一人出来认罪，其他俘虏就能保住性命。若想反抗，不论俘虏还是叛军，连你在内全都必死无疑，怎么样？"

小俱那轻轻笑了，"说来说去，就要我这条命啊。"

"快点答复！"

"你们若能保证不但饶过俘虏一死，并且让他们恢复自由，今后与我的部属再无任何瓜葛，那我同意你们的条件也无妨。"小俱那答道。

"我们的命尊宽大为怀，肯定会答应的。"使者说着，指向北方最高的一座山丘，"明日你就一个人到那座有杉林的山丘，假如还带着随从或不克前往，我方就立即处决俘虏，好好记在心里吧。"

"好。"小俱那简短地承诺后，使者们才小心翼翼地掉转马头，一边留心着背后的袭击一边离去。少年并不下令攻击，只任由他们返回敌营。

"到底怎么回事？"远子率先走近小俱那叫道。

她在远处留神倾听使者所说的内容，对他们提出的要求感到十分激动，连自己何时靠御统飞来这里都浑然未觉。

"他们为什么说你打着皇子名号这种话？"

"我知道他们的将领是谁。"小俱那回答时的表情严峻中带着深沉，"能想出这种卑劣计谋的家伙也只有他一个。那人曾目睹我的经历……对皇兄的所作所为，他全都见识过了，而且正嘲笑着，期待能对我也如法炮制。"

小俱那发自心底的愤怒让远子略感吃惊，这还是第一次听见他如此语中带刺。

"就是宿祢，那个大王的影子。我知道他奉大王的命令，不断追寻我的行踪，就连那些刺客也是他和手下干的好事。不过宿祢毕竟只是大王的心腹，一切行动都唯主君是从，恨他也没用；可是只有这次的事件让我忍无可忍，不论是宿祢，还是背后的大王——都绝不能原谅。"

"小俱那。"远子不禁提心吊胆地唤着他。

"他竟能掌控剑力，不知是如何做到的。尽管如此，我也不能让这种卑鄙小人四处为害。"

"不行，你这么说等于想重新得到剑力。"

"绝不能让宿祢那种人去碰剑！"

"如果你一心如此认为跑去见他，后果才不堪设想。"远子竭力阻止他。

剑力落在旁人手中一事燃起他的怒火，这才是危险至极，远子旁观者清，小俱那却毫不自知。平日不轻易动怒的少年，此时情绪强烈反弹到无法克制。

"这种唯有这一步不能退让的心情，远子是不会了解的。我要单独去打倒宿祢，让他认清谁才是真正的剑主。"

"你早就与剑力撇清了。"远子也不禁提高嗓门。

"就算是撇清，那股力量脱离我独自造孽也不行，必须由我来做了结。"

"难道你不明白那股剑力就是为了将你引向死亡，才幻化成那种形体吗？如果让它得逞，你就只有死路一条。"

"死也不怕，若不这么做，就永远别想消灭它。"

"笨蛋！"远子忍不住叫着，感觉自己受到背叛而心碎。看来小俱那会选择自己都是骗人的，竟然轻易就变卦。

望见她流下泪，小俱那不觉一惊，她却无法再待下去，因为哭丧着脸让他看见实在太委屈了。如此一想，她便借由胸前还挂着的御统，一下子消失无踪。

怎么办……来不及了。

躲在不知置身何处的山里，远子独自泪眼婆娑地想着。

来不及搜齐第五块勾玉了，小俱那在明日破晓时分去赴约，那位母亲就会夺走他。

正如菅流所言，第五块勾玉毫无线索可循，就算远子有可能发现，一日的期限也太过仓促。正当绝望地左思右想时，她忽然忆起在极西的日牟加国，还有那位与真正大巫女身份最接近的岩夫人。

的确，她还只是刚出生未满周岁的婴儿，不过既然带着生玉出世，或许知道有关第五块勾玉的消息。如此一想也别无他途，远子抱着一线希望站起身。西国日牟加与东国日高见之间可说是隔着整片丰苇原，不过有玉之御统就能飞越，而且菅流实际上也曾试过，这时放弃还太早，远子想尝试自己能跨越的最大极限。

火山如今不再升烟，暮意渐浓的天空彼方透着淡紫的薄霞朦胧，虽逢向晚，肌肤还不曾感觉稍寒。远子留意到日高见尚未看见茶花的蓓蕾，此地却已含苞待放。在斜阳下疲累地蹒跚独行，终于看见岩夫人的母亲速来津姬。

只见她从簇新的府邸步出，正与其他女子边谈边前往别处，四周的家屋也焕然一新，皆是洪水后重建的民宅。远子迟疑着是否该上前打招呼，最后还是放弃了，因为速来津姬若发现她，一定会惊讶地欢迎并闲话叙旧，远子当然也有许多想聊的话题，可是如此一来必然耽误时间，因此她决定只暗访岩夫人，之后就回去日高见。

远子借着御统轻轻飞行，随即抵达府邸中庭，在面向中庭敞开的房间里，婴儿岩夫人正睡在竹篮中。女婴浴在夕照下，天真烂漫地向天井伸着小手，从上方梁柱垂挂着五彩缤纷的美丽玩具，正随风儿飘荡。

多日不见的婴儿长大许多，变得白皙可爱，可是远子突然失去了信心，觉得自己拖着疲惫身躯来到如此偏远的西国简直愚不可及，或许婴儿仍旧单纯无知，实在无法请她指点迷津。然而，就在远子窥望着竹篮时，岩夫人却以乌亮的大眼瞳回望着她，那是一种老迈而充满哲慧的智者所具有的眼神。于是带着御统的远子，有幸听见了她的声音。

"小姑娘，你怎么了？究竟有何烦恼让你不远千里而来？"

岩夫人如此一问，远子内心兴奋到几乎喜极而泣，毕竟长久以来，她都在无人指引下独自摸索前进。

"我想找寻最后一块——日高见的勾玉，无论如何都必须在明日以前找到，因此恳请岩夫人能助我一臂之力，除此之外我别无选择。"

"你的胸前已挂着四块勾玉，这足以证明你拥有非凡的能力，此外还有何要求呢？"

"这是为了消灭那把剑的邪力，也是为了挽救剑主。'死'之御统无法阻止他冲向死亡，因此没有搜齐五块勾玉就不能解救他。请问为什么会找不到日高见的勾玉呢？这是否与三野明玉消失有关？"

"日高见的勾玉仍然存在。"岩夫人说着陷入冥想，又再度望着远子，"不过你无法跨越与勾玉之间的距离，你和菅流都一样，御统之主是无法发现它的。"

"为什么？"远子不禁叫道。

"因为这世上已变得无法获得超越死亡的力量。我们对远古神明曾在大地上留下的足迹一无所知，而且了解那些事情只会让我们逾越常轨。暗之女神认为世上如果出现不合理的超凡力量，必会转为灾祸——就像那把剑一样。"

"那么我不能解救小俱那吗？无法对抗那位母亲的邪恶力量吗？"远子握紧双手诉说："我一定会化险为夷，请赐给我力量吧。我爱小俱那，获得一切力量都只为了守护他。"

"那位女性——剑主的母亲也一样。"岩夫人平静地说道，远子只觉犹如当头棒喝，"由爱衍生的感情何罪之有？她也是这么想的。你打算借用御统的力量，与她恶斗来争取那个少年吗？这样真的对他好吗？"

不禁愕然的远子默默无言，接着仿佛自语般问道："可是……我……该怎么办？难道在他母亲面前退让吗？"

"我没要你如此做，路是由你选的，唯有自己发现解决之道才能欣然接受事实呀。不过对于你这位最后的御统之主、橘氏后裔的女孩，老身必须提醒一件事，那就是勾玉并非只是显示力量的神玉。虽然你的御统中没有明玉，不过三野的那块勾玉究竟代表什么意义，你不妨深思看看吧。"

  远子只好在没获得任何答案的情况下回到日高见，所幸回程十分快速，飞行时发现有快捷方式可行，反而轻松许多。片刻就回到原来的山林间后，她不免心情沮丧而无力行动，于是蹲在原处思索着岩夫人的话。
  三野的明玉，与明姬姐一起消失的勾玉，这该如何解释呢？明姬姐为深爱的皇子献出生命，我也该如此做吗？
  远子痛心回忆着明姬的种种行动。不忍舍弃自己，这就是任性？期盼自己活着、小俱那也活下去的心愿，难道是过度奢求？命运就偏不遂人愿？
  夜渐幽沉，暗林下夜幕低垂，思考到头快爆开的远子等不及找出结论，就有一股冲动想回阵营，一个人既冷又寂寞，真不该留在这里。
  飞回阵营后，远子在自己最初藏身的阵营栅栏旁现身。夜间火炬已燃，不过令她惊讶的是小俱那孤零零地伫立着，似乎不曾离开那里。
  "远子！"小俱那一望见少女，仿佛担心她会烟消云散般将她紧紧搂住，"我以为你不回来了。"
  远子突然很后悔不该离开他，小俱那若觉悟到人生只剩下明日，就更应该多陪伴他才是。
  "对不起，"远子由衷地轻声说，"我好没用。"
  小俱那想从火影下看清她的脸庞，就稍稍将头后仰。
  "应该道歉的人是我，总是让你这么悲伤。远子为我做了许多事，可惜我无以为报，但是——我明日无论如何都必须去赴约。"
  悲痛欲绝的远子于是缄默不语。

"我不求你能谅解,因为对你太残忍了,然而这项任务不能假手他人,必须由我亲自了断。我身为统帅,不该以武彦等人的性命相抵,保护部属是我该做的事情,还有我也必须夺回那把剑。"

深吸了口气,小俱那接着又说:"那除了是我的母亲,也是我自己,让我亲自承担、消除剑力才最恰当。直到现在我仍渴望与你一起活下去,可是明日若不赴约,我就会失去自己。假如能够的话——希望你能谅解,这份珍视远子的心意胜过任何人,绝不是虚言,今后永远如此。"

小俱那已经做了选择。

远子想着,感觉他不再意气用事,而是深思熟虑后发自于内心的挚言。她能感受到小俱那对她的爱意,以及他特有的竭诚表现。

我无法改变这一切……

远子可是初尝这种滋味,至今为止无论任何情况,她都凭自己的意志挑战命运,然而这一次她终于明白该要懂得放弃。因为小俱那也有自己坚持的意志,即使甘愿赴死,那也是他做的决定,如果强迫他改变认为必须完成的事,远子反而觉得太不合情理。

我与他的母亲不同。

远子仿佛突然发现似的思忖着。她能了解小俱那,知道他的意志,而且从中吸取教训。

"我不会阻止你。"远子笑中带泪说道:"如果你一定要这么做,我不会阻拦、也不会生气,你放心吧。也许我该用尽方法阻止你去赴约,可是我不愿意,或许就是这样才会害你早逝……"

"绝对没有这种事。"小俱那吃惊地说,"你真的不生气吗?"

"我很喜欢你,所以绝对……相信你,尊重你的决定。如果你觉得如此做才正确,而且希望由自己去达成,那么我是不会阻止你的。"

信任对方,就是明姬姐所做的事。明姬最后并没有考虑结果如何而采取行动,唯独相信自己所爱。那份坚信,让那段恋情无论以任何方式结束都是唯美的。远子相信，不论小俱那做什么，即使他从这世上消失——自己也能信任他。

"你能为我再做一件事吗？"小俱那轻声问着，"假如我没回来，希望你能活着，坚强地活下去。即使不能长相厮守，你也要度完我无法继续的人生。"

远子明白小俱那也想起明姬姐的境遇，纵然她也曾哀痛不已，却不难想象小俱那对明姬姐的逝去也感到无限唏嘘。

"好，"远子答道，"我答应你。"

小俱那陪伴远子直待东方破晓，然后独自前往北方山丘。远子在浅眠中梦见白鸟振翅飞来，就在她惊醒时，小俱那已不见身影。

白鸟飞来自己身边，又实时离去……远子茫然想着。自己无法去阻止或追逐，唯有任鸿鹄翱翔远逸。仿佛默认翼鸟向往高天的本性，远子接受了小俱那的一切，包容他的优缺点而深爱着他，不会刻意夺取、将他据为己有。倘若那位母亲也属于他的一部分，那么为此争夺就毫无意义。不强求争取而是宽容接受，这个想法让远子放弃了争夺。

我不后悔，因为小俱那已回到我身畔。我不会再哭泣……

然而，远子依然热泪盈眶。她接纳一切，也失去了所有。

暗空下，小俱那横越枯草原，鹿群被这不速之客惊得跃走。眼望它们离去，小俱那忽然想起，七掬提过的日高见的鹿自己还一次都没猎过，连一次都没享受过悠闲打一天猎的乐趣。在发生动乱之前，他曾想过要去打猎，果真如此，部属一定会喜出望外吧。假如学七掬当场升火来一顿烤鹿大餐，远子也一定会很开心。

热闹欢腾的幻景在小俱那眼前一瞬即逝，仅留下霜寒气息浓厚的暗原。他鞭策垂首的马驹继续前进，已经无路可退，不能再逃避对自己的承诺。

就在登上山丘时朝霞始现，仿佛驱走幽夜般红染遍空，接着四周的树影山形逐渐澄透而清晰。在东方闪出第一道金光时，小俱那已立在山顶。林间有一片空地，铠甲闪耀的宿祢正在那里等候，身边并无他人，乍看像是单身赴约，其实手下恐怕早就藏身林后了吧。下马徒步而来的小俱那与他正面相对，身上没有任何披挂，只穿着平时的白衣衫。

宿祢首先开口了。

"你不会明白我等这一刻有多久了。"仍是耳熟的柔和语调，只是此时听来平静中含着一抹残忍。

"是啊，这样你大可不必为了追杀我而东奔西跑，暗地里一定很乐吧。"小俱那说着，压抑感情的语调正学自宿祢。

"我是大王的影子，谨奉御旨前往各地，任何事情都要接手承办。不过等待此刻不是为了大王，而是为我自己。"

面貌美如女子的宿祢泛起笑意。

"当你在真幻邦宫中现身，我发现你就是百袭姬之子，而且还能持大蛇剑时，你简直无法想象我是以什么心情在目睹这一切的；也不会了解当你靠剑力杀死大碓皇子，还取代他成为皇太子时，我是以什么心情来协助你、从旁观察你的。"

"你想说恨我吗？"

"你不是光明正大的大王之子，该遭遗弃，该被埋葬，没想到却有人替你撑腰，才夺得皇太子的尊荣地位，真是个极端可恨的祸根！"

"害我杀死大碓皇兄的阴谋难道不是你们一手策划的吗？皇兄成了绊脚石，现在换成我碍眼，不过就是如此嘛！"小俱那忍不住说道。他想到宿祢背后存在的大王，心情简直无法平静。

"你们只顾着利用我的力量，一旦成为眼中钉就将我驱西逐东，就算如此我也从不反抗，因为知道自己本来就是祸害。可是，为何你会如此恨我？就算不必憎恨，我也会从你面前自动消失。"

"就凭你也能当皇太子，我才是不二人选。"宿祢突然说，"剑力会依附在我身上，难道你不觉得奇怪吗？我才是当之无愧，因为我身上也继承了辉神后裔的血脉。我也是大王之子，比大碓更早，就在大王还是皇太子的时候出生，也就是父亲的长子。"

小俱那霎时目瞪口呆，原本早该察觉这个事实，只是至今完全始料未及。

皇兄……这人也是我的皇兄？

"我的母亲身份低微无法成为王妃，因此我只能以臣下之身入宫任职，受提拔为大王替身。陛下或许不曾留意此事，我唯有拼命效忠，对于那个年纪较轻的大碓，光靠着天生富贵命就耀武扬威，我也只能暗中静观一切。可是，持有大蛇剑的你出现了，原本在暗处当大碓影子的你竟然被识破真实身份，从那时起我就开始动念……"

小俱那能体会宿祢的心情，只有替身才了解个中滋味，自己被所有人完全漠视，只成为某人背后的暗影。大碓皇子绝不会了解这种心情，小俱那和宿祢之间却能引发共鸣，因此宿祢才可以与他完全同化，甚至能吸收小俱那已摆脱的剑力。他们极为相似，远胜只有外貌肖似的大碓。

"这次我要取代你，就像你取代大碓一样。我要以征讨虾夷的将军身份凯旋回都，众人都会当我是皇太子而欢喜迎接吧。这么一来，就可以站在白日下宣称大王皇子的身份。"

小俱那的心中有两种情感正强烈交战着，那就是愤怒和怜悯。他大可不费吹灰之力就夺回剑力，还能一举歼灭宿祢——就像对大碓一样；然而他曾有一次惨痛经验，而且他从宿祢身上看见自己的悲哀。宿祢和自己一样同为父亲所弃的骨肉，不过尽管如此，小俱那逼不得已接受了皇子地位，宿祢却只能在旁渴望觊觎，此人比自己处在暗渊中的时日更长。

"我不能杀你。"小俱那终于说，"你想凯旋回都就请便，对我而言，那不过是虚伪的权位。皇太子的头衔就给你，不过，我不准你带走那把剑的力量，我要当场消灭那把剑，永远不再让它造孽。"

"剑力选择我是它的主人，轮不到你插嘴。"宿祢反驳道。

"你错了。"小俱那说得斩钉截铁，"剑渴求的主人至今仍然是我，不是你，你只是受母亲大人的诡计玩弄而已。"

"那么就试试看好了。"宿祢将手伸向腰间的长剑。

不能让母亲大人的计谋得逞。小俱那想着。

为了揭破母亲的企图，他必须先交付自己的身躯。就在这一瞬间，他再也无怨无尤，至少这种想法让他获得了救赎。

于是激光迸射，几乎是东升旭日般强烈的光柱直冲天际，刺穿了山丘上空。

5

远子知道玉之御统已失去光辉，即使营流握在手中也不会发光。御统的任务完成了，换句话说，造成祸害的剑力已从世上消失了。

"为什么让他走？明知不该这样，你还眼睁睁……"营流抱怨道。

在黎明时望见北方发出光芒，他实在后悔到了极点。假如自己持有御统，绝不会白白看着小俱那送死。

"我知道那小子不想活了，可是没想到你也同意。"

"我别无他法……"远子怅然若失地说道。

"真是岂有此理！"

"不，"她摇摇头，"我不能干涉他。无论做什么，都会扰乱他的决定。小俱那是自愿去的。"

"你不在乎吗？"营流问道，"老实说，我真沮丧透了。那小子看来还蛮对眼的，就算他不想活，我也不愿意让他就这样挂了。"

"还好意思问人家在不在乎，真没脑筋。"只见远子眸眶润湿，正瞪着青年，"我怎么会不在意？假如可以的话，我真想随他一死，只是已答应他不会这么做了。"

一旦落泪就潸潸不止，远子想忍住不啜泣也没办法。

"是我不好。"菅流难得实时反省，"远子好傻，为什么要逞强啊。"

的确是逞强，我从小就总好逞强。

或许直到最后关头，都只想让小俱那看到自己坚强的一面，所以向他保证会活下去。然而，展现在眼前的是仿佛永不再萌生的枯野，仅是一片空虚的地平线。失去小俱那了，今后该观望什么、追寻什么而生存下去？远子发现自己毫无头绪。

宿祢并未食言，武彦为首的十几名俘虏在获释后，翌日傍晚就回到阵营。虽然手足负伤，仍纷纷自行走回来，远子等人在悲戚中总算获得些许安慰。武彦表示，宿祢一行在释放自己等人后宛如被追击般仓皇退阵，大概是目的已达，就直奔都城了吧。

"那些家伙还说我们有意追随将领回都城也行，大家全都当耳边风，谁要跟随那个冒牌货？我们的命尊只有一位，既然大将不在，还回都城做什么。"武彦对远子说，"在下实在厌倦侍奉大王了。命尊精神永在，我要为他造墓，再也不离开这里。"

"可是你也有故乡吧？"远子小声说，"应该有自己的归宿。"

武彦摇着头，"命尊为了换取大家的性命而牺牲，他永远是我们的大将。即使真幻邦忘记这位真正的命尊，我们也永志不忘。这不只是个人，更是全体的心意，我们打算在此守陵度日，长伴大将。"

小俱那终于获得忠心耿耿的部属，即使逝去仍受爱戴。假如他是个不该留世的祸害，就不会受到这种敬仰……

远子思量着，就慌忙俯下脸。无论想到什么，都仿佛绽开的伤口淌血般痛苦不已。

"远子，你打算怎么办？"菅流小心翼翼地问道，"我以前曾说，假如小俱那死了，我们就一起回伊津母，现在启程还不迟喔。"

"此一时彼一时,情况改变太多了,无论任何事……包括我自己……"远子平静说着,然后沉默下来,迟疑一会儿又道:"我也想留在这里,不想忘记小俱那。我就将这里当成故乡,在这片土地活下去。没问题的,我想自己可以适应,又不是一个人单打独斗。"

"你打算一直陪死人过日子?"菅流说,"那我不是很为难吗?"

"请别可怜我。"远子思索片刻说,"等等,让我找个好理由才行,不过现在脑里还一片空白,如今我还是觉得小俱那会突然回来。"

他们登上北方山丘,并未发现小俱那的任何遗物,也遍寻不着遗体,唯有将他穿过的铠甲作为遗物代葬。尽管如此,武彦仍旧认真掘土,耗时数日建造了一座巨大的陵墓。远子觉得规模未免吓人,武彦似乎仍觉得不足。

"命尊的坟墓这么小怎么成?在下还会继续修建。"

站在墓前的远子眺望着全景,她不是不明白武彦的心意,只是无论建再高也终究是土堆,根本无法成为唤起回忆、怀念小俱那一举一动和音容謦笑的象征。陵墓不过是一方土冢,光凝视着也不觉得小俱那就长眠于此。

在这阴沉严寒的日子,灰云低覆天空,阳光一丝未现,只见景色荒凉,唯有秃枝兀刺空中。远子等人不顾手脚冻僵仍暂留旷野,不久心情也随四周情景感觉凄冷,终于放弃逗留原地。就在他们还没返回阵营的途中,空中即飘下白雪,起先是淡雪点点,突然间仿佛将苍穹也覆盖般的大雪纷纷而下。

"可能会积雪……"仰看天空的菅流无心说道。

与他共乘坐骑的远子,也仰头望着那一片又一片的雪花轻飘飞舞。

好像白鸟的羽毛。

就在远子如此想时,不可思议地,心中涌起怀念似的情感。大雪不断中,整片无际的原野形成密闭的空间,宛如银鳕斑斓。不知何故,自天而降的雪，感觉比土陵还更接近小俱那。远子深吸一口气，独自体会这种感受，原本雪白结晶的寒冷反而让她浑身蕴满温情。

"你怎么了？"可能是发现远子的神情有异，菅流突然问道。

她没有马上说明，因为还没有十足把握，可是，小俱那真的在自己身边，感觉就在这片土地上。

"我觉得小俱那好像回来了。"远子终于答道。

她知道自己的面颊正发烫，菅流的表情逐渐转为担心。

"你该不会是发烧吧？"

"才不呢。"远子反驳着，自己也感到反常，照理不该喜悦，然而自己现在的心情正是如此。小俱那还活着，甚至感觉就站在自己身旁。突然间，惊恐万分的远子开始忐忑不安，"……我还是很奇怪吗？"

"那当然，你在这里冻太久了。"菅流向武彦等人表示先回阵营后，就策马快奔起来。

风猛刮，雪横扫，连沾在脸上发间的雪都如梦似幻。远子害怕自己对预感半信半疑的态度，可是谁能不畏惧呢？谁又能确定自己的幻觉不是出于发狂？即使与他约定，要坚强活下去——

可是，我有感觉，感应到小俱那了。就像以前在梦中的牵系般，他的感触传递给我……

马蹄奔向缓坡，山丘上的阵营已近在眼前。远子几乎不敢直视，不堪接受自己即将大失所望。

然而，握缰的菅流却惊讶到忘情大叫："喂！我的眼睛大概花了，站在那里的是谁啊？"

阵营里照说不该留下任何人，因为全营都去造墓了，然而此刻，雪中立着一个白衣人物，仿佛随雪从天而降。

远子觉得自己快晕厥了，或许已意识模糊。稍后回想起来，也记不清自己究竟如何从马背跃下后箭步冲向前，可是回过神时，她已紧紧抱住对方。小俱那——他的身体好温暖。

"看来不像是鬼魂。"菅流惊愕无比地说,"你的墓快完工了,而且气派得教人佩服。这到底怎么回事?"

"是啊,我们都以为你不在人世呢。"远子也轻声说道,她还在恐惧中,声音显得颤抖不已。

"我去过鬼门关,可是又回来了。"小俱那说着,远子打了一个寒战。

"那么,你还会离开吗?"

"不,我会留下来,就在远子身边,希望能和你白头偕老。不过,小碓皇子死了,或许应该说是由宿祢继承他了才对,因此我这个小碓已不存在了。"

"那把剑呢?"

"也不存在了。我已不是剑主,母亲大人将盖世不凡的力量带走,而且永远——获得安息。"

"真的吗?"

小俱那微微笑了,将远子紧拥在怀。

"这座陵墓或许不会白费,因为昔日的我已逝,只是想与远子生活的人回来了,这全是拜御统的指引所赐。"

"你说是御统的关系?"小俱那的话语令她相当意外,远子这才离开怀抱仰望着他,"我没有为你做什么,只是决定尊重你的意志。"

"御统的光辉曾照耀过我。"小俱那温柔地说,"当我的身体在剑光中消失时,感觉自己逐渐飞逝,母亲大人正在向我招手。可是我发现远方有勾玉发光,就像远子在为我治疗臂伤时发出的五彩缤纷,于是我恍然大悟,发现只要想回来就一定能做到。"

菅流吸了一口气说:"那么,这是复活,你真的起死回生了。"

远子觉得犹如历经一场幻梦,不曾去尝试、不可能成真的事情竟然发生了。

"为什么?御统只有四块勾玉,岩夫人曾说搜集五块就是逾越常轨。"

"勾玉发出五种光芒喔。"小俱那悠悠地说，"远子的四块，还有我的一块。疗伤时不是就这样了吗？"

远子与菅流不禁面面相觑，接着迫不及待地向他问道："你的勾玉是什么颜色？"

"蓝色——"

"蓝色？"远子不禁目瞪口呆。

菅流就以胳膊顶顶她，"这是怎么回事？"

远子开始说道："在远古以前，最先遗失的就是蓝色的幽玉，因为传说中的水少女和风少年——"

她蓦然住口，水少女和风少年不就是大王先祖吗？暗族的水少女与辉神神子借着勾玉让两族融合，如此说来，大王的血脉中除了隐含持剑的力量，会拥有水少女的勾玉之力也不足为奇。

远子发觉事情真相后，重新惊叹地望着小俱那。

"你靠自己的力量使用了御统，一定是的……"

小俱那心中一凛，似乎并不曾意识到这个情况。不过事实上极有可能，他的过纯辉族血脉让他可以掌控大蛇剑，然而他毕竟不是神明，并非如天神般纯粹，而是拥有暗神勾玉的大地子孙。于是在与剑力相抗时，那份勾玉力量自然获得了发挥。与远子唤起共鸣、想生存下去的力量让他重新返回阳世，这并非远子的刻意强求，而是少年自己超越了难关，与她的心意彼此相应。

"母亲大人打算把我带走，可是在最后一刹那，我将身为剑主的自己——皇子的身份让给宿祢。结果这个决定救了我，因此，如今的我不再是母亲大人期望的那位拥有神力的人中之龙，而是保留了平凡。"

小俱那凝视着远子说："宿祢大概打着皇太子、神剑英雄的旗号返回都城了吧。既然不再是自己，我也不会介意了。对他来说，那才是应该享有的地位……他与大碓皇子一样都是我的皇兄。"

"你还是原来的小俱那哟。"远子粲然微笑，终于知道在现实中他将不再消失，"只有我的小俱那回来了，你已经不是武尊，宿祢也将武尊永远带走了。"

"武尊？"

"就是英年早逝的英雄。"

"……嗯。"小俱那默默拥着她，"就在走向御统的光芒时，我知道宿祢将活不长久，不过却能换得千古不朽的名声。跟我不同的是，他在死后也能万世流芳。"

"我情愿默默无闻。"远子由衷地说，"我们今后就能在这片土地上开拓生根，宁静而踏实地过日子。也唯有这种经历，我们才能领悟这种美好。"

放弃所有、抛却奢望，远子和小俱那随遇而安，但是如此一来，反而获得曾经追求的一切。这种不可思议让远子惊讶至极，宿命将两人驱向苦难，最后终于松手让他们解脱，鼓励他们活下去……

突然远子后面响起此起彼落的叫唤，只见武彦等人追来，原来众人在认出小俱那后，立刻惊天动地急奔过来。

"命尊！"

"命尊还健在，我该不是做梦吧？"

"大将还活着喔。"

感动万分的士兵们将礼数全抛脑后，直接往他身上东抓西扯地确认，小俱那霎时被众人挤成皱巴巴一团，就连远子等人也实时卷入这场大骚动，小俱那简直不知如何是好。他们又哭又笑，全扯开嗓门大叫大嚷，仿佛成了热闹的祭典。沉重悲伤已抛到九霄云外，即使瑞雪纷落头际，如今也看似一片花雨绚丽。

层层厚雪也终于融化，风向既变，草芽从湿润黑土中冒出，死寂的原野逐渐恢复生息。每逢驱走乌云、透出晴朗之际，半隐又现的碧空变得淡悠悠的好不温柔。远子仰看着湛蓝朗空，望见奋力展翅的天鹅正划空而过，她一瞬间圆睁眼眸，即刻又泛起微笑。白鸟在眼前显现并非恶兆，而是理所当然的光景，天鹅感知春天将临而群渡北方，季节真的转移了。

远子目送天鹅远去，又重新回头等待菅流来此，他与候鸟一样在整理行装准备启程。青年和远子等人在日高见度过了整个冬季，确定气候好转后，终于决定还是回到伊津母去。

他挑起行囊，嘀咕道："靠脚力回去也未免太远了吧。如今我还在想，如果能使用御统飞回去不知该有多好。"

"那么，你干脆留在这里，和我们一起生活吧。"远子说道。

武彦等人已不再是真幻邦的士兵，就与同样不再是出征武将的小俱那一样，决心在这里扎根生活，开始整顿这片土地。日高见可说地广人稀，开垦用地绝对不虞匮乏。

"这地方真不赖，可是还是要回去见那些盼我早归的家伙。"

"你是指象子吧？"远子立刻问道。

菅流咧嘴一笑，"不只喔，等我的姑娘可有一箩筐呢。"

"不，绝对是象子。快从实招来，你到底回去看她几次了？"

菅流再次将自己那块婴玉挂在颈上，虽然夜晚不再发光，他倒完全不介意。对他而言，那就是象征今后世代安产的护身符。

于是他笑着说："那丫头实在非好好追求不可，因为她正为了当个巫女而努力哪。目前她在伊津母随侍丰青夫人，据说也开始有人尊敬起她了呢。"

远子想起菅流就是这种情路愈坎坷愈爱走的个性，不过象子似乎也以自己的方式在伊津母勤恳生活，她应该与远子一样，不再是从前的象子了。

"三野的女性一旦做了决定就不会轻易改变，象子该不会成为伟大的巫女吧？"

"我打赌她会改变心意。"菅流高兴地说，"回去后，我就告诉她说'丰苇原全走遍了，也没一个姑娘比得上你'，假如她还坚持当巫女，就知道她的决心不是盖的。"

"你这人真坏。"远子笑起来。

反正菅流铁定又会引发一场骚动，不过到最后，远子感觉还是象子得到安产婴玉的可能性比较大。

象子在伊津母，而我在日高见，三野橘氏虽然毁灭，还是留下了根源，血脉会继续繁衍下去……

远子思忖着，突然想到一件事，"菅流，我们没用到的那块最后的勾玉，仍会在日高见发光吗？"

"是啊，总有一天会突然发现它的。"

"岩夫人说我与勾玉有无法跨越的距离。"远子说道。

菅流就将前发一拨，随兴地说："那么小俱那和你的子孙可能会得到它吧。"

远子不禁羞怯起来，"你说——子孙？"

"真是的，你现在还有什么好脸红的。"

小俱那为他牵来坐骑，武彦等人也在临别时表示不舍，菅流在大家围绕下逐一道别。

就在跨上马背后，小俱那问道："你回伊津母的途中还会再见到七掬吗？"

"嗯，我可以去见他，还有许多值得一聊的呢。"菅流答道。

"如果见到他，能不能代为转告，我在他的故乡猎鹿呢！还有，希望他也能过来一起打猎。"

远子听了就眸光一亮道："太好了！真希望七掬也能回日高见，我想他一定能寻回失落的一切。好想让他知道我们的消息，在这片土地上生活的确受益良多。"

小俱那又说："也请帮我告诉他，日高见真是个好地方，就像他曾说的一样。"

不过，他突然转头对身旁的远子小声补充一句："……可是蛇很多喔。到了春天一看我才知道，这可糟了。"

"你真是的，都这么大了还怕蛇呀？"远子提高声音道。

"我一定会转告七掬的。"菅流愉快一笑，做了约定。

——全书完